Stefan Holtkötter
Düstermühle

PIPER

Zu diesem Buch

An einem Wintermorgen bricht auf einem Gutshof im Münsterland ein Feuer aus. In der Ruine werden zwei Tote gefunden: die bis zur Unkenntlichkeit verkohlte Leiche des ehemaligen Hofherrn Alfons Schulte-Stein und die seines Nachbarn Siegfried Wüllenhues, der beim Feuer an Herzversagen starb. Steckt eine alte Familienfehde dahinter? Wie ihre Väter und Großväter waren sich auch Alfons Schulte-Stein und Siegfried Wüllenhues ihr Leben lang spinnefeind. Die Obduktion zeigt allerdings, dass Wüllenhues unter starkem Rheuma litt und körperlich nicht in der Lage gewesen wäre, den Mord zu begehen. Doch was hatte er dann am Tatort verloren? Und wer hat statt seiner die Tat verübt? Die Ermittlungen führen Kommissar Bernhard Hambrock weit zurück in die Vergangenheit der Münsterländer Bauernschaft. Und es gibt nur noch wenige Zeitzeugen ...

Stefan Holtkötter, geboren 1973 in Münster, lebte auf einem Bauernhof in Westfalen, bis er nach Berlin zog, wo er heute als Sozialarbeiter und Erwachsenenbildner arbeitet. Neben seiner erfolgreichen Krimiserie um den Münsteraner Ermittler Bernhard Hambrock schreibt er atmosphärische und temporeiche Kriminalromane, die in seiner Wahlheimat angesiedelt sind.
Weiteres zum Autor: www.stefan-holtkoetter.de

Stefan Holtkötter

DÜSTERMÜHLE

Ein Münsterland-Krimi

Piper München Zürich

Mehr über unsere Autoren und Bücher:
www.piper.de

Von Stefan Holtkötter liegen bei Piper vor:
Fundort Jannowitzbrücke
Todesgarten

Das Geheimnis von Vennhues
Schneetreiben
Bauernjagd
Bullenball
Düstermühle

Originalausgabe
Juli 2012
© 2012 Piper Verlag GmbH, München
Umschlaggestaltung: semper smile, München
Umschlagmotiv: Peter von Felbert / Getty Images, Plainpicture / Hollandse Hoogte
Satz: Kösel, Krugzell
Gesetzt aus der Adobe Garamond
Papier: Munken Print von Arctic Paper Munkedals AB, Schweden
Druck und Bindung: CPI – Clausen & Bosse, Leck
Printed in Germany   ISBN 978-3-492-27270-4

1

Draußen zog die Dämmerung herauf.

Ein neuer Tag.

Siegfried Wüllenhues stand am Fenster der Werkstatt und blickte hinaus. Dunst lag über den Wiesen, Raureif überzog Gräser und Zweige, und hinter den kahlen Wipfeln der Bäume konnte er den alten Kirchturm von Düstermühle sehen. Ein weiterer grauer Wintertag kündigte sich an. Es war nicht mehr lang bis zur Wintersonnenwende, und dann würde irgendwann die eisige Kälte hinzukommen.

Wann hatte er angefangen, sich vor dem Winter zu fürchten? Vor der Dunkelheit und der Kälte? Wann hatte er begonnen, sich zu fragen, wie viele Sommer er noch vor sich haben mochte?

Er wandte sich vom Fenster ab. Es hatte keinen Sinn, über diese Fragen nachzugrübeln.

In der Werkstatt war es still, abgesehen vom Pendelschlag der alten Wanduhr. Auf der Werkbank lagen Scheren, Zangen und Messer. Weidenruten, abgeschälte Rinde und mittendrin eine begonnene Korbarbeit. Ein Ring abstehender Stöcke, die durch ein Flechtmuster gehalten wurden. Der Raum strahlte Behaglichkeit aus, hier drinnen herrschten Ruhe und Frieden.

Aber damit war es nun vorbei. Siegfried Wüllenhues machte sich an seine Arbeit. Er stieg über die Blutlache am Boden und durchschritt den Raum. Den Toten beachtete er nicht.

Schmerz durchfuhr seinen Körper. Das Rheuma würde ihn noch einmal umbringen. Bei diesem kalten Wetter war es immer am schlimmsten. Es gab Tage, an denen war er kein Mensch mehr, so groß wurden die Schmerzen.

Er biss die Zähne zusammen. Vorsichtig griff er nach dem

Kanister und schraubte den Verschluss ab. Benzindämpfe stiegen auf. Seine Bewegungen waren langsam und qualvoll. Er goss Benzin über die Werkbank und den Teppich und schließlich auch über die Leiche am Boden. Dann spritzte er Flüssigkeit gegen die Wände und zog mit dem letzten Rest Benzin eine Spur hinaus auf den Hof. Mit einem Seufzer stellte er den leeren Kanister ab. Wenn dies alles vorüber war, wollte er sich in seinen weichen Sessel an die Heizung setzen. In der Zeitung lesen und dabei die Wärme genießen.

Zurück in der Werkstatt warf er einen letzten Blick auf den Toten. Alfons war ein alter Mann. Wie er selbst, wie sie alle.

Die Benzindämpfe nahmen ihm den Atem. Besser, er hielt sich nicht zu lange hier drinnen auf. Vorsichtig trat er zurück in die frostige Luft. Er atmete ein paarmal durch. Kleine Wölkchen bildeten sich vor seinem Gesicht. Plötzlich spürte er ein Ziehen in seiner Brust. Was war das nur wieder?

Er zog ein Streichholzbriefchen aus seiner Jackentasche. Gleich das erste Zündholz setzte die Werkstatt in Brand. Der benzingetränkte Raum brannte lichterloh. Flammen züngelten gierig an den morschen Holzbalken, eine kleine Scheibe explodierte in der Hitze. Siegfried Wüllenhues trat einen Schritt zurück. Er wollte die Flammen nicht sehen. Er hasste das Feuer, es war schon immer so gewesen. Außerdem wäre es ratsam zu verschwinden, bevor ihn einer entdeckte. Doch das Ziehen in seiner Brust kehrte zurück. Es wurde stärker. Auf einmal konnte er sich kaum noch bewegen. Er krümmte sich, griff mit den Händen nach seiner Brust, rang nach Luft. Was passierte mit ihm? Was war nur los?

Er sackte auf dem Boden zusammen. Die Erde war von pelzigem Raureif überzogen. Er spürte die kalten Kristalle an seinem Gesicht. Das Herz. Es musste sein Herz sein. Was immer hier passierte, das war nicht das Rheuma.

Brandgeruch stieg ihm in die Nase. Die Schmerzen wurden übergroß. Er war jetzt im Keller. Natürlich. Alles kam zurück. Die lodernden Flammen, das Heulen der Sirenen, die Geräusche der Flugzeuge. Er war ein kleiner Junge, stumm und ängstlich, und um ihn herum brach die Hölle aus. Über ihm das Pfeifen der Bomben und der brechende Beton. Alles war erfüllt vom beißenden Qualm und dem Geruch von Feuer.

Er bekam keine Luft mehr. Die Schmerzen in der Brust raubten ihm den Atem. Die Angst war ihm so vertraut, immer noch, nach all den Jahren. Er hatte sie nie vergessen. Es war die nackte Todesangst.

Er versuchte, in der Gegenwart zu bleiben. Das war nur Alfons' Werkstatt, die dort brannte. Doch es war zu spät. Menschen schrien. Das Haus über dem Keller war plötzlich fort. Feuer und Rauch. Kinder mit grauen Gesichtern und leblosen Blicken. Eine Frau, die im glühenden Asphalt versank, eine lebende Fackel. Die stinkende Wanne mit schwarzem schlammigem Wasser, in das er wieder und wieder getaucht wurde. Der Lärm, die Schreie, der beißende Qualm.

Er hatte diesen Keller nie verlassen, natürlich nicht. Sein ganzes Leben war er dort unten gewesen. Er hatte die ganze Zeit über dort gehockt und ängstlich auf den Tod gewartet. Auf Erlösung. Und jetzt, endlich, war es so weit.

Er durfte sterben.

Am Rande der Wiese stand die rauchende Ruine. Das Feuer war gelöscht, doch viel war nicht übrig geblieben von dem kleinen Wirtschaftsgebäude. Der Notarztwagen versperrte den Weg. Auch die Spurensicherung war schon eingetroffen.

Bernhard Hambrock parkte seinen Dienstwagen unter den hohen Tannen am Wegesrand. Er sah zum Haupthaus hinüber. Ein prächtiger Barockbau, der über zwei Etagen reichte und aus roten Ziegeln und Sandstein erbaut war. Tiefgrüne Blendläden, uralte Sprossenfenster und eine herrschaftliche Freitreppe. Es war das Wohnhaus der Familie Schulte-Stein. Nichts bewegte sich dort. Die Fenster waren wie blinde Spiegel, die Türen allesamt verschlossen. Ein Glockenschlag ertönte. Die Turmuhr über der alten Scheune schlug zur Viertelstunde.

Hambrock öffnete die Tür und verließ den Wagen. Feuchte, diesige Luft schlug ihm entgegen. Am Morgen hatte er noch staunend am Fenster gestanden – der Raureif hatte alles weiß gefärbt und eine wunderschöne Winterlandschaft herbeigezaubert. Doch inzwischen waren die Temperaturen gestiegen, und es lag wieder Feuchtigkeit in der Luft. Der Himmel war wie eine milchige Wand.

Er beobachtete die Feuerwehrleute, die rund um den Löschzug mit Aufräumarbeiten begannen. Es herrschte Betriebsamkeit. Dann entdeckte er Henrik Keller, den Neuzugang im Präsidium, der seit ein paar Tagen in seiner Gruppe arbeitete. Er war an die Stelle von Heike Holthausen gerückt, die jetzt in Elternzeit war und anschließend in eine andere Abteilung wechseln würde. Hambrock hatte sich noch nicht näher mit Keller befasst, was wahrscheinlich unhöflich war, aber Heikes Abgang drückte schwer auf sein Gemüt, und deshalb interessierte ihn der Neue nicht sonderlich.

Keller war um die fünfzig. Sein genaues Alter hatte natürlich in den Unterlagen gestanden, aber Hambrock hatte es wieder vergessen. Er trug eine abgenutzte Jeansjacke, was ihm zusammen mit den gegelten Haaren, dem Goldkettchen und dem ungepflegten Dreitagebart das Aussehen eines drittklassigen Zuhälters verlieh. Zumindest im Kampf gegen die Pfunde war er wesentlich erfolgreicher als Hambrock.

Keller rauchte Kette, Marlboro. Als wolle er sich durch die Wahl der Marke jeden Tag selbst vor Augen führen, wie blödsinnig es ist, dieser Sucht nachzugehen. Jedenfalls lagen jetzt überall im Büro leere Marlboroschachteln herum, mit großen Warnhinweisen zur Gesundheitsgefährdung. Im Präsidium herrschte natürlich striktes Rauchverbot. Aber als Hambrock gestern den Waschraum betreten hatte, hätte er schwören können, dass Zigarettenqualm in der Luft lag.

Keller stand bei einem Kollegen der Spurensicherung und

redete gut gelaunt auf ihn ein. Dabei hielt er mit der Linken die obligatorische brennende Zigarette, während er mit der Rechten seine Marlboroschachtel knetete. Hambrock sehnte sich Heike zurück.

In dem Moment entdeckte Keller ihn, schlug dem Spurentechniker freundschaftlich auf die Schulter und näherte sich mit großen Schritten.

»Bernhard!«, rief er. »Da bist du ja!«

»Nur meine Frau nennt mich so.«

Im Präsidium sprachen ihn alle mit Nachnamen an, egal, ob sie ihn duzten oder nicht.

»Ach, wirklich?«

Keller grinste breit. Das schien ihm zu gefallen.

»Vergiss es, Henrik. Das habe ich nicht gemeint, als ich dir das Du angeboten habe.«

»Ist ja gut. Schon kapiert.«

Hambrock blickte sich um. »Was gibt es?«

»Zwei Tote.«

»Zwei?«

Bislang war nur von einem Toten die Rede gewesen. Ein kleines Wirtschaftsgebäude war in Brand gesteckt worden, und den mutmaßlichen Brandstifter hatte man vor dem Gebäude tot aufgefunden.

»Einer war noch im Innern. Wie's aussieht, der Hofbesitzer. Alfons Schulte-Stein. Er wird jedenfalls vermisst. Das Häuschen hier war seine Korbwerkstatt, und er hat immer sehr früh morgens mit der Arbeit angefangen.«

Keller nahm einen letzten Zug von der niedergebrannten Zigarette. Der Filter begann zu qualmen, und giftiger Rauch stieg auf. Er blickte sich um und ließ die Kippe einfach zu Boden fallen, wo sie keine Spuren hinterlassen würde. Dort trat er sie aus.

Hambrock blickte zum Herrenhaus hinüber. Hinter den Fenstern war nichts zu erkennen. Trotzdem hatte er den Eindruck, als würde das Haus sie beobachten.

Keller folgte seinem Blick.

»Sein Sohn und dessen Familie sind im Wohnhaus. Sie warten auf uns. Natürlich sind sie alle ziemlich beunruhigt.«

»Was haben wir bislang?«

»Na ja. Viel kann man noch nicht sagen.« Keller fummelte eine weitere Zigarette aus der verbeulten Schachtel und zündete sie an. »Wie's aussieht, wurde Brandbeschleuniger verwendet. Wir haben jedenfalls einen leeren Benzinkanister bei der Leiche gefunden. Der Tote hier draußen wurde als Siegfried Wüllenhues identifiziert. Ein Bauer aus der Umgebung. Sein Hof liegt ein paar Hundert Meter in Richtung Ortskern. Bei ihm deutet nichts auf Fremdverschulden hin. Der Notarzt vermutet einen Herzinfarkt, aber da müssen wir die Obduktion abwarten.«

»Wo ist die Leiche?«

Keller deutete zum Krankenwagen. »Sie haben versucht zu reanimieren, aber es war wohl schon zu spät. Willst du ihn sehen?«

»Nein.«

Keine Leichen.

Nicht im Moment jedenfalls. Dafür fühlte er sich nicht stark genug. Der Tod war in seinem Leben gerade so allgegenwärtig, dass er sich in diesen Tagen wünschte, er hätte einen anderen Beruf. Nur für ein paar Wochen, bis alles vorüber war.

Gestern hatte er sich schon wieder davor gedrückt, ins Krankenhaus zu gehen. Deshalb würde er heute hinmüssen. Nur für eine Stunde, es ging nicht anders. Er würde sich am Nachmittag aus dem Präsidium schleichen. Er hatte keine andere Wahl.

»Und das Brandopfer?«, fragte er.

»Liegt noch in den Ruinen. Die Spurenleute wollen gleich rein. Heute Nachmittag wissen wir mehr.«

Hambrock betrachtete die rauchenden Trümmer. Er fragte sich, was mit ihm los war. Er kannte sich aus mit dem Tod und dem Sterben. Das gehörte schließlich zu seinem Job. Doch wenn er an seine Eltern dachte, die im Aufenthaltsraum des Krankenhauses hockten, war alle Gewohnheit verflogen. Es war, als trennte sie eine unsichtbare Wand. Er konnte seinen Verwandten keinen Trost spenden. Sie waren viel zu weit entfernt.

Und bald war Weihnachten. Was würde dann sein? Würden sie feiern? Und wenn ja, alle zusammen?

Er schob den Gedanken zur Seite und wandte sich in Richtung Herrenhaus. »Also gut. Sprechen wir mit den Angehörigen.«

Ein paar Hundert Meter entfernt stand ein alter Bauer einsam an seinem Küchenfenster und blickte hinaus. Jenseits des brachliegenden Landes war das Anwesen von Schulte-Stein zu sehen. Auch die rauchende Ruine der alten Schmiede, in der Alfons seine Korbwerkstatt eingerichtet hatte, war zu erkennen. Feuerwehr und Notarztwagen waren bereits vor einiger Zeit dort vorgefahren. Nun kamen Streifenwagen hinzu und zivile Autos, die sicherlich zu den Leuten von der Kriminalpolizei gehörten.

Er fragte sich, wie lange es dauern würde, bis sie hier auftauchten und Fragen stellten.

Hinter ihm öffnete sich die Küchentür. Ein leises Stöhnen, dann die vertrauten Geräusche des Rollstuhls, der umständlich über die Schwelle bugsiert wurde. Seine Tochter verschaffte sich Zutritt.

Sie war also fertig. Noch schaffte sie es, sich morgens alleine anzukleiden, auch wenn das manchmal ewig zu dauern schien. Doch wie lange noch? Und was wäre, wenn ihre Kräfte weiter nachließen? Würde dann der Pflegedienst jeden Morgen kommen und sich um sie kümmern?

»Guten Morgen, Vater.« Sie rollte einen Meter auf ihn zu. »Ist etwas passiert? Ich habe ein Martinshorn gehört.«

Er wandte sich unwillig vom Fenster ab. »Nein. Es ist alles in Ordnung.«

»Aber da war Brandgeruch in der Luft. Ich habe …«

»Es ist alles in Ordnung«, herrschte er sie an.

Verwundert und wohl auch etwas verletzt blickte sie zu ihm auf. Dann nickte sie, als habe sie keine Einwände, wendete den Rollstuhl und verschwand wieder.

Kaum war sie fort, ging er in den Flur, nahm seinen Mantel vom Haken und warf ihn sich über. Draußen empfing ihn kühle feuchte Luft. Er nahm den Feldweg, obwohl der voller schlammiger Pfützen war. Auf der Landstraße wäre er ohne Zweifel ins Visier der Polizei geraten. Hinter einer Reihe von Nusssträuchern trat er schließlich auf den Nachbarhof. Er ging auf die Haustür zu und hämmerte dagegen.

Es dauerte, doch dann öffnete ihm sein Nachbar. Sorge verdunkelte sein Gesicht. Sie standen sich eine Weile schweigend gegenüber. Dann nannte der Besucher den Grund für sein Kommen: »Es ist so weit. Sie sind da.«

2

Es herrschte vollkommene Ruhe. Da waren nur sein Atem zu hören und das leise Knacken im Heizkörper. Sonst nichts. Frieden. Carl Beeke blickte hinaus auf die Winterlandschaft jenseits der Fensterfront. Sie lebten am Ortsrand, und das große Wohnzimmerfenster wies hinaus zu den Wiesen und Wäldern, die Düstermühle umgaben. Beinahe war es wie früher, als er noch auf seinem Kotten gelebt hatte. Aber natürlich nur beinahe.

Carl spürte die Kälte in seinen Knochen. Dagegen konnte weder die Heizung noch der warme Sessel etwas ausrichten. Es war eine Kälte, die nur wenig mit dem Winter zu tun hatte. Und da war noch etwas anderes: Er war müde, furchtbar müde, seit Langem schon. Er spürte die Nähe von Mia, seiner verstorbenen Frau. Es würde nicht mehr lange dauern, dann wären sie wieder vereint. Das war nur noch eine Frage der Zeit, und im Grunde sah er dem freudig entgegen.

Vor der Fensterfront verlief ein kleiner Bach, die Düster, die dem Ort seinen Namen gegeben hatte. Doch das Wasser schien sich heute gar nicht zu bewegen, es staute sich zwischen den Kopfweiden. Über dem Ufer hing immer noch der Dunst der frühen Morgenstunden.

Das Telefon riss Carl aus der Betrachtung. Es stand auf einem Hocker neben seinem Sessel, damit er sich nicht mühsam erheben und durch den Raum gehen musste. Er nahm das Gerät aus der Halterung und versuchte die Taste auszumachen, die er drücken musste, um ein Gespräch entgegenzunehmen. Seine Augen. Sie ließen ihn zunehmend im Stich. Schließlich gelang es ihm.

»Carl, hier ist Inge. Hast du schon gehört, was geschehen ist?«

Inge Moorkamp betrieb mit ihrem Mann die Gastwirtschaft am Ortsausgang. Wobei das nicht ganz stimmte, denn Inge und Heinz waren schon seit Jahren im Ruhestand. Inzwischen führte ihr ältester Sohn die Wirtschaft, gemeinsam mit seiner Frau. Er hatte ein modernes Ausflugslokal daraus gemacht mit einer exklusiveren Speisekarte, einem Biergarten mit bunten Sonnenschirmen und einer kleinen Brauerei, in der er sein eigenes Bier braute: Moorkamps dunkel. Carl, der anfangs den vielen Änderungen skeptisch gegenübergestanden hatte, war vor allem von dem neuen Bier überzeugt gewesen. Es schmeckte herzhaft und süffig, ganz anders als die im Geschmack vereinheitlichten Biere der Großbrauereien.

Die alten Männer aus Düstermühle trafen sich jeden Sonntag nach dem Hochamt in Moorkamps Kneipe zum Stammtisch. Für diesen Zweck wurde das Hinterzimmer frei gehalten, da es über einen eigenen Tresen verfügte und Heinz und Inge wieder am Zapfhahn stehen konnten, wie früher. Der Stammtisch wurde abgehalten, seit sie alle junge Leute gewesen waren, weshalb sie großen Wert auf diese Tradition legten.

Seit Carl nicht mehr auf seinem Kotten lebte, sondern im Haus seiner Tochter, war er abgeschnitten von den Gesprächen der Bauern. Inge hatte es sich zur Gewohnheit gemacht, ihn ab und zu telefonisch auf dem Laufenden zu halten. Damit er sich nicht zu einsam fühlte im Neubaugebiet. Heute klang ihre Stimme jedoch aufgeregt. Es war etwas Schlimmes passiert, das hörte Carl sofort.

»Alfons Schulte-Stein ist tot, das sagt man jedenfalls.«

»Alfons?« Das war allerdings eine Überraschung. Alfons war noch ziemlich rüstig gewesen. Carl hätte geschworen, dass er mindestens hundert Jahre werden und noch ausreichend Zeit haben würde, um seinen Sohn und den Rest der Familie in den Wahnsinn zu treiben. Er war doch kerngesund gewesen. »Wer sagt denn das? Ist es vielleicht nur ein Gerücht?«

»Nein, du verstehst das falsch. Es hat einen Brand gegeben. In der alten Schmiede, in seiner Werkstatt. Man hat die Leiche noch nicht identifiziert, aber wer soll das sonst gewesen sein? Er hat an seinen Körben gearbeitet, als das Feuer ausgebrochen ist.«

»Er ist im Feuer umgekommen? In seiner Schmiede? Du liebe Güte. Der Himmel weiß, er war ein schwieriger Mann, aber solch einen Tod wünscht man keinem. Gott hab ihn selig.«

»Das ist nicht alles, Carl. Es ist ...« Sie stockte.

»Was ist noch passiert, Inge?«

»Siegfried. Der soll das gewesen sein. Der soll das Feuer gelegt haben.«

»Siegfried? Unmöglich. Das muss ein Missverständnis sein. Hat er schon mit der Polizei gesprochen?«

»Nein. Er ... er ist tot. Er ... die Leute sagen, er hat einen Herzinfarkt bekommen, vor der Schmiede. Nachdem er das Feuer gelegt hat, in dem Alfons umgekommen ist.«

»Siegfried ist tot?« Carl blickte hinaus auf die erstarrte Winterlandschaft.

»Ja«, sagte Inge. »Unser Siegfried. Es ist so furchtbar.«

Ein weiterer Wegbegleiter. Ein weiterer Freund. Wie viele noch? Wäre nicht längst er selbst an der Reihe gewesen?

»Kannst du das glauben?«, fuhr Inge fort. »Dass Siegfried Alfons getötet hat? Unser Siegfried?«

Sie war völlig verstört, und er konnte es ihr nachfühlen. Trotzdem musste er jetzt nachdenken. Alleine sein. Er beendete das Gespräch so behutsam, wie es ihm möglich war. Schließlich versprach er ihr, sich bald wieder zu melden, und legte auf.

Er ließ sich in einen Sessel sinken. Siegfried war erst zweiundsiebzig gewesen, siebzehn Jahre jünger als Carl. Du alter Knochen, hatte er zu Carl gesagt, wenn ihm etwas nicht gepasst hatte. Seit wann ging das so, dass auch die Jungen starben? Die, die seinen Sarg hätten tragen sollen.

Es war die Geschichte seines Lebens. Immer war er derjenige gewesen, der überlebte. Im Krieg, in der Gefangenschaft und auch danach. Selbst heute war es so. Er überlebte. Und er war allein.

Ach, Siegfried, dachte er wehmütig. War das wirklich nötig gewesen? Diese alten Geschichten. Sie spielen doch längst keine Rolle mehr. Musstest du wirklich Rache üben, nach all den Jahren? Wem war damit Genüge getan?

Ein Schlüssel in der Haustür, dann Geräusche im Flur. Ein Mantel wurde auf die Garderobe geworfen, eine Tasche in die Ecke gepfeffert, eiliges Umherstöckeln auf viel zu hohen Schuhen. Seine Tochter Christa war heimgekehrt. Sie hatte irgendein Meeting gehabt bei einem Kunden. Oder vielleicht war es auch eine Schulung gewesen, Carl verstand nicht viel von ihrer Arbeit. Sie hatte etwas mit Computern zu tun. Wenn er gefragt wurde, was seine Tochter arbeite, wusste er nie, ob sie nun eine Vertreterin war oder eine Computerspezialistin. Sie verkaufte Buchhaltungssoftware für mittelständische Unternehmen. Eine Vertreterin also. Aber dann fiel immer wieder das Wort »Fernwartung«, und sie verschwand nächtelang im Keller, wo sie sich ihr Büro eingerichtet hatte. Und obwohl sie zu Hause war, musste er nach den Kindern sehen und sich um alles kümmern.

Christa arbeitete zu viel. Sie stand immer unter Strom, war ständig gehetzt. Seit ihr Exmann nach der Scheidung ins Ausland gegangen war, ernährte sie die Familie allein. Carl konnte da mit seiner kleinen Rente nicht viel beisteuern. Daher versuchte er, sie zu unterstützen, so gut es ging, indem er ihr den Rücken freihielt.

»Hallo«, sagte sie und streckte den Kopf durch die Tür. »Hat Sandra Lütke schon angerufen? Ich sollte die Kinder vor über einer Stunde abholen, aber ich bin einfach nicht weggekommen.«

»Nein. Noch nicht.«

»Dann zieh ich mich schnell um und fahr los. Das war mal wieder typisch Chef: Von Buchhaltung keine Ahnung, aber muss sich in alles einmischen. Und ich sitz auf heißen Kohlen.«

Sie verschwand im Flur. Carl hörte, wie die hochhackigen

Schuhe in die Ecke flogen und Christa auf Strümpfen die Treppe hochlief.

Siegfried. Er war sie offenbar nie losgeworden, die Geister der Vergangenheit. Davon hatte Carl nichts geahnt. Aber man konnte den Menschen eben nur bis vor den Kopf sehen. Das galt auch für Freunde. Wer wusste schon, was in dem anderen vorging? Carl sah hinaus zu den Feldern. Er spürte den Verlust. Die Welt löste sich zunehmend auf.

Er hörte Christa draußen auf dem Flur telefonieren. »Ich kann mir schon vorstellen, wo das Problem liegt. Lassen Sie alles so, wie es ist. Ich bringe das in Ordnung, versprochen. Aber jetzt habe ich einen dringenden Termin. Ich werde mich heute Abend darum kümmern. Morgen früh wird das Programm wieder reibungslos laufen.«

Also eine weitere Nacht im Keller, dachte Carl. Dann würde er heute wieder die Kinder ins Bett schicken und darauf achten müssen, dass sie nicht heimlich fernsahen.

Er schloss die Augen. Vielleicht war er für einen Moment weggenickt, denn als Christa plötzlich neben ihm stand, hatte er sie gar nicht kommen hören. Sie blickte ihn erschrocken an.

»Hast du das gehört? Das mit Siegfried Wüllenhues? Sandra Lütke hat es mir gerade am Telefon erzählt. Ich wollte ihr nur kurz Bescheid sagen, dass ich unterwegs bin.«

Er nickte. »Inge Moorkamp hat mich vorhin angerufen.«

»Ach, das tut mir so leid. Er war doch ein Freund von dir, oder?« Christa wirkte abgekämpft und blass. Das war die viele Arbeit. Und jetzt warteten auch noch die Kinder.

»Nein«, sagte er. »Kein Freund, nur ein Bekannter. Er ist jeden Sonntag zum Stammtisch bei Moorkamp gegangen, aber das tun viele. Besonders gut habe ich ihn nicht gekannt.«

Er sah ihre Erleichterung. Eine Katastrophe weniger, die sie zu stemmen hatte.

»Trotzdem«, sagte sie. »Es tut mir leid. Wir … ich …«

»Du kannst mich zur Beerdigung begleiten.«

»Das mache ich gerne.« Sie wirkte dankbar. »Sag mir nur

früh genug Bescheid. Du weißt ja, wie das ist. Nicht, dass wieder was dazwischenkommt.«

Sie drehte sich zur Tür, doch dann zögerte sie. Offenbar fragte sie sich, ob es ihrem Vater wirklich so gut ging, wie er tat, und ob sie ihn hier allein zurücklassen konnte.

»Die Kinder«, sagte Carl. »Wir reden später.«

»Ja, natürlich. Mach's gut, Vater.«

Und dann war sie verschwunden. Carl lehnte sich wieder in seinen Sessel zurück.

Siegfried. Wie mochte es seiner Frau jetzt gehen? Renate und er hatten eine gute Ehe geführt, in all den Jahren. Jetzt blieb sie allein zurück. War es das wert gewesen? Für das bisschen Genugtuung, Dinge gerächt zu haben, die keinen Lebenden mehr betrafen? Ach, Siegfried.

Carl war so schrecklich erschöpft. Er wollte sich ausruhen, ein wenig schlafen. Danach wäre immer noch genügend Zeit, in Ruhe von Siegfried Abschied zu nehmen.

Hambrock ließ seinen Wagen bei Schulte-Stein in der Auffahrt stehen und stieg bei Henrik Keller ein. Er schlug die Beifahrertür zu und schnupperte.

»Hat dir keiner gesagt, dass man im Dienstwagen nicht rauchen darf?«

Keller startete den Motor. »Ich hab nicht geraucht. Nur am offenen Fenster.«

»Der Typ im Fuhrpark wird dich umbringen.«

»Meine Güte, der soll sich nicht so anstellen!« Keller wurde laut. »Dann ist eben ein bisschen Rauch reingezogen. Denkt der, er muss den Wagen jetzt verschrotten? Morgen riecht man eh nichts mehr davon.«

»Ganz wie du meinst, Henrik. Aber in meinem Wagen wird nicht geraucht, nur damit das klar ist.«

Keller grunzte missmutig und fuhr vom Hof. Sie machten sich auf den Weg zu Renate Wüllenhues, der Ehefrau des toten Brandstifters.

Bei Schulte-Stein herrschte Entsetzen über die Tat. Keiner konnte sich erklären, weshalb Siegfried Wüllenhues den Hofherrn hätte umbringen wollen. Es hatte zwar immer wieder Streit gegeben zwischen den beiden Familien, sicher, aber das sei schon seit Generationen so. Und keine dieser Differenzen sei so schwerwiegend gewesen, dass sich damit ein Mord erklären ließ.

Eine Familienfehde also.

»Da vorne muss es sein«, sagte Hambrock. »Der kleine Hof auf der Anhöhe.«

Keller setzte den Blinker und fuhr auf den schmalen Weg, der am Feld entlang zu dem abgelegenen Hof führte.

Hambrocks Handy machte sich bemerkbar. Er zog es hervor und sah aufs Display. Es war seine Mutter. Sie meldete sich aus dem Krankenhaus. Er zögerte. War etwas passiert? Gab es vielleicht Neuigkeiten? Oder wollte sie nur ihre Ängste mit ihm teilen?

Das Klingeln wurde lauter. Hambrock sollte rangehen. Doch er konnte nicht. Nicht jetzt. Er drückte auf lautlos, und der Klingelton verstummte. Die Mailbox würde gleich anspringen. Seine Mutter wusste ja, dass er gerade arbeitete. Da konnte er oft Gespräche nicht entgegennehmen. Eine Besprechung. Oder eine Zeugenbefragung. Da war es ganz normal, keine Zeit zu haben.

Auf dem Hof empfing sie ein Hundebellen. Ein Schäferhundmischling kam aus der offenen Scheune gelaufen und sprang angriffslustig ums Auto herum. Keller parkte neben der Stallwand und wartete.

Keiner kam, um den Hund zurückzupfeifen. Im Haus blieb alles ruhig. Vorsichtig öffnete Keller die Fahrertür und redete auf den Hund ein. Und tatsächlich, schon bald ließ das Bellen nach, und ein Schwanzwedeln folgte. Keller trat hinaus auf den Hof.

»Sieh an, der Hundeflüsterer«, kommentierte Hambrock.

Sie gingen zum Wohnhaus und klingelten. Es dauerte, doch schließlich wurde ihnen geöffnet.

Eine Frau um die siebzig erschien. Weißes Haar, Kochschürze, Filzpantoffeln. Sie war leichenblass, hatte rot unterlaufene Augen und wirkte völlig benommen. Sie wusste Bescheid. Die Informationswege auf dem Land waren kurz.

»Sind Sie von der Polizei?« Sie trat zur Seite. »Kommen Sie herein.«

Keller murmelte etwas von Beileid und folgte ihr ins Innere. Hambrock schloss die Tür. Die Bewegungen der Frau waren langsam und schwerfällig, als könne sie sich kaum auf den Beinen halten. Er fühlte sich unwohl. Am liebsten wäre er gegangen.

»Möchten Sie einen Kaffee?«, fragte Renate Wüllenhues.

»Nein, danke«, meinte Keller. »Haben Sie jemanden, der sich um Sie kümmert?«

»Mein Sohn. Er ist bereits auf dem Weg hierher.«

Sie betraten das Wohnzimmer und setzten sich. Der Blick von Renate Wüllenhues blieb an einem alten abgewetzten Sessel hängen, der vorm Fernseher stand. An der Art, wie sich ihr Gesicht veränderte, erkannte Hambrock, dass dies der Stammplatz ihres Mannes gewesen sein musste.

»Frau Wüllenhues, können Sie sich erklären, was heute Morgen passiert ist?«, fragte er.

»Sie meinen …?«

Er nickte. »Weshalb Ihr Ehemann die Werkstatt von Alfons Schulte-Stein in Brand gesetzt hat. Wir haben eine Leiche in der Ruine gefunden. Vermutlich handelt es sich um Alfons.«

Seine Stimme klang härter als beabsichtigt. Keller warf ihm einen interessierten Blick zu.

Renate Wüllenhues kämpfte sichtlich um Fassung.

»Nein. Ich habe keine Erklärung dafür.«

»Es hat Streit gegeben zwischen Ihnen und der Familie Schulte-Stein«, stellte Hambrock fest.

»Schon. Aber deshalb geht man doch nicht hin und … Wissen Sie, die Familien lagen schon immer im Streit, lange vor meiner Zeit. Wir haben im Sommer sechsundsechzig gehei-

20

ratet, und da war es schon so. Das geht seit Generationen. Irgendwann muss mal was vorgefallen sein, aber wahrscheinlich weiß keiner mehr, was es war.«

»Sie reden, als wären Sie nicht beteiligt.«

»Ich stamme aus Düstermühle, direkt aus dem Ort, nicht aus der Bauernschaft. Siegfried hat mir nie erzählt, was der Grund für die Feindschaft zwischen den Familien hier draußen war, und ich wollte es auch gar nicht wissen. Sie mochten sich ganz einfach nicht.«

»Wie es aussieht, ist der Streit heute eskaliert«, sagte Hambrock.

»Nein. Das kann nicht sein.«

»Wie erklären Sie sich sonst, was geschehen ist?«

»Siegfried hat immer versucht, sich rauszuhalten. Sein Bruder Georg, der am Ortsrand lebt und dessen Ländereien an die von Schulte-Stein grenzen, der war da ganz anders. Georg hat die offene Auseinandersetzung gesucht. Vor der Flurreform gab es Ärger um den Grenzverlauf, und da wurde ständig über Grenzsteine hinweggepflügt. Und als das geklärt war, gab es neuen Streit. Anzeigen wegen illegal gerodeter Hecken und nicht genehmigter Feuer. Irgendwas fiel den beiden immer ein. Georg und Alfons waren wie Hund und Katze. Da war immer was los.«

»Aber Ihr Mann hat sich da rausgehalten, sagen Sie.«

»Weitestgehend. Er hat immer gesagt, das bringt doch alles nichts.«

»Das heißt also, Ihr Mann und Alfons Schulte-Stein sind nie ernsthaft aneinandergeraten?«

Sie senkte den Blick.

»Frau Wüllenhues, bitte.«

»Na ja. Vor ein paar Jahren gab es Probleme, als Siegfried in den Ruhestand gegangen ist. Unser Sohn hat einen guten Job in Münster, er arbeitet im Management einer Produktionsfirma, und der Hof ist ja auch viel zu klein. Er wirft kaum etwas ab. Es wäre Unsinn gewesen zu erwarten, dass Bodo die Land-

wirtschaft übernimmt.« Sie seufzte. »Wir haben das Vieh verkauft und die Ländereien verpachtet. Alfons Schulte-Stein
wollte einen Teil unserer Länder pachten. Wir haben nämlich
vierzig Morgen Land direkt neben seinem Hof. Drum herum
ist alles in seinem Besitz, nur diese vierzig Morgen liegen da wie
eine Insel im Meer. Da ist es ja kein Wunder, dass er dieses Land
bewirtschaften wollte. Aber Siegfried hat abgelehnt. Er hat sich
ganz einfach geweigert. Ich habe nie den Streit gesucht, hat er
gesagt. Aber ich werde diesem Hund keinen Gefallen tun. So
weit kommt es nicht.«

»Und wie hat Alfons Schulte-Stein darauf reagiert?«, fragte
Hambrock.

»Wie er reagiert hat?« Sie stand auf, ging zum Fenster und
schob die Gardine zur Seite. »Sehen Sie das dort drüben an
dem Wäldchen? Er hat uns eine Biogasanlage vor die Nase gesetzt.« Tatsächlich. Hambrock erkannte die runden bauchigen
Gebäude, die hinter ein paar Büschen verborgen waren.

»Wenn der Wind von Westen kommt«, sagte Renate Wüllenhues, »zieht der Gestank zu uns herüber. Am schlimmsten ist
es, wenn sie Hühnerdung und Industriefette verarbeiten. Dann
können wir hier kaum noch das Haus verlassen.«

»Hat Ihr Mann Ihnen denn nicht gesagt, dass er heute zu
Alfons Schulte-Stein wollte?«, fragte Keller.

Sie war verwirrt. »Nein. Er … er war nicht da, als ich heute
Morgen aufgewacht bin. Ich habe mir Sorgen gemacht.«

»Kam so was häufiger vor?«

»Nein, nie. Er hat immer gesagt, wohin er ging. Zumindest
einen Zettel hat er hingelegt. Und er ist sonst auch nie vor sieben aufgestanden. Er war ein Langschläfer. Ich verstehe das
alles gar nicht.«

Draußen auf dem Hof atmete Hambrock die kalte Winterluft
ein. Es tat gut, dieses Haus zu verlassen, mit seiner Trauer und
Einsamkeit.

»Der Fall scheint ziemlich klar zu sein«, meinte Keller.

»Ja. Vielleicht.«

Sie stiegen in den Wagen, und Keller startete den Motor.

»Siegfried Wüllenhues hatte ein starkes Motiv für den Mord. Vielleicht hatte er ja keine Tötungsabsicht gehabt, als er heute Morgen zu Alfons gegangen ist, und es ist zum Streit gekommen. Wüllenhues ist durchgedreht, dann Totschlag im Affekt, und um die Spuren zu verwischen, hat er die Werkstatt in Brand gesetzt.«

»Gut möglich«, meinte Hambrock. »Kannst du mich bitte zu meinem Auto bringen?«

Keller war überrascht. »Dann kommst du nicht mit zu Vornholte?«

Walther Vornholte war ein Nachbar und alter Freund von Siegfried Wüllenhues. Renate hatte ihnen versichert, er könne ihnen mehr über die Familienfehde berichten. Er war nämlich hier in der Bauerschaft aufgewachsen und kannte viele alte Geschichten, ganz im Gegensatz zu ihr, die erst mit Anfang zwanzig hergezogen war und sich nie sonderlich für diese Dinge interessiert hatte.

»Nein«, sagte Hambrock. »Ich fahre ins Präsidium. Dort wartet eine Menge Arbeit auf mich. Rede du allein mit dem Mann.«

Keller setzte ihn am Anwesen der Schulte-Steins ab und fuhr weiter. Hambrock schloss seinen Wagen auf. Er blickte auf die Uhr. Es gab nun keine Entschuldigung mehr. Keine Ausreden. Also machte er sich auf den Weg zum Krankenhaus.

Keller nahm den Schotterweg zu dem entlegenen Hof, wo Walther Vornholte lebte. Freitagnachmittag. Wenn alles gut lief und sich dieser Fall so entwickelte, wie es momentan aussah, würden sie wenigstens den Sonntag freibekommen. Dann wäre das Wochenende nicht ganz versaut. Seit seine Exfrau wieder liiert war – mit so einem schmierigen Anwalt aus Osnabrück –, war sie nicht mehr so zickig, wenn es um die Kinder ging. Die Untiefen seines Berufs, die nun mal nicht zu beeinflussen waren, fanden plötzlich Berücksichtigung. Wenn er in einer Mordermittlung steckte und das Wochenende durcharbeiten musste, blieben die Kinder einfach bei ihr, und er durfte die verpasste Zeit ein andermal nachholen. Meistens jedenfalls. Der Burgfriede, den sie geschlossen hatten, war immer noch brüchig.

Vielleicht könnte er am Sonntag mit den beiden in den Zoo gehen. Der Große fand das zwar inzwischen ein bisschen langweilig, denn er interessierte sich mehr für Autos und neuerdings sogar für Mädchen. Aber die Kleine war ganz verrückt nach Elefanten und Giraffen, ihr würde er damit einen Riesengefallen tun. Und sein Sohn brauchte ihn. Niklas tat zwar immer auf cool, wenn die beiden bei ihm waren, aber er genoss die Besuche, das spürte er genau. Der Junge würde keine Probleme machen, wenn Keller vorschlug, in den Zoo zu gehen.

Der kleine Hof der Vornholtes war zwar ziemlich heruntergekommen, aber er hatte etwas Idyllisches. Ein kleines Wohnhaus mit efeuumrankten Mauern, daneben eine winzige Scheune und ein Schweinestall, der in einem wackligen Fachwerkhäuschen untergebracht war.

Ein Mann mit einem Futtereimer trat aus der Scheune. Ein richtiger alter Bauer, mit Schirmmütze und Gummistiefeln und wettergegerbtem Gesicht.

Keller stellte den Motor ab. »Ich suche Walther Vornholte.«

»Der steht vor Ihnen.« Er stellte den Futtereimer ab und trat neugierig näher.

»Keller von der Kripo Münster. Ich komme wegen dem Tod von Siegfried Wüllenhues.«

»Ja, Gott hab ihn selig.«

»Sie kannten ihn, richtig?«

»Mehr als das. Siegfried war ein Freund. Wir kannten uns seit Kindertagen. Über siebzig Jahre. Das prägt.«

Keller nickte. In der Scheune entdeckte er einen kleinen grünen Traktor. Der hätte auch im Museum stehen können. Ob der überhaupt noch lief?

»Arbeiten Sie noch richtig auf dem Hof?«

»Nein. Ich bin Pensionär. Der Hof war immer nur ein Hobby. Ein paar Schweine, ein paar Hühner und ein kleiner Acker.«

»Verstehe. Wirft nicht viel ab, oder?«

»Es gab Jahre, da habe ich draufgezahlt. Ich habe in Düstermühle gearbeitet. Bei der Stadtverwaltung. Aber das war alles im letzten Jahrtausend.«

»Sie sagen, Sie waren mit Siegfried Wüllenhues befreundet.«

»Richtig.«

»Was wollte er dort, bei Alfons Schulte-Stein? Hat er ihn vorsätzlich ermordet?«

Walther Vornholte antwortete nicht sofort. Tiefe Sorgenfalten legten sich in sein Gesicht.

»Das kann ich mir nicht vorstellen.«

»Hat er Ihnen von seinen Plänen erzählt, zu Schulte-Stein zu gehen? Mit einem Benzinkanister unterm Arm?«

»Nein. Davon wusste ich nichts.«

Er log. Keller war sich ganz sicher. »Bitte denken Sie nach. Was für einen Grund könnte er gehabt haben?«

»Sie mochten sich nicht. Es gab öfter mal Streitigkeiten. Aber Siegfried war ein friedliebender Mensch. Er hat immer versucht, dem Ärger aus dem Weg zu gehen.«

»Erzählen Sie mir von den Streitigkeiten, die er und Alfons Schulte-Stein hatten.«

Walther Vornholte redete eine Weile, doch Keller erfuhr dabei nicht viel Neues.

»Was war der Grund für die Familienfehde?«, fragte er schließlich. »Worauf ging das alles zurück?«

»Ich weiß nicht so genau. Zwischen ihren Vätern ist wohl mal was vorgefallen. Aber die beiden leben längst nicht mehr, das ist doch längst Geschichte.«

»Was war denn da?«

»Ich glaube, Alfons Stein senior hat Siegfrieds Vater einmal denunziert. Sie wissen schon, unter Hitler.«

»Und weiter?«

»Da muss ich passen. Unsere Eltern haben nie etwas davon erzählt. Es hat nur Andeutungen gegeben. Ich schätze, so schlimm kann es nicht gewesen sein. Siegfrieds Vater war ja während des Kriegs auf seinem Hof gewesen.«

»Gibt es jemanden, der mir mehr erzählen kann?«

Walther Vornholte dachte nach. »Carl«, sagte er schließlich. »Carl Beeke.«

»Und wo finde ich diesen Carl Beeke?«

»Er lebt in Düstermühle, im Neubaugebiet. Er hat den Krieg noch miterlebt, als junger Mann.« Vornholte tippte sich an die Stirn. »Und er ist fit hier oben. Fitter als so manch einer von uns.«

Keller nickte. »Dann werde ich ihm mal einen Besuch abstatten.«

Walther Vornholte blickte dem dunklen Wagen hinterher, der auf die Hauptstraße bog und schließlich aus seinem Blickfeld fuhr. Er zog das Handy aus der Brusttasche seines Flanellhemdes. Betrachtete es konzentriert und schaltete es umständlich ein. Die Technik. Er tippte eine Nummer auf den winzig kleinen Tasten und wartete. Ein Freizeichen, dann wurde auf der anderen Seite abgehoben.

»Die Polizei war bei mir«, sagte Walther.

»Das war doch klar. Was hast du gesagt?«

»Sie sollen Carl Beeke fragen.«

»War das klug?«

»Ich weiß nicht, wir werden sehen.«

»Sonst nichts?«

»Nein.«

»Also gut. Bis bald.«

Damit war das Gespräch beendet.

Walther Vornholte fühlte sich niedergeschlagen. Vielleicht wäre es besser gewesen, alles zu sagen, was er wusste. Die Vorstellung war so verlockend. Aber das war natürlich unmöglich.

Carl Beeke saß in seinem Sessel und blickte hinaus auf die Düster. Der Dunst hatte sich inzwischen aufgelöst, es nieselte leicht. Allmählich wurde es dunkel, dabei hatte er noch nicht einmal den Nachmittagskaffee getrunken.

Siegfried. Er ging ihm einfach nicht aus dem Kopf. Warum hatte er mit keinem darüber gesprochen? Aber die Frage konnte er sich wohl selbst beantworten. Wer sprach denn schon über das, was einen belastete?

Mühsam erhob er sich aus seinem Sessel. Griff zum Stock, der am Beistelltischchen lehnte, und stützte sich darauf. Er wollte den Kaffee kochen, bevor es dunkel wurde. Es war still im Haus. Er mochte die Ruhe. Wenn die Kinder zurückkämen, wäre es damit vorbei.

Langsam ging er in die Küche, holte Filter und Kaffeepulver aus dem Schrank und gab Wasser in die Maschine. Alles dauerte dreimal so lange wie früher. Die Bewegungen fielen ihm zunehmend schwer.

Alle hielten Siegfried jetzt für einen Mörder. War er das nicht auch? Carl konnte verstehen, warum er das getan hatte. Auch wenn es sinnlos gewesen war. Siegfried musste so handeln, um seinen Frieden zu finden. Offenbar konnte er nicht einmal Rücksicht auf seine Frau nehmen, die nun allein dastand.

Vielleicht sollte Carl mit der Polizei reden. Sie ermittelten in der Sache, das hatte ihm Inge erzählt. Vielleicht konnte er die Sache zu einem schnellen und würdigen Ende bringen, wenn er mit den Beamten redete. Dann würde nicht weiter in der Vergangenheit gewühlt, und Siegfried und Alfons konnten in Frieden begraben werden.

Er blickte durchs Fenster. Die Küche führte zur Straße mit den Nachbarhäusern. Vorgärten, Garagen, Fahrräder, Basketballkörbe.

Ein dunkler Passat fuhr langsam die Straße herauf. Ein Mann saß darin, eine Zigarette im Mundwinkel und das Fenster ein paar Zentimeter heruntergekurbelt. Er fixierte die Hausnummern und blies den Rauch durch den schmalen Schlitz nach draußen. Vor ihrem Haus blieb er stehen und parkte den Wagen. Dann trat er auf den Bürgersteig, warf seine Zigarettenkippe in den Vorgarten ihrer Nachbarn und kam direkt auf Carl zu.

3

Hambrock rüstete sich innerlich, als er die Intensivstation betrat. Er hatte eine knappe halbe Stunde Zeit. Danach würde es auffallen, wenn er nicht wieder im Präsidium auftauchte. Das musste reichen. Er wollte nicht, dass im Büro bekannt wurde, was hier los war.

Hinterm Tresen saß eine junge Schwester mit hellblonden Haaren und einem osteuropäisch wirkenden Gesicht. Hambrock sah sie zum ersten Mal hier, aber das musste nichts bedeuten. Besonders häufig hatte er sich nicht blicken lassen in den letzten Tagen.

»Wohin möchten Sie?«, fragte sie mit starkem Akzent. Er tippte auf die Ukraine.

»Zu Birgit Ha...« Hambrock hätte er beinahe gesagt. Dabei war sie seit zwölf Jahren verheiratet. »Birgit Rossmann. Sie liegt im Zimmer 415. Ich bin ihr Bruder, Bernhard Hambrock.«

Die Schwester fixierte ihren Computerbildschirm. Hambrock blickte in den Wartebereich. Seine Mutter war nirgends zu sehen. Seit Tagen verließ sie das Krankenhaus nur spätabends, um ein paar Stunden zu schlafen. Tagsüber hockte sie meistens im Wartebereich. Keiner hatte sie davon abbringen können. Auch Hambrock hatte versucht, mit ihr zu reden. Aber er wusste nicht, was er sagen sollte, wenn seine Mutter vor ihm stand, ängstlich, zerbrechlich, leichenblass. Er sollte ihr helfen. Für sie da sein. Doch er konnte das nicht. Er wäre am liebsten davongelaufen.

»Haben Sie meine Mutter gesehen? Sie sitzt eigentlich den ganzen Tag im Wartebereich.«

Die Schwester blickte verwirrt vom Monitor auf. Sie schien sich auf dieser Station nicht sonderlich gut auszukennen. Wahrscheinlich war sie nur eingesprungen.

»Schon gut«, sagte er. »Danke.«

Er überquerte den Flur. Plötzlich überfiel ihn Angst. Was, wenn es vorbei war? Wenn das Zimmer, in dem Birgit lag, leer war? Und seine Mutter hockte unten in der Kapelle und weinte sich die Augen aus.

Er schluckte. Dann atmete er durch und drückte die Zimmertür auf.

Zu seiner Überraschung lief der Fernseher. Birgit saß aufrecht im Bett. Zwar führte ein Sauerstoffschlauch in ihre Nase, und ein Gerät überwachte mit leisem Piepen ihren Herzschlag, aber ansonsten sah sie gut aus. Viel besser als beim letzten Mal.

»Bernhard!« Sie lächelte, und in ihren Augen blitzte sogar Spott auf. »Womit habe ich denn so hohen Besuch verdient? Hast du keinen Personenschutz dabei?«

»Jetzt hör schon auf. Ich freu mich, dass es dir besser geht. Das tut es doch, oder?«

Er beugte sich vor und küsste sie auf die Stirn.

»Das Fieber ist runtergegangen. Die Ärzte sagen, das neue Antibiotikum schlägt an.«

»Das klingt doch gut.« Er lächelte. »Dann können wir ja am Sonntag zu Tante Paulas Fünfundachtzigstem.«

»Du lieber Gott. Es gibt ja doch gute Gründe, besser krank zu bleiben.«

»Ist Mutter gar nicht hier?«

»Ich habe sie nach Hause geschickt. Wie es aussieht, bin ich von den Toten wiederauferstanden. Vorerst. Sie sollte sich ein bisschen ausruhen.«

Hambrock spürte sein schlechtes Gewissen.

»Was ist?«, meinte Birgit. »Willst du dich gar nicht setzen?«

Er lächelte. »Doch, natürlich.«

»Lass mich raten. Eigentlich musst du sowieso gleich wieder ins Büro. Du hast gar keine Zeit.«

»Ich ...«

Ein kurzer Anruf im Präsidium. Er würde einfach sagen, er

säße im Stau, es hätte einen Unfall auf der Bundesstraße gegeben. Kein Problem.

»Doch. Ich habe Zeit.« Er setzte sich auf die Bettkante. »Die nehme ich mir.«

Es stieg kein Rauch mehr über der Ruine auf. Die Trümmer ragten kalt und starr in den grauen Himmel. Die Dämmerung brach herein, es wurde jetzt jeden Tag ein bisschen früher dunkel.

Die Leute von Feuerwehr und Spurensicherung waren inzwischen wieder abgezogen. Den ganzen Tag über hatten sie die alte Schmiede bevölkert. Männer in weißen Anzügen und mit Masken im Gesicht, Uniformierte, die herumliefen und sich beratschlagten, und schließlich Zivile, die in dunklen Autos vorfuhren und das Gebäude genauestens in Augenschein nahmen. Scheinbar endlos ging das so, es hatte gar nicht mehr aufgehört.

Doch jetzt waren sie fort.

Ein leises Quietschen von Gummi auf dem Parkett. Seine Tochter im Rollstuhl tauchte auf. Er wandte sich vom Fenster ab. Ihr Blick war vorwurfsvoll. Mit ausladenden Bewegungen manövrierte sie sich vor die niedrige Spüle. Sie gab Wasser in den Kessel, offenbar wollte sie sich einen Tee kochen. Ihre Bewegungen waren aufreizend langsam. Heute schien es besonders schlimm zu sein. Doch sie wollte nicht, dass er ihr half. Dann wurde sie wütend.

Was ist, fragte er sich, wenn der Alltag sie irgendwann vollends überfordert? Wenn die Krankheit weiter fortschreitet? Er wurde älter und spürte seine Kräfte schwinden. Lange würde er nicht mehr für sie beide da sein können.

Dann musste eben ihr Sohn ran, der Manfred. Nach allem, was nun geschehen war, wäre dies wieder eine denkbare Option.

»Drüben bei Alfons hat es gebrannt«, stellte sie fest. »Die alte Schmiede. Was hast du denn gedacht? Ich kann das von meinem Fenster aus sehen.«

»Es tut mir leid. Ich wollte dich nicht beunruhigen.«

»Ich bin nicht aus Porzellan. Was ist denn passiert? Wie ist das Feuer ausgebrochen?«

»Ich weiß es nicht. Möchtest du, dass ich rübergehe und mich erkundige?«

»Zu Alfons? Nein, nicht nötig. Er soll nicht denken, dass ich mir Sorgen mache.«

Der Kessel rutschte ihr aus der Hand und schepperte in der Spüle. Ihre Kraft hatte ganz plötzlich nachgelassen, er war wohl zu schwer gewesen. In ihrem Gesicht spiegelte sich Erschöpfung.

»Lass dir doch helfen«, sagte er und nahm ihr den Kessel ab.

Sie ließ es geschehen. Fügte sich in ihre Niederlage. Mit düsterem Gesicht rollte sie zum Küchentisch.

»Bestimmt war es sein blödes Heizöfchen«, sagte sie. »Ich hab ihm immer gesagt, er soll sich ein neues kaufen. Sonst brennt hier eines Tages noch alles nieder, hab ich gesagt. Aber bei ihm kann man ja reden, wie man will. Ich wette, es war der Heizofen.«

»Gut möglich.«

Er stellte den Kessel auf den Herd und zündete die Flamme an.

»Er hat es gar nicht verdient, dass ich mir so viele Gedanken mache.«

»Nein, das hat er nicht.«

Dann blickte er wieder zum Fenster hinaus. Das Licht schwand. Dunkelheit legte sich über das Anwesen der Schulte-Steins. Er wollte seiner Tochter nicht sagen, was passiert war. Er war nicht der Richtige, um diese Nachricht zu überbringen. Wieso hatte Manfred denn nicht angerufen? Lag ihm so wenig an seiner Mutter?

Sie hockte zusammengesunken da, wirkte völlig erschöpft. Ihr Körper schien in den letzten Monaten kleiner geworden zu sein. Aber das gehörte wohl zu der Krankheit dazu. Wenn sich doch wenigstens der Junge gemeldet hätte.

Das Wasser begann zu kochen. Gerade wollte er den Tee aufgießen, da klingelte es. Er ging zur Tür und sah durch den Glaseinsatz nach draußen. Ein dunkles Auto stand vor ihrem Haus, und zwei Männer mit ernsten Gesichtern warteten auf ihn. Die Polizei, dachte er. Das wurde aber auch Zeit.

Wenn sonst schon keiner an sie dachte und sich nicht einmal Manfred hier blicken ließ, so war doch wenigstens auf die Polizei Verlass.

»Wir haben Besuch«, sagte er.

Dann öffnete er die Tür.

Ein paar Kilometer entfernt stand Henrik Keller ebenfalls vor einer Haustür und wartete. Es dauerte endlos, bis ihm geöffnet wurde. Ein hochgewachsener Mann stand auf der Schwelle. Er war hager und vom Alter ein wenig gebeugt. Sein Gesicht war von einer großen Hakennase geprägt, und riesige Tränensäcke verliehen ihm das Aussehen eines altersmüden Terriers. Doch das Auffälligste waren seine Augen. Wasserblaue Iris, ein stechender Blick, völlig alterslos. Egal, wie sein Körper aussehen mochte, der Geist dieses Mannes war hellwach, so viel stand fest.

»Sind Sie Carl Beeke?«

Er nickte.

»Ich bin Henrik Keller von der Polizei. Ich komme wegen Siegfried Wüllenhues.«

»Ich habe schon davon gehört. Neuigkeiten sprechen sich schnell herum.«

»Sie kannten ihn persönlich, nicht wahr?«

»Ich kannte schon seinen Vater. Wir sind alle da draußen auf dem Land aufgewachsen.«

»Richtig. Ein Mann aus der Bauernschaft hat mich zu Ihnen geschickt. Walther Vornholte. Er sagte, Sie könnten mir etwas zu der Familienfehde zwischen Wüllenhues und Schulte-Stein erzählen. Darüber wüssten Sie mehr als die meisten.«

Er nickte. »Sie wollen wissen, weshalb Siegfried Alfons Schulte-Stein getötet hat«, stellte er fest.

Keller war überrascht. So eindeutig hatte das noch keiner formuliert, auch wenn der Gedanke natürlich nahelag.

»Können Sie mir das denn sagen?«

Carl Beeke trat zur Seite.

»Kommen Sie herein.«

Der Alte schlurfte mit seinem Stock durch den Hausflur. Keller schloss die Tür und folgte ihm ins Wohnzimmer. Ein großes Panoramafenster bestimmte den Raum. Es war wie eine riesige Leinwand, der Ausblick grandios. Eine trübe stille Winterlandschaft. Alles wie in HDTV.

Vor dem Fenster stand ein wuchtiger Sessel. Carl Beeke ließ sich vorsichtig hineinsinken. Das war offenbar seine Aussichtsplattform. Drum herum standen Tischchen mit Büchern, Getränken und dem Telefon. Ein wohnliches Fleckchen. Dagegen sah die Couchgarnitur so aus, als gehörte sie gar nicht hierher. Sie wirkte unbenutzt und abweisend. Nicht einmal ein Kissen war zerknautscht. Keller vermutete, dass der alte Mann viel Zeit allein verbrachte.

»Setzen Sie sich doch«, sagte Carl Beeke.

Keller legte seine Jeansjacke ab und nahm auf dem harten Polster Platz. Ein seltsames Gefühl. Es kam ihm vor, als würde er die Couch deflorieren. Nein, hier saß sonst niemand.

»Ich wünschte, ich könnte Ihnen sagen, dass mich die Sache überrascht«, sagte Carl Beeke. »Dass ich nicht glauben kann, dass Siegfried einen Mord begangen hat, und dass mich das völlig verwirrt. Aber so ist es leider nicht.« Er fixierte Keller mit seinen wasserblauen Augen. »Siegfried hat doch diesen Mord begangen, nicht wahr?«

Keller beschloss, großzügig mit den Tatsachen umzugehen.

»Ja, das hat er«, sagte er bestimmt.

Schließlich war er hier, um herauszufinden, was dieser Mann zu erzählen hatte. Wen interessierte es da schon, dass sie kaum etwas über die Geschehnisse von heute Morgen wussten. Sie hatten ja noch nicht einmal die verbrannte Leiche identifiziert.

»Es sieht im Moment zumindest ganz danach aus«, schob er hinterher.

Der alte Mann hob eine Augenbraue. Keller wurde klar, dass er ihn durchschaute. Aber offenbar spielte das keine Rolle, denn er lehnte sich zurück und begann zu erzählen.

»Die Familien lagen schon immer im Streit, nicht erst seit Siegfried und Alfons. Das war schon in der Elterngeneration so und in der ihrer Großeltern. Wahrscheinlich geht so manch eine Familienfehde bis in den Dreißigjährigen Krieg zurück. Wer kann schon sagen, was da der ursprüngliche Auslöser war? Ist der Wurm einmal drin, gibt es in jeder Generation neue Anlässe, sich zu bekriegen.«

Keller wartete. Da Carl Beeke nicht weitersprach, fragte er: »Aber einen Mord hat es bei den beiden Familien bisher noch nicht gegeben, oder doch?«

»Nein. Einen Mord hat es noch nie gegeben. Aber die Geschichte ist kompliziert. Und sie betrifft zunächst einmal die Väter der beiden. Deshalb muss ich ein wenig ausholen. Alfons Schulte-Steins Vater hat nämlich vor langer Zeit etwas getan, was sehr folgenreich für Siegfrieds Kindheit war.«

»Erzählen Sie.«

»Ich war damals vierzehn Jahre alt. Sechsunddreißig war das, drei Jahre vor dem Krieg. Es war … na, Sie wissen schon. Es war eine andere Zeit. Der Reiterverein, der Schützenverein, überall begann die Gleichschaltung. Am Anfang war es so, dass die Bauern hier nichts mit den Nazis zu tun haben wollten. Das war katholisches Gebiet, fest in der Hand der Zentrumspartei. Es ging mit den Knechten und den ungebildeten Raufbolden los, die in Düstermühle SA-Treffen abhielten und sich lautstark zur Partei bekannten. Und danach hatten die Bauern ja erst recht keine Lust mehr auf die Partei. Aber mit der Zeit änderte sich alles. Natürlich hatten die Nazis auch die Dörfer hier fest unter Kontrolle. An jedem noch so abgelegenen Flecken im Reich wehte die Hakenkreuzflagge, so war das damals. Die Bauern, die gerne auf dem Schützenfest einen hoben, taten das nun auf dem nationalsozialistischen Kriegerfest. Und die Bauern, die vorher im Reiterverein waren, ritten nun im nationalsozialistischen Reitersturm. Natürlich wurden nicht alle zu Nazis. Aber die, die von der neuen Zeit nichts wissen wollten, hielten sich bedeckt. Es gab zwei Lager: das der Nazis und ihrer Mitläufer und das von denen, die nichts damit zu tun haben wollten und lieber schwiegen.«

»Lassen Sie mich raten. Schulte-Stein und Wüllenhues gehörten nicht demselben Lager an.«

»Der alte Schulte-Stein war anfällig für die Macht, und er hat Karriere gemacht unter den Nazis. Das war mit der richtigen Gesinnung damals nicht schwer. Unter anderem war er Bürgermeister von Düstermühle. Aber wissen Sie, es gibt Leute, denen man besser keine Macht über andere gibt.«

»Und was war mit Wüllenhues?«

»Wüllenhues war ein sturer alter Bauer, der sich nicht den Mund verbieten lassen wollte. Er hat seine Meinung zwar nicht laut herausposaunt, aber er hat eben auch nicht hinterm Berg gehalten damit.«

»Schulte-Stein hat ihn denunziert?«

»Er hat sich persönlich dafür eingesetzt, dass Wüllenhues abgeholt wird. Teils wohl aus Verblendung, teils aber auch wegen der alten Familienfehde.«

»Was ist passiert?«

»Wüllenhues war ein halbes Jahr fort. Als er zurückkehrte, war er verändert. Krank. Und verschlossen. Er hat seinen Hof kaum mehr verlassen.«

»Wo war er in diesem halben Jahr?«

»Im KZ. Mehr weiß ich nicht. Keiner, der dort gewesen war, redete später darüber. Keiner. Auch Wüllenhues nicht.«

»Und wie alt war Siegfried damals?«

»Er war gerade auf der Welt. Vielleicht ein halbes Jahr alt, höchstens anderthalb. So genau weiß ich das nicht mehr. Sein Vater ist dann zwar bis zum Kriegsende auf seinem Hof geblieben. Selbst für den Volkssturm war er nicht mehr zu gebrauchen, da war er bereits schwer krank. Trotzdem hatte die Geschichte enorme Auswirkungen für Siegfried. Er war das jüngste von sieben Kindern, die alle durchgebracht werden mussten. Der Hof hat wenig abgeworfen, und der alte Wüllenhues war nach dieser Geschichte eher eine Belastung als eine Hilfe. Seine Frau hatte eine kinderlose Schwester, die in Hamburg mit einem Beamten verheiratet war. Die beiden hatten genug Geld, also sorgte sie dafür, dass Siegfried von ihnen aufgenommen wurde. Ein Kind weniger, das durchgefüttert werden musste.«

»Er ist also in Hamburg aufgewachsen?«

»Zumindest einen Teil der Kindheit hat er dort verlebt. Er war drei Jahre alt, als er hingebracht wurde. Aber es war wohl nicht gerade ein liebevolles Elternhaus. Und dann kam der Krieg. Nun ja. Um es kurz zu machen: Sie haben Hamburg nicht rechtzeitig verlassen.«

»Sie meinen, bevor die Stadt bombardiert wurde?«

»Richtig. Die Kinder sollten aufs Land gebracht werden, aber man glaubte offenbar, es bliebe noch genügend Zeit.«

Keller knetete nervös seine halbvolle Marlboroschachtel, was ihm erst bewusst wurde, als Carl Beeke ihn aufforderte, sich eine anzuzünden.

»Drüben in der Vitrine finden Sie einen Aschenbecher. Es geht schneller, wenn Sie ihn sich selbst holen.«

Keller schnupperte. Der Raum roch nicht, als ob hier geraucht würde. »Ist Ihnen das denn auch recht?«

Carl Beeke zwinkerte ihm zu. »Vor vierzig Jahren hätte kein Mensch so etwas gefragt.«

Keller lachte. »Also gut.«

Er stand auf, holte den Aschenbecher und zündete sich eine an. Dann blies er den Rauch in die Luft und wandte sich wieder dem alten Mann zu.

»Das heißt also, Siegfried war während der Bombardierungen in der Stadt?«

Der Alte nickte. »Keiner weiß, wie lange. Sein Onkel war an der Ostfront, und er und seine Tante waren allein in Hamburg zurückgeblieben. Sie ist wohl in einer der Bombennächte umgekommen, jedenfalls erzählte man sich das, und keiner glaubte, Siegfried hätte überlebt. Aber dann ist er wieder aufgetaucht. Nach dem Krieg. In einem Kinderheim. Man konnte nur darüber spekulieren, was geschehen sein mochte. Der Junge hat nicht darüber gesprochen. Er schien sich auch gar nicht mehr erinnern zu können.« Carl Beeke lächelte betrübt. »Damals dachte man, das wäre ein gutes Zeichen. Die Kinder vergaßen die Schrecken des Krieges. Sie standen einfach auf und lebten weiter. Spielten. Waren fröhlich. Heute weiß man es natürlich besser. Die Psychologie ist da inzwischen viel weiter.«

»Siegfried hat es also dem alten Schulte-Stein zu verdanken, dass sein Vater gebrochen aus dem KZ zurückkehrte und er nach Hamburg geschickt wurde, mitten in den Bombenkrieg hinein. Aber warum jetzt, nach so langer Zeit? Und warum Alfons und nicht Schulte-Stein senior? Hat es einen konkreten Anlass gegeben? Einen Streit oder etwas in der Art?«

»Sie wollen den Anlass wissen?« Carl Beeke schenkte ihm ein Lächeln. »Es ist das Alter. Wenn man alt wird … Irgendwann hat man das Gefühl, man lebt nur noch für seine Erinnerungen. Dann wird klar, was wirklich wichtig war im Leben. Worauf es im Grunde ankommt.«

»Sie meinen …«

Der Alte nickte. »Ich glaube, dass Siegfried erkannt hat, welche Rechnung er noch begleichen musste. Und er hat sie beglichen. Um in Frieden sterben zu können.«

Als er wieder im Auto saß, zog er sein Handy hervor, das er ins Handschuhfach gelegt hatte. Seine Frau hatte in der Zwischenzeit dreimal angerufen.

Seine Exfrau, korrigierte er sich.

Er holte Luft und drückte die Rückruftaste.

»Verdammt, das wird aber auch Zeit, dass du dich meldest! Es ist Freitagabend, Henrik, und ich habe immer noch keine

Ahnung, was dieses Wochenende ist. Selbst wenn ich für mich keine Pläne hätte, musst du aber doch an die Kinder denken! Sie müssen wissen, was los ist. Sie brauchen Sicherheit.«

»Entschuldige bitte. Wir haben ein Tötungsdelikt reinbekommen. Ich habe dir das heute Morgen auf den Anrufbeantworter gesprochen. Hast du ihn abgehört?«

»Natürlich hab ich ihn abgehört. Aber was heißt das jetzt für uns? Dass du am Wochenende ausfällst? Dann sag das doch bitte, damit wir Klarheit haben!«

Er sah zum Haus von Carl Beeke. Der Fall war eindeutig. Siegfried Wüllenhues hatte die Werkstatt angezündet und war an Herzversagen gestorben.

Für den Samstag wollte er sich besser nicht festlegen, da konnte man nie wissen. Aber danach …

»Morgen wird wohl nichts draus. Aber am Sonntag nehme ich die beiden gerne. Ich habe mir schon überlegt, mit ihnen in den Zoo zu gehen. Da waren wir schon lange nicht mehr.«

Aber das schien sie nicht zu interessieren. »Also Sonntag. Kann ich mich auch darauf verlassen?«

Keller zögerte.

»Henrik! Kann ich mich darauf verlassen?«

»Ja, doch. Ich hole sie Samstagabend ab und bring sie Sonntagabend zurück. Ist das in Ordnung?«

»Wollen wir es hoffen«, murmelte sie und legte ohne ein weiteres Wort auf.

Keller pfefferte das Handy auf den Beifahrersitz. Dann zündete er sich eine weitere Zigarette an. Hoffentlich hatte er tatsächlich frei am Sonntag. Aber was sollte schon passieren? Schließlich war der Fall eindeutig, und es ging nur noch darum, die Fakten zusammenzutragen.

4

Hambrock legte seine ausgekühlten Hände auf den Heizkörper. Er hatte sich den Sommer über angewöhnt, mit dem Fahrrad ins Büro zu fahren, wie das halbe Präsidium es machte, schließlich war Münster eine Fahrradstadt. Das bisschen Bewegung tat ihm erstaunlich gut, er fühlte sich morgens um einiges frischer, und daher hatte er sich fest vorgenommen, sich auch vom Winter nicht kleinkriegen zu lassen. Mal sehen, wie lange er das noch durchhielt. Heute zog er seine Entscheidung zum ersten Mal ernsthaft in Zweifel.

Von seinem Bürofenster aus blickte er auf ein Wohnviertel mit hübschen Häusern und kleinen Gärten. Oft stand er einfach da, dachte nach und blickte hinunter. Doch heute war alles im dichten Nebel abgetaucht. Eine zähe graue Masse, die kaum Licht durchließ. Nirgends eine Bewegung. Im Radio hatte es zwar geheißen, nach Auflösung von Nebelfeldern solle noch die Sonne durchkommen, aber jetzt sah es nicht mehr so aus, als würde sich diese trübe Masse noch lichten.

Im Garten des Nachbargrundstücks war schemenhaft ein Apfelbäumchen zu erkennen. Die kargen Äste ragten in den Nebel. Ein Rabe hockte da und schien Hambrock zu beobachten. Plötzlich breitete er seine Flügel aus und flatterte krächzend davon.

Ein Klopfen an der offenen Tür. »Hambrock?«

»Morgen, Henrik. Komm rein.«

Keller nickte. Er schien zu überlegen, ob er die Tür hinter sich schließen sollte, doch dann entschied er sich dagegen. Sein Auftauchen musste einen Grund haben, denn in ein paar Minuten hätten sie sich ohnehin bei der morgendlichen Besprechung getroffen.

»Was gibt's denn?«, fragte Hambrock.

»Ich wollte nur kurz hören, ob du schon was von der Obduktion weißt.«

»Kann das nicht warten?«

»Doch, natürlich. Ich dachte nur, wo ich gerade hier vorbeikam …«

»Es gab noch keine Obduktion. Wir müssen uns übers Wochenende gedulden, Montagmorgen wissen wir mehr.«

Hambrock hatte am Vorabend mit Dr. Brüggen gesprochen, der Rechtsmedizinerin. Sie war gerade auf dem Weg zu einer Tagung gewesen. Am Montag würde sie die Leichen obduzieren, gleich als Erstes wollte sie sich daranmachen. Wie immer war ihre Stimme ruhig und freundlich gewesen, daran hatte auch die lärmende Hektik auf dem Bahnhof nichts ändern können.

Dr. Hannah Brüggen. Eine seltsame Frau. Sie arbeitete erst seit ein paar Monaten in Münster. Frisch von der Uni, eine Einserkandidatin. Mit ihrem wunderschönen Gesicht und der perfekten Figur hätte sie auch als Model durchgehen können. Eine richtige Klassefrau. Natürlich war das sexistisch, aber trotzdem fragte sich Hambrock: Was machte so eine Frau in einem solchen Beruf? Er konnte sich keinen Reim darauf machen. Ihm reichte es schon, dass er bei Tötungsdelikten einen kurzen ersten Blick auf die Leichen werfen musste. Und diese hübsche zierliche Frau hockte den ganzen Tag allein in ihrem Keller in der Rechtsmedizin, schnitt Schädel und Brustkörbe auf und murmelte etwas in ihr Diktiergerät. Immer nur Leichen, Leichen, von morgens bis abends. Wasserleichen, Tierfraß, Austrocknung. Und dann ging sie nach draußen, warf ihr blondes Haar in den Nacken, lächelte allen ein perlweißes Lächeln zu und ging beschwingt nach Hause.

»Das heißt also«, meinte Keller, »wir wissen noch nicht einmal, ob es sich bei der verbrannten Leiche tatsächlich um Alfons Schulte-Stein handelt.«

»Doch, das schon. Man hat ihn bereits an seinem Gebiss identifiziert. Dr. Brüggen meint, es gibt keinen Zweifel. Es ist Schulte-Stein, keine Frage.«

»Hm. Wenigstens das. Dann ist der Fall doch ziemlich klar, oder? Siegfried Wüllenhues hatte ein starkes Motiv für die Tat.«

Hambrock hatte die Berichte schon gelesen. »Sieht ganz so aus.«

Keller nickte, dann schien er etwas sagen zu wollen, beließ es jedoch dabei. Hambrock fragte sich, ob der neue Kollege womöglich das Wochenende freihaben wollte. Aber er traute sich bestimmt nicht zu fragen, bei seiner ersten Todesermittlung im neuen Job.

»Also gut«, meinte Keller schließlich. »Dann sehen wir uns gleich bei der Besprechung.«

Er drehte sich um und steuerte den Ausgang an. Dabei rempelte er beinahe seinen Kollegen Guido Gratczek an, der hinter ihm in der offenen Tür aufgetaucht war. Gratczek, wie immer ein bisschen zu gut angezogen, mit teurem Anzug, polierten Schuhen und perfekt gebundener Krawatte, sprang eilig zur Seite. Der Blick, den er Keller zuwarf, war eindeutig. Und tatsächlich, im direkten Vergleich fand auch Hambrock, dass Keller aussah wie ein Penner.

»Morgen, Herr Keller«, sagte Gratczek kühl.

»Hm. Morgen.« Damit drückte er sich an Gratczek vorbei und verschwand im Flur.

»Und?«, fragte Hambrock. »Wie läuft's mit dem neuen Kollegen?«

Gratczek verzog keine Miene. »Ganz gut.« Dann reichte er Hambrock einen Stapel Papiere. »Meine Berichte von gestern. Die habe ich wohl vergessen. Sorry.«

Hambrock nahm sie entgegen. »Du warst bei der Exfrau von Alfons Schulte-Stein, oder?«

»Unter anderem. Helga Schulte-Stein. Eigentlich Holtkamp, aber sie hat nach der Scheidung den Namen ihres Mannes behalten.«

»Und? War's interessant?«

Gratczek hob die Schultern. »Ging so. Sie wirkte ziemlich

mitgenommen von den Ereignissen. Dabei standen die beiden sich nicht mal sonderlich nahe. Die Scheidung ist fünf Jahre her, danach hat es keinen Kontakt mehr gegeben.«

»Die verstoßene Ehefrau ...«

»Vergiss es. Die war nicht in der Werkstatt. So viel steht fest.«

»Was macht dich so sicher?«

»Sie sitzt im Rollstuhl. Multiple Sklerose. Und nicht gerade im Anfangsstadium. Die hat ihrem Exmann jedenfalls keins übergebraten.«

»Ich verstehe. Wo lebt sie?«

»Ebenfalls in der Bauernschaft, auf dem Hof ihres Vaters. Er ist nur gut hundert Meter vom Anwesen der Schulte-Steins entfernt, vielleicht hast du ihn gesehen? Der Bauernhof hinter der Viehwiese, an dem kleinen Wäldchen. Südlich der abgebrannten Werkstatt.«

»Kann schon sein. Was hat sie über die Familienfehde gesagt? Sie weiß doch bestimmt eine Menge darüber.«

»Nein, im Gegenteil. Sie sagte nur, ihr Exmann und Siegfried Wüllenhues mochten sich nicht. Alfons wollte nichts mit Wüllenhues zu tun haben. Der Grund dafür läge in der Vergangenheit, aber Genaues wüsste sie nicht. Irgendwas, das die Väter der beiden betrifft. Ihr Exmann habe nie mit ihr darüber gesprochen.«

»Gut hundert Meter entfernt«, murmelte Hambrock. Er dachte darüber nach. »Fahr doch noch mal da raus. Ich will wissen, wie es zur Scheidung kam. Was der Hintergrund war. Kannst du das erledigen?«

»Heute?«

»Natürlich heute. Ist das ein Problem?«

»Nein. Gar nicht.« Gratczek blickte auf die Uhr. »Wir sollten langsam in den Besprechungsraum. Die anderen warten bestimmt schon.«

»Also gut.«

Wahrscheinlich warten sie alle darauf, ins Wochenende geschickt zu werden, dachte Hambrock. Er schnappte sich seine Unterlagen und folgte Gratczek hinaus auf den Flur.

Carl Beeke saß am Fenster. Der dichte Nebel begann sich langsam aufzulösen. Hoch am Himmel konnte er bereits die Sonne erkennen, ein kalter weißer Ball über dem Dunst. Irgendwo im Haus ertönte ein lautes Poltern. Die Kinder begannen zu schreien, und dann hörte er Christa schimpfen. Carls Atem ging ruhig und gleichmäßig. Er wartete.

Rosa Deutschmann, eine Nachbarin aus der Siedlung, würde ihn gleich abholen, wie jeden Samstagvormittag, um mit ihm zum Friedhof zu fahren. Dann konnte er in Ruhe das Grab seiner Frau besuchen. Zwar hatte er das Gefühl, dass Mia auch hier bei ihm war, in Christas Haus in Düstermühle. Trotzdem war es gut, ihr Grab regelmäßig in Ordnung zu halten. Und er kam auf diese Weise mal vor die Tür.

Er selbst konnte nicht mehr Auto fahren, und Christa war viel zu beschäftigt, um ihn ständig irgendwo hinzubringen. Sie meinte zwar, er solle es nur sagen, wenn er Hilfe brauchte, aber er wusste: Christa hatte im Grunde gar keine Zeit für so etwas. Und er wollte ihr nicht mehr zur Last fallen, als er es ohnehin schon tat.

Er sah auf die Uhr. Kurz vor elf. Rosa Deutschmann würde pünktlich auf die Minute sein, das war sie immer. Sie machte zwar Witze über sich und ihre übermäßige Pünktlichkeit. Aber es steckte ihr wohl zu sehr im Blut, denn es änderte sich nie etwas daran.

Seit Kurzem lebte sie allein. Sie hatte zuerst ihre Eltern gepflegt und danach ihren Mann, der nach langer, schwerer Krankheit im letzten Sommer verstorben war. Und weil sie nun keinen mehr hatte, um den sie sich kümmern konnte, schien es ihr Spaß zu machen, Carl ab und zu ein bisschen herumzukutschieren und Zeit mit ihm zu verbringen. Und er nahm es dankend an.

Mühsam erhob er sich aus seinem Sessel und ging zur Garderobe, um sich den Mantel anzuziehen. Wenn sie kam, wollte er sie nicht warten lassen.

»Ich fahre zum Friedhof«, rief er ins Haus hinein.

Keine Antwort.

»Christa!«

»Ja, schon gut. Bis später.«

Die Wanduhr in der Küche schlug zur vollen Stunde. Im gleichen Moment klingelte es an der Haustür. Er öffnete, und Rosa stand vor ihm.

»Mien Deernken, da bist du ja!«

Rosa lachte, wie jedes Mal, wenn er sie so nannte. Natürlich war auch sie nicht mehr die Jüngste – dreiundsiebzig, um genau zu sein –, doch immer, wenn er sie mit diesem Kosenamen ansprach, lachte sie auf eine Weise, die ein junges, fröhliches Mädchen aus ihr machte. Die Falten, die grauen Haare, alles trat in den Hintergrund, und da waren nur noch ihre Augen, die vor Freude sprühten.

»Ach, Carl. Du bist unverbesserlich«, sagte sie. »Soll ich dir helfen?«

»Nur bei den Stufen. Den Rest schaffe ich alleine.«

Sie gingen zum Wagen und stiegen ein. Sobald Rosa die Tür hinter sich zuwarf, fragte sie: »Hast du das von Siegfried und Alfons gehört?«

»Ja. Die Polizei war gestern bei mir.«

»Du meine Güte, was für einen Sinn hat denn das?«

»Ich weiß es nicht.«

»Aber kannst du dir vorstellen, dass Siegfried einen Menschen tötet? Er war doch so ein herzensguter Mann.«

Jeder konnte töten. Das hatte Carl früh gelernt. Auch die Sanftmütigen. Manche zerbrachen später daran, aber töten, das konnte jeder.

»Ich weiß es nicht«, sagte er.

Rosa schwieg. Sie schien etwas auf dem Herzen zu haben. »Alfons war bei mir, vor ein paar Monaten«, sagte sie schließlich.

»Er war bei dir? Was hat er gewollt?«

»Er war aufgewühlt. Er wollte etwas sehen, was in meinem Besitz ist. Du weißt schon, wegen damals.«

Da fiel es ihm wieder ein. Natürlich. Rosa hatte mit ihrer Mutter eine Weile auf dem Hof von Schulte-Stein gelebt. Nachdem sie mit einem der Trecks aus Ostpreußen gekommen waren. Anfang fünfundvierzig. Da war Carl gerade an die Ostfront verlegt worden, wo er später in Gefangenschaft geriet. Rosa und ihre Mutter waren Flüchtlinge aus Königsberg gewesen. Da hatte es noch eine Schwester gegeben, glaubte er sich zu erinnern, doch die war auf der Flucht verstorben. Mutter und Tochter hatten auf einem Zwischenboden über dem Stall gelebt, bis schließlich Rosas Vater aus dem Krieg zurückgekehrt war und sie eine Wohnung in Düstermühle bekommen hatten.

Schulte-Stein war damals verpflichtet gewesen, Flüchtlingsfamilien aus dem Osten aufzunehmen, wie alle anderen auch. Doch gefallen hatte es ihm sicher nicht, dachte Carl. Für Rosas Mutter musste es eine schwere Zeit gewesen sein.

»Was meinst du genau?«, fragte er. »Was ist denn in deinem Besitz?«

»Nun ja.« Es schien ihr etwas peinlich zu sein. »Du weißt, ich bin keine Diebin.« Dann lachte sie. »Das heißt, vielleicht bin ich es ja doch. Aber ich war damals noch ein Kind. Da bekomme ich mildernde Umstände, nicht?«

»Du hast etwas bei Schulte-Stein gestohlen?«

Sie nickte. »Ein Fotoalbum.«

»Wieso denn das?«

»Weil es Fotos aus Düstermühle waren. Und vom Anwesen der Schulte-Steins.«

»Ich verstehe nicht.«

»Es sollte verbrannt werden. Zusammen mit einem riesigen Haufen von Nazidevotionalien: Fahnen und Ölbilder mit Hitler drauf, Unterlagen, Parteibücher, alles Mögliche. Die Alliierten kamen, es war nur noch eine Frage der Zeit, und da wollte

Schulte-Stein alles verbrennen, was ihn mit den Nazis in Verbindung brachte. Dieses Fotoalbum gehörte auch dazu.«

»Du meinst, es waren Fotos aus der Nazizeit drin?«

»Richtig. Der alte Schulte-Stein in Uniform und mit der Familie im Garten. Dann zusammen mit seinen SS-Leuten, die auf dem Hof Geburtstag feiern. Und dann noch Bilder aus Düstermühle. Der Kirchplatz, wo an jedem Haus eine Hakenkreuzflagge weht. Aufmärsche in Uniform. Das Kriegerfest.«

»Und der alte Schulte-Stein wollte diese Bilder verbrennen.«

»Ja. Er wollte alle Beweise vernichten, um später mit weißer Weste dazustehen.«

»Aber warum, um alles in der Welt, hast du dieses Album gestohlen?«

»Ich war eben ein Kind. Die Flucht ...« Sie brach ab. »Du weißt schon. Mutter sprach kaum noch. Sie war hart geworden, wie so viele. Sie sagte immer nur: Das ist jetzt dein Zuhause. Denk nicht an Königsberg zurück. Und dann waren da diese Fotos, von meinem neuen Zuhause, und ich wusste, sie sollten verbrannt werden. Da habe ich sie heimlich stibitzt und unter meinem Bett versteckt. Damit ich darin blättern kann. Als wäre ich hier aufgewachsen. Das waren meine Bilder. Mein Haus, mein Dorf, meine Nachbarn. Als wäre ich ein ganz normales Kind.« Sie lachte wieder, doch nun klang es gezwungen. »Albern, nicht wahr? Aber so sind Kinder nun mal.«

»Und Alfons Schulte-Stein wusste, dass du dieses Album an dich genommen hattest?«

»Er hat mich damals beobachtet. Er war ja kaum älter als ich. Ein Dreivierteljahr vielleicht. Er hat mich aber nicht bei seinem Vater verpetzt. Keine Ahnung, weshalb. Ich hatte es fast schon vergessen, aber dann stand er plötzlich bei mir vor der Tür. Er hatte sich daran erinnert, an dieses Fotoalbum. Und er wollte es unbedingt sehen.«

»Du hast es ihm gezeigt?«

»Natürlich. Warum denn nicht? Ich habe eine Weile danach suchen müssen, das schon. Im Lauf der Jahre hatte ich es immer wieder wegwerfen wollen, wenn es mir beim Großreinemachen in die Hände fiel. Aber irgendwas hat mich zurückgehalten. Ich dachte an dieses kleine Mädchen von damals und wie wichtig das Album für mich war. Dann habe ich es wieder irgendwo in eine Truhe gesteckt, wo es keinen stört.«

»Was wollte Alfons mit den alten Bildern? Hat er das gesagt?«

»Nein. Er hat sie sich einfach nur angesehen. Ich habe ihm einen Tee gekocht und ihn allein gelassen. Ich habe sogar gesagt, er könne das Album behalten, schließlich gehörte es seinem Vater. Aber das wollte er nicht. Er wollte es sich nur ansehen. Nach einer Stunde ist er wieder gegangen.« Sie zögerte. »Wer weiß schon, was ihn bewogen hat. Weißt du, seit ich alleine bin, denke ich immer wieder darüber nach. Wie damals alles war. In Königsberg und danach. Keine Ahnung, wo diese Gedanken herkommen. Aber ...« Sie brach ab. »Wie auch immer. Ich hab ihn einfach alleine gelassen und in der Küche die Fenster geputzt. Er wird schon seine Gründe gehabt haben.«

Carl dachte nach. Alfons Schulte-Stein war kein Mann gewesen, der in der Vergangenheit lebte. Er konnte sich schwer vorstellen, dass Sentimentalität der Grund für diesen Besuch gewesen war.

»Und jetzt sagen die Leute, Siegfried hat ihn getötet«, fuhr Rosa fort. »Wegen einer Sache, die lange zurückliegt und die ihre Väter betraf. Das ist doch merkwürdig, nicht wahr?«

Der Friedhof von Düstermühle rückte ins Blickfeld. Rosa parkte unter den Platanen, die an der Friedhofsmauer standen.

»Darf ich mir dieses Album einmal ansehen?«, fragte er.

»Natürlich.« Sie lächelte. »Ich habe Apfelkuchen gebacken, wie du ihn am liebsten hast. Wir könnten später zu mir fahren, dann koche ich Kaffee und hole das Album hervor. Was hältst du davon?«

Bevor er antworten konnte, fügte sie hinzu: »Danach fahre ich dich natürlich nach Hause. Du musst dir keine Gedanken machen.«

Auch Carl lächelte. »Ach, mien Deernken. Was wäre ich nur ohne dich?«

Carl stand allein vor dem Grabstein. Er atmete die feuchte Luft ein. Die Wintersonne stand tief am Himmel und warf ein kaltes Licht auf das Grab.

Maria Beeke, geb. Huesmann
1932−2006
Der Herr ist dein Hirte, dir wird nichts mangeln

Ganz vorsichtig und mit eisernem Klammergriff um seinen Stock ging er in die Knie. Zupfte ein paar nasse Blätter vom Beet, gab ein neues Grablicht in die Messingfassung, zündete es an. Und zog sich wieder hoch, wacklig und mit zitternden Knien.

Er schaute sich um. Rosa war nicht zu sehen, das Grab ihrer Familie lag am anderen Ende des Friedhofs. Hinter einer Hecke entdeckte er seinen ehemaligen Nachbarn, Walther Vornholte. Er stand am Grab seiner Frau, die erst vor Kurzem gestorben war. Da lag noch immer ein Berg von Kränzen und welken Blumen. Der Tod war hier ganz nah.

Sie war sehr krank gewesen. Bettlägerig. Und kein Arzt konnte ihr mehr helfen. Rosa hatte einmal gesagt, sie wäre zeitlich und örtlich verwirrt gewesen. Am Ende habe sie nicht einmal mehr ihren Ehemann erkannt. Sie war eine Fremde im eigenen Leben gewesen, eingesperrt in der Vergangenheit wie in einem Traum.

Carl war dankbar dafür, klar im Kopf zu sein.

In diesem Moment hob Walther den Kopf und entdeckte ihn. Carl schützte seine Augen mit der Hand und trat gegen das Sonnenlicht. Sie grüßten sich.

»Du hast gestern diesen Polizisten zu mir geschickt?«, erkundigte sich Carl.

»Ja. Das war dir doch hoffentlich recht?«

»Natürlich. Ich hoffe nur, ich·konnte helfen.«

Walther nickte. Sein Blick wanderte wieder zu dem kranz-
bedeckten Grab. Seine Trauer war deutlich spürbar.

»Es tut mir leid, Walther«, sagte Carl.

Seine eigene Frau Mia war friedlich eingeschlafen. Eines
Nachts, ganz ohne Vorwarnung. Herzversagen, hatte es später
geheißen. Es war so plötzlich passiert, er hatte geglaubt, er
würde den Verstand verlieren vor Schmerzen. Erst später war
ihm klar geworden, dass Mia auf irgendeine Art weiter bei ihm
war. Ihn begleitete, jeden Tag.

»Sie hat mich am Ende nicht einmal mehr erkannt«, sagte
Walther mehr zu sich als zu Carl. »Sie hat mich Vati genannt.«

Carl legte die Hand auf seine Schulter. »Vergiss das, Walther.
Ihr werdet bald wieder zusammen sein. So wie früher.«

»Glaubst du das?«

»Das tue ich. Was denn sonst?«

Walther schien das Thema wechseln zu wollen. »Siegfried
war das nicht, oder? Er hat doch niemals Alfons umgebracht.«

»Das wissen wir nicht, Walther.«

»Aber doch nicht Siegfried. Du kanntest ihn doch auch. Ihr
wart Freunde. Er kann das nicht gewesen sein.«

»Wir können in die Menschen nicht reinschauen.«

Sie redeten noch eine Weile, doch es gab nicht mehr viel zu
sagen. Walther verabschiedete sich, und auch Carl machte sich
auf den Weg, um Rosa zu suchen.

»Besuch mich mal in der Bauernschaft«, sagte Walther. »Die
neuen Besitzer von deinem Kotten sind sehr freundlich. Sie
haben jetzt auch die Scheune renoviert. Das Fachwerk und den
Giebel. Ziemlich aufwendig, das muss ein Vermögen gekostet
haben. Aber es ist beeindruckend. Schön, wenn die alten Dinge
erhalten bleiben.«

»Das höre ich gern.«

Eigentlich wollte er lieber nichts von seinem Kotten hören.
Besser, er ließ alles hinter sich und gewöhnte sich daran, bei
seiner Tochter in Düstermühle zu wohnen. Wofür war es gut,

in die Bauernschaft zu gehen und alte Wunden aufzureißen? Nein, nie wieder würde er dort hingehen.

Er winkte seinem ehemaligen Nachbarn zu.

»Vielleicht komme ich mal vorbei«, sagte er. »Mach's gut, Walther.«

Damit wandte er sich ab und ging zu Rosas Familiengrab.

Hambrock war zufrieden. Der Bericht der Spurensicherung war eingetroffen. Es bestand kein Zweifel: Siegfried Wüllenhues hatte den Brand in der Werkstatt gelegt. Seine Abdrücke waren überall am Kanister, und Benzinrückstände hafteten an seinen Händen. Zudem war ihm versichert worden, dass eine andere Brandursache ausgeschlossen werden konnte. Es war Brandstiftung gewesen, das kleine Gebäude war mithilfe von Benzin angesteckt worden.

Wie es aussah, wäre dieser Fall bald abgeschlossen. Es ging jetzt nur noch darum, den Tathergang genau zu rekonstruieren, danach würden sie die Ermittlungen wohl einstellen und den Fall an die Staatsanwaltschaft weitergeben.

Sein Handy klingelte. Auf dem Display sah er: Es war seine Mutter. Nun, wo es Birgit wieder besser ging, fühlte er sich imstande, das Gespräch entgegenzunehmen.

»Hallo, Mutter.«

»Hallo. Da bist du ja. Es ist sehr schwer, dich zu erreichen.«

»Tut mir leid, hier ist im Moment einfach viel los. Aber ich war heute schon bei Birgit. Wenigstens das habe ich geschafft.«

»Ja. Das hat sie mir erzählt. Ich war da kurz zu Hause, um was zu essen. Da haben wir uns wohl verpasst.«

»Sie wirkte ziemlich fit, als ich sie gesehen habe. Ich glaube, das Schlimmste hat sie hinter sich.«

Gott sei Dank, dachte er. Es war ja im Grunde auch eine lächerliche Geschichte gewesen, das Ganze. Ein verschleppter Harnwegsinfekt, damit war es losgegangen. Typisch Birgit: Sie war natürlich nicht zum Arzt gegangen, und dann waren da noch ihr Job und der Haushalt und die Kinder. Immer hundert

Prozent geben, vierundzwanzig Stunden am Tag. Kein Wunder, dass sich dieser harmlose Infekt dann zu einer Nierenbeckenentzündung auswuchs. Sie bekam plötzlich hohes Fieber und starke Schmerzen und wurde von ihrem Mann ins Krankenhaus gebracht. Dort blieb sie erst einmal, ohne dass sich an ihrem Zustand sonderlich viel änderte, und ein paar Tage später hieß es plötzlich, Birgit leide an einer Blutvergiftung. Eine Sepsis. Die Mortalitätsrate wollte sich Hambrock lieber nicht vor Augen führen. Was gerade noch ein kleiner Infekt gewesen war, bekam nun lebensbedrohliche Züge.

Und dann waren da seine Eltern. Hambrock erkannte sie nicht wieder. Völlig hilflos und verängstigt wirkten sie, wie kleine Kinder. Mit bleichen Gesichtern hockten sie da und lauschten den Worten des Arztes. Alle Souveränität war wie fortgeblasen. Die schwere Erkrankung ihrer Tochter traf sie völlig unvorbereitet. Und nun klammerten sie sich an ihren Sohn. Er sollte ihnen beistehen. Doch was immer sie sich auch von ihm erhofften, er konnte es ihnen nicht geben. Er konnte ja nicht einmal ihre Gegenwart ertragen.

»Es geht ihr doch wieder gut, oder?«, vergewisserte er sich.

»Doch, schon.« Ihre Stimme strafte sie Lügen.

»Aber?«

Sie holte tief Luft. »Das Fieber ist zurückgekehrt. Zumindest eine leicht erhöhte Temperatur. Dabei dürfte sie gar kein Fieber mehr haben. Nicht, wenn die Antibiotika wirklich angeschlagen hätten.«

»Das legt sich bestimmt wieder. Mach dir keine Sorgen. Sicher ist morgen früh alles in Ordnung. Man muss diesen Dingen nur ein bisschen Zeit geben.«

»Meinst du wirklich?«

Gleich würde sie weinen.

»Ja, da bin ich ganz sicher. Hör zu, Mutter, ich muss Schluss machen. Hier kommen gerade Leute in mein Büro. Wir haben eine Besprechung. Ich melde mich später wieder, okay?«

»Ich … natürlich.«

Sie hätte sicher gerne weiter mit ihm geredet, seine Stimme gehört. Doch er konnte nicht. Eilig verabschiedete er sich und legte auf. Dann lehnte er sich in seinem Bürosessel zurück. Es herrschte Stille. Samstagnachmittag. Wer nicht unterwegs war, der arbeitete heute nicht. Abgesehen vom Pförtner war er wohl der Einzige im Präsidium. Doch das störte ihn nicht. Er schätzte die Ruhe. Draußen hatte die Sonne nun doch noch den Nebel vertrieben. Er ließ sich die wärmenden Strahlen ins Gesicht scheinen.

Mit Birgit würde schon alles wieder in Ordnung kommen. Ein Harnwegsinfekt. Am besten, er dachte gar nicht weiter darüber nach.

Guido Gratczek saß neben seinem neuen Kollegen im Wagen. Es herrschte eine angespannte Atmosphäre. Henrik Keller blickte stur auf die Straße. Gesprochen wurde nicht viel.

Gratczek war genervt. Er hatte lediglich darauf bestanden, dass im Wagen nicht geraucht wurde. Was ohnehin strengstens untersagt war. Und dieser Proll hatte daraus gleich eine Grundsatzdebatte gemacht. Plötzlich war es zwischen ihnen hoch hergegangen, gleich beim ersten gemeinsamen Einsatz. Keller hatte sich am Ende zwar gefügt und seine Zigaretten weggepackt, aber seitdem redete er kaum noch mit Gratczek.

Sollte er doch. Dieser Idiot würde schon noch sehen, was er davon hatte. Dabei wollte Gratczek anfangs durchaus offen sein und sich nicht von Kellers Äußerem blenden lassen. Als es darum ging, wer am Steuer des Dienstwagens sitzen würde, hatte er ihm ohne Gegenwehr das Feld überlassen. Keller war ganz heiß darauf gewesen zu fahren. Bitte schön. Sollte er diesen kleinen Sieg genießen. Gratczek würde sich an anderer Stelle durchsetzen. Nämlich dann, wenn es um Wichtiges ging.

Für heute wollte er einfach hoffen, dass Keller sich nicht zu sehr in seine Befragung einmischte. Es wäre ihm lieber gewesen, mit jemandem unterwegs zu sein, den er besser einschätzen konnte. Aber das war nun mal nicht zu ändern.

Keller steuerte den Wagen auf den Hof und parkte neben dem Wohnhaus. Der Tatort, die verbrannte Ruine, war von Weitem zu sehen. Sie lag am anderen Ende einer Wiese, gut hundert Meter entfernt.

»So, da sind wir«, sagte Keller und stellte den Motor ab.

Gratczek öffnete den Gurt und stieg aus. Hinter einem Fenster bewegte sich die Gardine. Ihre Ankunft war offenbar schon bemerkt worden. Und tatsächlich öffnete sich die Haustür, noch bevor sie Gelegenheit hatten zu klingeln. Ein alter Mann stand auf der Schwelle und fixierte sie.

»Guten Tag, Herr Holtkamp«, begrüßte Gratczek ihn. »Erinnern Sie sich an mich? Guido Gratczek. Ich war gestern bei Ihnen, um Fragen zu stellen.«

»Sie sind von der Polizei«, stellte er fest.

»Richtig. Das ist mein Kollege Henrik Keller. Wir würden gern noch einmal mit Ihrer Tochter sprechen.«

Der alte Mann bedachte sie mit einem finsteren Blick. Ihr Auftauchen schien ihm nicht zu gefallen. Dennoch nickte er und trat beiseite.

»Sie ist in der Küche. Kommen Sie.«

Die beiden folgten ihm durch das düstere Bauernhaus. Helga Schulte-Stein saß in ihrem Rollstuhl am Tisch über ein Rätselheft gebeugt. Sie blickte auf und blinzelte sie missmutig an. Sonderlich erfreut schien auch sie nicht über den Besuch zu sein, bot allerdings höflich Kaffee und Gebäck an. Die beiden Kommissare lehnten dankend ab und setzten sich.

»Wir möchten noch mal mit Ihnen über die Geschehnisse von gestern reden«, begann Gratczek. »Nun hatten Sie Gelegenheit, das Ganze ein bisschen sacken zu lassen. Da würde mich interessieren, ob Ihnen noch etwas eingefallen ist, was Sie Ihrer gestrigen Aussage hinzufügen möchten. Jetzt, nachdem der erste Schock vorüber ist. Ganz egal, was.«

»Nein. Ich habe alles gesagt, was ich weiß. Der Täter war doch Siegfried Wüllenhues, oder etwa nicht?«

»Zumindest sieht es danach aus. Sie haben gesagt, die Fehde

54

zwischen Ihren Familien gehe auf einen Streit in der Nazizeit zurück.«

»Richtig. Aber ich fürchte, viel mehr als gestern kann ich Ihnen auch heute dazu nicht sagen.«

»Und was ist mit Ihnen, Herr Holtkamp? Können Sie uns sagen, was genau damals war?«

»Ich bin Jahrgang 1929. Also war ich noch ein Kind, als das Ganze passiert ist. Die Eltern haben mit uns nicht darüber gesprochen. Und nach dem Krieg wurde das Thema gemieden.«

»Und Sie, Frau Schulte-Stein?«, wandte er sich wieder an die Frau im Rollstuhl. »Woher kannten Sie denn die Geschichte? Hat Ihr Exmann Ihnen davon erzählt?«

»Nein, das war sein Vater, Otto Schulte-Stein. Als der noch lebte. Mein Schwiegervater hat eigentlich nie über den Krieg geredet, bis auf das eine Mal, da hat er so eine Bemerkung fallen lassen. Ich glaube, sein Handeln hat ihm später leidgetan.«

»Das wäre verständlich. Otto Schulte-Stein hat Wüllenhues denunziert. Eine üble Sache war das. Glauben Sie, Ihr Schwiegervater hat damals eine Gelegenheit gesehen, Wüllenhues eins auszuwischen? Die Familienfehde ging da ja bereits seit Generationen.«

»Die Leute dachten zwar, er hätte es wegen der Familienfehde getan, aber ich glaube, das ist falsch. Er hat es aus Überzeugung getan. Er hat an Hitler geglaubt, wissen Sie. Damals konnte ja keiner wissen, wie das enden würde. Er hat es getan, um Wüllenhues mundtot zu machen. Um ein Exempel zu statuieren.«

»Und was hat Ihr Exmann dazu gesagt? Dass sein Vater damals einen Nachbarn ins KZ gebracht hatte?«

»Darüber wurde ja nie geredet. Keiner aus der Generation hat über die Zeit geredet. Meine Eltern nicht, und die meines Mannes genauso wenig. Auch der alte Wüllenhues nicht.«

Gratczek wechselte das Thema. »Sie sagten, Sie und Ihr Exmann hätten sich auseinandergelebt?«

»Ja, das ist richtig.«

»War das der Grund für die Scheidung?«

Sie nickte.

»Uns ist da etwas anderes zu Ohren gekommen«, sagte Gratczek freundlich. »Was den Grund Ihrer Trennung angeht.«

Ihr Gesicht verhärtete sich. »Schon möglich. Das geht Sie aber nichts an.«

»Ihr Exmann ist ermordet worden.«

»Ja, und zwar von Siegfried Wüllenhues. Was hat das mit unserer Ehe zu tun?«

Jetzt mischte sich ihr Vater ein. »Meine Tochter ist krank. Sie dürfen ihr nicht zu viel zumuten.«

»Hier ist ein Mord passiert«, ging Keller dazwischen. »Da müssen wir doch wohl ein paar Fragen stellen dürfen!«

»Schon gut, Vater. Mir geht es gut.«

Es war das erste Mal, dass Keller sich in die Befragung gemischt hatte. Ansonsten saß er einfach da und beobachtete. Damit hatte Gratczek nicht gerechnet. Er wandte sich wieder an Frau Schulte-Stein.

»Was ist denn passiert?«

»Sie wissen es doch schon.«

Er wartete. Eine Weile betrachtete sie das aufgeschlagene Rätselheft. Dann begann sie zu reden.

»Er hat mich vor die Tür gesetzt. Auf dem Hof gibt es viel Arbeit, da müssen alle mit anpacken. Das war schon zu Alfons' Kindheit so. Da hat es immer geheißen: Wer nicht arbeitet, der kriegt auch nichts zu essen. Als ich die Diagnose multiple Sklerose bekam, meinte Alfons: Eine Invalide können wir nicht gebrauchen. Also musste ich meine Sachen packen.«

»Er war ein Unmensch!«, eiferte sich ihr Vater. »Wer tut denn so was? Eine kranke Frau vor die Tür setzen! In guten wie in schlechten Zeiten, heißt es. So verhält sich kein Christenmensch.«

»Schon gut, Vater.« Sie schenkte ihm ein liebevolles Lächeln, und er fiel wieder in Schweigen.

»Alfons war sehr pragmatisch«, sagte sie zu Gratczek. »Für

ihn gab es den Hof und die viele Arbeit, die erledigt werden musste. Er konnte sich eben nicht vorstellen, wie ein kranker Mensch da reinpassen sollte. Einer, der vielleicht irgendwann sogar gepflegt werden muss. Schon gar nicht, wenn dieser Mensch die Ehefrau war, die doch die Last der Arbeit zu gleichen Teilen mit ihm tragen sollte. Natürlich hat mich das damals tief verletzt. Im Grunde hat es mich aber auch nicht überrascht. So war eben unsere Ehe. Viele Gefühle hatte es nie gegeben. Es ging darum, den Hof gemeinsam zu bewirtschaften. Und ich habe meine Aufgabe stets erfüllt. Ich war ihm eine gute Frau. Bis zu dieser Krankheit.«

»Dann konnten Sie nach all den Jahren also keine Dankbarkeit erwarten?«

»Nein.« Sie blickte Gratczek fest in die Augen. »So. Jetzt wissen Sie es. Das dürfte in etwa das sein, was die Leute sich erzählen.«

»Was ist mit Ihrem Sohn?«, fragte er. »Ich habe gehört, er hat den Hof übernommen und lebt dort mit seiner Familie.«

»Das ist richtig.«

»Dann hat er damals nicht für Sie Partei ergriffen?«

»Aber doch. Als ich hierher zu meinem Vater gezogen bin, hat mein Sohn Manfred ebenfalls den Hof verlassen. Er und sein Vater hatten sich furchtbar gestritten meinetwegen. Manfred ist ein guter Junge. Er wollte seiner Mutter beistehen. Also ist er weggegangen, hat in Düstermühle gewohnt und als Lkw-Fahrer gearbeitet. Und Alfons musste sehen, wie er den Hof mit Betriebshelfern führte. Als Lkw-Fahrer ließ sich zwar nicht viel Geld verdienen, aber für Manfred hat es gereicht. Er hat seine spätere Frau Susanne kennengelernt, kurz darauf wurden sie Eltern. Sie haben sich in ihrem bescheidenen Leben gut eingerichtet.«

»Und was ist dann passiert?«

»Mein Sohn ist Landwirt, kein Fernfahrer. Das war doch Unsinn, den Hof nicht zu übernehmen. Alles nur meinetwegen. Ich habe mit Manfred gesprochen, immer wieder. Schließlich ist er zu Alfons gegangen, und die beiden haben sich versöhnt. Alfons konnte ja gar nicht anders. Er wurde alt, und es war sonst kein Hoferbe in Sicht. Er brauchte Manfred.«

»Hatten Sie später wieder Kontakt zu Ihrem Exmann?«

»Nein. Ich bin in den letzten Jahren zwei- oder dreimal auf dem Hof gewesen, aber immer nur, wenn Alfons nicht dort war. Mein Sohn besucht mich häufig, und ich habe ein gutes Verhältnis zu seiner Frau Susanne. Aber Alfons und ich haben seit unserer Scheidung nicht mehr miteinander gesprochen.« Sie sah müde aus. »Reicht das fürs Erste? Ich fühle mich nicht besonders gut. Ich würde mich gern ausruhen.«

»Natürlich ruhst du dich aus«, sagte ihr Vater und löste die Bremse des Rollstuhls. »Ich fahre dich nach nebenan.«

Er schob den Rollstuhl aus dem Raum. Gratczek und Keller wechselten einen Blick. Offenbar dachten sie das Gleiche. Denn als der alte Mann in die Küche zurückkehrte, räusperte sich Keller vernehmlich.

»Dann können wir ja jetzt mit Ihnen weitermachen«, sagte er. Und es klang eher nach einer Drohung als nach einem Vorschlag.

5

Draußen empfing sie die kalte Wintersonne. Gratczek blinzelte gegen das Licht. Er schloss die Autotür des Dienstwagens auf. Erst da bemerkte er, dass Keller ihm nicht gefolgt war. Er stand am Wiesenzaum und sah zu der Ruine hinüber.

»Lass uns doch zu Fuß gehen«, sagte er und deutete auf den Feldweg, der zum Anwesen der Schulte-Steins führte. »Das geht viel schneller, als wenn wir mit dem Auto außen herumfahren.«

Gratczek zögerte, denn eigentlich wäre er lieber gefahren. Schließlich meinte er: »Also gut. Wenn du meinst.«

Keller zog eine zerknitterte Zigarettenschachtel hervor. Gratczek lächelte. Deshalb wollte er also zu Fuß gehen. Aber er vermied jeden Kommentar, schließlich war Keller ihm während der Befragungen nicht in die Parade gefahren. Sollte er doch in Ruhe eine rauchen.

Gratczek stieg über eine Pfütze und trat vorsichtig auf die Grasnarbe in der Mitte des Feldwegs. So lange er auf dem Gras blieb, konnte ja nichts passieren.

»Der Vater kommt durchaus infrage«, meinte Keller und blies Rauch in die Luft. »Ein Motiv hat er. Und sein Alibi ist nichts wert.«

Er hatte gesagt, er sei in der Küche gewesen, als die Werkstatt in Flammen aufging. Dort habe er das Frühstück für seine Tochter zubereitet, die morgens wegen ihrer Krankheit sehr lange fürs Ankleiden brauchte.

»Schon möglich«, meinte Gratczek. »Aber wie es aussieht, haben wir den Täter ja bereits.«

»Warten wir die Obduktion ab. Noch wissen wir nicht, wann Alfons Schulte-Stein gestorben ist. Vielleicht war er ja schon eine Weile tot, als der Brand ausgebrochen ist.«

Gratczek blickte kurz zu der Ruine auf, und da passierte es: Er rutschte auf dem feuchten Gras aus und verlor das Gleichgewicht. Sein glänzender Lackschuh versank augenblicklich in einer schlammigen Senke. Blitzschnell zog er ihn heraus, doch da war es schon zu spät, brauner Matsch klebte an seinem Schuh. Entsetzt starrte er auf seinen Fuß.

Keller fing an zu lachen. Er konnte sich gar nicht wieder einkriegen.

»Tut mir leid, Guido. Ehrlich.«

Doch dann lachte er weiter und wischte sich eine Träne aus dem Augenwinkel. Gratczek säuberte grimmig den Schuh an einem Grasbüschel. Von seinem Kollegen hatte er fürs Erste die Schnauze voll.

Wortlos gingen sie weiter, und kurz darauf erreichten sie den Hof. Das Scheunentor stand offen, laute Motorengeräusche waren zu hören, und dann erschien ein Frontlader im Tor, der einen Strohballen vor sich herfuhr. Im Fahrerhäuschen saß Manfred Schulte-Stein. Sobald er die beiden Kommissare auf seinem Hof entdeckte, stellte er den Motor ab, sprang von seinem Sitz und kam auf sie zu.

»Guten Tag. Sie …« Er blickte verunsichert von einem zum anderen. »Gibt es Neuigkeiten?«

»Leider ja«, sagte Gratczek. »Der Tote aus der Werkstatt ist mittlerweile identifiziert. Es ist Ihr Vater. Tut mir leid.«

Der junge Mann sah zu Boden. »Gut. Dann ist das jetzt gewiss. Wir sind ja auch davon ausgegangen.«

»Wir bedauern sehr, Sie das noch mal fragen zu müssen. Aber versuchen Sie sich zu erinnern: Ist Ihnen irgendetwas Ungewöhnliches aufgefallen auf dem Hof? Haben Sie etwas gesehen oder gehört? Vorgestern Nacht oder gestern Morgen?«

»Nein. Gar nichts. Wir sind wie immer um kurz vor sieben aufgestanden. Meine Frau hat die Kinder geweckt und das Frühstück vorbereitet. Als ich ins Bad ging, habe ich den Brandgeruch bemerkt. Als ich gesehen habe, was los war, habe ich die Feuerwehr gerufen.«

»Wir waren bei Ihrer Mutter«, mischte sich Keller ins Gespräch. »Keine schöne Geschichte, das mit der Trennung von ihr und Ihrem Vater.«

Misstrauen legte sich über das Gesicht von Manfred Schulte-Stein. »Was wollen Sie damit sagen? Es war doch Siegfried Wüllenhues, der meinen Vater umgebracht hat.«

»So sieht es im Moment zumindest aus«, sagte Gratczek.

»Wie haben Sie es damals erlebt, als Ihre Mutter den Hof verließ?«, fragte Keller.

»Meine Mutter hat nichts damit zu tun! Was glauben Sie denn!«

»Ich habe Ihnen nur eine Frage gestellt.«

»Natürlich war das furchtbar, als sie gehen musste. Mein Vater … Er konnte sehr hart sein. Ich habe versucht, mich für sie einzusetzen, doch er wollte nichts davon hören.«

»Und dann haben Sie den Hof ebenfalls verlassen?«

»Ja. Ich war damals sehr aufgebracht. Aber mein Vater hat dafür bezahlt, glauben Sie mir. Es hat ihm stark zugesetzt, seinen einzigen Sohn davongehen zu sehen. Er hat hier ja alles für die nächste Generation aufgebaut.«

»Hat er versucht, Sie zum Bleiben zu bewegen?«

»Ja. Aber ich wollte nichts davon hören. Nicht nach dem, was mit Mutter passiert ist.«

»Was hat Ihre Meinung geändert?«

»Das war meine Mutter. Sie hat mich davon überzeugt, dass der Hof mein rechtmäßiges Eigentum ist. Dafür sollte ich mich mit ihm versöhnen.«

»Für den Besitz? Und das war so einfach?«

»Ich weiß, was Sie denken. Aber so war es nicht. Es geht auch um Traditionen. Der Hof ist seit Jahrhunderten in Familienbesitz. Das soll auch so bleiben, unabhängig von irgendwelchen Streitereien. Mein Vater ist nicht so schwierig gewesen, wie man denken könnte. Er hatte nur klare Regeln. Man wusste bei ihm immer, woran man war. So lange man diese Regeln beachtete, konnte man mit ihm gut auskommen.«

»Und jetzt ist er tot«, stellte Keller fest. »Bedauerlich.«

Manfred Schulte-Stein wurde wütend. »Wir haben uns arrangiert, mein Vater und ich. Er mochte meine Frau und war ganz vernarrt in die Kinder. Auch wenn Sie das nicht glauben können: Wir trauern um ein Familienmitglied. Wenn also weiter nichts ist, gehe ich wieder an die Arbeit.«

Auf dem Rückweg schwiegen sie. Gratczek gelang es, auf der sicheren Grasnarbe zu bleiben. Als er am Dienstwagen seinen Schuh genauer inspizierte, entdeckte er allerdings in den Nähten getrockneten Schlamm. Ärgerlich riss er die Tür auf, um einzusteigen. Alles nur wegen seines neuen Kollegen.

»Warte mal, Guido.«

»Ja?«

»Du kennst doch Bernhard Hambrock schon länger, oder?«

»Wieso fragst du?«

»Glaubst du, wir haben morgen frei? Oder lässt er uns am Sonntag arbeiten?«

»Ist das alles, was dich interessiert?«

»Ich frag nur.«

»Dann können wir ja.« Gratczek deutete auf den Wagen. »Oder musst du vorher noch eine rauchen?«

Rosas Apfelkuchen war tatsächlich wunderbar. Sie wusste wirklich genau, wie Carl ihn am liebsten mochte. Nun saß sie da, stolz und glücklich, und beobachtete aufmerksam, wie er sich darüber hermachte.

Er erinnerte sich, wie Rosa ihn am letzten Sonntag zum Stammtisch gefahren hatte. Normalerweise brachte Christa ihn immer zu Moorkamps Wirtschaft, doch sie hatte überstürzt zu einem Kunden gemusst, und so war Rosa eingesprungen.

Die alten Männer aus dem Dorf hatten mit großem Hallo darauf reagiert. »Oho! Jetzt sieh sich das einer an.« – »Da läuten wohl bald die Hochzeitsglocken!« – »Ihr habt doch hoffentlich Heizdecken in eurem Liebesnest?« Und es wurde laut gelacht.

Carl hatte danebengestanden und freundlich mitgelacht, denn Rosa war für ihn viel eher eine Tochter. Oder eine Freundin. An etwas anderes hatte er niemals gedacht.

Auch Rosa schien sich zu amüsieren. Sie schüttelte nur belustigt den Kopf. Das zeigte Carl, dass auch sie nur einen Freund in ihm sah. Wahrscheinlich genoss sie es einfach, sich um jemanden zu kümmern.

Nachdem sie den Kuchen gegessen hatten, holte Rosa ein altes ledergebundenes Buch hervor und legte es auf den Tisch.

»Hier ist es«, sagte sie. »Ich hätte niemals gedacht, dass es noch mal so viel Interesse auslöst.«

»Du hast recht. Das ist schon seltsam.«

Ein leicht modriger Geruch stieg von dem Buch auf. Carl schlug es auf. Seidenpapier knisterte, und dann waren da die alten Schwarz-Weiß-Fotos. Was er sah, war Düstermühle. Das alte Düstermühle.

»Ach, du liebe Güte.«

Der Festplatz hinter der Kirche, wo heute die Sparkasse stand. Das ganze Dorf war auf den Beinen. Pferdekutschen, Reiter, geschmückte Fenster. Ein sommerliches Fest. Damals war noch Leben im Dorf gewesen. Heute fuhr höchstens mal ein Auto durch. Menschen sah man so gut wie nie auf der Straße.

Er nahm die Lupe, die Rosa bereitgelegt hatte, und hielt sie über das erstbeste Foto. Der alte Hueskemper. Am Biertresen. Wie lange war der jetzt schon tot? Seit den Sechzigern? Und daneben Jupp Oldenloe. Mit einem riesigen Bierhumpen, natürlich. Der alte Jupp konnte feiern, dem war nie etwas angebrannt. Und überall Menschen.

Carl überfiel ein sonderbares Gefühl. War das Sehnsucht? Wie alt mochte er damals gewesen sein?

Das nächste Bild. Hier waren alle versammelt. Seine Eltern, die Nachbarn, die alten Bauern, und mittendrin Emma Moorkamp, die alte Wirtin, die aussah wie eine fette Matrone. Alle Kinder in Dorf hatten Angst vor ihr gehabt, dabei war ihr Herz bei aller Ruppigkeit aus reinem Gold gewesen.

An jedem Haus wehte eine Hakenkreuzfahne. Wie seltsam das heute wirkte. Damals war es ja ganz normal gewesen. So hatte es eben ausgesehen, wenn das Dorf festlich geschmückt worden war. Er war noch ein Junge gewesen, er kannte es gar nicht anders.

Neben einem der Fotos stand eine Notiz in Sütterlinschrift: *Kriegerfest 1936.* Das hieß, er war vierzehn Jahre alt gewesen.

Rosa blickte ihm über die Schulter. »Ich kann mich noch daran erinnern, wie es früher aussah, obwohl ich noch ein kleines Kind war. Wir sind ja erst knapp zehn Jahre später hier angekommen. Anfang 45.«

»Ja. Anfang 45.«

Die Last der Kriegsjahre bedrückte ihn plötzlich wieder. So viele Erinnerungen, die er lieber nicht heraufbeschwören wollte. Was waren das nur für Zeiten gewesen damals. Aber er durfte nicht klagen. Er hatte überlebt. Einer der ganz wenigen in seinem Jahrgang. Also schlug er die Seite um, bevor die Erinnerungen übermächtig wurden.

Und da war er! Carl sah sich selbst, als Jungen. Er saß neben dem alten Lütke-Heuerling, der gerade seine Pfeife stopfte und wohl wieder einmal eine seiner bizarren und haarsträubenden Geschichten erzählte. Carl blickte direkt in die Kamera. Ein gewitzter und aufgeweckter Junge, für den das Leben offenbar ein großer Spaß war. Wer hatte das Foto geschossen? Carl konnte sich nicht mehr erinnern.

Das Bild traf ihn mit ungeahnter Macht. Seine letzten unbeschwerten Jahre: Wie hätte er damals wissen können, wohin sich alles entwickelte? Er war 1940 eingezogen worden. Zuerst nach Frankreich, wo der Krieg noch wie ein Abenteuer war. Aber dann war es an die Front gegangen, und mit dem ersten Toten hatte sich alles geändert.

Am Ende hatte er mehr Tote gesehen, als ein Mensch zählen konnte. Alle Arten des Sterbens waren ihm vertraut gewesen. Er hatte gestandene Männer jämmerlich verrecken sehen, Männer, die vor Schmerzen brüllten, markerschütternd, und andere, die still vor sich hin weinten, einsam und vergessen im Lärm des Geschützfeuers. Männer mit zerfetzten Körpern, voller Dreck und Blut und Eiter, die immer noch am letzten kleinen Rest ihres Lebens hingen, selbst dort in der Hölle. Und andere, die eben noch da gewesen waren, und dann waren sie fort, als hätte es sie nie gegeben, die den Tod widerstandslos empfangen hatten. Und schließlich die, die im Sterben nach ihren Müttern flehten, zusammengerollt wie kleine Kinder in der Dunkelheit und mit hellen und verzweifelten Stimmen. Stimmen, die er niemals bei einem Erwachsenen vermutet hätte. Die waren es gewesen, die Carl bis in seine Träume verfolgten. Auch heute noch. Er hatte das alles gesehen. Es war ein Fest für den Tod gewesen.

Er wollte Rosa das Foto zeigen, sie fragen, ob sie ihn darauf überhaupt erkannte. Doch er konnte nicht. Er hatte seine Gefühle nicht mehr unter Kontrolle. Also blätterte er wortlos weiter. Er ließ den Jungen, der er mal gewesen war, hinter sich. Es war besser so.

Auf der nächsten Seite war das Anwesen der Schulte-Steins zu sehen. Der Garten im Sommer. Uniformierte Männer, die gut gelaunt herumstanden und in die Kamera lachten. Mittendrin der alte Schulte-Stein, in vollem Ornat.

Er sah freundlich aus. Ein netter Mann. Carl erinnerte sich, wie er als Kind bei den Schulte-Steins gewesen war. Der Senior hatte immer einen Spaß auf den Lippen gehabt. Er war gern dort gewesen. Viele der Nazis im Dorf waren scheinbar nette Männer gewesen. Ganz im Gegenteil zum alten Wüllenhues, diesem mürrischen und wortkargen Mann. So hatte es zumindest als Kind auf ihn gewirkt.

Er blätterte weiter. Noch mehr Bilder aus dem Garten der Schulte-Steins. In der Mitte der Seite prangte eine Lücke. An der Stelle, wo das Foto gewesen war, schimmerte das Papier etwas heller.

»Hier fehlt eines«, sagte er.

Rosa betrachtete die Seite. »Tatsächlich.«

»Fehlte das schon immer?«

»Nein. Das Album war vollständig. Da gab es keine Lücken. Ich bin mir sicher.«

»Wann hast du denn das letzte Mal hineingesehen?«

»Das ist schon lange her. Aber ich habe es kurz durchgeblättert, bevor Alfons gekommen ist. Ich wollte sichergehen, dass keine anderen Fotos darin liegen.«

»Und da war es noch vollständig?«

Sie wirkte unsicher. »Ich glaube schon.«

Carl war jetzt hellwach. Dies war kein Zufall, davon war er überzeugt.

»Rosa. Welches Foto fehlt hier?«

»Wie soll ich das wissen?«

»Du hast dir die Bilder doch als Kind immer wieder angesehen, nicht wahr?«

»Schon. Aber wie lange ist das her?«

»Trotzdem. Denk nach. Welches Bild hat an dieser Stelle geklebt?«

Sie zog das Album heran und betrachtete die Seite. Es wurde still im Zimmer, nur der Pendelschlag der Standuhr war zu hören. Schließlich seufzte sie schwer.

»Ich weiß nicht mehr, Carl. Auf dieser Seite waren nur Fotos vom Gartenfest. Wahrscheinlich war der alte Schulte-Stein auf dem Bild, wie auf den meisten. Doch wer noch darauf war, das kann ich dir nicht sagen. Dafür ist das einfach zu lange her. Die meisten Männer kannte ich nicht einmal. Sie waren ja alle im Krieg, als wir hier ankamen. Oder sie waren schon tot.«

Carl betrachtete nachdenklich die Stelle, wo das Bild fehlte.

»Denkst du, Alfons hat das Foto herausgenommen?«, fragte sie. »Denkst du, das war der Grund, weshalb er die alten Fotos sehen wollte?«

»Ja, das denke ich.«

Ein Schatten fiel über ihr Gesicht. »Carl, und jetzt ist er ermordet worden. Denkst du, es gibt einen Zusammenhang? Glaubst du, dieses Foto hatte etwas damit zu tun?«

»Ich weiß es nicht, Rosa. Ich weiß es wirklich nicht.«

Er lehnte sich zurück und betrachtete sie lange. Dann sagte er: »Um das zu wissen, müssen wir herausfinden, was auf diesem Foto war. Und warum es für Alfons so wichtig war, ein Bild aus dieser vergessenen Zeit heimlich verschwinden zu lassen.«

Es war schon seit einer Weile ruhig im Wohnzimmer. Schließlich wurde er neugierig. Er ließ die Zeitung sinken, stand mühsam auf und ging hinüber. Seine Tochter saß im Rollstuhl reglos da und blickte zum Fenster hinaus. Zwar konnte man von hier aus das Anwesen der Schulte-Steins gar nicht sehen, sondern nur Felder und Hecken und etwas entfernt den Kirchturm von Düstermühle. Aber trotzdem war ihm klar, wo sie mit ihren Gedanken war, während sie hinaussah.

»Hast du heute schon mit Manfred gesprochen?«, fragte er. »Ich habe ihn noch gar nicht zu Gesicht bekommen.«

»Ja, wir haben heute Mittag telefoniert.«

»Möchtest du ihn vielleicht besuchen?«

Sie drehte sich zu ihm um. »Jetzt?«

»Ich könnte dich bringen. Das wäre kein Problem. Wir könnten in fünf Minuten da sein.«

»Ich weiß nicht. Ich war schon seit über einem Jahr nicht mehr auf dem Hof. Schon seltsam, oder?«

»Alfons ist nicht mehr dort. Das ist jetzt nur noch das Zuhause von deinem Sohn.«

»Ja, du hast recht.« Sie fuhr mit dem Rollstuhl ein Stück zurück. »Ich würde Manfred gern besuchen. Danke für das Angebot.«

Antonius Holtkamp schob seine Tochter zum Auto. Er war geübt darin, sie auf den Beifahrersitz zu hieven. Mit ihrer Unterstützung und den richtigen Bewegungen brauchte es kaum Kraftanstrengungen. Auch der Rollstuhl war mit wenigen Handgriffen in den Kofferraum befördert.

Als er den Motor startete, schenkte sie ihm ein Lächeln.

»Danke, Vater.«

»Ist doch selbstverständlich.«

Sie fuhren vom Hof. Sobald die Sonne fort war, bildete sich nebliger Dunst in den Wiesen. Über den schmalen Feldweg wären es zwar nur gut hundert Meter bis zum Anwesen ihrer Nachbarn gewesen, aber die Strecke war mit dem Rollstuhl unmöglich zu bewältigen. Also nahmen sie das Auto und fuhren den Weg bis zur Hauptstraße hinunter, dann um das Waldstück herum und schließlich über einen weiteren Privatweg wieder den Hügel hinauf.

Unten an der Straße passierten sie einen Bildstock der heiligen Jungfrau, der etwas verwittert unter zwei großen Eiben stand. Auf der Bank unterhalb des Bildstocks sahen sie eine Gestalt hocken, im roten Abendlicht waren nur ihre Umrisse erkennbar. Antonius fuhr langsamer.

»Da ist ja Heinz Moorkamp«, sagte seine Tochter.

Der Kneipenwirt blickte ins vorbeirollende Auto und nickte dem Fahrer mit ernstem Blick zu, Antonius nickte zurück. Mehr brauchte es an einem solchen Tag nicht. Sie teilten ein gemeinsames Wissen.

Antonius fuhr langsam weiter.

»Willst du denn gar nicht anhalten und kurz mit ihm reden?«, fragte Helga.

»Nein, das ist nicht nötig. Ich sehe Heinz morgen beim Stammtisch in seiner Kneipe. Da können wir uns in Ruhe unterhalten.«

»Wie du meinst.«

Er fuhr um den Wald herum. Da rückte der Sonnenuntergang in sein Blickfeld. Er war wie benommen von dem Anblick. Die Sonne war gerade hinter der Kirche abgetaucht, und der Himmel leuchtete blutrot.

Es sah aus, als würde hinter Düstermühle das Land brennen. Ein Höllenfeuer, das alles verschlang.

Hambrock hockte am Tresen, eingezwängt zwischen lauter Fremden, und blickte in sein Bier. Die Kneipe war rappelvoll an diesem Samstagabend, er konnte von Glück reden, dass sein Stammplatz nicht besetzt gewesen war. Reggaemusik ertönte über die Lautsprecher, Rastafarifolklore war zu bestaunen, und über allem schwebten die Dreadlocks und das bekiffte Grinsen von Jamaine, dem Wirt, der vor Ewigkeiten nach Münster gekommen war, um hier seine Kneipe zu eröffnen, direkt gegenüber von Hambrocks Wohnung.

Jamaine kam aus Jamaika, zumindest behauptete er das, und er war ein großer Fachmann für jamaikanische Kultur, was für den Großteil seiner Gäste unendlich wichtig zu sein schien. Er stand dann am Tresen und plauderte über seine Heimat, und alle lauschten gebannt. Hambrock war nie den Verdacht ganz losgeworden, dass sich Jamaine im Grunde gar nicht für seine ehemalige Heimat interessierte, wohl aber erkannt hatte, wie gut er damit in dieser regnerischen und bürgerlichen Beamtenstadt sein Geld verdienen konnte. Es war ein Geschäftsmodell, also lief er eben wie Bob Marley herum und machte ein bekifftes Gesicht. Und die Leute liebten ihn dafür.

Obwohl ihm von allen Seiten Bestellungen zugerufen wurden, war Jamaine die Ruhe selbst. Er plauderte mit einer hübschen Frau, die ein Wollkleid trug und ihre Haare mit einem Batiktuch zusammengebunden hatte. Dabei nickte er Hambrock freundlich zu, der das Nicken erwiderte und sein leeres Glas hob. Noch eins, bitte.

Hambrock zog sein Handy hervor, um seiner Frau eine SMS zu schicken. Elli war noch in der Uni, wo sie in letzter Zeit oft bis spät in den Abend hinein arbeitete. Als er heute nach Hause gekommen war und die Wohnung wieder einmal leer vorgefunden hatte, war er kurzerhand zu Jamaine gegangen. Hauptsache, nicht alleine zu Hause sitzen und die Wände anstarren. Er konnte ja immer noch hochgehen, wenn sie wieder zu Hause war.

»Bin bei Jamaine«, tippte er ins Display. »Freu mich auf dich.« Dann schickte er die Kurznachricht ab. Hoffentlich ließ Elli ihn nicht mehr lange warten. Er wollte mit ihr zwar nicht über Birgit reden oder über seine Eltern. Ganz im Gegenteil. Er brauchte ihre Anwesenheit, damit er alles andere vergessen konnte.

Jamaine stellte das Bier vor ihn auf den Tresen.

»Na, Hambrock? Wartest du darauf, dass deine Frau dich abholt?«

Da war es wieder – als könnte Jamaine Gedanken lesen. Direkt unheimlich war das. Natürlich war das totaler Unsinn, kein Mensch konnte Gedanken lesen. Trotzdem passierte es verdächtig oft: Hambrock dachte an etwas, Jamaine trat zu ihm und sprach es laut aus – um ihn danach anzugrinsen und seine auffällige Zahnlücke zu zeigen. Hambrock wusste nicht, was er davon halten sollte. Denn irgendwie hatte er den Eindruck, als würde sich Jamaine im Stillen über ihn amüsieren.

Nun beugte er sich vertrauensvoll vor.

»Ein Freund von mir hat ein bisschen Ärger mit deinen Kollegen. Du weißt schon, von der Drogenfahndung.«

»Und weiter?«

»Na ja. Er kann sich gar nicht erklären, weshalb. Er ist schon seit einiger Zeit nicht mehr im Geschäft, musst du wissen.«

»Natürlich nicht.«

»So. Und jetzt fragt sich mein Freund … also, er …«

»Er will wissen, ob die was gegen ihn in der Hand haben.«

»Genau. Er will natürlich keine vertraulichen Details und so. Nur rausfinden, ob er sich Sorgen machen muss. Mehr nicht.«

»Vergiss es.«

»Ach, komm schon, Hambrock. Eine kleine Gefälligkeit. Dafür halte ich dir immer deinen Stammplatz frei. Jetzt sei doch nicht so.«

Hambrocks Blick reichte wohl als Antwort, denn Jamaine hob seufzend die Hände. »Ich hab ihm ja gleich gesagt, das wird nichts. Aber er wollte unbedingt, dass ich es versuche.«

»Jamaine!«, rief die Kellnerin und warf dem Wirt böse Blicke zu. Sie deutete auf eine lange Reihe Bons auf dem Tresen. Lauter Getränke, die er für sie fertigstellen sollte.

»Ich komm schon!« Zu Hambrock sagte er: »Du siehst übrigens schlecht aus. Alles in Ordnung bei dir?«

»Ach, Familienangelegenheiten. Du weißt schon.«

Da lag etwas in seinem Blick, Hambrock konnte es nicht beschreiben, doch plötzlich er hörte sich sagen: »Meine Schwester ist krank.«

»Das tut mir leid. Ist es ernst?«

Hambrock hob die Schultern. »Keine Ahnung.«

Hinterm Tresen wieder die Stimme der Kellnerin: »Jamaine! Jetzt komm schon! Soll ich das etwa alles alleine machen?«

Plötzlich hatte Hambrock einen Einfall. Es war natürlich Unsinn, aber vielleicht wusste Jamaine tatsächlich über manche Dinge mehr als andere. Und es war ja auch keiner da, der mit dem Finger auf Hambrock zeigen und ihn auslachen konnte.

»Jamaine?«

»Ja?«

»Wird sie überleben, meine Schwester?«

Jamaine zögerte, nur eine Sekunde, und seine dunklen Augen waren unergründlich. Hambrock blieb das Herz stehen. Birgit würde sterben. Das wurde ihm plötzlich klar. Doch dann zwang sich Jamaine zu einem Lachen und sagte: »Woher soll ich das wissen? Sie wird schon durchkommen. Ihr Hambrocks seid so leicht nicht kleinzukriegen.«

Er zwinkerte ihm zu und ging zum Zapfhahn. Doch er vermied dabei, Hambrock anzusehen.

Eine Hand legte sich auf seine Schulter. Es war Elli.

»Bernhard, tut mir leid. Ich hätte mich früher loseisen sollen.«

»Ach, Unsinn. Schön, dich zu sehen.«

»Wie geht es Birgit?«

»Unverändert, glaub ich.«

Er trank sein Bier aus, um ihr nicht in die Augen sehen zu müssen. Elli verstand. Er wollte nicht darüber reden.

»Wir könnten uns was vom Asiaten holen und einen Film ausleihen«, sagte sie. »Was hältst du davon?«

»Hört sich gut an.«

Sie lächelte. »Dann komm. Lass uns gehen.«

6

An diesem Sonntag hatte Carl das Hochamt versäumt. Christa, die ihn normalerweise sonntags zur Kirche fuhr, musste die Kinder mit dem Wagen zu Schulfreunden bringen, und da er Rosa nicht schon wieder fragen wollte, ob sie ihn abholte, ließ er den Gottesdienst einfach ausfallen. Er war ja froh, dass Christa ihn wenigstens zum Stammtisch bringen konnte, der im Anschluss an die Kirche in Moorkamps Gastwirtschaft stattfand. So blieb wenigstens ein Teil der sonntäglichen Tradition erhalten.

Christa hielt vor der Kneipe, die am Rand der Ortschaft in einem alten Fachwerkhaus beheimatet war, und wartete ungeduldig, bis er ausgestiegen war und seinen Stock genommen hatte.

»Ich mach jetzt das Essen«, sagte sie. »Willst du anrufen, wenn du abgeholt werden willst, oder soll ich einfach herkommen, wenn das Essen fertig ist?«

»Was wäre besser für dich?«

»Ich hole dich, wenn ich mit dem Kochen fertig bin.«

»Gut. Dann mach das.«

Sie wirkte erleichtert. »Na, dann werd ich mal. Ich hab noch viel zu tun, bevor die Kinder wiederkommen.«

Und im nächsten Moment brauste sie schon davon. Carl blickte dem Wagen hinterher. Für Christa war es auch nicht leicht, ihn bei sich wohnen zu haben. Sie mussten alle versuchen, das Beste aus der Situation zu machen.

Er stieg die Stufen zum Eingang der Kneipe hoch. Drei Stufen. Das durfte doch nicht sein, dass ihm das so viel Mühe abverlangte. Es dauerte ewig, bis er durch die schwere Eichentür ins Innere treten konnte. Aus dem hinteren Raum drang Gemurmel. Die Stimmung schien gedrückt zu sein, nicht wie sonst, wenn einem schon von Weitem Gelächter und Gegröle entgegenschlugen. Aber das war wohl auch kein Wunder.

Als er den Raum betrat, unterbrachen die Männer ihre Gespräche. Die Gesichter waren ernst und düster, sie begrüßten ihn mit Nicken und mit gemurmeltem Hallo. Bierdunst und Zigarrenqualm erfüllten den Raum. Carl ging zu seinem Stammplatz am Ende des Tisches, der wie jeden Sonntag für ihn frei gehalten wurde. Er setzte sich und blickte in die Runde.

Altvertraute Gesichter, die meisten kannte er schon seit seiner Jugend. Es waren die alten Bauern von der Düster, wo auch sein Kotten gestanden hatte: Antonius Holtkamp, Walther Vornholte, Heinz Moorkamp und all die anderen, die nun allesamt im Ruhestand waren. Nur Siegfrieds Platz am Tisch war leer. Er würde es für immer bleiben.

»Es ist gut, hier zu sein«, sagte Carl. »Auch wenn wir nicht mehr vollzählig sind.«

Heinz Moorkamp stellte Carl ein Bier auf den Tisch und reichte ihm eine Zigarre. Die kleinen Laster, die Carl sich einmal wöchentlich beim Stammtisch gönnte.

»Lass es dir schmecken, Carl.«

Dann hoben alle ihr Glas.

»Auf unsere Gemeinschaft«, sagte Heinz Moorkamp. »Auch wenn heute einer fehlt.« Er prostete dem leeren Platz zu. »Und auf dich, Siegfried. Mögest du in Frieden ruhen.«

Es wurde angestoßen, die Männer tranken, dann setzten sie die Gläser wieder ab und schwiegen. Jeder schien seinen eigenen Gedanken nachzuhängen.

»Wann ist die Beerdigung?«, fragte Carl.

»Ende der Woche, heißt es«, meinte Heinz. »Ganz sicher weiß man es nicht. Sein Leichnam muss noch obduziert werden. Das hat die Polizei angeordnet.«

Obduziert. Das Wort lag schwer im Raum.

»Schrecklich, das Ganze«, sagte einer.

»Hättet ihr das für möglich gehalten?«, fragte ein anderer. »Dass Siegfried sich zu so einer Tat entschließt?«

»Vielleicht war er das ja gar nicht«, sagte Walther Vornholte. »Das wissen wir doch nicht.«

Carl bemerkte, wie Heinz Moorkamp und Antonius Holtkamp Blicke wechselten.

»Walther, rede keinen Unfug«, sagte Antonius. »Wer soll es denn sonst gewesen sein?«

Walther murmelte: »Ich glaub halt nicht, dass Siegfried so etwas tun würde.« Dann leerte er sein Bierglas.

»Was meinst du, Carl?«, fragte Heinz Moorkamp.

Alle sahen ihn an.

»Ich denke, jeder ist fähig, einen Menschen zu töten. Ich wünschte mir, Siegfried hätte einen anderen Weg gewählt. Aber offenbar konnte er die alten Geschichten nicht ruhen lassen. Er muss einen tiefen Groll gegen die Schulte-Steins gehegt haben.«

»Ja, das denke ich auch«, sagte Antonius. »Er wollte eine alte Rechnung begleichen.«

Und wieder wechselte er einen Blick mit Heinz Moorkamp. Carl betrachtete die beiden. Etwas war hier im Busch, er konnte es förmlich riechen. Die beiden teilten sich mit Blicken etwas mit, was sie nicht laut aussprechen wollten. Was sollte denn dieses Theater?

»Wie geht es Renate?«, fragte einer.

Die Witwe. Carl wollte sich lieber nicht vorstellen, was sie gerade durchmachte. Sie hatten eine gute Ehe geführt, Siegfried und Renate. Ein Jammer, dass dieses Gut für ihn nicht stärker gewogen hatte.

»Inge war heute bei ihr«, sagte Heinz. »Es geht ihr schlecht, aber das kann man sich wohl denken.«

»Muss ein ziemlicher Schock für sie gewesen sein, die Sache.«

»Ja, das denke ich auch.«

Die Männer am Tisch verfielen erneut in Schweigen. Es war immer ein schwerer Einschnitt, wenn ein Partner aus dem Leben schied. Selbst für die, bei denen Liebe nie eine große Rolle gespielt hatte. Nach vierzig, fünfzig gemeinsamen Jahren hatte man sich so aneinander gewöhnt, da war es für viele undenkbar, plötzlich ohne den anderen weiterzugehen.

»Morgen Abend ist die Totenandacht in der Kirche«, fuhr Heinz fort. »Inge bereitet alles vor. Sie wird auch die Gebete lesen.«

»Gibt es sonst noch etwas, das wir für Renate tun können?«, fragte einer.

»Geht sie mal besuchen«, meinte Heinz. »Ihr kennt ja Renate. Es gibt Menschen, die nach so einem Todesfall lieber alleine sind, und dann gibt es welche, die unbedingt Gesellschaft brauchen. So eine ist wohl auch Renate. Wir müssen uns um sie kümmern. Gerade jetzt, wo Weihnachten nicht weit ist. Wir müssen alle für sie da sein.«

»Was ist mit Alfons?«, fragte einer.

»Es gibt wohl keinen hier am Tisch, der viel mit den Schulte-Steins zu tun hat«, meinte Heinz. »Natürlich gehen wir auch zu seiner Beerdigung. Aber sonst? Ich weiß nicht.«

»Walther hat recht«, sagte Carl. »Siegfried war nicht der Einzige, der ein Motiv hatte.«

»Es könnte jeder hier am Tisch gewesen sein«, sagte Walther. »Sogar ich. Keiner von uns hat sich mit Schulte-Stein gut verstanden.«

»Jetzt hör doch auf, Walther!« Antonius Holtkamps Stimme bekam einen schneidenden Ton. Als läge eine Warnung darin. »Natürlich hat keiner ihn sonderlich gemocht. Aber ihn deshalb gleich umbringen? Das ist doch absurd.«

Carl blickte in die Runde. »Alfons war vor zwei Monaten bei Rosa Deutschmann.«

Er erntete überraschte Blicke. Offenbar ahnte keiner, worauf er hinauswollte. Doch das konnte täuschen.

»Rosa ist damals mit ihrer Mutter aus Ostpreußen hierhergekommen, falls ihr das nicht mehr wisst. Sie haben zusammen bei Schulte-Stein gewohnt, wie andere Flüchtlingsfamilien auch. Damals war sie noch ein kleines Mädchen. Jedenfalls hat sie dort ein Fotoalbum mitgehen lassen, das der alte Schulte-

76

Stein verbrennen wollte. Darin klebten Fotos, die ihn als hohes Nazitier zeigten. Nun ja. Und neulich ist Alfons aufgetaucht und wollte unbedingt die alten Bilder sehen. Als er allein im Zimmer war, hat er eins herausgerissen und mitgenommen. Rosa weiß nicht, was darauf war, aber es muss sehr wichtig für ihn gewesen sein.«

»Vielleicht war es ein Foto, das seinen Vater zusammen mit dem alten Wüllenhues zeigte«, sagte einer.

»Was hätte das für einen Sinn?«

»Oder Alfons wollte nur ein Foto von seinem Vater für sich selbst mitnehmen. Das ist doch nichts Ungewöhnliches.«

»Vielleicht war es ja ein Bild, wo er als Kind mit seinem Vater zu sehen war«, schlug einer vor, aber keiner von den Männern schien mit der Information irgendetwas zu verbinden. Nach ein paar weiteren vagen Mutmaßungen ergriff Carl wieder das Wort und meinte: »Ihr habt recht. Die Sache mit dem Foto hat bestimmt nichts mit dieser Geschichte zu tun. Mir ist das nur gerade eingefallen.«

Heinz Moorkamp brachte ein Tablett mit frisch gezapftem Bier und stellte es auf den Tisch. Carl schob die Gedanken beiseite. Die Biere wurden ausgeteilt, jeder bekam eines.

»Auf Siegfried«, sagte Heinz. »Und auf unsere Gemeinschaft.«

Und wieder hoben alle ihr Glas und stießen an.

»Auf unsere Gemeinschaft.«

Keller war spät dran. Zu spät. Das konnte er am Gesicht seiner Exfrau sehen, die vor dem Ausflugslokal stand und ungeduldig auf ihn wartete. Zuerst hatte er die Kinder doch nicht wie versprochen gestern Abend abgeholt, und nun kam er auch noch zu spät zu ihrem Treffen am Jachthafen.

»Tut mir leid«, begrüßte er sie. »Wo sind die Kinder?«

Sie funkelte ihn wütend an. »Was willst du eigentlich, Henrik? Willst du wieder feste Besuchszeiten? Und dass wir über unsere Anwälte miteinander kommunizieren? Ist es das?«

»Ich sagte doch, es tut mir leid.«

Er hatte bis tief in der Nacht an den Berichten gesessen. Das war die Bedingung gewesen, um heute freizukriegen. Er war sehr spät ins Bett gekommen, und dann hatte er prompt verschlafen.

»Ich frage mich ehrlich, ob du das absichtlich machst.«

»Das tue ich nicht, hör doch zu …«

»Nein, Henrik. Es interessiert mich gar nicht. Sobald man dir den kleinen Finger reicht, nimmst du gleich die ganze Hand. Weshalb tue ich mir das nur an?«

»Ich habe verschlafen. Ich mach's wieder gut, versprochen. Wo sind denn die Kinder?«

Sie deutete mit dem Kopf zum Ausflugslokal.

»Drinnen. Sie trinken eine heiße Schokolade. Schließlich sollen sie sich keine Erkältung holen.«

Es war eisig und ungemütlich, gar nicht das passende Wetter für so einen Ausflug. Der Himmel war verhangen, und immer wieder gingen Schnee- und Regenschauer nieder. Gestern war es noch so schön gewesen, da wäre ein Ausflug zum Zoo eine gute Idee gewesen, doch heute sah das anders aus.

Seine Exfrau blickte ihn auf eine Weise an, dass er sich wünschte, er hätte sich rasiert, bevor er losgefahren war. Oder wenigstens nicht die alte Jeansjacke angezogen, die an den Nähten auseinanderging. Doch bevor sie etwas sagen konnte, kam seine kleine Tochter auf ihn zugelaufen.

»Papa!«, rief sie und fiel ihm in die Arme.

Wenigstens ein erfreuliches Gesicht heute.

Ihr großer Bruder schlurfte mit gelangweiltem Gesicht hinterher, sagte kurz angebunden: »Hi«, und vergrub die Hände in seinen Baggypants.

Keller wollte ihn mit einem Schulterschlag begrüßen, doch sein Sohn trat einen Schritt zurück. Er blickte über den Jachthafen, als wäre er gar nicht beteiligt an diesem Familientreffen.

Die Pubertät, dachte Keller. An einem Tag waren sie noch

anschmiegsam und bedürftig, und am nächsten war ihnen die ganze Familie einfach nur peinlich.

Seine Exfrau verschwand und ließ ihn mit den Kindern allein. Keller deutete auf ein kleines Fahrgastschiff, das am Kai lag.

»Was haltet ihr davon, wenn wir nicht mit dem Auto zum Zoo fahren, sondern mit Professor Landois?«

»Hurra!«, rief die Kleine. »Wir fahren mit Professor Landois!«

Der Große blickte das Ausflugsschiff beinahe verzweifelt an, als wünschte er sich weit weg.

Nun gut, dachte Keller. Es war nicht gerade cool, mit dem alten Professor Landois zu fahren. Jedes Fahrrad war schneller. Aber es war nun mal nicht zu ändern.

Er legte den Arm um seine Schultern.

»Ist das okay, dass wir zum Zoo fahren? Ich weiß, du stehst da nicht so drauf. Aber deiner Schwester machst du damit eine Riesenfreude.«

Normalerweise erreichte Keller ihn mit solchen Worten, doch heute zeigte Niklas sich unbeeindruckt.

»Klar, kein Problem«, sagte er knapp, doch sein Gesicht strafte ihn Lügen. Er sagte das wohl nur, um einem weiteren Gespräch aus dem Weg zu gehen.

»Wir gehen demnächst mal zusammen ins Stadion«, sagte Keller. »Was hältst du davon? Nur wir zwei auf Schalke.«

»Cool. Super.« Doch auch das klang wenig begeistert.

Im Schiff saßen außer ihnen nur zwei Rentnerinnen. Die Kleine drückte die Nase ans Fenster und kommentierte alles aufgeregt, was auf dem Wasser unterwegs war. Doch sein Sohn saß einfach nur da und spielte mit seinem Handy. Keller zündete sich eine Zigarette an. Versuchen konnte man es ja, vielleicht beschwerte sich keiner.

Er betrachtete seinen Sohn. Manchmal hatte er das Gefühl, er kam bei den Veränderungen gar nicht hinterher. Gerade noch war Vereinsbettwäsche von Schalke das großartigste Geschenk, was man sich überhaupt vorstellen konnte, und im nächsten Moment war sie schlichtweg peinlich, weil nur Loser so etwas hatten, die keine Mädchen abschleppten. Trotzdem. Irgendwie schien es ihm, als liege Niklas heute etwas anderes auf dem Herzen. Etwas Ernsthaftes, das mehr war als nur so eine Stimmung.

»Alles in Ordnung bei dir?«

»Klar«, sagte er, ohne den Blick vom Handy zu heben.

»Und in der Schule? Hast du da Stress?«

»Nee, alles cool.«

Blieb noch ein heikles Thema, das er für gewöhnlich lieber umschiffte.

»Und mit Mama? Habt ihr Ärger?«

Sein Sohn blickte ihn genervt an. »Es ist alles in Ordnung. Mir geht's gut. Bist du jetzt zufrieden?«

Wenn Keller noch eine letzte Bestätigung gebraucht hätte, dann hatte er sie nun. Seinen Sohn bedrückte etwas, und das hatte nichts mit der Pubertät zu tun. So gut kannte er ihn trotz allem.

Jetzt war es nur wichtig, den richtigen Ton anzuschlagen. Trotz seiner Müdigkeit und der Kopfschmerzen.

Er nahm einen tiefen Zug von seiner Zigarette.

»Ich war gestern im Einsatz, sonst hätte ich euch geholt. Das tut mir leid. Wenn du willst, kannst du mich das nächste Mal besuchen. Dann zeige ich dir das Präsidium. Nachts ist keiner mehr da, dann können wir uns Pizza und Bier kommen lassen.«

Eine der Rentnerinnen machte sich mit brüchiger Stimme bemerkbar.

»Herr Fahrer! Sagen Sie dem jungen Mann bitte, er soll seine Zigarette ausmachen!«

Der Mann am Steuer fixierte Keller durch den Rückspiegel. »Dies ist ein Nichtraucherboot«, rief er.

Keller hob abwehrend die Hände und warf die Zigarette durch ein geöffnetes Fenster ins Wasser. Während die alten

Damen noch etwas von Unverschämtheit murmelten, wandte er sich wieder an seinen Sohn.

»Also, was meinst du? Ist das eine Idee?«

»Hey, Papa!«, herrschte er ihn an. »Es ist alles okay! Hab ich mich nicht klar ausgedrückt? Lass uns einfach diesen albernen Ausflug hier über die Bühne bringen. Mehr will ich gar nicht.«

Dann konzentrierte er sich wieder ganz aufs Handy. Die Unterhaltung war beendet. Jetzt war es seine Tochter, die verwirrt herübersah und deren Stimmung zu kippen drohte. Keller musste sich erst einmal um sie kümmern. Er zog eine weitere Zigarette hervor, doch dann fiel ihm wieder ein, dass er ja nicht rauchen durfte. Also steckte er sie hinters Ohr und rutschte zu ihr ans Fenster.

Seinen Sohn würde er sich später vornehmen. Offenbar würde es heute nicht so leicht werden, die Bälle oben zu halten. Er musste eine gute Performance abgeben.

Wenn er doch nur ein bisschen mehr geschlafen hätte.

Am Abend stand Carl von seinem Sessel auf, um ein wenig an die frische Luft zu gehen. Dabei spürte er seine Knochen. Er fühlte eine vertraute Müdigkeit, die heute stärker war als sonst. Es war eine Müdigkeit, die nichts mit mangelndem Schlaf zu tun hatte. Er fragte sich, wie lange es noch dauern würde. Er hatte keine Angst vor dem Sterben. Er würde bei Mia sein. Wovor sollte er sich da fürchten?

Nebenan hörte er die Kinder toben, im Spielzimmer hinter der Küche. Es klang, als würden sie die gesamte Einrichtung auseinandernehmen. Er wunderte sich, dass Christa nicht einschritt. Doch dann sah er die Kellertür einen Spalt weit offen stehen, und Licht fiel von unten herauf. Sie arbeitete also an ihrem Computer.

Wahrscheinlich sollte er kurz ins Spielzimmer gehen und mit ihnen reden. Aber er fühlte sich nicht stark genug, um dem Lärm und der Lebendigkeit dort entgegenzutreten. Er liebte die Kinder, natürlich, aber manchmal sehnte er sich einfach nach Ruhe. Also nahm er stattdessen den Mantel vom Haken, schlüpfte umständlich hinein, ging nach draußen und zog die Tür leise hinter sich zu.

Irgendwo in der Siedlung bellte ein Hund, ansonsten war es still. Alle hockten im Innern vor ihren Heizungen. An einem solchen Abend waren die Straßen wie ausgestorben. Er trat in die Dunkelheit des Gartens und ging um das Haus herum. Der feuchte Rasen war bereits gefroren, und die Eiskristalle knirschten unter seinem Schritt.

Er dachte an den Stammtisch. Er wurde den Verdacht nicht los, dass Heinz Moorkamp und Antonius Holtkamp mehr über die Geschehnisse wussten, als sie sagten. Und dann war da ja noch die Sache mit dem Fotoalbum. Auch wenn keiner verdächtig reagiert hatte. Alle, die auf den Fotos von damals abgebildet sein konnten, waren tot. Er war der Einzige, der jetzt noch lebte. Oder irrte er sich da?

Er würde noch einmal zu Rosa gehen. Morgen. Wenn er sich die Fotos genauer ansähe, würde er vielleicht über etwas stolpern, was er übersehen hatte. Er wollte es zumindest versuchen.

Er nahm tiefe Atemzüge. Wie gut die kalte Luft tat. Sie schärfte den Verstand. Wenn da nur nicht die Siedlung mit den vielen Lichtern wäre. Dann könnte er die Natur noch mehr genießen. Aber er lebte nun mal nicht mehr auf seinem Kotten. Daran war nichts zu ändern. Es gab kein Zurück.

Er war einfach zu alt. Das hatte auch Christa eingesehen, als sie ihn zu sich genommen hatte. Das Leben dort draußen in der Bauernschaft war für ihn allein nicht mehr zu bewältigen.

Er blickte in die schwarze Nacht. Vor ihm in der Dunkelheit lagen die Wiesen und Felder, dort floss die Düster. Und irgendwo war auch sein Kotten. Seine kleine Scholle Land, die er wie schon sein Vater und sein Urgroßvater bewirtschaftet hatte.

Ein kleines Licht fing seine Aufmerksamkeit. Da brannte ein Feuer. Zu weit entfernt, um sagen zu können, wo genau. Wahrscheinlich hatte ein Bauer seine Holzabfälle angesteckt. Nur seltsam, dass es bei Dunkelheit geschah, wo es doch verboten war, solche Feuer anzuzünden.

Die Kinder schrien im Spielzimmer, etwas ging klirrend zu Bruch. Carl wandte sich seufzend ab. Er würde ins Haus gehen, um nach dem Rechten zu sehen. Nicht, dass Christa ihm noch vorwarf, die Kinder zu vernachlässigen.

Helga Schulte-Stein manövrierte ihren Rollstuhl vorsichtig an die Spüle heran. Ein neuer Versuch. Sie nahm den Kessel, ließ ein wenig Wasser hinein und stellte ihn auf die Herdplatte. Alles dauerte dreimal so lange wie noch vor ein paar Jahren, aber sie bewältigte es. Und nur darauf kam es an.

»Mama, komm doch zu uns«, hatte Manfred zu ihr gesagt, als sie heute Nachmittag auf dem Anwesen war. »Hier ist genügend Platz. Es könnte wieder wie früher werden. Komm zu uns. Du brauchst doch auch jemanden, der sich um dich kümmert.«

Die Worte hatten gutgetan. Dennoch. Sie wusste nicht, ob sie wieder zurück auf den Hof wollte. Zu groß war die Last der Erinnerungen. Sie würde nie vergessen, wie man sie fortgejagt hatte. Außerdem fühlte sie sich hier in ihrem Elternhaus sehr wohl.

»Susanne ist einverstanden, und die Kinder auch«, hatte Manfred gesagt. »Wir alle würden dich gerne aufnehmen. Gib dir doch einen Ruck.«

Helga wollte darüber nachdenken. Sie wusste ja, sie und ihr Vater würden hier nicht ewig zusammenleben können. Ihre Krankheit schritt voran, und ihr Vater wurde immer älter und gebrechlicher. Sie waren kein gutes Team für die Zukunft, so viel war sicher. Wahrscheinlich würde es irgendwann gar nicht anders gehen.

Als das Wasser zu kochen begann, fiel ihr Blick aus dem Fenster. Was sie dort in der Dunkelheit sah, ließ ihren Atem stocken. Ein Feuer. Auf dem Anwesen ihres Sohnes. Eilig schob sie den Rollstuhl zum Fenster. Der alte ungenutzte Schuppen, in dem früher Landmaschinen standen, brannte lichterloh.

»Vater! Vater!«

Sie wendete den Rollstuhl, um zur Tür zu fahren. Ihr Körper fühlte sich an wie ein Mehlsack, den sie hinter sich herschleppen musste. Sie konnte sich einfach nicht so schnell bewegen, wie sie wollte.

»Vater! Hörst du mich?«

»Du liebe Güte, ja. Was ist denn los?«

Schwere Tritte auf den Stufen. Dann tauchte er in der Diele auf, gerade als sie die Schwelle genommen hatte.

»Die Feuerwehr! Wir müssen die Feuerwehr rufen!«

Er achtete nicht auf sie. Sein Blick ging über sie hinweg zum Fenster, hinter dem das Feuer loderte. Er blieb stehen und sah hinaus. Sein Blick ließ sich nicht deuten. Die Augen waren dunkel und unergründlich.

»Vater! Wir müssen die Feuerwehr rufen! Schnell.«

Er wandte sich ab und sah ihr direkt ins Gesicht. Er wirkte erstaunlich gefasst. Als wüsste er längst, was dort draußen geschah.

»Du hast recht«, sagte er. »Rufen wir die Feuerwehr.«

7

Hambrock hatte versucht, Dr. Hannah Brüggen in der Rechtsmedizin zu erreichen, doch man hatte ihm gesagt, sie wäre nicht zu sprechen und würde erst in ihrer Pause zurückrufen können. Das machte nichts, dachte er, der Fall war ohnehin so gut wie abgeschlossen. Und ihm war das auch ganz recht. Er hatte andere Dinge, über die er sich den Kopf zerbrechen musste.

Guido Gratczek tauchte in seiner offenen Bürotür auf.

»Hambrock, da bist du ja«, begrüßte er ihn. »Hast du schon die Sache mit dem Feuer gehört?«

»Dem Feuer?«

»Auf dem Hof von Schulte-Stein. In Düstermühle.«

»Da hat es gebrannt? Schon wieder?«

»Genau. Ein Schuppen ist abgebrannt. Kein großer Sachschaden, heißt es. Das Gebäude war alt und wurde nicht mehr genutzt. Zum Glück steht es etwas abseits, so konnten die Funken nicht auf andere Gebäude überschlagen.«

»Kennt man die Brandursache?«

»Brandstiftung. Das sagen zumindest die Kollegen von der Kreispolizeibehörde. Wie's aussieht, wurde Brandbeschleuniger benutzt.«

»Aber diesmal gab es keine Opfer?«

»Nein. Der Schuppen stand leer.«

Hambrock verschränkte die Arme. »Seltsam.«

Was hatte das zu bedeuten? Wer mochte das Feuer gelegt haben? Und vor allem weshalb?

»Ich fahre mal besser zu den Kollegen rüber und guck mir das Ganze an«, sagte Gratczek.

»Ja, tu das. Und nimm Henrik Keller mit, der müsste irgendwo im Haus sein. Ich hab ihn eben noch gesehen.«

»Christian Möller ist auch im Haus.«

Es war eine Feststellung, keine Bitte. Der Tonfall war neutral. Hambrock betrachtete Gratczek. Sein Gesicht war ausdruckslos, es war keinerlei Emotion zu erkennen.

»Gut. Dann fahr mit Möller.«

»Das mach ich. Bis später.«

Verwundert blickte Hambrock ihm nach. Bahnte sich da Ärger in seinem Team an?

Das Telefon klingelte. Er nahm ab.

»Dr. Brüggen hier. Sie wollten mich sprechen?«

»Ah ja. Schön, dass Sie zurückrufen. Ich wollte mich mal erkundigen, ob unsere Leichen schon bei Ihnen auf dem Tisch liegen.«

»Den einen habe ich bereits bearbeitet. Alfons Schulte-Stein. Der andere kommt gleich dran.«

»Und? Können Sie schon was sagen?«

Sie lachte. Vor seinem inneren Auge warf sie ihr blondes Haar in den Nacken.

»Wenn ich das verneine, würde es wohl nicht für mich sprechen.«

»Verzeihung. Was ist die Todesursache?«

»Ersticken. Alfons Schulte-Stein ist erwürgt worden.«

»Erwürgt?« Das war nun wirklich nicht das, womit er gerechnet hatte.

»Ja, aber das ist nicht alles. Zunächst haben wir einen Schädelbruch. Einwirkung mit stumpfer Gewalt. Aber nicht tödlich, und Schulte-Stein muss danach noch handlungsfähig gewesen sein. Es hat offenbar einen Kampf gegeben, darauf deuten zahlreiche Kampfspuren an Armen und Oberkörper hin. Er wird sich nach Kräften gewehrt haben. Und schließlich wurde er erwürgt. Zungenbeinbruch, Stauungsblutungen im Kopf, ausgeprägte Würgemale, alles, was dazugehört. Das bedeutet, der andere, den ich hier habe ...« Sie blätterte in ihren Unterlagen. »... Siegfried Wüllenhues, genau. Na, der kommt als Täter wohl nicht infrage.«

»Wieso denn nicht?«

»Wüllenhues litt unter starkem Rheuma, das steht in seiner Krankenakte. Alfons Schulte-Stein dagegen war gesund und kräftig, trotz seines Alters. Kaum vorstellbar, dass Wüllenhues ihm solche Verletzungen zugefügt haben soll. Dazu kommt, dass zumindest bei oberflächlicher Betrachtung keine Kampf- oder Abwehrspuren an der Leiche von Wüllenhues zu finden sind, aber das sehe ich mir gleich näher an.«

Hambrock spürte die Last, die auf seine Schultern gelegt wurde. Also war es vorbei mit dem einfachen Fall, bei dem alles schon offensichtlich auf dem Tisch lag.

Dr. Brüggen deutete sein Schweigen richtig.

»Tut mir leid, wenn ich Ihnen damit den Tag verdorben habe«, sagte sie.

»Nein, nein. Schon gut. Konnten Sie den Todeszeitpunkt bestimmen?«

»Ja. Er ist in der Nacht ermordet worden, zwischen zwölf und halb eins.«

»Also nicht erst am Morgen. Gut zu wissen. Vielen Dank für den Anruf.«

»Ich melde mich noch mal, wenn ich mit dem anderen durch bin. Die Berichte kommen dann später.«

Nachdem er aufgelegt hatte, saß er allein an seinem Schreibtisch. Auf dem Flur war nichts mehr zu hören. Alle waren unterwegs. Siegfried Wüllenhues war also aller Wahrscheinlichkeit nach nicht der Täter. Und es hatte in der vergangenen Nacht wieder gebrannt in Düstermühle.

Eine Weile saß er da und starrte im grauen Zwielicht vor sich hin. Dann beugte er sich vor und knipste die Schreibtischlampe an.

Die Ruine der alten Schmiede war von der Straße aus nicht zu sehen. Nur das Wohnhaus und die große Scheune mit dem Uhrenturm.

Renate Wüllenhues stand mit dem Wagen am Straßenrand

und blickte zum Anwesen der Schulte-Steins hinauf. Sie fühlte sich wie in Watte. Alles war taub. Sie wusste, ihr Mann war tot. Irgendwie wusste sie das. Trotzdem. Es war, als ob sie schwebte. Unter ihr war ein tiefer dunkler Abgrund. Sie hatte Angst davor, hineinzublicken.

Lieber sah sie zum Hof der Schulte-Steins. Alfons. Ihr Mann war nie weggegangen, ohne etwas zu sagen. Und wenn doch, hatte er ihr immer einen Zettel hingelegt. Warum hatte er diesmal nicht mit ihr gesprochen? Was hatte er dort oben gewollt, bei Alfons? Er hätte ihr doch davon erzählt, wenn er so etwas geplant hätte. Bestimmt hätte er das. Hier stimmte etwas nicht.

Außerdem war der Streit zwischen den Familien im Grunde begraben gewesen, trotz aller Scharmützel. »Was bringt es, wenn wir unseren Groll mit uns herumschleppen?«, hatte Siegfried immer gesagt. »Wir vergiften nur unser Leben. Keinem ist damit geholfen.«

Ja, das konnte er gut. Allgemeine Weisheiten von sich geben. Wie ein chinesischer Glückskeks. Dafür war er immer zu haben. Niemals hingegen sprach er von sich selbst oder davon, wie er zu diesen Erkenntnissen gekommen war.

Fünfundvierzig Jahre bin ich jetzt mit ihm verheiratet, dachte sie, und trotzdem ist da diese Distanz zwischen uns. Wir lieben uns, da gibt es keinen Zweifel, aber manchmal ist es, als wäre er Lichtjahre entfernt. Unerreichbar für einen anderen Menschen.

War, korrigierte sie sich. Ich *war* mit ihm verheiratet.

Sie spürte den Abgrund unter sich. Die bodenlose Leere.

Einkaufen. Sie wollte doch einkaufen fahren. Im Supermarkt waren Orangen im Angebot. Und wenn sie ohnehin in Düstermühle war, konnte sie gleich beim Metzger vorbeischauen.

Später. Sie würde später über diese Fragen nachdenken. Nicht jetzt. Sie achtete nicht weiter auf die Gebäude an der Anhöhe, sondern startete den Motor, warf einen Blick in den Rückspiegel und fuhr davon.

Rosa Deutschmann manövrierte den Wagen in die Auffahrt. Nebenan entdeckte sie ihre Nachbarin im Vorgarten, wo sie das letzte Laub von den Beeten kratzte. Die Frau blickte zu dem Wagen auf, fasste sich ins Kreuz und winkte. Rosa winkte freundlich zurück. Sie selbst hatte ihre Rabatten längst winterfest gemacht. Da sie im Vergleich zu früher, als ihr Mann noch lebte, nur wenig Arbeit zu erledigen hatte, staute sich nichts mehr.

In der dunklen Jahreszeit hockte sie in jeder freien Stunde unter ihrer Lampe im Wohnzimmer und machte Handarbeiten. Das würde sie auch heute tun. Im Kofferraum lag Wolle, die aus dem urigen Bastellädchen hinter der Kirche stammte. Die nächsten Tage wollte sie darauf verwenden, sich einen hübschen Pullover mit einem Schneemannmotiv zu stricken.

Als nach ihren Eltern auch ihr Mann gestorben war, hatte sie zunächst Angst davor gehabt, allein zu sein. Ihr ganzes Leben war sie keinen einzigen Tag allein gewesen. Sie hatte sich gefragt: Wenn ich nicht gezwungen bin, das Leben anderer aufrecht zu halten und somit auch meins, wird dann nicht zwangsläufig alles zusammenstürzen?

Aber das Gegenteil war der Fall gewesen. Zu ihrer Überraschung. Gar nichts stürzte zusammen. Stattdessen wurde ihr ganzes Dasein von einem anderen, ganz neuen Gefühl bestimmt: Freiheit. Denn sie konnte tun und lassen, was sie wollte. Keiner stellte mehr Forderungen an sie. Auf niemanden musste sie achten. Keine Tabletten, keine Windeln, kein Füttern, kein Waschen. Sie war frei. Es war, als würde sich ihr Körper im Raum ausdehnen. Ein wunderbares Gefühl.

Da war ein Teil in ihr, der sich für dieses Glück schämte. Das hieß doch, dass sie eine schlechte Ehefrau und eine schlechte Tochter gewesen war. Wie konnte sie etwas anderes empfinden als Trauer? Trauer um ihren Mann und Trauer um ihre Eltern.

Doch dann sagte sich Rosa, wenn diese Menschen noch lebten, würde sie weiterhin alles tun, was notwendig wäre. Ohne zu klagen und ohne sich eine Pause zu gönnen. Deshalb brauchte sie sich keinen Vorwurf zu machen. Sie sollte es genießen, das Leben. Etwas anderes blieb ihr nicht mehr.

Das Haus war jetzt immer blitzblank geputzt, so wie sie es mochte. Dann ging sie barfuß durch die Räume, betrachtete ihre hübschen Möbel, ihre geliebten Ölgemälde und die weichen Teppiche. Alles war so behaglich. Und dann diese Stille, diese wunderbare Ruhe. Keiner war mehr da, der sie herumkommandierte. Nie in ihrem Leben war sie so glücklich gewesen wie jetzt, als alter Mensch.

»Hallo, Waltraut«, begrüßte sie ihre Nachbarin. »Das sieht ja nach einer Menge Arbeit aus bei dir.«

»Nun ja, irgendwann muss es ja gemacht werden. Zu Weihnachten soll der Vorgarten schließlich ordentlich sein, wie sieht das sonst aus.«

»Da hast du recht. Schönen Tag noch.«

Sie nahm die Tasche mit der Wolle aus dem Kofferraum.

»Ach, Rosa.« Ihre Nachbarin trat näher. »Hast du das schon gehört? Mit dem Feuer?«

»Dem Feuer? Nein. Welches Feuer?«

»Na, bei Schulte-Stein. Da hat es schon wieder gebrannt, stell dir vor. Der Schuppen an der Wiese stand heute Nacht in Flammen.«

»Noch ein Feuer? Wie kann das denn angehen?«

»Ich weiß es nicht. Aber die Polizei ist da gewesen. Die haben Ermittlungen aufgenommen, heißt es. Also war es wohl Brandstiftung.«

»Siegfried Wüllenhues hat dieses Feuer zumindest nicht verursacht.«

»Ganz richtig. Irgendeiner muss es ihm nachgetan haben. Was furchtbar ist, wenn du mich fragst. Natürlich gibt es noch Leute, die eine Rechnung offen haben mit den Schulte-Steins. Aber dort gibt es einen Todesfall zu beklagen. In so einem Moment kann man doch nicht auch noch nachtreten, oder?«

Rosa dachte an Alfons, der bei ihr vor der Tür gestanden und verlangt hatte, die alten Fotos zu sehen. Nach mehr als zwanzig

Jahren, in denen sie so gut wie kein Wort miteinander gesprochen hatten. Und dann so etwas. Ob sein Besuch mit den aktuellen Ereignissen zusammenhing? Wie Carl angedeutet hatte?

Ihre Nachbarin stützte sich auf die Harke.

»Sag mal, Rosa, hast du dich eigentlich für den Theaterabend der Landfrauen angemeldet? Nächsten Mittwoch?«

Die Gedanken an das Album verflüchtigten sich. »Ja, natürlich. Wie jedes Jahr.«

»Ach, könntest du mich dann vielleicht mitnehmen? Mein Mann braucht das Auto, und ich würde mir das so ungern entgehen lassen.«

»Aber ja, das mach ich doch gern.«

Sie schloss den Wagen ab und ging zur Haustür. Sie würde sich in ihren Sessel ans Öfchen setzen, das Hörspiel im Radio einschalten und mit der Strickarbeit beginnen. Was für ein schöner Nachmittag stand ihr bevor. Sie würde ihn genießen und sich nicht dafür schämen. Das nahm sie sich fest vor.

An der Tür blieb sie stehen. Da stimmte etwas nicht. Rosa hatte abgeschlossen, davon war sie überzeugt. Nun stand die Tür jedoch einen Spalt weit offen. Im Schloss klaffte ein großes Loch, als wäre es mit einer Bohrmaschine bearbeitet worden.

Ein Einbrecher, schoss es ihr durch den Kopf. In ihr Haus war eingebrochen worden. Sie starrte unbewegt auf das zerstörte Schloss. Natürlich hätte sie sich jetzt umdrehen, zu Waltraut laufen und die Polizei verständigen sollen. Der Einbrecher könnte noch in ihrem Haus sein, so lange war sie schließlich nicht fort gewesen. Es war viel zu gefährlich.

Doch sie konnte nicht anders. Es war wie ein Zwang. Sie trat vor, stieß die Tür mit dem Finger vorsichtig auf und spähte hinein. Der Wohnungsflur war verwaist. Er sah aus wie immer. Sie zögerte.

Dann trat sie in den Flur und lauschte. Nichts. Vorsichtig ging sie weiter. In der Küche schien ebenfalls alles unberührt. Schlafwandlerisch ging sie weiter, zum Nähzimmer, in die Waschküche, schließlich ins Wohnzimmer.

Alles bis auf das Türschloss war unberührt. Was hatte das Ganze zu bedeuten? Doch dann entdeckte sie es. Der Wohnzimmerschrank. Die Türen waren aufgerissen, drinnen war alles durchwühlt. Ihre Tischdecken, die Weihnachtsdekoration, die Gesellschaftsspiele.

Eine Ahnung befiel sie. Das Album. Rosa trat näher. Tatsächlich. Die Fotoalben waren in Unordnung gebracht worden. Und eines fehlte: das Album mit den Fotos des alten Schulte-Stein.

Hambrock stieß die Toilettentür auf. Eiskalte, klamme Luft schlug ihm entgegen. Und kalter Zigarettenrauch. Das Fenster stand sperrangelweit offen, und Keller lehnte im Rahmen und telefonierte. Er schien Hambrock nicht zu bemerken. Mit der rechten Hand fuchtelte er in der Luft herum, während er mit der Linken das Handy ans Ohr drückte.

»Erzähl mir nichts. Irgendwas ist mit dem Jungen los. So hab ich ihn noch nie erlebt.«

Hambrock trug nur ein dünnes Oberhemd. Ein Schauer lief ihm über den Rücken. Er blickte sich um. Wahrscheinlich sollte er Keller zur Rede stellen. Aber er war viel zu mitgenommen, um Mitarbeiter nur der Form halber zurechtzuweisen. Ihm war es doch egal, wo Keller rauchte. Sollte er sich ruhig hierher verziehen, so litt seine Arbeit weniger darunter, als wenn er für jede Zigarette hinunter auf den Hof ging.

»So ein Unsinn. Man kann die Pubertät nicht für alles verantwortlich machen. Ich kenne doch meinen Sohn, und er … Nein, jetzt hörst du mir mal zu!«

Offenbar ein Privatgespräch. Hambrock machte auf sich aufmerksam. Er wollte nicht ungebeten zuhören. Dann stellte er sich ans Pissoir.

Keller räusperte sich. »Es ist gerade jemand ins Büro gekommen«, flüsterte er. »Ich ruf dich gleich noch mal an.«

Nachdem Keller sein Handy eingesteckt hatte, drehte Hambrock sich zu ihm um.

»Ich wollte dich nicht stören.« Mit einem Lächeln fügte er hinzu: »Hier in deinem Büro.«

»Ach, schon gut. Meine Exfrau«, sagte er auf eine Weise, als wäre damit alles erklärt.

»Verstehe«, meinte Hambrock und trat ans Waschbecken. »Hast du mit Renate Wüllenhues gesprochen?«

»Du meinst wegen der Tatzeit? Ja, habe ich. Sie sagt, ihr Mann lag da im Bett. Abends ist sie immer länger aufgeblieben als er, ihr Mann war Frühaufsteher. Als sie in der Tatnacht um kurz nach zwölf ins Schlafzimmer ging, lag er schlafend im Ehebett.« Keller zündete sich eine weitere Zigarette an. »Aber sie ist die Ehefrau. Vor Gericht hätte so ein Alibi nicht viel Wert.«

»Das stimmt. Trotzdem. Falls es noch ein letztes Indiz brauchte, um mich von der Unschuld von Siegfried Wüllenhues zu überzeugen, dann habe ich es jetzt.«

Keller blies den Rauch nachdenklich durchs Fenster. »Wir brauchen also einen neuen Hauptverdächtigen«, sagte er. »Nur wer soll das sein? Die Spurenlage am Tatort gibt nicht viel her.«

»Vielleicht war das ja der Grund, weshalb Wüllenhues den Brand gelegt hat.«

»Um alle Spuren des Täters zu vernichten.«

»Ganz genau.«

»Und jetzt ein weiteres Feuer.«

»Ja. Was immer uns das sagen soll.«

»In dem Schuppen gab es keine Spuren, die vernichtet werden mussten, oder?«

»Das weiß man natürlich nicht.«

»Wir sollten …«, begann Keller.

Da flog die Tür auf. Guido Gratczek stand auf der Schwelle. Er erfasste die Situation mit einem Blick. Die Kälte, der Rauch, Keller mit der Zigarette im Mundwinkel. Und Hambrock, der bibbernd danebenstand und mit ihm plauderte. Falls sich Gratczek etwas dabei dachte, ließ er sich nichts anmerken.

»Hambrock, ich suche dich überall.«

»Was gibt's denn?«

»Telefon für dich.«

»Ich rufe zurück.«

»Es ist deine Mutter. Sie lässt sich nicht abwimmeln. Ich musste ihr versprechen, dich zu suchen. Sie wirkt sehr angespannt.«

Es war so weit. Wie es aussah, konnte er sich nicht länger davonschleichen. Seine Mutter forderte ein Gespräch ein. Sie ließ sich nicht länger vertrösten.

»Ich komme«, sagte er und ließ seine Kollegen stehen.

Im Büro schloss er sorgfältig die Tür, dann nahm er den Hörer auf. Seine Mutter war völlig aufgelöst. Sie wollte nicht einfach nur mit ihm reden. Etwas war passiert.

»Du musst sofort kommen«, sagte sie. »Birgit. Es geht ihr wieder schlechter.«

8

Seine Tochter hatte sich bereit erklärt, ihn zu Rosa zu fahren. Eigentlich hatte sie ja gar keine Zeit für so etwas, aber dieses Mal war Carl Beeke unnachgiebig gewesen. Er musste Rosa beistehen, da gab es keine Alternative.

Christa hatte ihr Handy in die Halterung am Armaturenbrett gesteckt, um während der Fahrt Anrufe entgegennehmen zu können. Und tatsächlich klingelte es ständig. Seine Tochter drückte auf einen Knopf, und dann waren da fremde Stimmen im Wagen. Ihre Kunden, von denen er noch nie einen persönlich kennengelernt hatte. Sie redeten laut und drängend und waren unfreundlich.

»Die Listendarstellung ist nicht in Ordnung, Frau Beeke«, hieß es da, und: »Der Umsatz pro Dezitonne wird in der Auswertung nicht angezeigt. Wieso funktioniert das nicht?«

Carl versuchte, die Gespräche zu ignorieren. Er sah bewegungslos auf die karge, öde Landschaft hinter dem Fenster. Er spürte Unruhe. Zuerst der erneute Brand auf dem Anwesen der Schulte-Steins und jetzt das: Bei Rosa war eingebrochen worden. Was war denn nur los? Was für Teufel waren hier unterwegs? Er erkannte sein Düstermühle nicht wieder.

»Wir hatten doch besprochen, Frau Beeke, was alles in die Auswertung muss.«

»Natürlich. Ich mache mich gleich heute Abend dran. Sie können sich morgen früh das Ergebnis anschauen und mir sagen, ob Sie mit allem einverstanden sind.«

»Morgen? Geht das nicht heute?«

»Ich tue mein Bestes. Aber ich kann nichts versprechen.«

Christa beendete das Gespräch, stieß einen schweren Seufzer aus und bog dann in die Straße, in der Rosa wohnte.

Zwei Streifenwagen standen am Straßenrand, daneben ein

Zivilwagen, offenbar ebenfalls von der Polizei. Die gesamte Auffahrt war von den Fahrzeugen blockiert.

Christa hielt. Für einen Moment schien sie ihre Arbeit vergessen zu haben. Sie begriff wohl erst jetzt, was hier passiert war.

»Kann ich etwas tun?«, fragte sie. »Irgendwie helfen?«

»Nein, lass mal. Hier gibt es Nachbarn, die helfen. Und Rosas Kinder sind bestimmt auch schon unterwegs. Den Rest erledigt die Polizei. Fahr ruhig. Du hast genug zu tun.«

Sie zögerte. Dann sagte sie: »Ja, du hast recht. Ruf an, wenn ich dich abholen soll.«

»Danke fürs Bringen.«

Er stieg aus dem Wagen, warf die Tür zu und sah seiner Tochter hinterher, bis sie auf die Hauptstraße fuhr und verschwand. Dann bewegte er sich mit seinem Stock langsam auf den Eingang zu. Zwei Männer mit Latexhandschuhen und sperrigen Koffern kamen ihm entgegen. Vorsichtig sah er in den Hausflur. Rosa stand an der Wohnzimmertür, die Strickjacke eng um den Oberkörper gezogen. Sie beobachtete das Treiben in ihrem Haus mit sorgenzerfurchtem Gesicht und trat jedes Mal, wenn einer der Polizisten vorbeiwollte, scheu aus dem Weg. Sie wirkte wie ein ungebetener Gast im eigenen Haus. Erst als sie Carl entdeckte, hellte sich ihr Gesicht auf.

»Carl! Da bist du ja! Wie schön, dass du kommen konntest.«

»Das war doch selbstverständlich. Was ist passiert?«

Sie wiederholte, was sie schon am Telefon gesagt hatte: Das Türschloss war aufgebrochen und das Fotoalbum vom alten Schulte-Stein gestohlen worden.

»Und du bist sicher, dass sonst nichts verschwunden ist?«

»Ziemlich sicher. Ich habe mich gründlich umgesehen.«

Einer der zivilen Polizeibeamten kam auf Rosa zu.

»Wir sind hier fertig«, sagte er. »Sie können Ihr Wohnzimmer jetzt aufräumen. Viel ist ja nicht in Unordnung gebracht worden.«

»Wie geht es weiter?«, fragte sie.

»Wir brauchen Ihre Fingerabdrücke, um sie mit denen zu vergleichen, die hier sonst noch gefunden wurden. Aber es reicht, wenn Sie morgen bei uns vorbeikommen. Erholen Sie sich erst einmal von ihrem Schreck.« Er lächelte bedauernd. »Ihre Nachbarn haben leider nichts gesehen. Der Einbrecher ist völlig unbemerkt ins Haus gelangt. Deswegen hoffen wir, mit den Fingerabdrücken weiterzukommen. Nun ja. Wir werden sehen.«

Damit verabschiedete er sich. Seine Kollegen folgten ihm, und kurz darauf waren Carl und Rosa allein im Haus.

Sie ging ins Wohnzimmer, um den Inhalt ihres Schranks wieder einzuräumen. Dabei sortierte sie alle Gegenstände aus, auf denen Fingerabdrücke gefunden wurden und die nun mit einem schwarzen Pulver versehen waren. Carl hätte ihr gerne geholfen, aber seine Kräfte ließen nach. Außerdem würde er sich schlecht neben sie auf den Boden hocken können. So etwas machten seine Knochen gar nicht mit.

»Setz dich doch an den Esstisch«, sagte Rosa. »Ich bin gleich fertig.«

Er nahm Platz und betrachtete ihren Rücken. Sie versuchte, sich nichts anmerken zu lassen. Das war typisch für sie.

»Wie geht es dir, mien Deernken?«

Sie hielt inne. »Ach«, sagte sie.

Dann stand sie auf und setzte sich zu ihm.

»Das war einer von hier, Carl. Aus Düstermühle.«

»Ja. Das glaube ich auch.«

»Was geht denn hier nur vor?« Sie war plötzlich ganz aufgebracht. »Einer, den wir kennen! Stell dir das vor! Bricht einfach hier ein. In mein Haus!«

»Ich weiß, Rosa.«

Er hatte im Fernsehen eine Sendung gesehen, da ging es um Opfer von Einbrechern. Diese Menschen waren danach oft schreckhaft und ängstlich. Sie fühlten sich missbraucht und verbarrikadierten sich. Seltsame Dinge passierten manchmal mit Menschen, dachte er. Mal sehen, wie Rosa das Ganze überstand.

»Sieh mal, Rosa, er hatte es nur auf dein Album abgesehen. Er wollte dir keinen Schaden zufügen. Ich weiß, das ist ein schlechter Trost, aber er wollte nur das Buch, sonst nichts.«

Sie nickte.

»Die Polizei wird ihn finden«, sagte er. »Es ist nicht recht, was er getan hat, und dafür wird er bestraft werden.«

»Ja, das stimmt.« Sie seufzte. »Es hätte schlimmer kommen können.« Dann blickte sie sich um. »Das größte Chaos ist fürs Erste beseitigt. Ich glaube, der Rest kann warten. Ich mach uns erst mal einen Kaffee.« Im Weggehen sagte sie: »Ich könnte uns ein Stück Pflaumenkuchen in der Mikrowelle auftauen. Den habe ich nach der Pflaumenernte ganz frisch eingefroren.«

»Mach dir keine Umstände, Rosa. Bitte.«

Doch das überhörte sie natürlich. Etwas später kehrte sie mit Kaffee, Pflaumenkuchen und frisch geschlagener Sahne zurück. Das alles duftete köstlich.

Bevor sie sich setzte, blickte sie sich noch einmal im Zimmer um. Sie wirkte einen Moment lang hilflos, dann schüttelte sie energisch den Kopf, wie um sich selbst zu zeigen, dass das Ganze keine Katastrophe war.

»Ich weiß, was du denkst, Carl.«

»So? Was denn?«

»Du denkst, dieser Einbruch zeigt, dass die Fotos etwas mit dem zu tun haben, was mit Alfons passiert ist.«

»Ja, stimmt. Das denke ich.«

»Aber … das würde bedeuten, es war gar nicht Siegfried, der sich für seinen Vater gerächt hat. Denn der kann schlecht der Einbrecher gewesen sein.«

»Stimmt.«

»Und was sollen wir jetzt tun? Sollen wir das der Polizei erzählen?«

Carl zögerte. Was, wenn Siegfried tatsächlich nichts mit dem

98

Tod von Alfons zu tun hatte? Was war dann in jener Nacht passiert? Wer war stattdessen in der alten Schmiede gewesen? Hatte es Streit gegeben? Aber mit wem und weshalb?

Er verstand das Ganze nicht. Sie waren doch alte Männer, die ihr Leben hinter sich hatten. Wie konnte es da zu solch extremen Taten kommen? Und wieso ging das immer weiter? Wozu das Feuer im Schuppen und dieser Einbruch hier?

Er dachte an die Fotos vom Kriegerfest in Düstermühle. An die Familienfotos der Schulte-Steins in ihrem Garten. Die SS-Leute auf dem Hof. Er kannte die Menschen, die auf den Fotos abgebildet waren. Es war nichts Besonderes darauf zu sehen gewesen. Nichts, was einen Raub gerechtfertigt hätte. Damals, 1945, da waren diese Fotos vielleicht gefährlich gewesen, zumindest für einen wie Schulte-Stein. Aber heute?

»Was kann so Besonders an diesen Fotos gewesen sein, Rosa? Habe ich denn etwas übersehen?«

Sie hob die Schultern. »Es gab Fotos von Alfons und seinen Geschwistern. Daran kann ich mich erinnern. Aber sie waren damals ja alle Kinder. Porträts von Kindern, dafür interessiert sich doch heute keiner mehr.«

»Du und deine Mutter, ihr wart auf keinem der Fotos abgebildet.«

»Nein, natürlich nicht. Da wurden längst keine mehr geschossen. Für so etwas gab es gar kein Geld, und auch keinen, der sie hätte entwickeln können. Es waren ja alle im Krieg, und hier in der Heimat herrschte Not. Wir waren froh, wenn es genug zu Essen gab.«

Es klingelte an der Haustür. Rosa blickte überrascht auf. »Wer kann das sein?« Sie ging in den Flur. Die Tür, die ja nur angelehnt war, wurde geöffnet, und Carl hörte eine vertraute Stimme im Flur.

»Mein Name ist Henrik Keller, ich komme aus Münster. Von der Polizei. Ich würde gerne mit Ihnen über den Einbruch sprechen.«

Sie traten ins Wohnzimmer. Keller brachte einen Schwall

kühler Luft und den Geruch von Zigarettenqualm mit herein. Er erkannte Carl sofort wieder.

»Herr Beeke. Was für eine Überraschung. Was führt Sie hierher?«

»Ich wollte nur sehen, ob bei Frau Deutschmann alles in Ordnung ist. Ihre Kinder können erst heute Abend herkommen.« Carl stand langsam auf. »Ich werde Sie mal allein lassen, damit Sie in Ruhe Ihre Fragen stellen können.«

Keller protestierte zwar, aber nur halbherzig. Ihm war es natürlich recht, dass Carl verschwinden wollte. Wenn Keller etwas von ihm wissen wollte, würde er später schon bei ihm zu Hause auftauchen.

Nach dem Telefonat mit Christa musste Carl nicht mehr lange warten. Es dauerte keine fünf Minuten, bis sie vor Rosas Haus auftauchte. Sie packte ihn ins Auto und machte sich auf den Rückweg. Inzwischen war es dunkel geworden. Das Scheinwerferlicht huschte über die Vorgärten der Siedlung.

Christa wirkte ruhiger. Einer der seltenen Momente, wo sie nicht abgelenkt war durch Kinder und Arbeit und er ihre ungeteilte Aufmerksamkeit hatte.

»Ist es schlimm für Rosa?«, fragte sie.

»Ich glaube, sie kommt zurecht.«

Seine Tochter schwieg eine Weile. Dann fragte sie: »Wann ist die Beerdigung von Siegfried Wüllenhues?«

Carl war überrascht.

»Dachtest du, ich hätte das vergessen?«

»Ich weiß nicht.«

»Ich würde dich jedenfalls *gerne* dorthin begleiten. Wirklich.«

»Am Donnerstag. Sein Leichnam wurde heute freigegeben. Renate will ihn am Donnerstagnachmittag zu Grabe tragen lassen.«

»Sehr traurig, das alles.«

Carl nickte schweigend. Er spürte die Trauer. Seine Müdigkeit.

Am Ortsausgang fuhr Christa auf die Landstraße, um den Ortskern zu umgehen. An der Kreuzung sprang die Ampel auf Rot. Es wurde still im Innern des Wagens, nur das Klicken des Blinkers war zu hören.

Carl blickte zur Gastwirtschaft der Moorkamps hinüber, die an der Kreuzung lag. Heute war Montag, der Ruhetag. Trotzdem brannte hinter einem der Fenster Licht. Er entdeckte Heinz, der alleine an einem Tisch saß. Hockte einfach da und starrte vor sich hin. Was mochte ihm gerade durch den Kopf gehen?

Heinz Moorkamp und Siegfried Wüllenhues. Ein Leben lang waren sie Freunde gewesen. Sie waren zusammen zur Schule gegangen und später in den Schützenverein. Sie hatten jahrzehntelang wöchentlich Karten gespielt, waren gemeinsam in Rente gegangen, und dann hatten sie sich jeden Sonntagmorgen zum Stammtisch getroffen.

War es denkbar, dass Heinz eingeweiht war in Siegfrieds Pläne? Oder hatte Heinz sogar einen Grund gehabt, Alfons zu töten? Vielleicht hatte es einen Streit gegeben?

Die Ampel sprang auf Grün. Christa fuhr los. Die Gastwirtschaft rückte aus seinem Blickfeld.

Er würde zu Heinz Moorkamp gehen. Morgen. Er würde mit ihm reden, und dann würde sich zeigen, ob er irgendetwas wusste. Es konnte schließlich nicht angehen, dass bei Rosa am helllichten Tag eingebrochen wurde und ein Düstermühler der Täter war.

Im Haus war es unnatürlich ruhig. Besonders, wenn die Dunkelheit hereinbrach, wurde es so einsam und leer, dass sie fürchtete, den Verstand zu verlieren. Renate Wüllenhues begann dann zu putzen. Sie räumte auf, schrubbte die Anrichten, taute den Gefrierschrank ab, machte alles Mögliche, Hauptsache, sie blieb in Bewegung. Nur nicht stillstehen und nachdenken.

Am Nachmittag hatte sie Manfred Schulte-Stein im Supermarkt gesehen. Er ging dort einkaufen, genau wie sie. Mit seiner Frau und den Kindern. Alle wirkten so müde und erschöpft. Doch es lag auch etwas Tröstliches in ihrem Anblick. Denn sie hatten immerhin noch sich, sie konnten sich gegenseitig stützen. Renate war hinter ein Regal gehuscht, im letzten Moment, bevor er sie entdeckt hätte.

Wie sollte das in Zukunft weitergehen? Sie und Manfred würden sich doch zwangsläufig über den Weg laufen. Und dann? Wie sollte sie dem Sohn des Mannes gegenübertreten, den Siegfried offenbar ermordet hatte? Das war doch eine unmögliche Situation. Sollte sie lieber wegziehen?

Draußen war plötzlich helles Licht. Autoscheinwerfer, deren Lichtkegel über den Hof und dann durchs Küchenfenster fielen. Sie blendeten Renate, die sich die Hand vor Augen hielt, und erloschen schließlich. Ein Wagen parkte neben der Tennentür.

Es war Bodo, ihr Sohn. Er ging über die Tenne und durch die Waschküche ins Haus. Als er in die Diele trat, rief er: »Mutter? Bist du da?«, und warf die Tür hinter sich ins Schloss.

»Ich bin hier, in der Küche!«

Im nächsten Moment tauchte er in der Tür auf. Hochgewachsen, breitschultrig und mit scharfen Wangenknochen. Er sah aus wie Siegfried damals, als junger Mann.

Ihr Sohn sagte nichts. Stand einfach da und blickte sie an. Aber das war typisch für ihn. Er war genauso verschlossen wie sein Vater. Das hatte er von ihm geerbt.

»Schön, dass du da bist, Bodo. Hast du Hunger?«

»Nein.« Er setzte sich an den Tisch. Ohne sie in den Arm zu nehmen. »Wir müssen über die Beerdigung reden.«

Renate spürte einen Stich. Sie blickte sich um. Lieber würde sie weiter putzen. Doch das war natürlich Unsinn. Sie trocknete sich die Hände an einem Geschirrtuch und setzte sich ebenfalls.

»Ich habe das meiste schon geregelt«, sagte Bodo. »Das Beerdigungsinstitut übernimmt eine Menge Arbeit. Pfarrer Rodering wird die Zeremonie abhalten, das war ihm ein Herzenswunsch. Du weißt, er und Vater haben sich sehr gemocht.«

Renate nickte nur. Sie war froh, dass Bodo diese Dinge regelte. Sie fühlte sich nicht in der Lage dazu.

»Dann habe ich mit den Moorkamps gesprochen, wegen der Trauerfeier. Wir können den Festsaal der Wirtschaft mieten. Sie haben uns einen sehr guten Preis gemacht. Es gibt Kaffee und Kuchen. Inge Moorkamp wird außerdem Schnittchen schmieren.«

Bodo erklärte ihr, wie alles ablaufen würde. Über so etwas zu sprechen, das fiel ihm leicht. Doch je länger er redete, umso schwerer wog das, was nicht gesagt wurde. Dabei war sich Renate sicher, dass auch Bodo sich fragte, warum sein Vater zu Alfons gegangen war und wieso er seine Schmiede angesteckt hatte. Ausgerechnet Siegfried. Er hasste das Feuer, das war schon immer so gewesen. Nicht einmal einen Grill wollte er im Garten haben. Und ausgerechnet er soll nun ein Brandstifter sein? Was war denn nur passiert?

»Ich habe heute Manfred getroffen, im Supermarkt.«

Bodo wirkte erschrocken. »Was hat er gesagt?« Da sie nicht sofort antwortete, wurde er laut: »Was hat er getan? Hat er dich beschimpft? Oder Schlimmeres?«

»Nein. Er hat mich gar nicht gesehen. Aber ich kann ihm nicht ewig aus dem Weg gehen. Wir müssen uns überlegen, wie wir mit der Geschichte leben.«

»Bringen wir zuerst die Beerdigung hinter uns. Schritt für Schritt, alles der Reihe nach.«

Doch Renate wollte sich nicht vom Thema abbringen lassen. Sie brauchte Antworten. Morgen war sie wieder allein.

»Wir müssen die Frage klären, ob der Sarg offen oder geschlossen sein soll«, sagte Bodo.

Renates Herzschlag setzte aus: Der Sarg. Sie sah Siegfried in einem Sarg liegen. Ihr Ehemann, mit dem sie den Großteil ihres Lebens Seite an Seite gelebt hatte.

Bodo deutete ihr Schweigen falsch. »Ein offener Sarg ist

möglich, trotz der Obduktion. Das haben mir alle gesagt. Man wird nichts davon sehen, wenn er in der Kapelle liegt.«

Alles andere löste sich auf einmal in Luft auf. Siegfried. Mein Siegfried. Ein Leichnam in einer Kapelle. Das war doch unvorstellbar.

Ihr wurde schwindelig. Sie musste sich zusammenreißen. Wenn sie jetzt den Boden unter den Füßen verlöre, würde sie nicht mehr aufstehen können. Dann würde sie in den Abgrund stürzen, der dort auf sie lauerte. Sie musste stark sein.

»Was ist da passiert, Bodo? Bei Schulte-Stein in der alten Schmiede. Weshalb war dein Vater dort? Glaubst du denn, er hat Alfons umgebracht? Und dann die Sache mit dem Feuer. Das passt doch gar nicht zu Siegfried. Er wollte nie in der Nähe von Feuer sein.«

Bodo schwieg. Sein Blick wurde wieder undurchdringlich. Es war, als redete sie mit der Wand.

»Hat Papa dir denn nichts gesagt?«

»Nein.«

»Irgendwas muss er erzählt haben. Das passt doch alles gar nicht zu ihm. Er hat immer gesagt, wohin er gehen will. Was er vorhat.«

Bodo schwieg, wie immer.

»Ich muss das wissen, Bodo.«

Jetzt war er ganz weit weg. Nur sein Körper schien noch anwesend zu sein. Sie spürte, wie Tränen an ihrer Wange herunterliefen. Es half alles nichts. Sie erreichte ihn nicht, genauso wenig, wie sie Siegfried je erreicht hatte.

Ihre Stimme war nur noch ein Flüstern, als sie sagte: »Ich muss das wissen.«

Heinz Moorkamp hockte allein in der Schankwirtschaft. Er saß an einem Tisch am Fenster und starrte unruhig vor sich hin. Die Dinge liefen nicht wie geplant. Alles wurde komplizierter. Er verstand nicht, weshalb.

Sein Handy, das vor ihm auf der Tischplatte lag, machte sich durch Vibrieren bemerkbar. Ein Anruf. Heinz Moorkamp überzeugte sich mit einem Schulterblick, dass er wirklich allein im Schankraum war. Dann ging er ran.

»Ich bin es«, sagte die Stimme am anderen Ende. »Tut mir leid, dass es so lange gedauert hat. Ich konnte nicht eher anrufen.«

»Schon gut. Hast du das Fotoalbum?«

»Ja.«

Heinz Moorkamp atmete erleichtert auf.

»Und?«, fragte er. »Ist darin etwas zu sehen?«

»Nein, gar nichts. Wenn es ein Foto gab, das alles beweisen würde, dann war es nicht mehr dabei.«

»Alfons hat ein Foto mitgenommen, heißt es.«

»Ja, so heißt es.«

Sie fielen in Schweigen. Schließlich fragte Heinz Moorkamp: »Und was sollen wir jetzt tun?«

»Ich weiß es nicht.«

»Glaubst du, Rosa weiß etwas?«

Wieder Schweigen. Es dauerte ewig, bis die Stimme sich erneut meldete: »Ich weiß es nicht.«

9

Henrik Keller sah aus, als hätte er die Nacht durchgesoffen. Unter den Augen hatte er tiefe Ringe, und seine Haut wirkte ungewöhnlich blass. Aber bei dem wusste man ja nie, dachte Hambrock, vielleicht sah er immer so aus, wenn er schlecht gelaunt war oder zu viel geraucht hatte.

Hambrock warf einen schnellen Blick in die Fensterscheibe. Draußen war es noch dunkel, und im Licht der Leuchtstoffröhren konnte er sein Spiegelbild deutlich erkennen. Er wirkte ausgeruht. Kein Mensch würde ihm anmerken, dass er in der letzten Nacht kaum geschlafen hatte. Er hätte sich gerne volllaufen lassen, nach allen Regeln der Kunst, aber stattdessen hatte er die ganze Nacht nur im Bett gelegen und die Decke angestarrt.

»Also gut, fangen wir an.«

Er richtete den Blick auf die Kollegen, die ihm gegenübersaßen. Henrik Keller und Guido Gratczek.

»Wie gehen wir vor? Siegfried Wüllenhues ist nicht der Täter, das ist jetzt sicher. Weder gibt es Kampfspuren auf seinem Körper, noch wäre er gesundheitlich überhaupt in der Lage gewesen, Alfons Schulte-Stein zu überwältigen. Trotzdem war er am Tatort. Er muss einen guten Grund gehabt haben, die alte Schmiede anzuzünden. Wir können nur mutmaßen. Vielleicht wollte er die Spuren des Täters vernichten und ihn damit decken. Was auch immer. Jedenfalls ist eines jetzt klar: Das Spiel ist wieder offen.« Er lehnte sich zurück. »Irgendwelche Ideen?«

Keller rieb sich die geröteten Augen. »Nun ja«, sagte er. »Die Familie Schulte-Stein bringt genügend Tatverdächtige hervor, wenn du mich fragst. Da haben doch fast alle ein Motiv.«

Gratczek, der auf dem Stuhl neben ihm saß, rückte beinahe

106

unmerklich ein Stück von Keller ab. Er nahm eine aufrechte, würdevolle Haltung ein und faltete die Hände. Hambrock kannte diese Geste nur zu gut. So reagierte Gratczek immer, wenn sie in die verwahrloste Wohnung eines krepierten Alkoholikers eindrangen. Dann zog er den edlen Stoff seines Jacketts glatt und legte eine vornehme Miene auf. Als könne er sich so einen Schutzschild gegen den Dreck und das Grauen zulegen.

»Ich für meinen Teil«, fuhr Keller hustend fort, »denke jedenfalls, es war einer der Schulte-Steins. Vielleicht ja sogar die Exfrau, das wäre mein erster Tipp.«

»Helga Schulte-Stein?« Gratczek rückte weiter ab. »Du meinst, sie hat ihn mit dem Luftschlauch aus ihrem Rollstuhl erdrosselt?«

»Er ist erwürgt worden, nicht erdrosselt. Und natürlich war sie es auch nicht selbst. Ihr Sohn könnte das für sie erledigt haben.«

»Manfred Schulte-Stein soll seinen eigenen Vater ermordet haben?«

Gratczeks Tonfall ließ erkennen, was er von dieser Hypothese hielt. Keller schien jedoch unbeeindruckt. Er redete einfach weiter.

»Manfred und seine Mutter haben eine enge Bindung. Durch den Tod von Alfons kann die Familie jetzt wieder zusammenleben. Sie haben den Hof für sich allein, und kein Tyrann ist mehr da, der ihnen überall reinredet. Es wäre nicht das erste Mal, dass ein Sohn seinen Vater tötet, um die Erbfolge vorzeitig umzusetzen.«

Hambrock wollte darüber nachdenken. Ein Gefühl dazu entwickeln. Aber die Müdigkeit und beginnende Kopfschmerzen machten das unmöglich.

»Ich weiß nicht, Hambrock«, sagte Gratczek. »Sie hatten sich doch längst versöhnt. Alles war wieder in Ordnung. Der Patriarch hat sich mit dem Rest seiner Familie gut verstanden. Und der Streit zwischen ihm und seiner Exfrau lag ja sehr lange zurück. Genug Zeit, damit sich alle abkühlen konnten.«

»Wenn sich Helgas Krankheit in der Zwischenzeit nicht verschlimmert hätte«, wandte Keller ein. »Das ändert nämlich die Situation. Manfred kann sich nicht um seine Mutter kümmern, solange sie nicht bei ihm auf dem Hof ist. Er muss mit ansehen, wie sie immer hilfloser wird und alles an ihrem Vater hängen bleibt, der langsam alt wird. Manfred würde sich gerne kümmern, doch es geht nicht. Und das nur wegen seines herzlosen Vaters, der sie verstoßen hat. Außerdem ist das ja auch nur eine Möglichkeit. Genauso gut könnte es nämlich Helgas Vaters gewesen sein, der den Mord begangen hat. Antonius Holtkamp. Der hatte ebenfalls Motiv und Gelegenheit. Seine Tochter wurde gedemütigt und um ihre Kinder und ihren Besitz gebracht. Lange wird er sich nicht mehr um sie kümmern können, das ist sicher. Und was wird dann? Also kommt der alte Hass wieder auf.«

»Und dann gibt Antonius dem Drängen seiner Tochter nach und ermordet seinen ehemaligen Schwiegersohn?«, kam es von Gratczek.

»Möglich«, meinte Keller. »Aber ebenso ist es möglich, dass Helga und Manfred gar nichts davon gewusst haben. Vielleicht hat der alte Antonius den Mord heimlich geplant und ohne seine Familie ausgeführt. Um seine Tochter zu rächen und ihr die Möglichkeit zu geben, zu ihrem Sohn zurückzukehren.«

»Nicht allzu abwegig«, sagte Hambrock, dem es zunehmend schwerfiel, sich zu konzentrieren.

»Und was ist mit Siegfried Wüllenhues?«, fragte Gratczek. »Wie passt der da rein?«

»Keine Ahnung«, meinte Keller. »Die beiden waren doch alte Kumpel. Vielleicht wollte er ihm helfen.«

»So gut waren die beiden aber gar nicht befreundet. Sie gehen zum selben Stammtisch, natürlich. Aber das war es auch schon.«

»Wenn alle Fragen geklärt wären, bräuchten wir nicht mehr hier herumzusitzen«, sagte Keller.

Gratczek beugte sich zu Hambrock vor, als führten sie ein Zweiergespräch und Keller wäre gar nicht im Raum.

»Wüllenhues hatte ein Motiv, Hambrock. Und er war in die Tat verstrickt. Er konnte die Tötung nur nicht selbst ausführen, dafür war sein Rheuma zu schlimm. Also muss ihm einer geholfen haben. Wir sollten uns sein Umfeld näher ansehen, dort werden wir auch den Täter finden. Bodo Wüllenhues zum Beispiel, der Sohn. Er könnte die Rechnung seines Vaters beglichen haben. Um die Ehre der Familie wiederherzustellen.«

»Die Ehre der Familie? In welchem Jahrhundert lebst du denn?«

Hambrock wünschte sich weg von dieser Besprechung. Es fiel ihm schwer, sich auf den Fall zu konzentrieren. Seine Kollegen gingen ihm auf die Nerven. Außerdem hatte er ganz andere Dinge im Kopf, die ihn nicht losließen.

»Geh dem nach«, sagte er zu Gratczek. »Und du, Henrik, kümmerst dich um die Familie. Wir sollten beide Spuren im Auge behalten. Aber setzt euch vorher mit den Kollegen von der Kreispolizeibehörde in Warendorf in Verbindung. Ich will wissen, ob es dort Neuigkeiten zu dem Einbruch in Düstermühle gibt. Ihr wisst schon, bei dieser Rosa Deutschmann. Vielleicht bringt uns das ja weiter.«

Er stand auf. »Wir sehen uns heute Nachmittag.«

Erstaunte Blicke. Offenbar war die Besprechung vorbei.

»Ich hab einen Termin für eine Telefonkonferenz«, log Hambrock. »Der Rest muss warten.«

Gratczek und Keller wechselten einen Blick, wahrscheinlich der erste an diesem Morgen, in dem nichts Abschätziges lag. Dann nickten sie und erhoben sich ebenfalls.

»Also gut«, sagte Hambrock, »dann bis später.«

Und damit floh er aus dem Büro.

Ein paar Stunden danach saß Hambrock wieder in seinem Büro, der Monitor leuchtete, sein Schreibtisch war voller Akten, doch er konnte sich einfach nicht konzentrieren. Hambrock hatte ganz plötzlich das Gefühl, in dieser Umgebung zu ersticken. Er wollte mit dem ganzen Zeug nichts mehr zu tun haben. Sollten doch die anderen seine Arbeit machen. Er brauchte jetzt Menschen um sich herum.

Er stand auf, nahm seine Jacke und verließ das Büro. Einen Block entfernt war ein Stehcafé, dort wollte er sich einen Espresso genehmigen. Die frische Luft würde ihm guttun.

Am Ende des Flurs ging er an dem Büro vorbei, das für Vernehmungen reserviert war. Hinter der Tür waren Stimmen zu hören. Er zögerte. Da tauchte Christian Möller im Treppenhaus auf und ging mit einem knappen Gruß an Hambrock vorbei.

»Christian, warte doch mal. Weißt du, wer da drin ist?«

»Manfred Schulte-Stein, glaub ich. Keller hat eben so was gesagt.«

»Schulte-Stein?«, gab Hambrock von sich. »Den hat Keller hierherholen lassen?«

Christian Möller hob die Schultern, murmelte: »Sieht so aus«, drehte sich um und ging weiter.

Hambrock blickte zur verschlossenen Tür. War Keller wohl einfach zu faul gewesen, um nach Düstermühle rauszufahren, oder gehörte die förmliche Atmosphäre im Präsidium womöglich zu seiner Methode? Denn natürlich war es ein Unterschied, ob man am Ort einer Zeugenbefragung das Hausrecht hatte oder nicht.

Er wollte schon weitergehen, da öffnete sich die Tür, und die Schreibkraft der Abteilung erschien, eine schüchterne Mittdreißigerin.

»Für mich bitte mit Milch und zwei Löffel Zucker«, hörte er Keller von drinnen rufen. Sie nickte artig, dann entdeckte sie Hambrock auf dem Flur.

»Guten Tag, Herr Hambrock.«

»Holen Sie Kaffee?«

»Ja, Herr Keller hat mich geschickt.«

»Sind Sie so lieb und bringen mir einen mit?«

Vielleicht wäre es nicht schlecht, der Befragung einen Moment lang beizuwohnen. Besser jedenfalls, als sich heimlich aus dem Präsidium zu schleichen, nur um unter Leuten zu sein.

»Für Sie, Herr Hambrock, auch mit Milch und Zucker, richtig?«, meinte die Schreibkraft.

Unbestreitbar war das eine Vorliebe, die er mit dem neuen Kollegen teilte. Er nickte knapp, drehte sich um und trat in den Vernehmungsraum.

Keller hatte nichts gegen Hambrocks Anwesenheit einzuwenden, und so warteten sie, bis die Schreibkraft mit dem Tablett zurückgekehrt war, den Kaffee verteilt und sich schließlich vor der Computertastatur in Stellung gebracht hatte.

Manfred Schulte-Stein sah sehr blass aus und wirkte ebenfalls übernächtigt. Nervös ließ er seine Kaffeetasse zwischen den Händen kreisen. Er blickte zurückhaltend von einem Kommissar zum anderen. Doch zu Hambrocks Überraschung ergriff er dann selbst als Erster das Wort.

»Sie sagten, ich soll Ihnen Bescheid sagen, wenn mir noch etwas einfällt.«

Zögern. Keller legte die Stirn in Falten. »Ist Ihnen denn noch etwas eingefallen?«

»Ja. Aber ich weiß nicht, ob es was zu bedeuten hat.« Schulte-Stein war jetzt aufgeregt, seine Stimme überschlug sich beinahe. Wie ein Hündchen, dachte Hambrock, das seinem Herrchen gefallen wollte. »Da war ein Auto mit Kölner Kennzeichen. Zweimal habe ich es bei uns auf dem Hof gesehen. Ein dunkler Passat, mehr weiß ich leider nicht. Den Fahrer habe ich nur von Weitem gesehen, aber er hat mit Vater gesprochen. Nur kurz, beide Male, und dann ist er wieder gefahren. Vater wirkte danach verärgert. Doch als ich gefragt habe, wer das war, hat er mich weggeschickt. Er wollte nicht darüber reden.«

Keller verschränkte die Arme. »Ein Wagen mit Kölner Kennzeichen?«

»Richtig.«

»Und mehr wissen Sie nicht?«

»Der Typ hat nicht mit mir gesprochen. Nur mit Vater.«

»Der Fahrer des Kölner Wagens?«

»Stimmt.«

»Wie lautete das Nummernschild?«

»Das weiß ich nicht mehr. Ich hab nicht darauf geachtet. Er hat ja nur mit meinem Vater gesprochen.«

Keller wechselte einen bedeutungsvollen Blick mit Hambrock. Dann stieß er einen langen Seufzer aus. Das hörte sich gar nicht mal unfreundlich an. Eher nachsichtig.

»Sie sollten sich etwas Besseres ausdenken, wenn Sie uns überzeugen wollen, Herr Schulte-Stein.«

»Aber …«

»Sehen Sie, Herr Schulte-Stein, es ist doch so: Sie haben kein Alibi, sie waren nur hundert Meter von der Werkstatt Ihres Vaters entfernt, und Sie haben ein Motiv.«

Schulte-Steins Adamsapfel bewegte sich auf und ab. »Aber wir sind doch die Opfer in dieser Sache. Ist Ihnen das denn nicht klar?«

Keller fragte mit sanfter Stimme: »Wäre das denn so abwegig, Herr Schulte-Stein? Dass Sie nachts aus dem Bett geklettert sind, als Ihre Frau und die Kinder schon schliefen? Ihr Vater, der sein Lebtag eine Nachteule war, saß wieder bis spät in der Nacht in seiner Korbwerkstatt. Ganz typisch für ihn. Alle anderen schlafen schon. Keiner sieht also, wie Sie über den Hof gehen. Sie wissen ja, wo Sie Ihren Vater finden. Sie gehen in die Werkstatt, nehmen sich einen Gegenstand – vielleicht einen der Holzstümpfe, die im Vorraum lagen, oder den Spazierstock Ihres Vaters, der neben dem Eingang stand –, und dann schlagen Sie ihn nieder. Mit einem einzigen kräftigen Schlag. Doch Ihr Vater war schon immer ein zäher Bursche. Auch dieser Schlag haut ihn nicht völlig um. Es kommt zum Kampf, Ihr Vater wehrt sich nach Leibeskräften, doch schließlich umfassen Sie seine Kehle. Sie drücken zu, so lange, bis seine Kräfte nachlassen, er zu zucken beginnt und dann – endlich – reglos liegen bleibt. Es war nicht leicht, und es hat

Sie eine Menge Kraft gekostet, doch Sie haben es zu Ende gebracht. Das haben Sie doch, Herr Schulte-Stein, nicht wahr?«

Hambrock fixierte Schulte-Steins Gesichtszüge, doch er konnte nur eines darin erkennen: Bestürzung.

»Er war mein Vater! Ich habe ihn geliebt.«

»So wie Sie Ihre Mutter geliebt haben?«, fragte Keller.

Manfred Schulte-Stein blickte irritiert.

»Ganz richtig«, meinte Keller. »Ich meine Ihre Mutter, die von Ihrem Vater zum Teufel gejagt wurde, nachdem sie krank geworden war. Und die Sie seitdem kaum noch zu Gesicht bekommen haben.«

»Aber … darüber haben wir längst gesprochen. Mein Vater und ich, wir haben uns versöhnt. Meine Mutter wollte es so. Ihre Scheidung war durch mich nicht rückgängig zu machen, damit musste ich leben.«

»Aber dann wird ihre Krankheit immer schlimmer. Ihre Mutter wird zunehmend hilflos. Und der Einzige, den sie hat, ist Ihr Großvater. Der ist jetzt wie alt? Einundachtzig? Zweiundachtzig? Wenn man sich die beiden ansieht, kann man schon auf die Idee kommen zu fragen, wer eigentlich bei wem die Bettpfanne leert.«

Manfred Schulte-Stein sah gequält aus, doch Keller fuhr fort: »Und das ist längst nicht das Ende der Fahnenstange. Mit Ihrer Mutter wird es weiter bergab gehen. Und Sie können sie nicht bei sich aufnehmen, weil Ihr Vater sich querstellt. Soll sie etwa in ein Pflegeheim kommen? Das wäre doch für Sie, als würde sie abgeschoben werden.« Er machte eine Pause. »Nun ja. Aber diese Frage stellt sich jetzt nicht mehr. Ihr Vater ist tot. Alle Hindernisse sind aus dem Weg geräumt.«

»Was tun Sie mir nur an?«, flüsterte Manfred Schulte-Stein. »Machen Sie das mit allen Angehörigen von Mordopfern so? Natürlich müssen Sie so etwas in Betracht ziehen, das kann ich ja nachvollziehen. Aber … verstehen Sie denn nicht? Er war mein Vater. Er war trotz allem meine Familie. So etwas wirft

113

man doch nicht weg. Wissen Sie denn nicht, was das ist: eine Familie? Und haben Sie gar keine Ahnung, wie es sich anfühlt, ein Familienmitglied zu verlieren?«

Jetzt blickte er Hambrock, dem das Herz gefror, direkt ins Gesicht. Er dachte an Birgit und an das, was gestern im Krankenhaus gewesen war. Nachdem seine Mutter angerufen hatte, um ihn zu sagen, dass Birgits Fieber zurückgekehrt war. Er hatte sich sofort auf den Weg gemacht, ihm war ja gar nichts anderes übrig geblieben. Gerade noch hatte alles so ausgesehen, als würde sie wieder gesund, und dann so etwas. Seine Mutter hatte im Aufenthaltsraum der Station vor ihm gestanden und ihn angebrüllt: »Sie stirbt! Sie stirbt!« Und sein Vater, der doch eigentlich seine Frau hätte trösten müssen, war einfach auf seinem Stuhl sitzen geblieben, den Blick starr zu Boden gerichtet, und hatte die Schreie ignoriert. Es war gespenstisch gewesen, und Hambrock hatte überhaupt nicht gewusst, wie er mit alldem umgehen sollte.

»Mein Vater war ein schwieriger Mensch«, sagte Manfred Schulte-Stein. »Ihm fehlte das Offene und das Herzliche anderen Menschen gegenüber. Doch die Leute urteilen zu schnell. Bestimmt spielt da auch Neid eine Rolle. Mein Vater war nicht nur schlecht. Er hatte auch viele gute Eigenschaften. Und ich habe ihn geliebt. Ich war sein Sohn.«

Wieder blickte er Hambrock direkt ins Gesicht. Hatte er das Gefühl, er würde ihn im Gegensatz zu Keller verstehen? War es so leicht, in seinem Gesicht zu lesen?

»So ist das doch in Familien«, sagte Schulte-Stein. »Man liebt sich trotz allem, egal wie sehr die anderen einen nerven.«

Hambrock schob die Bilder aus dem Krankenhaus beiseite.

»Die meisten Morde geschehen im familiären Umfeld«, sagte er. »Sich zu lieben reicht nicht immer aus. Liebe und Hass liegen nah beieinander. Gerade in Familien ereignen sich eine Menge Gewalttaten.«

»Sie haben Ihrer Mutter bereits angeboten, zu ihr auf den Hof zu ziehen«, mischte Keller sich ein. »Sie selbst hat uns das gesagt. Und dabei ist noch keine Woche seit dem Tod Ihres Vaters vergangen.«

Manfred Schulte-Stein schüttelte bedächtig den Kopf. »Ich habe geschlafen, als mein Vater getötet wurde. Ich habe nichts damit zu tun. In den Tagen vor seinem Tod war mein Vater wie immer. Das einzig Ungewöhnliche, woran ich mich erinnern kann, war der dunkle Passat mit dem Kölner Kennzeichen.«

Keller betrachtete ihn schweigend. Manfred Schulte-Stein wartete. Sein Adamsapfel tanzte auf und ab. Schließlich stieß Keller die Luft aus.

»Gut. Dann fangen wir noch mal mit der Tatnacht an, in der Sie angeblich geschlafen haben.«

Es sollte also noch mal von vorne losgehen. Hambrock hatte genug gehört. Manfred Schulte-Stein hatte seinen Vater nicht ermordet, davon war er überzeugt. Er entschuldigte sich, stand auf und verließ den Befragungsraum. Draußen zog er die Tür ins Schloss. Stille umgab ihn. In den Fluren war keine Menschenseele.

»Sie stirbt!«, hatte seine Mutter gerufen und dabei mit den Händen vor seinem Gesicht herumgefuchtelt. »Verstehst du nicht, Bernhard? Sie stirbt!«

»Es liegt an den Antibiotika. Bitte, Mutter, beruhige dich. Die Ärzte werden die Medikamente neu einstellen. Man kann noch gar nichts sagen. Diese Antibiotika waren einfach die falschen. Es gibt andere.«

Doch es half nichts, sie schlug die Hände vors Gesicht und begann hemmungslos zu schluchzen. Ganz allein stand sie mitten im Warteraum, ihre Schultern bebten wie bei einem kleinen Kind. Hambrock hätte zu ihr gehen und sie in den Arm nehmen sollen. Doch irgendetwas hielt ihn davon ab. Und überhaupt: Was war nur mit seinem Vater los? Warum tröstete der seine Frau nicht? Das wäre doch seine Aufgabe gewesen. Wieso hockte er da wie ein Eisblock? Was war denn nur los in seiner Familie?

Hambrock kehrte in sein Büro zurück. Es herrschte immer

noch Dämmerlicht, obwohl bald Mittag war. Er schaltete das Deckenlicht ein und setzte sich an den Schreibtisch. Einen Moment lang lauschte er seinem Atem, dann gab er sich einen Ruck und begann in den aufgeschlagenen Akten zu lesen. Sich auf den Fall zu konzentrieren.

Siegfried Wüllenhues war ihre einzige Verbindung zu dem Mörder. Da wollte er weitermachen. Wüllenhues musste den Mörder gekannt haben. Wer immer für die Tat verantwortlich war, Siegfried Wüllenhues war beteiligt gewesen. Irgendwie glaubte Hambrock nicht daran, dass die Nazigeschichte seines Vaters etwas mit der Tat zu tun hatte. Das war viel zu lange her. Er vermutete etwas Konkreteres, was eine größere Rolle für die Gegenwart spielte. Außerdem war da noch der Schuppen auf dem Hof von Schulte-Stein, der am Wochenende in Brand gesteckt worden war. Wie passte der da rein? Den hatte Manfred doch nicht selbst angesteckt, um von sich abzulenken. Das glaubte er nicht. Nein, die Sache war noch nicht abgeschlossen. Wer immer das Feuer gelegt hatte, wollte entweder Schulte-Stein damit eine Botschaft senden oder der Polizei.

Irgendwann fiel ihm das Blinken an seinem Telefon auf. Er hatte zwei Anrufe verpasst. An der Nummer im Display sah er, dass es seine Frau Elli war. Er lächelte. Wie lange sie es wohl noch aushielt, ihm keine Fragen zu stellen? Natürlich wollte sie über seine Familie reden, doch sie wartete darauf, dass er den ersten Schritt tat. So lange das nicht passierte, versuchte sie einfach für ihn da zu sein. Ihm Rückhalt zu geben. Er spürte die Zuneigung wie eine Welle, die alles umspülte. Dann nahm er den Hörer und drückte die Rückruftaste. Doch es war besetzt, wie so oft bei ihr im Büro, und er legte wieder auf.

Er musste mit ihr reden. Und mit seinen Eltern. Er musste sein Schneckenhaus verlassen, auch wenn er sich viel lieber noch weiter darin zurückgezogen hätte. Aber nicht jetzt. Nicht heute.

Er zog eine Akte heran. Die Befragung von Carl Beeke lag vor ihm. Als Kind war Siegfried Wüllenhues in Hamburg gewesen und hatte dort die Bombardierungen erlebt. Hambrock blieb an einer Aussage hängen. »Wenn man alt wird«, hatte Carl Beeke gesagt, »dann wird klar, was wirklich wichtig war im Leben. Worauf es im Grunde ankommt. Ich glaube, dass Siegfried erkannt hat, welche Rechnung er noch begleichen musste. Und er hat sie beglichen. Um in Frieden sterben zu können.«

Irrte Hambrock vielleicht? War es doch die Geschichte ihrer Väter, die hinter dem Mord steckte? Und wenn ja, wer würde für Siegfried Wüllenhues töten? Oder hatte Wüllenhues vielleicht nur den Mörder decken wollen? Ihm dabei helfen, Spuren zu verwischen. Um sich so an Alfons Schulte-Stein zu rächen. Indem er seinen Mörder schützte.

Er blickte lange auf das Befragungsprotokoll. Dann beschloss er, dem Alten einen Besuch abzustatten. Wenn einer die alten Geschichten in Düstermühle kannte, dann war das offenbar dieser Carl Beeke.

Rosa fühlte sich unbehaglich. Der Einbrecher war in ihrem Haus gewesen. Er hatte in ihren Sachen gewühlt. Es kam ihr vor, als wäre sie von ihm beschmutzt worden. Ein scheußliches Gefühl.

An der Tür hing jetzt ein Sicherheitsschloss. Ihre Tochter hatte darauf bestanden, es anzubringen, damit Rosa sich in Zukunft sicherer fühlen konnte. Rosa hatte nichts dagegen eingewendet, auch wenn sie im Stillen überzeugt davon war, dass sich so ein Einbruch nicht wiederholen würde. Wer immer hier in ihrem Haus gewesen war, er hatte, was er wollte: das Album des alten Schulte-Stein.

Nichts anderes war abhandengekommen. Auf dem Küchentisch lagen noch immer die fünfzig Euro, mit denen sie eine Lieferung aus dem Blumenladen bezahlen wollte, und in einem Kästchen im Wohnzimmerschrank befand sich der funkelnde Familienschmuck. Doch nur das Album fehlte.

Rosa stellte das Radio ein, auf dem Klassiksender lief gerade

117

ihr Lieblingsprogramm. Sie setzte sich wie jeden Tag nach dem Mittagessen auf ihren Sessel am Öfchen, schaltete die Leselampe ein und nahm ihre Handarbeit auf. Ein Weihnachtsmotiv mit Rentieren und schneebedeckten Tannen, das sie auf ein Stück Webstoff stickte. Es sollte ein Weihnachtsgeschenk für ihre Tochter werden, sie arbeitete schon seit ein paar Tagen daran.

Doch die Freude, die sie normalerweise bei ihrer Handarbeit empfand, wollte sich heute nicht einstellen. Dafür war einfach zu viel passiert in den letzten Tagen. Und seit dem Einbruch steckte sie selbst mittendrin. Sie war ein Teil dieser Geschehnisse, ob sie es nun wollte oder nicht.

Mit einem Seufzer ließ sie die Handarbeit sinken. Alfons Schulte-Stein. Rosa erinnerte sich genau, wie sie mit ihrer Mutter im Frühjahr 1945 auf dem Gutshof eingetroffen war. Sie waren alles andere als herzlich empfangen worden, aber so war das damals eben gewesen. Keiner hatte etwas zum Teilen gehabt, alle litten Not und beweinten ihre eigenen Toten. Wer wollte da noch die vielen Menschen aus dem Osten durchfüttern? Sie wurden per Zwangserlass den Höfen zugeteilt. Der alte Schulte-Stein war Bürgermeister von Düstermühle gewesen, einer der wenigen Männer, die nicht in den Krieg mussten. Durch seine Stellung hatte er sich in den Kriegsjahren viele Vorteile verschaffen können, aber Flüchtlinge musste auch er aufnehmen, da gab es keine Ausnahme.

Ach, dachte Rosa, wären wir nur woanders gelandet. Vielleicht hätten wir es dann besser gehabt. Bei Schulte-Stein mussten sie in einem Verschlag im Stall schlafen, wo sie nur ein Bretterboden vom Vieh trennte. Und Schulte-Steins ließen es sie jeden Tag spüren, dass Mutter und Tochter nicht willkommen waren. Rosa konnte sich an den nagenden Hunger erinnern, der sie damals ständig begleitet hatte, und an den Geruch von gebackenen Pfannkuchen, der am Tag ihrer Ankunft aus dem Wohnhaus der Schulte-Steins gezogen war. Sie hatte ihre Mutter um Essen angefleht, und tatsächlich war sie rübergegangen und hatte um Milde gebeten, nicht für sich, sondern nur für ihre halb verhungerte Tochter. Ein kleines Stück Pfannkuchen für das Kind, mehr verlangte sie nicht. Doch das Einzige, womit sie zurückkehrte, war eine Schüssel mit Kartoffelschalen. »Vergiss den Pfannkuchen«, hatte sie gesagt und sich darangemacht, eine Suppe aus den Resten zu kochen. »Es ist trotz allem ein Glück. Ich mache dir jetzt was zu essen. Wir wollen dankbar sein, hörst du, Rosa? Hier müssen wir nicht verhungern.«

Vier Kinder waren auf dem Hof gewesen. Alfons, der Älteste, Jahrgang 1938 wie Rosa. Dann Magda, die Jüngste, die gerade mal drei Jahre alt gewesen war. Und die anderen drei, Hanne, Friedhelm und Fritz, die irgendwo dazwischenlagen. Rosa hatte sich ein wenig mit Alfons angefreundet, auch wenn sich das heute schwer nachvollziehen ließ. Als Kind war er anders gewesen. Offener und sensibler. Sie hatte damals Geheimnisse mit ihm geteilt. Da war nicht nur der Diebstahl des Fotoalbums, den Alfons verschwiegen hatte. Er hatte auch manchmal für Rosa Lebensmittel geklaut. Ein Stückchen Wurst oder ein kleines Glas mit eingemachten Stachelbeeren. Es waren unglaubliche Schätze gewesen, irrsinnige Kostbarkeiten, die den Himmel auf Erden darstellten. Sie musste Alfons heilig schwören, keinem etwas davon zu sagen, nicht einmal ihrer Mutter, die jeden Tag genauso grimmig wie verzweifelt versuchte, Rosa irgendwie zu ernähren. Aber sie hielt Wort, auch wenn sie sich ihrer Mutter gegenüber furchtbar schuldig fühlte.

Rosa versuchte es mit Fröhlichkeit auszugleichen. Freude und Unbefangenheit waren damals die Medizin gewesen, mit der sie ihre Mutter trösten konnte. Sie aufzuheitern und ihr vorzugaukeln, den Krieg und seine Schrecken vergessen zu haben, war das Einzige gewesen, was sie hatte tun können, um ihrer Mutter das Gefühl zu geben, dass wenigstens das Kind unversehrt und unbeschädigt durch diese Zeit ging.

Rosa dachte an das fehlende Foto aus dem Album. Ihr war wieder eingefallen, was darauf abgebildet gewesen war. Ein junges Paar. Ein Mann und eine Frau, die aneinandergeschmiegt unter dem Rosenbogen im Garten der Schulte-Steins standen. Aber das war es auch schon. Rosa wusste nämlich nicht, wer die beiden waren. Sie hatte es auch damals nicht gewusst. Es waren zwei Menschen, die nach ihrer Ankunft nicht mehr auf dem Hof gewesen waren. Oder konnte sie sich nur nicht mehr daran erinnern? Wenn sie doch nur noch mal einen Blick auf dieses Pärchen auf dem Foto werfen könnte.

Rosa legte die Handarbeit auf den Couchtisch und rieb sich die Augen. Sie wusste, das Ganze würde sie nicht loslassen. Sie musste etwas tun. Licht in das Dunkel dieser alten Geschichten bringen. Also entschied sie sich, die Zigarrenkiste ihrer Mutter hervorzuholen, das Vermächtnis ihres Lebens, das Rosa seit ihrem Tod nicht mehr angerührt hatte. Lieber wäre es ihr gewesen, die Kiste dort zu lassen, wo sie war: in der hintersten Ecke des alten Wäscheschranks auf dem Dachboden. Doch wenn sie etwas über das Paar auf dem Foto und über den Tod von Alfons Schulte-Stein erfahren wollte, musste sie sich diese Kiste ansehen. Ihre Mutter hatte damals Tagebuch geführt. Sie konnte sich gut erinnern, wie sie an dem alten Tisch im Verschlag gesessen und in ein Notizbuch gekritzelt hatte. Vielleicht war dort etwas zu lesen. Wenn nicht dort, dann nirgends.

Rosa ging auf den Dachboden, fand nach einer Weile die Kiste und kehrte zu ihrem Sessel am Öfchen zurück. Sie starrte lange den Deckel an und fragte sich: Wollte sie das wirklich? Wäre es nicht besser, die alte Zeit ruhen zu lassen und die Geheimnisse ihrer Mutter nicht anzutasten?

Doch die Neugierde siegte. Rosa öffnete den Deckel und blickte hinein. Zu ihrer Überraschung lag kein Tagebuch darin. Nur stapelweise Unterlagen. Briefe ihres Vaters aus dem Krieg, Urkunden und Grundbucheintragungen, lauter verblichene und brüchige Papiere. Und auf dem Grund der Kiste sammelten sich Broschen und kleine Figuren, winzige Fotografien und Zettelchen. Doch das war alles. Ein Tagebuch war nicht dabei.

Rosa begriff: Ihre Mutter hatte es vernichtet, bevor sie gestorben war. Sie hatte ihre Geheimnisse mit ins Grab genommen. Wer wollte ihr das verübeln?

Etwas enttäuscht betrachtete sie die offene Kiste. Hier erfuhr sie nichts mehr über ihre Zeit bei Schulte-Stein. Und nichts über das Pärchen auf dem gestohlenen Foto. Es war alles fort. Sie packte die Unterlagen zurück, um die Kiste wieder zu schließen. Da fiel ihr ein kleiner Gegenstand entgegen. Eine weiche, rosafarbene Haarschleife. Ihr Herz setzte einen Schlag aus. Es war die Schleife ihrer Schwester Margot. Margot, die auf der Flucht gestorben war.

Die Bilder brachen unkontrolliert über sie herein. Der eiskalte Winter. Die Dunkelheit. Zahllose Schichten Kleidung, die kaum etwas gegen die Kälte ausrichten konnten. Der lange Marsch über verschneite Ebenen, der scharfe Wind, der ihnen Schneekristalle ins Gesicht warf. Dorfbewohner mit finsteren Mienen, die schon viel zu viele Trecks hatten vorbeiziehen sehen und nichts mehr zu geben hatten, am allerwenigsten Menschlichkeit. Eine Puppe, die Rosa im Schnee gefunden hatte, und die dann doch keine Puppe, sondern ein toter Säugling gewesen war. Tiefflieger, die alles niederschossen, Menschen, die von Panzern überrollt wurden, ein alter Mann, der mit seinem Karren im Eis eingebrochen und in der dunkeln Stille des Wassers einfach verschwunden war, aufgeplatzte Koffer am Wegesrand, aus denen Geldscheine und Seidenwäsche quollen, zurückgelassen von Menschen, die an dieser Stelle die letzte Hoffnung aufgegeben hatten, es gäbe noch etwas anderes zu retten als das nackte Leben. Schreie, Angst, Dunkelheit. Und Margot.

Rosa hörte ein schmerzvolles Aufstöhnen. Es dauerte, bis sie begriff, dass sie selbst das gewesen war. Sie warf die Schleife zurück und schloss den Deckel. Eilig stellte sie die Kiste weg. Es war keine gute Idee gewesen, die Sachen ihrer Mutter hervorzuholen. Als hätte sie das alles nicht schon vorher gewusst.

Sie lehnte sich zurück und versuchte sich von der Wärme des Öfchens ablenken zu lassen. Wärme – das war eine der ersten

Erinnerungen an den Hof von Schulte-Stein. Da hatte sie an einer windgeschützten Seite des Stalls gesessen und sich die wärmenden Strahlen der Märzsonne ins Gesicht scheinen lassen. Alles war ganz still gewesen, kein Gefechtsfeuer, kein fernes Dröhnen von Flugzeugen, gar nichts. Nur das Zwitschern der Vögel, die mit ihrer Balz begannen. Da hockte sie also, ein siebenjähriges Mädchen, dessen Seele schon alt genug war, das Glück und den Trost zu erkennen, der in einem Sonnenstrahl liegen konnte. Ein Moment voller Wärme und Schönheit, ganz für sich allein.

Dort war Alfons aufgetaucht, um ihr ein Stück Weißbrot zuzustecken. Es war das erste Mal, dass er ihr etwas zu essen gab. Es war frisch gebackenes duftendes Weißbrot. Nur ein ganz kleines Stück. Aber trotzdem. Wann hatte sie so etwas zum letzten Mal gesehen? Das musste noch in Ostpreußen gewesen sein. Sein herrischer Vater wollte nichts mit der Flüchtlingsfamilie teilen, doch Alfons hatte sich ihm heimlich widersetzt. Er steckte es ihr wortlos zu, drehte sich um und lief davon.

Alfons hatte schon als Kind nicht viel gesprochen. Aber er war ein guter Junge gewesen. Er hatte Mitleid empfunden. Bedauerlich, wie sehr er sich verändert hatte. Das Leben hatte ihn hart gemacht, wahrscheinlich musste das zwangsläufig so kommen bei dieser Familie. Kaum einer in Düstermühle war gut auf Alfons zu sprechen. Nur Rosa war immer bemüht gewesen, sich zurückzuhalten. Sie hatte nie vergessen, was er damals alles für sie getan hatte. Und irgendwo tief in ihm drin, davon war sie überzeugt gewesen, war er der ernste schweigsame Junge geblieben, der damals Mitleid mit dem ausgehungerten Mädchen auf seinem Hof empfunden hatte.

Es war der Junge gewesen, der sie Menschlichkeit gelehrt hatte.

10

Am frühen Nachmittag fing Keller seinen Chef im Flur ab.

»Hambrock? Hast du eine Sekunde?«

»Klar.«

Hambrock wandte sich zu seinem Büro, doch Keller machte keine Anstalten zu folgen. Stattdessen deutete er mit dem Kopf zur Toilettentür, und ohne die Reaktion seines Chefs abzuwarten, steuerte er die Tür an und stieß sie auf. Hambrock blickte verwundert hinterher, doch schließlich folgte er ihm.

Keller zündete sich drinnen eine Zigarette an. Hier stand das Fenster auf Kipp, wenn auch nur als Alibi, denn Keller machte sich nicht einmal die Mühe, den Rauch in die Richtung des offenen Schlitzes zu pusten. Im Raum war es empfindlich kühl.

»Wie ist die Befragung von Manfred Schulte-Stein gelaufen, nachdem ich nicht mehr dabei war?«, fragte er.

Keller hob die Schultern. »Ich hab den Typen noch nicht von der Liste gestrichen. Aber es wäre wohl besser, wir hätten noch andere Eisen im Feuer.«

»Das denke ich auch.«

»Ich werde mir mal den Vater der Exfrau vornehmen. Antonius Holtkamp. Er wohnt in Sichtweite des Anwesens der Schulte-Steins. Wir wissen noch gar nicht, ob der ein Alibi für den Todeszeitpunkt hat. Wenn es der Sohn nicht war, war es vielleicht der Schwiegervater. Ich möchte mich noch ein bisschen umsehen in der Familie Schulte-Stein.«

»Sehr gut. Mach das.« Hambrock wandte sich zum Gehen. Er wollte raus aus dem stinkenden Toilettenraum. »Wir sehen uns dann später.«

»Warte, Hambrock. Da ist noch was. Ich … ich muss weg. Nur für eine Stunde oder so. Aber vielleicht schaffe ich es nicht zur Besprechung.«

123

»Wohin denn?«

»Es ist privat. Ich hätte auch gar nichts gesagt, wenn ich genau wüsste, wie lange das dauert. Dann hätte ich mich einfach davongeschlichen.«

»Ich verstehe.« Hambrock lächelte. »Geht schon in Ordnung.«

Keller nahm einen weiteren tiefen Zug von seiner Zigarette. Zu Hambrocks Verwunderung sagte er: »Es ist mein Sohn. Es gab wohl eine Schlägerei in der Schule.«

Es war das erste Mal, dass Keller etwas von seinem Privatleben preisgab. Hambrock wusste von seiner Scheidung, doch das war alles. Er hätte nicht einmal sagen können, wo der neue Kollege wohnte.

»Sie haben versucht, meine Exfrau zu erreichen. Aber die ist in einer Besprechung. Keine Ahnung, was da los ist. Trotzdem muss einer von uns da hin.«

»Kein Problem, lass dir Zeit. Ich halte dir den Rücken frei.«

Keller nickte. Offenbar hatte er mit genau dieser Reaktion bei seinem Chef gerechnet. Er lächelte.

»Kinder. Eigentlich machen sie nur Ärger und Stress. Aber ohne sie wäre dein Leben nichts wert.«

Hambrock gab sich Mühe, das Lächeln zu erwidern. Natürlich wusste Keller nicht, dass er und seine Frau trotz aller Bemühungen keine Kinder bekommen konnten und wie schmerzhaft das für Hambrock gewesen war. Dann hätte er sich diesen Kommentar wohl gespart.

»Ich muss jetzt weiter«, sagte Hambrock. »Ich möchte gleich nach der Dienstbesprechung nach Düstermühle rausfahren. Zu Carl Beeke.«

»Nach Düstermühle? Was gibt es denn so Dickes, dass der Chef da höchstpersönlich aufschlägt?«

»Eigentlich gar nichts. Ich möchte mir nur ein Bild machen.« Mit einem Zwinkern fügte er hinzu: »Ehrlich gesagt muss ich mal für ein paar Stunden hier raus. Meine Ruhe haben, wenn du verstehst.«

Es war seine Art, sich für das Vertrauen zu bedanken, das Keller ihm entgegengebracht hatte. Sie tauschten ein kurzes verbrüderndes Lachen, dann verschwand Hambrock aus dem Waschraum, schnappte sich seine Unterlagen und ging in den Besprechungsraum.

Eine gute Stunde später saß er im Auto. Während der Fahrt dachte Hambrock über den Mordfall nach. Die Ereignisse im Krankenhaus wollte er lieber ausblenden. Er zwang sich regelrecht dazu, an die Ermittlung zu denken und nicht an Birgit. Nach einer guten halben Stunde tauchte der Kirchturm von Düstermühle hinter den Feldern auf. Hambrock drosselte das Tempo. Die Straße führte am Anwesen der Schulte-Steins vorbei, er fuhr rechts ran und überblickte das Gelände. Auf der Anhöhe sah er das große Wohnhaus, den Glockenturm und die Wirtschaftsgebäude. Daneben die Ruine der Schmiede und ein Stück weiter weg, am Rande der Pferdekoppel, die verkohlten Überreste des alten Schuppens.

Erst der Mord an Alfons Schulte-Stein, dann der Einbruch bei Rosa Deutschmann und jetzt der Brand im Schuppen. Er hatte das ungute Gefühl, dass es noch nicht vorbei war. Wer auch immer dahintersteckte, er würde keine Ruhe geben. Die Zeit drängte, sie brauchten langsam Ergebnisse.

Immer noch in Gedanken vertieft, erreichte er schließlich die Siedlung am Ortsrand und das Haus der Familie Beeke. Schon von draußen war Lärm zu hören. Kindergeschrei, ein Poltern, dann das Schimpfen einer Frau. Hambrock drückte die Klingel. Die Tür wurde geöffnet, und eine Frau mit gehetztem Gesichtsausdruck erschien auf der Schwelle. Sie war Mitte vierzig und trug ein elegantes Kostüm und hochhackige Schuhe. Allerdings wirkte sie in diesen Sachen irgendwie verkleidet. Es fiel ihm leichter, sich diese Frau in Arbeitskleidung vorzustellen.

»Ja, bitte?«, begrüßte sie ihn.

Doch bevor er sich vorstellen konnte, erklang ein erneutes Poltern, und sie wandte sich ab und schrie: »Tobi, was habe ich gerade gesagt! Ihr sollt damit aufhören und eure Hausaufgaben machen!«

Dann atmete sie durch und blickte wieder zu Hambrock.

»Verzeihen Sie. Kinder eben …« Das Lächeln, das sie jetzt aufsetzte, misslang ihr gründlich.

»Kein Problem. Bernhard Hambrock«, stellte er sich vor. »Ich bin mit Carl Beeke verabredet.«

»Das ist mein Vater. Sie sind von der Polizei, nicht wahr? Kommen Sie doch herein.«

Sie trat beiseite und rief in den Flur hinein: »Vater! Du hast Besuch!«

Dann wieder ein lautes Rumpeln, und eines der Kinder begann zu heulen.

»Herrgott! Was habe ich euch denn gesagt!«

Sie ließ ihn stehen und stöckelte energisch zu ihren Kindern. Über die Schulter sagte sie: »Er ist im Wohnzimmer, die Tür am Ende des Flurs. Gehen Sie einfach rein.«

Damit verschwand sie im Nebenraum. Hambrock sah sich um. Dann klopfte er an die Wohnzimmertür. Drinnen blieb alles ruhig. Er zögerte und öffnete dann vorsichtig.

Ein großer, stiller Raum mit einem riesigen Panoramafenster. Der Blick führte auf die winterliche Landschaft: Wiesen, Felder und ein kleiner Bach, der von Kopfweiden gesäumt war. Davor ein wuchtiger Lehnsessel, in dem ein alter Mann hockte und versonnen hinausblickte. Von der Hektik und dem Stress im vorderen Teil des Hauses war hier nichts zu spüren. Hambrock hatte das Gefühl, als hätte er eine andere Welt betreten.

Er räusperte sich. »Herr Beeke?«

Der alte Mann fuhr zusammen und wandte sich um.

»Tut mir leid, ich wollte Sie nicht erschrecken. Mein Name ist Bernhard Hambrock, wir haben telefoniert.«

»Aber ja, Herr Hambrock.«

Carl Beeke stand mühsam auf. »Nehmen Sie doch Platz. Möchten Sie Kaffee?«

Hambrock lehnte dankend ab und setzte sich auf die Couch,

126

die im Gegensatz zu Carl Beekes Lehnsessel offenbar selten benutzt wurde. Dann sah er hinaus. Die Landschaft hinter dem Panoramafenster nahm ihn gefangen.

»Eine schöne Aussicht haben Sie hier.«

»Ja, das stimmt.« Carl Beeke lächelte. »Die Natur verliert nicht so schnell ihren Reiz. Früher hatte ich hier einen Fernseher stehen, aber so ist es viel interessanter, wenn Sie mich fragen.«

»Ja, das glaube ich gern.«

Hambrock betrachtete den grauen Himmel, die kahlen Weiden und den Dunst, der über dem Bach aufstieg. Eigentlich war es nur eine öde Winterlandschaft, trotzdem war sie voller Schönheit.

»Wenn man hier sitzt, ist alles weit entfernt«, sagte Carl Beeke. »Die kleinen Probleme des Alltags sind egal. Es geht um das Wesentliche. Aber nicht alle Menschen können sich für die Natur öffnen. Dabei hat sie viel Trost zu bieten.«

Hambrock sollte über die Todesermittlung sprechen. Das war der Grund seines Besuchs. Aber irgendwas hielt ihn davon ab. Er hätte gerne einen Moment einfach so dagesessen und sich ausgeruht. Gar nichts getan, nur die Landschaft betrachtet.

»Fast könnte man vergessen, dass zwei Menschen ums Leben gekommen sind, nicht wahr?«, sagte Carl Beeke.

»Meine Schwester liegt im Sterben. Sie heißt Birgit.«

Es war ihm einfach herausgerutscht. Carl Beeke sah ihn lange an. Er schwieg und nickte dann. Hambrock spürte die Trauer, die er seit Tagen beiseitegeschoben hatte. Die Angst.

»Das ist schlimm«, sagte Carl Beeke schließlich.

Hambrock holte Luft. »Ja«, sagte er leise.

Nach einer weiteren Schweigepause nahm er sich zusammen. Er musste weitermachen. »Entschuldigen Sie. Ich ...« Er schob den Schmerz beiseite. »Ich schätze, Sie haben schon erfahren, dass Siegfried Wüllenhues nicht der Täter gewesen ist. Er wäre körperlich gar nicht in der Lage dazu gewesen.«

Carl Beeke betrachtete ihn nachdenklich. Dann nickte er wieder. »Ja, das habe ich schon gehört. Neuigkeiten sprechen sich hier schnell herum.«

»Siegfried Wüllenhues ist definitiv unschuldig«, fuhr Hambrock fort. »Wir wissen noch nicht, weshalb er dort in der Schmiede war. Aber den Mord hat er nicht begangen. Deshalb bin ich hergekommen. Ich würde mich gerne noch einmal mit Ihnen über die Sache unterhalten.«

»Weil Sie glauben, ich könnte Antworten haben?«

»Vielleicht. Ich habe die Befragung gelesen, die mein Kollege mit Ihnen geführt hat. Dabei hatte ich das Gefühl, dass es Ihnen nicht egal ist, was hier passiert. Diese Todesfälle haben Sie sehr aufgewühlt.«

»Das stimmt. Es ist mir nicht gleich.«

»Keiner kennt sich so gut in Düstermühle aus wie Sie, Herr Beeke. Sie leben seit einer halben Ewigkeit hier, und Sie wissen wohl am meisten über die Menschen, die hier wohnen.«

»Das ist richtig. Aber trotzdem weiß ich nicht, wer diesen Mord begangen hat. Ich habe nicht einmal eine Ahnung. Ist das nicht seltsam? Ich müsste es eigentlich wissen. Zumindest einen Verdacht müsste ich haben. Aber ich bin genauso unwissend wie Sie.«

»Es muss doch Leute in Düstermühle geben, die ein Motiv hätten, Alfons Schulte-Stein zu töten. Mal abgesehen von Siegfried Wüllenhues.«

»Es gibt viele, die eine Rechnung mit Schulte-Stein offen haben, das schon. Aber gleich einen Mord begehen? Ich glaube nicht, dass dafür der Hass groß genug ist.«

»Egal. Werden Sie ruhig konkret. Wer hatte noch eine Rechnung mit ihm offen?«

Carl Beeke lehnte sich zurück. Er stieß einen schweren Seufzer aus. »Alfons hat auf seine alten Tage sehr zurückgezogen gelebt. Manfred hatte ja längst die Geschäfte übernommen. Alfons dagegen hat in der Werkstatt gesessen und Körbe geflochten. Die Zeit, in der er sich Feinde gemacht hat, ist lange vorbei. Ich glaube, die Gründe für das Verbrechen liegen in der Vergangenheit.«

»Das denke ich auch, und zwar aus noch einem Grund. Es wurde nicht einfach so bei Rosa Deutschmann eingebrochen. Ausgerechnet jetzt. Und alles, was fehlt, ist ein altes Fotoalbum. Ein Fotoalbum, das eigentlich der Familie Schulte-Stein gehörte. Mit Bildern von früher. Das ist doch kein Zufall.«

»Nein, wohl nicht.«

»Also. Was denken Sie?«

»Was ich denke?« Er lächelte. »Wissen Sie, Herr Hambrock, es ist heute schwer zu erklären, wie das Leben damals war. Heute arbeiten die Leute in Münster und in Warendorf, und sie sind tagsüber mit ihren Autos fort. Die Menschen sind nicht mehr so aufeinander angewiesen wie früher. Früher fand das Leben im Dorf statt. Wer fuhr da schon nach Münster? Das war doch eine Weltreise. Die Menschen bildeten eine Gemeinschaft. Das mussten sie auch. Es ging um Erntehilfe, um Nachbarschaft und ums gemeinsame Überleben. Da hockten sich die Leute noch viel mehr auf der Pelle als heute. Die Vorteile waren, dass es noch Nachbarschaftshilfe gab und die Leute füreinander einstanden. Der Nachteil war, dass man sich nicht aus dem Weg gehen konnte. Man musste auf Gedeih und Verderb miteinander auskommen.«

»Und was war mit der Familie Schulte-Stein?«

»Das waren die reichen Schulzenbauern. Früher waren die Unterschiede zwischen den Klassen viel größer. Das hat sich erst in den Siebzigern geändert. Schulte-Steins waren reich und mächtig. Und Otto Schulte-Stein, der alte Patriarch, war kein guter Christenmensch. Er hat die Macht für seine Vorteile missbraucht. Besonders während des Kriegs. Als Bürgermeister konnte er schalten und walten, wie er wollte. Also mussten nicht seine Pferde in den Krieg, sondern nur die Pferde der kleinen Bauern. Ein anderes Beispiel: Damit sein Neffe nicht eingezogen wurde, hatte er ihm kriegswichtige Arbeit in der Molkerei besorgt, und der kleine Kötter-Bauer, der diese Arbeit eigentlich gemacht hatte, wurde dann statt seiner eingezogen. Der ist später gefallen, in Stalingrad. Aber so war das früher. Gegen den mächtigen Schulte-Stein konnte sich keiner wehren.«

Carl Beeke bemerkte Hambrocks Gesichtsausdruck.

»Nein, nein, Herr Hambrock.« Er lachte. »Das wird Sie nicht weiterbringen. Alle, die damals unter Schulte-Stein zu leiden hatten, sind längst tot. Keiner davon kommt infrage. Der Einzige, der noch lebte, war Siegfried Wüllenhues.«

»Was war nach dem Krieg? Wie ging es weiter?«

»Nach dem Krieg war Otto Schulte-Stein natürlich kein besserer Mensch geworden. Aber seine Macht war stark eingeschränkt.«

»Trotzdem hat er sich weiterhin Feinde gemacht.«

»Ja, das stimmt. Aber Sie suchen ein Motiv für einen Mord. Dafür reichen die alten Geschichten nicht aus, wenn Sie mich fragen.«

»Womit hat er denn die Leute gegen sich aufgebracht?«

»Im Vergleich zur Kriegszeit waren das Kleinigkeiten. Wenn Schulte-Stein beispielsweise die Kinder nach der Schule mit dem Pferdekarren zum Kartoffelsuchen abgeholt und ihnen versprochen hat, sie würden eine Mark dafür bekommen – dann hat er ihnen am Ende des Tages fünfzig Pfennig gegeben. Und während der Arbeit gab es nichts zu essen und nichts zu trinken, anders als bei den anderen Kartoffelbauern, die Pfannkuchen und Kaffee für ihre Arbeiter machten. Aber sagen Sie ehrlich: Das ist kein Mordmotiv. Schon gar nicht Jahrzehnte später.«

»Nein, da haben Sie wohl recht.«

»Mein Vater sagte immer: Berg und Tal begegnen sich nicht, aber zwei Menschen, die begegnen sich. Otto Schulte-Stein wurde von keinem gemocht. Und später, als Alfons Schulte-Stein den Gutshof übernommen hat, war es mit ihm genauso. Doch ganz gleich, wie lange ich darüber nachdenke, es gibt keinen in der Bauernschaft, der als Mörder infrage käme.«

130

Hambrock wollte ihm nicht widersprechen, auch wenn er anderer Meinung war.

»Was genau war auf diesen Fotos abgebildet, die gestohlen wurden?«

»Das waren Bilder der Familie Schulte-Stein«, sagte Carl Beeke. »Und Fotos von Düstermühle, die während des Kriegerfests gemacht wurden.«

»Rosa Deutschmann sagte, Sie hätten sich die Bilder angesehen, kurz bevor das Album gestohlen wurde.«

»Ja. Ich habe sie genau betrachtet, jedes einzelne. Doch da war nichts, was mit dieser Sache in Zusammenhang stehen könnte. Ein Foto vom alten Otto Schulte-Stein in seiner Uniform. SS-Leute auf einem Gartenfest. Da wurde sein Geburtstag gefeiert. Ganz gewöhnliche Bilder, wären da nicht die Hakenkreuze und die Uniformen.«

»Trotzdem. Wenigstens eins davon muss etwas abgebildet haben, was für den Einbrecher verhängnisvoll sein könnte.«

»Vielleicht ja auch nicht. Es fehlte schon vorher ein Foto.«

»Wie bitte?«

»Als ich mir das Album angesehen habe, fehlte eins. Rosa meinte, Alfons Schulte-Stein habe es mitgenommen. Er war kurz vor seinem Tod bei ihr gewesen, um sich das Album anzusehen. Offensichtlich hat er heimlich eins der Bilder rausgerissen und mitgenommen.«

»Ein fehlendes Foto.« Hambrock dachte nach. »Was könnte drauf gewesen sein?«

»Das weiß ich nicht. Es fehlte eins auf der Seite mit dem Gartenfest auf dem Hof der Schulte-Steins.«

»Wie war das damals auf dem Gutshof? Erzählen Sie mir von den Menschen, die dort lebten.«

»Nun ja. Otto Schulte-Stein, Alfons' Vater, hat den Hof gehabt. Vor dem Krieg hatten er und seine Frau Anna im Ort gelebt, wo sie eine Apotheke führten. Aber dann ist sein Bruder gefallen, irgendwo an der Westfront. Jedenfalls musste Otto zurück auf den Hof, das hatte sein Vater so verfügt. Zähneknirschend hat er die Apotheke aufgegeben und ist zurück auf den Gutshof gegangen. Vor allem seine Frau Anna hat für eine Menge Unfrieden in der Familie gesorgt. Sie wollte die Apotheke auf gar keinen Fall verlassen, sie war zufrieden mit ihrem Leben im Dorf. Aber damals gehörte es sich einfach so. Man machte, was der Patriarch sagte, eine Alternative gab es nicht. Da spielte es auch keine Rolle, dass Otto bereits vierzig Jahre alt war. Er hatte zu tun, was von ihm verlangt wurde. Nach dem Tod seines Bruders hat er also den Hof gemeinsam mit seinem Vater weitergeführt.«

»Und wer hat die Apotheke übernommen?«

»Eine Familie aus Münster. Die ist nach dem Krieg aber wieder weggezogen. Die Leute, die sie heute führen, kenn ich nur dem Namen nach.«

»Wie ist es dem Ehepaar auf dem Gutshof ergangen?«

»Anfangs gab es noch eine Menge Streit, vor allem zwischen Anna und ihrem Schwiegervater. Doch irgendwann hatten sich alle Beteiligten mit der Situation abgefunden. Was blieb ihnen auch übrig?« Er ließ seinen Blick zum Fenster schweifen. »Allerdings kann ich Ihnen nichts Näheres dazu sagen. Es war die Zeit, in der ich im Krieg und später in Gefangenschaft war. Ich bin erst achtundvierzig zurückgekommen. Mir fehlen also beinahe acht Jahre, in denen ich nicht hier war. Alles, was ich aus dieser Zeit weiß, ist das, was mir berichtet wurde.«

»Wie alt war Alfons damals? Er muss noch ein kleiner Junge gewesen sein. Ist er gerne zu seinem Opa auf den Hof gezogen?«

»Ach so, das können Sie ja gar nicht wissen! Zu dem Zeitpunkt hatte Alfons noch gar nicht in der Familie gelebt.«

»Wie bitte?«

»Anna und Otto hatten keine eigenen Kinder. Sie konnten wohl auch keine bekommen. In der Apotheke spielte das keine Rolle, und ich glaube, Anna war es auch ganz recht gewesen, kinderlos zu sein. Sie war nicht so der mütterliche Typ, wenn Sie verstehen. Aber auf dem Hof war das natürlich anders. Man

132

brauchte einen Erben. Außerdem wurde jede helfende Hand benötigt. Also wurden Kinder adoptiert. Wissen Sie, heimatlose Kinder gab es zu dieser Zeit mehr als genug. Eine Menge Kriegswaisen waren zu versorgen, und die Kinderheime platzten aus allen Nähten. Otto und Anna haben sich ordentliche und gesunde Kinder ausgesucht, allesamt Vollwaisen, die ganz frisch in den Heimen gelandet waren. Sie haben sie zu sich auf den Hof genommen und später adoptiert.«

»Wie viele Kinder waren das?«

»Fünf. Alfons war der Älteste, er hat später nach dem Tod von Anna und Otto den Hof übernommen. Dann waren da noch Friedhelm, Fritz, Magda und Hanne. Insgesamt drei Jungen und zwei Mädchen. Ob die aber auf dem Hof von Schulte-Stein eine bessere Kindheit hatten als woanders, das sei mal dahingestellt. Immerhin gab es was zu essen, und das war in den Jahren nach dem Krieg schon eine Menge wert. Aber an familiärer Wärme fehlte es. Wie dem auch sei, alle haben eine gute Ausbildung bekommen. Allerdings ist nur Alfons hiergeblieben. Die anderen sind überall verstreut. Sie haben sich wohl nie als wirklichen Teil der Familie gefühlt, Adoption hin oder her. So ist das nun mal.«

»Wo sind die anderen heute? Wissen Sie das?«

»Hanne und Magda sind tot. Friedhelm ist damals nach Dülmen gegangen, aber von dem habe ich schon seit Ewigkeiten nichts mehr gehört. Es hat geheißen, er wollte nach Neuseeland auswandern. Und Fritz, der lebt in Köln. Hat beim WDR gearbeitet, als Nachrichtensprecher, den hab ich öfter mal im Fernsehen gesehen. Aber der ist auch schon seit Jahren in Rente. Keine Ahnung, wie es dem geht.«

»In Köln, sagen Sie?«

Hambrock dachte an die Aussage von Manfred Schulte-Stein. Der dunkle Passat mit dem Kölner Kennzeichen, der mehrmals auf dem Hof gewesen sein sollte.

»Hielt Fritz Kontakt zur Familie?«

»Nein, gar nicht. Ich kenne den wirklich nur aus dem Fern-

133

sehen. Da schaut man ja genauer hin, wenn man so einen Sprecher als Dreikäsehoch gekannt hat.«

»Würde Manfred ihn wohl erkennen?«

»Schwer zu sagen. Manfred weiß natürlich, dass er Onkel und Tanten hat. Aber die waren in all den Jahren nie auf dem Hof, nicht mal zu Weihnachten oder zu Alfons' Geburtstag. Keine Ahnung, ob Manfred sie überhaupt kennt.«

Köln. Das war zumindest eine Spur. Hambrock glaubte der Aussage von Manfred Schulte-Stein. Er hatte seinen Vater nicht getötet. Und den dunklen Passat mit dem Kölner Kennzeichen hatte er sich auch nicht ausgedacht.

Als Hambrock sich kurz darauf von Carl Beeke verabschiedete, bestand der darauf, ihn zur Tür zu bringen. Mühsam erhob er sich, nahm seinen Stock und ging voran. Im Flur war nun nichts mehr zu hören. Das Haus schien verwaist.

Carl Beeke schien seinen Gedanken zu erraten.

»Heute ist Mittwoch«, sagte er. »Meine Tochter ist mit den Kindern zur Musikschule gefahren. Dann ist es immer plötzlich ganz leer und still hier im Haus.«

Er stellte den Stock beiseite und öffnete die Haustür.

»Darf ich Sie was fragen, Herr Hambrock?«

»Natürlich. Nur zu.«

»Sind Sie gläubig?«

»Stellen Sie die nächste Frage«, meinte Hambrock lächelnd.

»Stört es Sie, wenn ich für Ihre Schwester bete?«

Carl Beeke betrachtete ihn eingehend. Hambrock spürte wieder die Angst. Da war etwas an diesem Mann, was einen drängte, ihm das Herz auszuschütten. Doch Hambrock unterdrückte den Impuls. Er schüttelte den Kopf.

»Nein. Das stört mich ganz und gar nicht.«

Dann verabschiedete er sich und ging eilig zu seinem Dienstwagen.

Keller schaffte es tatsächlich nicht mehr rechtzeitig zur Besprechung, und das, obwohl sein Sohn gar nicht mehr in der Schule gewesen war, als er dort eintraf. Der neue Freund seiner Exfrau hatte den Jungen offenbar schon abgeholt. Keller war stocksauer deswegen. Er wurde laut und stauchte die Lehrerin zusammen, die im Grunde ja gar nichts dafür konnte. Es war ihm egal. Er warf ihr Verletzung der Aufsichtspflicht vor, Parteinahme in Sorgerechtsfragen und noch eine Menge anderen Nonsens, der ihm zusammenhangslos in den Sinn kam.

Als er rauchend im Auto saß, musste er sich eingestehen, dass das eigentliche Problem in der schlechten Kommunikation zwischen ihm und seiner Exfrau lag. Natürlich rechnete sie nicht damit, dass er alles stehen und liegen ließ, um in die Schule zu fahren und seinen Sohn abzuholen. Das hatte er schließlich früher auch nie getan, wenn sie gerade eine Besprechung hatte und nicht selbst kommen konnte. Er hätte ihr also eine Nachricht hinterlassen sollen, damit sie gewusst hätte: Er kümmert sich.

Also fuhr er nicht ins Präsidium zurück, sondern nach Osnabrück, wo sie und die Kinder lebten. Er wollte sich erkundigen, wie es dem Jungen ging, und kurz mit seiner Exfrau reden, um die Wogen zu glätten. Doch als er am Haus ihres neuen Lebenspartners eintraf, war dort niemand. Er versuchte es bei seiner Exfrau auf dem Handy, aber sie war nicht zu erreichen. Es dauerte, bis er schließlich ihre Sekretärin am Apparat hatte, die ihm sagte, seine Frau sei ins Krankenhaus gefahren, wo sich auch ihr Partner und die Kinder befänden. Die Verletzungen des Jungen mussten dort behandelt werden. Das hatte ihn erneut auf die Palme gebracht. Sein Sohn lag verletzt im Krankenhaus, und seine Exfrau hielt es nicht einmal für nötig, ihm Bescheid zu geben.

Als er sie endlich zu fassen bekam, war er nicht mehr in der Lage zu einem besonnenen Gespräch. Es gab einen neuen hässlichen Streit mit neuen bitterbösen Beschimpfungen und neuen schmerzhaften Beleidigungen. Am Ende legte seine Frau einfach auf, und Keller, der noch immer vor dem Haus des neuen Lebenspartners stand, hatte mit aller Wucht eine Beule in seinen Dienstwagen getreten.

Nach einem ausgiebigen Spaziergang und einer halben Schachtel Zigaretten fühlte er sich wieder in der Verfassung, mit seiner Arbeit weiterzumachen. Er setzte sich in den Wagen und fuhr nach Düstermühle. Vorbei am Anwesen der Schulte-Steins und zu dem kleinen Bauernhof, auf dem Helga mit ihrem Vater wohnte.

Es war früher Nachmittag, was auf dem Land häufig bedeutete, dass Mittagsruhe gehalten wurde. Doch darauf konnte er nun keine Rücksicht nehmen. Er klingelte so lange, bis Helga mit ihrem Rollstuhl an der Haustür erschien.

»Entschuldigen Sie die Störung, Frau Schulte-Stein. Ich würde gern mit Ihrem Vater sprechen.«

»Aber wir haben doch schon alles gesagt.«

»Trotzdem habe ich noch Fragen. Ist er zu Hause?«

Sie zögerte, dann wendete sie mühsam den Rollstuhl und fuhr voran. »Er ist in der Küche. Kommen Sie.«

Antonius Holtkamp saß über den Küchentisch gebeugt und studierte die Tageszeitung. Er schien nicht gerade erfreut, Keller zu sehen.

»Was wollen Sie denn hier?«

»Mit Ihnen reden. Es dauert nicht lange.«

Er blickte seine Tochter vorwurfsvoll an. Dann sah er wieder zu Keller und musterte ihn mit düsterer Miene.

»Also gut. Fassen Sie sich kurz.«

Keller deutete auf einen freien Stuhl. »Darf ich mich setzen?«, fragte er und nahm Platz, ohne eine Antwort abzuwarten.

Antonius Holtkamp verschränkte die Arme. Keller wandte sich mit einem Lächeln an Helga Schulte-Stein, die mit ihrem Rollstuhl in der offenen Küchentür stand und das Geschehen aufmerksam verfolgte.

»Würden Sie uns bitte einen Augenblick …«

»Meine Tochter bleibt hier«, bestimmte der alte Mann. »Sagen Sie einfach, was Sie zu sagen haben, und dann verschwinden Sie.«

Keller zuckte mit den Schultern. »Wie Sie wünschen.« Er beugte sich zu dem Mann vor. »Sie haben bestimmt gehört, dass der Todeszeitpunkt Ihres Schwiegersohns nun feststeht. Laut Rechtsmedizin wurde er ziemlich genau um halb zwölf in der Nacht zum vergangenen Samstag getötet.«

»Meinetwegen. Und weiter?«

»Und weiter frage ich mich, wo Sie wohl zu diesem Zeitpunkt gewesen sind. Ich schätze mal, Sie waren zu Hause? Und bezeugen kann das nur Ihre Tochter?«

Der rasche Blick, den er mit Helga wechselte, entging Keller nicht. Unsicherheit spiegelte sich in ihren Augen. Und Sorge. Er war also nicht zu Hause gewesen, das stand fest. Jetzt wurde es interessant.

»Nein. Ich war nicht hier«, sagte Holtkamp schließlich.

»Wo waren Sie denn?«, fragte Keller und schob hinterher: »Drüben, bei Schulte-Stein?«

Antonius' Stimme donnerte durch die Küche: »Das verbitte ich mir!«

»Ich frage nur«, sagte Keller gelassen.

Das Gesicht des Mannes verfinsterte sich. »Ich war unterwegs. Mit dem Wagen.«

»Er macht Spazierfahrten«, mischte sich Helga ein. »Er fährt dann immer …«

Keller brachte sie mit einem Blick zum Schweigen. Antonius Holtkamp sollte schon selbst sagen, was für ein Alibi er sich hier spontan ausgedacht hatte.

»Ich bin an dem Abend über die Dörfer gefahren. Das mache ich häufig, spätabends, wenn alles ruhig ist und die Straßen frei sind. Hoch bis zum Teutoburger Wald und dann über die Bundesstraße zurück.«

»Sie waren also mit dem Auto unterwegs.« Keller verlieh seiner Stimme einen skeptischen Unterton.

»Ob es Ihnen nun passt oder nicht. Ich mache das, um mich zu entspannen. Ich fahre gern mit dem Wagen herum.«

»Und waren Sie dabei allein?«

»Ich bin bei meinen Fahrten immer allein.«

Ein alter Bauer, der nachts mit dem Auto spazieren fährt? Das schien Keller alles andere als glaubwürdig.

»Kann das denn jemand bezeugen? Hat Sie einer gesehen?«

»Wie gesagt, ich war allein. Und in den Dörfern ist um diese Uhrzeit kein Mensch mehr unterwegs. Ich kann Ihnen leider keinen präsentieren, der das bezeugen kann. Das ändert aber nichts daran, dass ich mit dem Wagen unterwegs war.«

»Und Sie machen so etwas häufiger, sagen Sie?«

»Das ist doch mein gutes Recht, oder?«

»Ein ungewöhnlicher Zeitvertreib für einen Bauern. Aber Sie können das bezeugen, Frau Schulte-Stein?«

Sie nickte angestrengt. »Ja.«

»Weiß sonst noch einer von Ihrem … Hobby?«

»Ich weiß nicht, ob ich das beim Stammtisch schon mal erwähnt habe. Gut möglich. Unterwegs habe ich aber noch nie einen getroffen. Wie gesagt, ich mache das, um mich zu entspannen.«

»Wann Sind Sie denn am vergangenen Freitagabend losgefahren?«

»Nach den Tagesthemen. So gegen elf Uhr, denke ich.«

»Und zurückgekommen sind Sie wann?«

»Eine gute Stunde später. So gegen zwölf oder halb eins.«

Keller konnte sich ein Lächeln nicht verkneifen. »Da haben Sie ja gutes Timing bewiesen. Genau der Zeitraum, in dem Alfons Schulte-Stein ums Leben kam. Und Sie waren weit weg mit dem Auto auf Spazierfahrt.«

»Was soll das heißen? Glauben Sie mir etwa nicht?«

»Was ich persönlich glaube, dürfte wohl keine große Rolle spielen. Tatsache ist jedoch: Sie haben ein starkes Motiv für den Mord an Alfons Schulte-Stein, und zur Tatzeit fuhren sie zufällig mit dem Auto spazieren. Ohne dafür einen Zeugen zu haben. Was denken Sie, wie das für andere aussieht?«

»So war es nun mal«, stellte Holtkamp fest. »Haben Sie sonst noch irgendwelche Fragen? Ich möchte nämlich jetzt meinen Mittagsschlaf halten.«

Keller war klar, dass er hier nichts mehr erfahren würde. Zumindest vorerst nicht. Er würde später zurückkehren.

Er wandte sich an Helga, die das Gespräch immer noch aufmerksam verfolgte, und fragte: »Und wann werden Sie zurück zu Ihrem Sohn ziehen? Haben Sie die Umzugsfirma schon gebucht, jetzt wo Ihr Exmann tot ist?«

»Ich verbitte mir das!«, donnerte die Stimme ihres Vaters. »Ich verbitte mir diesen Ton! Gehen Sie! Sofort!«

Draußen auf dem Hof blickte er sich noch einmal um. Er rechnete damit, das Gesicht des alten Mannes hinter der Gardine zu sehen. Doch niemand sah ihm hinterher. Als er den Dienstwagen aufschloss, machte sich sein Handy bemerkbar. Es war sein Chef.

»Hambrock!«, begrüßte er ihn. »Hast du mich vermisst?«

»Unsinn. Ich wollte dich nur fragen, ob die Sache mit deinem Jungen inzwischen geregelt ist.«

»Alles bestens. Ich bin in Düstermühle und war gerade bei Helga Schulte-Stein. Aber das hat mich auch nicht wirklich weitergebracht.«

»Bist du noch dort in der Nähe?«

»Ist stehe auf ihrem Hof.«

»Hervorragend. Ich möchte, dass du zu Schulte-Stein rübergehst und mit Manfred sprichst.«

»Kein Problem. Worum geht es denn?«

»Es geht um seinen Onkel. Wir haben nämlich eine neue Spur. Onkel Fritz aus Köln.«

11

Noch einen Tag bis zu Siegfrieds Beerdigung. Sie wollte das alles nicht wahrhaben. Er konnte doch jeden Moment zur Tür reinkommen. Er würde sie umarmen, sich zu ihr an den Tisch setzen, und dann würden sie gemeinsam Kaffee trinken. Wie sie es an fast jedem anderen Nachmittag in den letzten vierzig Jahren auch getan hatten.

»Mutter! Hörst du mir überhaupt zu?«

Sie hob den Kopf. Bodo stand vor ihr und fuchtelte mit den Händen in der Luft herum. Wenn sie ihn so betrachtete, konnte sie sich gut vorstellen, wie er als Chef war, in dieser Produktionsfirma, wo er im Management arbeitete. Einer, mit dem man sich lieber nicht anlegt.

»Ich habe gesagt, wir müssen uns entscheiden, ob der Sarg offen oder geschlossen sein soll. Die Leute vom Beerdigungsinstitut müssen das jetzt wissen. Jetzt gleich. Die Zeit läuft ihnen davon.«

Renate Wüllenhues hörte gar nicht richtig hin. Sie fragte sich wieder einmal: Wieso war Siegfried überhaupt in dieser Schmiede gewesen? Was hatte er dort gewollt? Sie war doch morgens immer die Erste gewesen, die aufstand. Er hätte neben ihr im Bett liegen müssen. Er schlief immer so lang. Nur eben an diesem Tag nicht. Da war er bei Schulte-Stein gewesen. Aber weshalb nur? Das ging ihr einfach nicht in den Kopf.

Natürlich: Sie war es gewohnt, dass Siegfried nicht alles mit ihr besprach. Es hatte einen geheimen Bereich gegeben, zu dem es für sie keinen Zugang gab. Eine Seite seiner Persönlichkeit, die er im Verborgenen hielt. Das war schon immer so gewesen, schon, als sie sich kennengelernt hatten. Siegfried hatte sie geliebt, natürlich. Trotzdem war da eine Distanz zwischen ihnen gewesen. Sie hatte das akzeptiert, die ganzen Jahre über, und sie hätte es auch in Zukunft getan. Doch jetzt war etwas Furchtbares passiert: Diese unbekannte Seite, dieses verborgene Ich, war verantwortlich für seinen Tod. Es hatte ihn mit sich gerissen. Und Renate blieb allein zurück. Ohne Erklärung, ohne Abschied, und wieder mal war sie von allem ausgeschlossen. Sie fühlte sich um das Leben betrogen, das sie an seiner Seite geführt hatte. Um seine Liebe. Als wäre sie nie ein Teil davon gewesen.

»Mutter, bitte. Ich weiß, es ist schwer, aber wir müssen jetzt darüber reden. Die Leute warten auf uns.«

Renate sah wieder auf. Wie ähnlich Bodo seinem Vater war. Schon als kleiner Junge hatte er immer Abstand gehalten. Das hatte er von Siegfried geerbt, dieses Unzugängliche.

Inge Moorkamp trat neben Bodo und legte ihm beruhigend die Hand auf die Schulter. Sie war seit dem Vormittag hier, um bei den Vorbereitungen für die Beerdigung zu helfen.

»Lass mal, Bodo«, sagte sie. »Nicht jetzt.«

Es war ständig jemand von den Nachbarn hier. Antonius Holtkamp, Carl Beeke und all die anderen. Sie versuchten, Trost zu spenden. Renate zu zeigen, dass sie nicht alleine war. Und sie war unendlich dankbar, denn sie hätte es nicht ertragen, mit ihren Gedanken ganz allein zu sein.

»Entscheide du das ruhig, Bodo«, sagte Inge. »Das ist jetzt nicht so wichtig.«

Er wollte widersprechen, doch sie sagte: »Du wirst schon das Richtige tun«, und drängte ihn sanft zur Tür.

Bodo ging ins Wohnzimmer, um mit dem Mann vom Beerdigungsinstitut zu telefonieren. Inge setzte sich zu Renate an den Tisch. Sie nahm ihre Hände und drückte sie sanft. Renate wunderte sich, wie warm und weich Inges Hände waren. Genau wie ihr Lächeln.

»Es ist gleich alles geregelt«, sagte Inge. »Es wird eine schöne Beerdigung werden, mach dir keine Gedanken. Wir werden Siegfried in Würde verabschieden. Ich habe mit meinen Kindern in der Gaststätte gesprochen. Sie haben für den Empfang alles fertig.«

»Warum hat er das getan? Verstehst du das, Inge? Warum hat er mir das angetan?«

»Es war Herzversagen, verstehst du? Das war nicht geplant. Er konnte nichts dafür.«

»Aber wieso war er denn überhaupt in der Schmiede? Was wollte er bei Alfons?«

»Das wissen wir nicht. Aber die Polizei wird Antworten finden, ganz sicher.«

»Er hatte Geheimnisse. Immer schon. Es gab Dinge, von denen ich nichts wissen durfte. Ich versteh das alles nicht.«

»Versuch, nicht darüber nachzudenken. Wir müssen abwarten, was die Polizei sagt.«

»Aber warum hat er nur diese Schmiede angezündet? Er hat das Feuer gehasst! Nicht mal einen Grill wollte er im Garten haben. Was war da nur los? Ich muss das wissen.«

»Mutter, bitte!« Bodo war wieder aufgetaucht. Renate hatte gar nicht bemerkt, dass er in den Raum gekommen war. »Geht das schon wieder los?«

Bodo setzte sich zu den Frauen an den Tisch und bedachte sie mit einem düsteren Blick. Seine Stimme wurde hart. »Lass das doch endlich, Mutter. Das macht ihn auch nicht wieder lebendig.«

»Bodo …« Inge strich über seinen Arm und brachte ihn damit zum Schweigen.

Renate verspürte einen Stich. Es war eine so zärtliche Berührung, so viel Tröstendes lag darin. Renate wünschte sich, sie wäre ebenfalls in der Lage gewesen, ihren Sohn auf diese Weise zu berühren. Aber es stand zu viel zwischen ihnen. Siegfrieds Geheimnisse waren zu Bodos geworden. Da spielte es keine Rolle, ob Bodo wirklich den Grund für Siegfrieds Anwesenheit in der alten Schmiede kannte. Allein seine unzugängliche und verschlossene Art reichte aus, um ihren Eindruck zu verstärken.

»Ich werde nach Warendorf fahren«, verkündete Renate und stand auf. Überraschte Gesichter. »Ich habe nichts zum Anziehen für die Beerdigung. Am besten, ich fahre gleich jetzt.«

»Ich begleite dich«, sagte Inge, die sich nicht aus dem Konzept bringen ließ. »Vielleicht kann ich dir helfen. Wir können zum Modehaus Finke fahren.«

»Nein, Inge. Das ist ganz lieb von dir. Aber ich möchte jetzt für einen Augenblick alleine sein.«

Inge betrachtete sie nachdenklich. Renate fragte sich bereits, ob sie Verdacht schöpfte. Aber dann lächelte sie nur und sagte: »Also gut. Melde dich einfach, wenn du etwas brauchst. Wir sind alle für dich da.«

Renate nahm den Autoschlüssel und machte sich auf den Weg. Sie hatte nicht vor, zu einem Modehaus zu fahren. In ihrem Kleiderschrank waren genügend Sachen, die sie morgen anziehen konnte. Aber die Geschichte ließ ihr keine Ruhe. Sie musste Antworten finden auf ihre Fragen. Erst dann konnte sie Siegfried ziehen lassen. Sie hatte seine verborgene Innenwelt all die Jahre über respektiert. Es war nicht recht, dass er sich ausgerechnet dorthin zurückzog, um sie mit ihren Fragen allein zu lassen.

Der Schlüssel war Rosas Fotoalbum. Das war ihr sofort klar gewesen. Auf den Bildern gab es etwas Bedeutsames zu sehen. Etwas Gefährliches. Und der Schauplatz war das Anwesen der Schulte-Steins gewesen. Nicht umsonst war das Album kurz nach Alfons' Tod gestohlen worden. Was immer zu der Zeit, als die Fotos gemacht worden waren, auf dem Hof geschehen war – es war der Grund dafür, weshalb Siegfried an jenem Morgen in der Schmiede war, anstatt neben ihr im Bett zu liegen und auszuschlafen. Es war der Grund dafür, weshalb er jetzt fort war und sie allein weiterleben musste.

Auf dem Weg nach Warendorf begann es zu schneien. Einzelne Flocken irrten durch die Luft, wirbelten herum und schmolzen schließlich, sobald sie den Boden berührten. Nicht mehr lange, dann würde es dunkel werden. Sie wollte sich beeilen.

Das Pflegeheim lag in der Nähe eines Wäldchens am Stadtrand. Ein hübsches und freundliches Anwesen, das einem das

Gefühl gab, die alten Leute seien hier gut aufgehoben. Auch im Innern des Hauses war es hell und behaglich, das Personal war aufmerksam und entgegenkommend, und die Bewohner schienen tatsächlich im Mittelpunkt zu stehen. »Ihrer Mutter wird es bei uns gut gehen«, hatte die Heimleitung versichert. »Besser als zu Hause, glauben Sie mir. Sie tun genau das Richtige.« Wahrscheinlich stimmte das sogar. Trotzdem war Renate ihre Schuldgefühle niemals losgeworden.

Auch jetzt, als sie durch den Flur ging und die kleine Wohnung ihrer Mutter betrat, machten sie sich wieder bemerkbar. Eine Schwester schlug gerade das Bett frisch auf und redete fröhlich drauflos. Dabei wirkte ihr Mutter so weit weg. Sie blickte starr zur Decke und verzog keine Miene. Der körperliche Verfall war gar nicht das Schlimmste. Ihre Persönlichkeit veränderte sich. Seit ihrem Schlaganfall war sie kaum noch ansprechbar. Ihr Bewusstsein hatte sich in einen verborgenen Raum zurückgezogen, und die Tür dorthin öffnete sich nur noch sehr selten. Meist hockte sie einfach da und starrte vor sich hin. Und wenn sie dann doch einmal etwas sagte, war der Sinn oft nur zu erahnen.

Nur manchmal war es anders. Als wenn sich plötzlich ein Vorhang heben würde, klärte sich ihr Blick, und sie begriff genau, was um sie herum passierte. Dann war sie wieder wie früher, erkannte Renate als ihre Tochter und erinnerte sich an jeden Tag ihres gemeinsamen Lebens. Doch diese Momente dauerten meist nur Sekunden an. Danach tauchte sie wieder zurück in ihre Schattenwelt, und Renate blieb mit einer Fremden zurück.

Ihre Mutter konnte ihr wahrscheinlich keine Antworten geben, vielleicht würde sie Renate nicht einmal erkennen. Trotzdem musste sie es versuchen. Sie hoffte auf einen Hinweis, irgendwas, das ihr half, die Vorgänge zu begreifen. Denn ihre Mutter war dabei gewesen, als die Fotos gemacht wurden. Sicherlich bewahrte sie alle Geheimnisse von damals tief in ihrem Innern auf.

»Frau Wüllenhues, wie schön, Sie zu sehen«, begrüßte sie die Schwester.

Renate beäugte sie misstrauisch, aber die Freude schien aufrichtig, da war kein Vorwurf, sie käme zu selten. Sie stellte sich neben das Bett.

»Wie geht es meiner Mutter denn heute?«, erkundigte sich Renate.

»Heute Morgen ging es ihr besser. Sie ist ein bisschen erschöpft, und die dunkle Jahreszeit tut das ihre. Aber sie hat keine Schmerzen. Und traurig ist sie auch nicht. Nur eben erschöpft.«

Renate betrachtete ihre Mutter im Bett. Wie gut musste man diesen Menschen kennen, um dies alles über ihn sagen zu können? Wie viel Zeit musste man dafür mit ihm verbracht haben? Sie empfand Trauer. Sie selbst hätte das Befinden ihrer Mutter niemals so dezidiert beschreiben können. Nicht seit dem Schlaganfall. Vielleicht war es doch falsch gewesen, sie ins Pflegeheim zu geben.

»Sie freut sich aber trotzdem über Ihren Besuch«, sagte die Schwester. »Ganz bestimmt. Ich lasse Sie jetzt allein.«

Sie verließ den Raum, und Renate setzte sich auf die Bettkante. Sie nahm die Hand ihrer Mutter. Die Knochen waren dünn und zerbrechlich, wie die eines Vögelchens, die Haut trocken und fahl. Renate legte die Hand an ihre Wange. Ihre Mutter sah sie schweigend an.

»Hallo, Mutter. Ich bin's, Renate. Deine Tochter.«

Nichts. Keine Reaktion. Renate hatte natürlich damit gerechnet, es war ja meistens so. Trotzdem spürte sie den Schmerz. Erst jetzt wurde ihr klar, wie sehr sie sich gewünscht hatte, ihre Mutter heute bei sich zu haben. Nach Siegfrieds Tod fühlte sie sich so allein gelassen. Sie wünschte, ihre Mutter hätte sie erkannt. Nur für einen Augenblick. Für ein Lächeln.

»Du fehlst mir, Mutter.«

Da saß sie nun, eine Frau von siebenundsechzig Jahren. Und trotzdem war sie das kleine Mädchen, das von ihrer Mutter beschützt werden wollte.

»Siegfried ist tot. Mein Mann, weißt du?«

Doch die alte Frau starrte unbeteiligt gegen die Wand. Renate strich ihr zärtlich über den Arm. Sie schob ihre Gefühle beiseite. Obwohl sie nicht mehr damit rechnete, etwas erfahren zu können, sprach sie nun den Grund ihres Besuchs an.

»Ich möchte mit dir über früher reden. Über die Familie Schulte-Stein. Ich …«

Sie wusste nicht einmal, was sie fragen sollte. Alles war so diffus, sie hatte ja selbst keinen Schimmer, in welche Richtung sie forschen sollte.

»Siegfried ist in Alfons Schmiede umgekommen. Es gab ein Feuer. Auch Alfons ist tot. Du weißt ja, die beiden haben sich nicht gemocht, genau wie ihre Väter. Aber …«

Ihre Mutter blickte weiter starr und unbeteiligt zur Wand. Renate machte dennoch weiter.

»Dann hat es noch einen Einbruch gegeben bei Rosa Deutschmann. Du weißt doch noch: Rosa. Sie hat früher mit ihren Eltern in unserer Straße gewohnt. Ein Fotoalbum ist gestohlen worden. Da waren Bilder drin von damals. Aus dem Krieg. Sie hat … es waren Fotos von Otto Schulte-Stein. Kannst du dich an den alten Otto noch erinnern? Er ist seit Langem tot. Ich …«

Ihre Mutter reagierte nicht. Es hatte keinen Sinn. Sie war vergebens hergefahren.

Mit einem Seufzer stand sie auf und trat ans Fenster. Draußen legte sich die Dämmerung übers Land. Es schneite immer noch leicht. Auf der Rasenfläche hinter dem Pflegeheim hatte sich eine dünne und verletzliche Schneeschicht gebildet. Doch auf den Wegen und dem Parkplatz war nur Nässe. Der geschmolzene Schnee glitzerte im Licht der Laternen.

»Ich habe Siegfried verloren. Er hat mich einfach alleingelassen. Etwas anderes war für ihn wichtiger. Er hat der Fehde mit Alfons den Vortritt gelassen. Und jetzt … Ich weiß nicht, wie ich weitermachen soll. Alles nur wegen diesen vermaledeiten Schulte-Steins. Dieser ganze Hass, wofür ist der gut? Und ich bin jetzt ein Teil dieser Familiengeschichte geworden. Schulte-Stein. Ich wünschte, es hätte sie nie gegeben.«

Sie spürte Tränen aufsteigen. Der Garten, die Parkplätze, alles begann zu verschwimmen. Sie wollte ihrer Trauer freien Lauf lassen.

Ein Geräusch. Das Quietschen von Bettfedern. Renate blinzelte die Tränen weg und drehte sich um. Ihre Mutter saß aufrecht da und klammerte sich an den metallenen Pfosten. Ihre Augen waren weit aufgerissen. Angst und Panik spiegelten sich darin.

»Du musst das Kind verstecken!«, rief sie.

»Mutter …«

Renate lief eilig zum Bett. Versuchte sie zu trösten. Doch sie drang nicht zu ihr durch. Ihre Mutter fasste sie an ihren Schultern. Sie krallte sich regelrecht an ihr fest. So viel Kraft hatte sie ihr nicht mehr zugetraut. Die Mutter war außer sich.

»Das Kind. Es darf ihm nichts geschehen, hörst du?«

»Mutter, bitte. Es ist gut, alles ist gut.«

Renate bekam es mit der Angst. Was war denn nur mit ihr los?

»Es ist doch noch so klein«, flüsterte ihre Mutter. »Es hat keinem was getan. Du musst es verstecken, versprich mir das.«

»Mutter, bitte. Hör auf. Hör doch endlich auf.«

»Die Russen kommen zurück. Ottos Zwangsarbeiter. Sie werden sich an ihm rächen. Sie kommen in der Nacht. Du musst das Kind verstecken. Versprich mir das.«

Renate konnte die Angst und das Grauen in ihren Augen nicht ertragen. »Ja, ich verspreche es«, sagte sie. »Es wird ihm nichts passieren. Hörst du? Ich verspreche es.«

Die Panik im Blick ihrer Mutter flackerte noch mal auf, dann verschwand sie. Auch der feste Griff ließ nach. Sie atmete aus. Dann sank sie zurück in ihr Kissen, und der vertraute Schleier legte sich wieder über ihre Augen. Sie war jetzt fort. Starrte unbeteiligt gegen die Wand.

Renate konnte die Tränen nicht mehr zurückhalten.

»Ich verspreche es«, flüsterte sie. »Hörst du, Mutter? Ich verspreche es. Es wird dem Kind nichts passieren.«

Sie hätte nicht sagen können, wie lange sie noch am Bett ihrer reglosen Mutter gesessen und ihrer Trauer freien Lauf gelassen hatte. Doch irgendwann klingelte das Handy, Bodo war am Apparat. Sie wischte die Tränen mit dem Ärmel fort und nahm das Gespräch entgegen.

»Wo bist du denn? Wir warten auf dich.«

»Ich bin noch im Modehaus. Es dauert nicht mehr lange.«

»Der Pfarrer kommt gleich. Er möchte mit uns reden. Hast du das vergessen?«

»Nein. Ich beeile mich. Ich bin schon unterwegs, rede du solange mit ihm.«

»Bist du wirklich im Modehaus?«

»Natürlich. Wo soll ich sonst sein? Ich komme jetzt.«

Sie steckte das Handy wieder ein.

Ihre Mutter schien von ihrer Umgebung nichts wahrzunehmen. Sie war weit entfernt, in ihrer eigenen Welt.

Von welchem Kind sie wohl gesprochen hatte? War das ein Traum gewesen? Oder eine Erinnerung? Doch ihre Mutter hatte sich wieder zurückgezogen an den Ort, zu dem Renate keinen Zugang hatte.

»Bis bald, Mutter«, flüsterte sie.

Dann beugte sie sich vor, küsste ihre Stirn, drehte sich um und verließ den Raum.

Der Friedhof von Düstermühle lag in der Dämmerung. Wolkenwände türmten sich bedrohlich auf, der nächste Schneeschauer stand unmittelbar bevor. Nach und nach versank alles in der Dunkelheit. Nur die Grablichter flackerten unbeirrt weiter.

Heinz Moorkamp war in seiner Gastwirtschaft gewesen, als der Anruf eingegangen war. Unter einem Vorwand hatte er sich davongemacht und war zum Friedhof gefahren. Er ärgerte sich über dieses Treffen. Und dann auch noch an so einem Ort. Allmählich machte er sich Sorgen.

Bereits von Weitem konnte er die dunklen Umrisse seines Nachbarn ausmachen. Walther Vorholte stand am Grab seiner Frau. Wieder einmal. Unbewegt blickte er zum Grabstein, und nur der Himmel wusste, wie lange das schon wieder so ging. Seit ihrem Tod war er nicht mehr der Alte. Vielleicht lag es ja an der Art und Weise ihres Sterbens. Er hatte ihre fortschreitende Demenz nicht ertragen. Am Ende hatte sie ihn nicht einmal mehr erkannt.

Ein nasskalter Wind fuhr über den Friedhof. Heinz Moorkamp schlug den Mantelkragen hoch.

»Walther! Du wolltest mich sprechen?« Er trat neben ihn ans Grab. »War das denn wirklich nötig, mich hierherzuholen? Diese verfluchte Kälte. Du hättest zu uns in die Gastschänke kommen können.«

Walther Vornholte ging nicht drauf ein. »Ich habe ihr einen Strauß Astern mitgebracht.« Er deutete auf die Blumen, die in einer Vase neben dem Grablicht standen. »Aber lange werden sie wohl nicht mehr schön aussehen. Es soll heute Nacht wieder frieren.«

»Walther, was willst du von mir? Weshalb sollte ich herkommen?«

»Ich überlege, zur Polizei zu gehen.«

»Wie bitte? Das kann nicht dein Ernst sein.«

»Ich will ihnen alles sagen, was ich weiß. Damit das Ganze ein Ende hat.«

»Aber das kannst du nicht machen! Alle stecken da mit drin! Überleg doch mal, was passieren würde. Denk über die Konsequenzen nach.«

Walther Vornholte schwieg.

Heinz Moorkamp packte ihn an den Schultern. »Walther, du musst durchhalten. Nicht mehr lange, und die Polizei wird aufgeben. Vielleicht glauben sie dann doch, dass es Siegfried war, der Alfons getötet hat. Wir müssen uns nur ruhig verhalten und abwarten.«

Sein Nachbar blickte auf. Heinz Moorkamp sah den Schmerz

in seinen Augen. Das langsame Sterben seiner Frau hatte ihn
schwach gemacht. Er wurde zunehmend zu einer Gefahr für
die Gemeinschaft.

»Du musst durchhalten, Walther, hörst du?«

Zögern. Dann nickte der Alte.

»Versprichst du mir das?«

»Ich … ja, ich verspreche es.«

Heinz Moorkamp klopfte ihm auf die Schulter. »Es dauert
nicht mehr lange, Walther. Glaub mir, bald ist alles vorbei.«

Inzwischen war es dunkel geworden. Der Schneefall hatte wieder nachgelassen, und nach kurzer Zeit war die dünne weiße
Decke in Rosas Garten geschmolzen. Die Luft war kalt und
klamm, und Feuchtigkeit zog in jeden Winkel.

Rosa rückte näher an das Öfchen heran. Im Klassikradio lief
Tschaikowsky, das Klavierkonzert Nummer eins. Sie dachte an
das Foto, das Alfons aus dem Album entfernt hatte. Es ging ihr
immer wieder durch den Kopf. Zwei Menschen waren auf dem
Foto abgebildet gewesen. Und sie hatten bei Schulte-Stein im
Garten gestanden, da war sie ganz sicher. Die Sache ließ ihr
keine Ruhe. So als wäre da etwas in ihrem Unterbewusstsein,
das an die Oberfläche wollte. Eine Erinnerung vielleicht. Doch
woher sollte die stammen? Wusste sie etwa doch, wer diese
Menschen gewesen waren?

Ein kalter feuchter Lufthauch strich über ihren Nacken. Sie
fröstelte. Das kleine Sprossenfenster neben der Vitrine war un-
dicht, sie hatte es seit Jahren auswechseln lassen wollen. Jeden
Winter nahm sie es sich von Neuem vor, doch immer wenn der
Frühling heraufzog, hatte sie es wieder vergessen.

Rosa stand auf, nahm eine selbst gehäkelte Nackenrolle und
drückte sie gegen die zugige Stelle an der Fensterbank. Das
würde erst mal die schlimmste Kälte abhalten. Zurück am
Öfchen, fiel ihr Blick auf den Couchtisch, wo noch immer die
Zigarrenkiste ihrer Mutter lag, die sie am Vorabend geöffnet
hatte.

Sie zögerte. Da war die Angst vor dem, was am Boden der Kiste lag. Sie wollte das alles lieber auf sich beruhen lassen. Beklommen setzte sie sich wieder ans Öfchen, nahm ihre Handarbeit auf und lauschte dem Radio.

Aber ihre Gedanken kamen nicht zur Ruhe. Schließlich stand sie auf. Es kostete sie Überwindung, die Kiste erneut zu öffnen. Sie griff eilig hinein und nahm den Papierstapel heraus. Es waren die Briefe von der Front und wichtige Unterlagen vom Neuanfang in Düstermühle. Vielleicht war ja doch etwas Interessantes dabei. Fürs Erste musste das reichen. Die Gegenstände am Boden der Kiste wollte sie kein zweites Mal in Augenschein nehmen. Sie kehrte mit den Unterlagen zu ihrem Sessel zurück.

Als Erstes öffnete sie einen Feldpostbrief ihres Vaters und warf einen flüchtigen Blick hinein. Sie wusste ja schon, was drinstand. Sie waren nämlich alle gleich. Im Grunde unerträglich. Voller Propaganda und Durchhalteparolen. Bis zum Schluss hatte ihr Vater an den Endsieg geglaubt. Und an Hitler. Als er dann ausgehungert und gebrochen aus der Gefangenschaft zurückkehrte, war er ein verbitterter Mann gewesen. Bis zu seinem Tod hatte er nie wieder vom Krieg und von ihrer alten Heimat gesprochen. Aber er war hart geworden. Und kaltherzig.

Rosa wollte lieber nicht wissen, was ihr Vater während des Krieges getan hatte. Ab dem ersten Tag war er an der Ostfront gewesen. Wer konnte da schon sagen, welche Orte er auf seinem Weg gesehen hatte. Und was dort mit den Menschen geschehen war. Es war ein Vernichtungsfeldzug gewesen, heute wusste man das.

Als er auf dem Sterbebett lag, sagten die Ärzte mehrmals seine letzte Stunde voraus. Er war vom Krebs zerfressen und nur noch Haut und Knochen. Und immer wieder versammelte sich die Familie an seinem Bett, um Abschied zu nehmen. Doch er starb nicht. In einem Wechsel aus Angstzuständen, Schweißausbrüchen, Schlaflosigkeit und Albträumen klammerte er sich

151

panisch ans Leben. Bis zur allerletzten Sekunde. Rosa erinnerte sich, wie ihre neunzigjährige Tante Hiltrud damals sagte: »Er hat Angst vor dem, was nach dem Tod folgen könnte.« Doch keiner hatte etwas davon hören wollen. Nur Rosa verstand: Ihrem Vater war es gelungen, den Tod immer wieder aufzuschieben, aus lauter Angst davor, für seine Taten bestraft zu werden.

Rosa wollte seine Frontbriefe aussortieren und zur Seite legen, als sie auf einen Umschlag stieß, der die Handschrift ihrer Mutter trug. Sie zog ihn heraus und hielt ihn gegen das Licht. Er war an ihren Vater adressiert, aber offenbar nicht abgeschickt worden. Sie zog das seidenmatte Papier hervor, das die akkurate Handschrift ihrer Mutter trug. Der Brief war auf den 4. März 1945 datiert, kurz nach ihrer Ankunft auf dem Hof von Schulte-Stein. Offenbar hatte sie den Brief nicht mehr abgeschickt, und kurz darauf trafen ja auch schon die Alliierten im Münsterland ein.

Mein lieber Gotthold, uns geht es gut, mach dir keine Sorgen. Wir sind auf einem Bauernhof in Westfalen untergebracht. Hier haben wir alles, was wir zum Leben brauchen, auch wenn es nicht die Heimat ist. Die Flucht war voller Strapazen, aber ich möchte nicht in das allgemeine Gejammer einstimmen. Mit eurer und mit Gottes Hilfe werden wir den Feind zurückschlagen und es ihm doppelt und dreifach zurückzahlen. Das ist meine feste Überzeugung. Die Moral der Menschen macht mir die größten Sorgen. Aber warte nur: Die, die jetzt am ärgsten zweifeln, das werden die sein, die später am lautesten brüllen, sie hätten das immer gewusst, dass Hitler den Endsieg davontragen wird. Bald werden wir in die Heimat zurückkehren, das ist gewiss. Den beiden Mädchen geht es gut. Es fehlt ihnen an nichts. Hier gibt es viele andere Kinder, mit denen sie spielen können. Der Bauer hat sechs davon, die wie die Orgelpfeifen sind. Da kommt bei den Mädchen keine Langeweile auf. Sie scheinen vom Krieg nichts mitzubekom-

*men. Es ist, als perlte das Übel an ihren reinen Kinderseelen
einfach ab. Wie schön zu wissen, dass sie einmal in einem
besseren und größeren Deutschland leben werden. Leb wohl,
mein lieber Munn, und Heil Hitler. Deine treu ergebene
Emmi*

Rosa ließ den Brief sinken. Sie fühlte sich benommen. Hatte
ihre Mutter wirklich so sehr an Hitler geglaubt? Wenige
Wochen vor dem Einmarsch der Alliierten? Wo das ganze Land
bereits in Trümmern lag? Und was war das mit ihrer Schwester?
Margot war doch da bereits tot gewesen. Wieso sprach sie von
»den beiden Mädchen«? Hatte sie Angst vor der Zensur? Wollte
sie ihren Ehemann nicht demoralisieren? Oder verbog sie die
Tatsachen, weil sie die Wirklichkeit nicht ertragen konnte? War
das tatsächlich ihre Mutter, deren Zeilen sie hier las?

Sie faltete den Brief zusammen und legte ihn mit den anderen zurück. Es war keine gute Idee gewesen, in den alten Unterlagen zu wühlen.

Dieses Mal ließ sie die Zigarrenkiste nicht auf dem Couchtisch stehen. Sie brachte sie wieder auf den Dachboden und vergrub sie tief im Schrank. Nie wieder wollte sie die Kiste hervorholen, das schwor sie sich.

Wieder zurück in ihrem Sessel am Öfchen, nahm sie die Handarbeit auf. Vielleicht hatten der Einbruch und der Diebstahl des Fotoalbums ja sein Gutes. Dadurch war sie jetzt nicht mehr beteiligt. Sie hatte mit den alten Geschichten nichts mehr zu tun.

Sie wollte nicht mehr an damals zurückdenken. Dort lauerte einfach zu viel, an das sie besser nicht rührte.

12

Hambrock war zu spät ins Bett gekommen. Außerdem hatte er zu viel getrunken. Das Ergebnis waren ein nagender Kopfschmerz und Übelkeit. Am liebsten wäre er einfach im Bett geblieben. Aber das ging natürlich nicht.

Er hatte die halbe Nacht in der Kneipe von Jamaine verbracht. Seine Frau war zu einer Tagung nach Düsseldorf gefahren, und irgendwie hatte er keinen Grund gesehen, nach Hause zu gehen, bevor Jamaine den Laden dichtmachte. Sie fehlte ihm. Und eigentlich hatte Elli ihre Teilnahme ja auch absagen wollen. Er hatte sie dabei erwischt, wie sie im Wohnzimmer mit ihrem Kollegen telefonierte und irgendetwas von einer Migräne faselte, die es ihr unmöglich machte, ihn zur Tagung zu begleiten. Doch Hambrock wusste genau, wie sehr sie sich darauf gefreut hatte. Und wie wichtig diese Tagung für ihre Arbeit an der Universität war.

»Natürlich fährst du hin! Weshalb denn nicht?«, sagte er, nachdem sie das Gespräch beendet hatte.

»Ach, Bernhard, du weißt doch …«

»Nein. Wir machen weiter wie gehabt. So etwas fangen wir erst gar nicht an.«

Sie rang mit sich. »Ich will nicht dahin. Verstehst du das nicht?«

»Wir wissen doch noch gar nicht, was mit Birgit überhaupt ist. Vielleicht geht ja alles gut.«

»Trotzdem. Ich hätte einfach keine Ruhe.«

Aber er wollte nichts davon hören. Diesen Gedanken wollte er nicht zu Ende denken.

»Birgit wird gesund. Sie ist eine Kämpferin.«

»Ach, Bernhard …«

»Nein. Ich bestehe darauf.«

Elli wollte nicht wegen Birgit bleiben, sondern wegen ihm. Das war völlig klar. Sie und Birgit hatten noch nie viel miteinander anfangen können. Der Umgang war immer höflich gewesen, mehr nicht. Elli wollte einfach in seiner Nähe sein, für den Fall, dass sich die Dinge schlecht entwickelten. Für den Fall, dass Birgit ...

»Wir wissen doch noch gar nichts«, sagte er wieder.

Sie schwieg.

»Pass auf, Elli. Wir machen das so: Für den Fall, dass es ernster wird, rufe ich dich sofort an. Die Tagung ist in Düsseldorf! Herrje, wenn wirklich was sein sollte, bist du in zwei Stunden wieder hier. Du musst nur dein Handy eingeschaltet lassen.«

Sie zögerte. Er spürte ihr Unbehagen.

»Ich rufe dich an. Du wirst rechtzeitig wieder hier sein. Mach dir keine Sorgen.«

Es gefiel ihr nicht, doch schließlich sagte sie: »Also gut. Wenn du das so möchtest.«

Und sie war gefahren. Später dann, als Hambrock allein in der Wohnung hockte und die Wände anstarrte, hatte er sich gedacht: Du Idiot. Wieso hast du das getan? Wem willst du damit was beweisen?

Gestern Abend war er dann zu Jamaine gegangen, um sich die Einsamkeit zu vertreiben. Die Kneipe war überfüllt gewesen. Eine Schar von Studenten, die ihre bestandenen Examen feierten. Hambrock war das recht gewesen. So musste er mit niemandem reden, keiner beachtete ihn, und dennoch war er nicht allein.

Jamaine war in seinem Element. Von jungen Leuten umringt, die für Reggaemusik und jamaikanische Kultur schwärmten, konnte er sein Showtalent präsentieren. Selbst sein Akzent war plötzlich viel stärker als sonst. Bedient wurde Hambrock von seiner Kellnerin, einer weißen Frau mit Dreadlocks und Batikkleid, die eigentlich viel zu alt war, um noch in Studentenkneipen zu arbeiten.

Irgendwann, nach Hambrocks drittem oder viertem Bier,

tauchte Jamaine plötzlich am Tresen auf. Er hatte seine Fangemeinde einen Augenblick stehen lassen, um Hambrock zu begrüßen.

Sein Grinsen verlor das Selbstgefällige, und auch sein Akzent war beinahe verschwunden. »Schön, dich zu sehen, Hambrock. Amüsierst du dich?«

Hambrock hob die Schultern und lächelte unbestimmt. Er hatte eigentlich gar keine Lust, sich zu unterhalten, auch nicht mit Jamaine. Und der stand lange genug hinterm Tresen, um so etwas sofort zu bemerken. Bevor er wieder zu seinen Studenten zurückging, fragte er: »Wie geht's deiner Schwester?«

»Abwarten. Man weiß im Moment nichts.«

»Ich verstehe.«

»Die Ärzte können nur wenig sagen.«

Er nickte. »Tut mir leid. Ich hoffe, es geht ihr bald besser. Grüß sie von mir.«

Dann drehte er sich um, ließ seinen Blick durch den Schankraum wandern und begrüßte frisch eingetroffene Gäste.

»Jamaine!«, rief Hambrock.

Der Wirt drehte sich um und hob fragend die Augenbrauen.

Hambrock stockte. Was sollte er jetzt sagen? Das war doch alles Unsinn. Jamaine konnte nicht in die Zukunft sehen. Er hatte keine übersinnlichen Fähigkeiten. So etwas gab es gar nicht. Woher sollte er wissen, ob seine Schwester sterben oder überleben würde? Wer an solch einen Schwachsinn glaubte, sollte besser zum Psychiater gehen. Jedenfalls war das Hambrocks Meinung.

»Ach, nichts …«, sagte er.

Jamaine lächelte, doch es lag Traurigkeit in seinem Blick. »Das wird schon wieder«, meinte er.

Es hörte sich an, als ob man einem Kind gegenüber versicherte, alles werde gut. Natürlich war es eine Lüge. Jamaine drehte sich um und verschwand in der Menge.

Hambrock konnte nicht mehr sagen, wie lange er noch dagesessen und Biere in sich hineingeschüttet hatte. Doch als am

Morgen der Wecker klingelte, fühlte es sich an, als wäre eine Sprengbombe in seinem Schlafzimmer detoniert. Das schrille Läuten ließ alle Synapsen explodieren.

Doch er hatte sich fest vorgenommen, vor der Arbeit im Krankenhaus vorbeizuschauen. Und ein Kater sollte kein Grund dafür sein, diesen Plan über den Haufen zu werfen. Nach einer langen heißen Dusche fühlte er sich einigermaßen stark genug, um unter Menschen zu gehen.

In den Fluren der Klinik nahm ihm der typische Krankenhausgeruch den Atem. Er kämpfte seine Übelkeit nieder und ging weiter. Auf der Intensivstation wurde er von einer Schwester angewiesen, Mundschutz und Kittel anzulegen. Birgit durfte keinen Keimen ausgesetzt werden. Erst danach ging es weiter. Zu seiner Überraschung war seine Mutter weder im Aufenthaltsraum noch im Krankenzimmer. Birgit war allein. Sie lag in ihrem Bett und dämmerte vor sich hin. Eine Maschine überwachte ihre Vitalfunktionen, aus ihrer Nase ragte ein Beatmungsschlauch. Als sie ihn an ihrem Bett erkannte, lächelte sie schwach. Er setzte sich.

»Hallo, Birgit. Wie geht es dir?«

»Keine Ahnung. Wie sieht es denn für dich aus?«

Das entlockte ihm ein Lächeln. »Geht so«, sagte er.

»Ich habe das Gefühl, als würde in meinem Körper ein Krieg toben. Irgendwelche Bakterien kämpfen gegen dieses Gift, das Tag und Nacht durch den Infusionsbeutel läuft. Ein schräges Gefühl ist das, sage ich dir. Es kommt mir vor, als wäre ich gar nicht beteiligt.«

»Weißt du denn, wer gewinnt?«

Die Frage war ihm einfach so rausgeruscht. Dabei wollte er die Antwort gar nicht hören.

Birgit schwieg.

Er blickte sich um. »Wo ist eigentlich Mutter?«

»Ist sie nicht im Wartebereich?«

»Nein. Ich hab sie nicht gesehen.«

»Dann holt sie sich gerade einen Kaffee aus der Krankenhauskantine.« Sie lächelte schwach. »Du hast ein gutes Timing, Bernhard.«

»Ich …«

Er wusste nicht, was er sagen sollte. Bisher hatten er und seine Schwester immer über alles reden können. Besonders, wenn es um ihre Eltern ging. Doch hier schien das anders zu sein. Alles war hier anders.

»Du siehst aber auch nicht gerade wie der frische Frühling aus«, sagte Birgit.

»Ach, die Arbeit, du weißt schon.«

»Die Arbeit? Ist das so?«

Er zögerte. »Ich mache mir halt Sorgen um dich«, sagte er schließlich.

Schweigen. Sie blickten sich an. Er wusste nicht, wie er weitermachen sollte.

»Birgit, ich …«

Die Tür flog auf. Sie wurden unterbrochen. Jürgen trat ein, Birgits Mann. Hambrock hatte ihn in den letzten Tagen kaum gesehen, weil er meist morgens ins Krankenhaus kam, wenn die Kinder in der Schule waren. Die Stimmung im Zimmer änderte sich sofort. Sein Gesicht war steinern, trotzdem konnte Hambrock die Zerrissenheit und die Angst erkennen, die hinter dieser Maske lagen. Jürgen nahm kaum Notiz von ihm. Seine ganze Aufmerksamkeit galt Birgit. Hambrock war hier überflüssig. Selten hatte er etwas so deutlich gespürt. Er begrüßte Jürgen, umarmte ihn kurz und verabschiedete sich.

»Danke, dass du gekommen bist«, sagte Birgit.

»Ich besuche dich bald wieder. Versprochen.«

Dann nickte er Jürgen zum Abschied zu und verschwand durch die Tür.

Später hockte er in seinem Büro und betrachtete die Gärten des gutbürgerlichen Wohnviertels, das sich hinter dem Hochhaus des Polizeipräsidiums erstreckte. Alles sah düster und grau aus, als wären die Farben aus der Landschaft herausgezogen

158

worden. An geschützten Stellen lag noch Schnee von der vergangenen Nacht. Doch das meiste war weggetaut.

Hambrock dachte über Birgit nach. Über ihre gemeinsame Kindheit in Vennhues. Birgits erstes Mofa, das er für sie frisiert hatte, kam ihm in den Sinn. Sie waren damit Rennen über Feldwege und Stoppelfelder gefahren. Birgit war immer furchtlos gewesen, schon als Kind.

»Hambrock? Wenn du so weit bist, können wir.« Guido Gratczek war in der Tür aufgetaucht.

Hambrock brauchte einen Moment, um zu begreifen. »Richtig, die Beerdigung!«

»Wir sind noch früh dran«, sagte Gratczek. »Trotzdem sollten wir uns langsam auf den Weg machen.«

Hambrock ließ den Blick über seinen Schreibtisch wandern. Er hatte überhaupt nicht gearbeitet. Die ganze Zeit nur aus dem Fenster gestarrt. War es wirklich schon so spät?

»Ich komme«, sagte er und stand auf. »Lass uns fahren.«

Er nahm seinen Mantel und folgte seinem Kollegen hinunter in den Fuhrpark.

Während der Fahrt wurde nicht viel gesprochen. Graue Wolken hingen regenschwer über dem Land und verdunkelten den Himmel.

»Ich habe keinen Schirm dabei«, sagte Gratczek. »Wollen wir hoffen, dass es trocken bleibt.«

Hambrock war nicht vorbereitet auf das, was ihn erwartete. Ein düsterer Friedhof, flackernde Grablichter, eine Trauergemeinde, schluchzende Frauen, Kränze, Weihrauch und blasse bedrückte Gesichter. Der Himmel war grau und schwer, ein kalter Wind fuhr über die Gräber, und auf den Wegen waren Pfützen voller Eiswasser. Er begriff: Hier war ein Mensch gestorben. Alles war vorbei, seine Familie blieb allein zurück. Sosehr er auch versuchte, Birgit aus seinen Gedanken zu verdrängen, es gelang ihm nicht.

»Von der Familie Schulte-Stein ist keiner da«, flüsterte Grat-

159

czek. Sie standen ein wenig abseits und betrachteten das Geschehen. »Aber das ist wohl auch normal. Wie's aussieht, ist der Rest der Nachbarschaft vollzählig.«

Hambrock riss sich zusammen. »Helga Schulte-Stein ist da«, sagte er und deutete auf die Frau im Rollstuhl, die zusammen mit ihrem Vater am Rand der Gruppe stand.

»Stimmt, du hast recht. Aber sie ist eine geborene Holtkamp und gehört wohl eher zu den Düsterbauern als zu den Schulte-Steins.«

Gratczeks Handy vibrierte. Er warf einen Blick aufs Display.

»Ich geh mal ran«, sagte er und ging über den Kiesweg davon.

Jetzt wurde der Sarg in die Erde gelassen. Der Pastor sprach Gebete, ein lautes Aufschluchzen war zu hören, und der Sarg verschwand Stück für Stück in dem Erdloch. Hambrock hielt es nicht mehr aus. Er trat ein paar Schritte zurück und hielt nach Gratczek Ausschau. Sein Kollege stand unter einer Gruppe ausladender Eiben, am Ende des Kiesweges neben dem großen Sandsteinkreuz. Gerade steckte er das Handy wieder ein und zog mit der Hand seinen Seitenscheitel nach. Hambrock trat auf ihn zu. Obwohl er bereits vor über zehn Jahren das Rauchen aufgegeben hatte, überkam ihn plötzlich das Bedürfnis, eine Zigarette anzuzünden. Wäre Keller jetzt hier und nicht Gratczek, hätte er schwach werden können.

»Keller ist in Köln«, sagte sein Kollege, der offenbar mit dem Präsidium gesprochen hatte. »Er hat den Wohnort des Bruders von Alfons Schulte-Stein ausfindig gemacht. Du weißt schon, den Wohnort von Fritz.«

»Dann wissen wir ja bald mehr.«

Gratczek schüttelte den Kopf. »Für ihn muss es auf Teufel komm heraus einer aus der Familie gewesen sein. Er hat sich da völlig verbissen. Als würde es keine Rolle spielen, dass Siegfried Wüllenhues die Schmiede in Brand gesteckt hat.«

»Vielleicht liegt er ja richtig. Schließlich wissen wir immer noch so gut wie nichts über die Hintergründe.«

»Ach was.« Gratczek machte Anstalten, zur Trauerfeier zurückzukehren. Er hatte wohl keine Lust, über Kellers Theorien zu sprechen.

Da löste sich eine Gestalt aus der Menschentraube und trat auf sie zu. Es war Antonius Holtkamp. Seine Tochter drehte sich umständlich im Rollstuhl und sah ihm verwundert hinterher. Doch Antonius achtete nicht auf sie. Er ließ die Trauergemeinde hinter sich und steuerte den Kiesweg an. Sein Gesicht war düster und voller Zorn.

Aufgebracht sagte er zu Hambrock: »Ihr Mitarbeiter war gestern da und hat uns aufs Übelste befragt. Mich und meine Tochter. Geradezu verleumderisch war das. Ein unverschämter Mensch. Ich überlege, ob wir uns beschweren sollen.«

»Es tut mir leid, wenn Sie das Gefühl haben ...« Weiter kam er nicht.

»Verdächtigen Sie mich immer noch?« Holtkamps Stimme war laut und zornig. Leute sahen zu ihnen hinüber, einige neugierig, andere empört. Doch alle versuchten herauszufinden, was da vor sich ging.

»Nicht so laut, bitte«, sagte Hambrock. »Wir verdächtigen im Moment konkret niemanden. Wir versuchen nur, uns ein Bild zu verschaffen, und dazu müssen wir Fragen stellen. Bitte versuchen Sie, das zu verstehen.«

Doch Antonius schien gar nicht zuzuhören. Aufgebracht wühlte er in der Innentasche seines Mantels, zog ein Zettelchen hervor und hielt es Hambrock unter die Nase.

Es war ein Kassenbon.

»Ich war tanken«, sagte er.

»Wie bitte?«

»Unterwegs, während meiner Spazierfahrt.«

Er erinnerte sich an Kellers Bericht. Antonius hatte angegeben, mit dem Auto unterwegs gewesen zu sein, als Alfons Schulte-Stein ermordet worden war.

»An einer Tankstelle oben in Versmold war das. Nun ja, ich kann wohl unmöglich zur gleichen Zeit an zwei verschiedenen Orten gewesen sein, oder?«

Er drückte Hambrock den Bon gegen die Brust.

»Überprüfen Sie das. Bestimmt gibt es dort eine Überwachungskamera. Die gibt es doch an allen Tankstellen. Da werden Sie Bilder von mir finden.«

Er ließ seinen Blick von Hambrock zu Gratczek wandern und wieder zurück. Dann verzog er angewidert das Gesicht.

»Jetzt lassen Sie uns in Ruhe Abschied nehmen. Wir tragen hier nämlich einen Freund zu Grabe.«

Ohne ein weiteres Wort drehte er sich um und ging zurück zur Trauergesellschaft. Gratczek nahm Hambrock den Zettel ab und betrachtete ihn eingehend.

»Null Uhr vierzehn«, las er vor. »Ich werde das überprüfen. Was die Kameras angeht, hat er wohl recht. Das wird sich leicht bestätigen lassen.« Er blickte auf. »Das scheint mir kein Bluff zu sein.«

»Das glaube ich auch nicht.«

»Also noch ein Familienmitglied, das sich als unschuldig erweist.« Gratczek machte ein zufriedenes Gesicht. »Schade, dass Keller nicht hier ist.«

Die beiden Frauen ähnelten einander sehr. Beide waren Ende dreißig, sehr schlank und trugen ihre langen dunklen Haare offen über die Schultern. Dazu besaßen sie feine Gesichtszüge und ein Lächeln, das beim Sprechen immer wieder ihr Gesicht erhellte und sie beinahe wie Siebzehnjährige aussehen ließ. Ungewöhnlich attraktive Frauen, bei denen jedem auf dem ersten Blick klar gewesen wäre, dass es sich um Schwestern handelte.

Sie führten Henrik Keller in die Küche, einen hellen und gemütlich eingerichteten Raum mit Blick auf den kleinen verwilderten Garten, der zum Grundstück gehörte. Dieses Haus in der Kölner Innenstadt war eine Kostbarkeit, so viel stand fest. Keller nahm am Tisch Platz und ließ sich Kaffee eingießen.

»Danke, dass Sie sich Zeit für mich nehmen.«

Er versuchte, sich seine Enttäuschung nicht anmerken zu

lassen. Er hatte gehofft, Fritz Schulte-Stein persönlich sprechen zu können. Und nun das.

»Es tut mir leid, dass Sie umsonst den langen Weg hergekommen sind«, sagte die Ältere und setzte sich. Die Jüngere stellte einen Teller mit Keksen auf den Tisch und nahm dann ebenfalls Platz. »Wir konnten ja nicht ahnen, dass Sie nur wegen unseres Vaters hergekommen sind.«

Keller betrachtete sie. Er und die beiden schönen Schwestern allein im Haus. Da drängten sich schnell Gedanken auf, die nicht hierhergehörten.

»Wie lange ist er jetzt schon tot?«, fragte er.

»Seit ein paar Monaten. Er war allerdings schon seit Langem sehr krank gewesen. Bauchspeicheldrüsenkrebs. Vater hatte keine Chance. Und dann die ständigen starken Schmerzen. Am Ende waren wir beinahe dankbar, als er alles hinter sich hatte.«

Fritz Schulte-Stein war also tot. Und glaubte Keller den beiden Töchtern, hatte Fritz keinerlei Kontakt zu seinen Verwandten im Münsterland gesucht. Sie waren ihm alle völlig gleichgültig gewesen.

»Haben Sie nach seinem Tod mit der Verwandtschaft in Düstermühle gesprochen? War jemand von ihnen hier in Köln? Zur Beerdigung vielleicht?«

»Nein. Wir haben ihnen eine Karte geschickt, aber es kam nicht einmal ein Beileidsschreiben zurück. Gar nichts.«

»Im Grunde hat mich das nicht gewundert«, meinte die andere. »Unser Vater hatte ja abgeschlossen mit seiner Vergangenheit. Seit Jahrzehnten gab es keinen Kontakt mehr.«

»Und Sie? Was ist mit Ihnen? Haben Sie je den Kontakt nach Düstermühle gesucht?«

Die beiden Frauen sahen sich an.

»Als Kinder waren wir mal in den Sommerferien da«, sagte die eine, und die andere fügte hinzu: »Aber ehrlich gesagt war das ziemlich gruselig da. Irgendwie waren die alle … so verbissen. Er gab nur Arbeit, sonst nichts. Auf dem Hof war alles immer so kalt und herzlos, so kam es mir zumindest vor.«

»Ja, und ich war heilfroh, als die Ferien vorbei waren.«

»Da haben Sie bestimmt Ihren Cousin kennengelernt, nicht wahr?«, meinte Keller. »Manfred Schulte-Stein?«

»Schon. Aber er ist ja ein paar Jahre jünger als wir. Wir fanden den einfach klein und langweilig.«

»Deshalb haben wir uns kaum für ihn interessiert.«

»Was ist mit Alfons Schulte-Stein?«, fragte Keller.

»An Onkel Alfons, ja, an den können wir uns noch gut erinnern.«

»Wir hatten Angst vor dem, das können Sie uns glauben. Wenn der abends aus dem Stall oder vom Feld kam, wurde es ganz ruhig im Haus. Selbst Tante Helga, die ja sowieso kaum geredet hat, wurde dann noch wortkarger. Es war richtig gruselig.«

»Onkel Alfons war einfach ein …« Sie verstummte. »Aber wir sollten jetzt wohl nicht zu schlecht von ihm reden. Wo er doch tot ist.«

Die beiden Frauen hatten nichts von Alfons Schulte-Steins Tod gewusst. Erst durch Keller hatten sie von dem Mordfall erfahren.

»Hat Ihr Vater einmal gesagt, weshalb er den Kontakt mit der Familie abgebrochen hat?«

»Nein. Er meinte immer, das hat sich einfach so ergeben. Für uns war das auch nicht weiter verwunderlich, schließlich konnten wir mit den Leuten dort genauso wenig anfangen wie er.«

»Unser Vater hat aber generell mit uns nicht über seine Vergangenheit gesprochen. So war er nun mal.«

»Aber so sind doch alle«, meinte die andere. »Die ganze Generation. Was die als Jugendliche im Krieg und in den Hungerjahren danach erlebt haben, das weiß kein Mensch. Und wenn man sie danach fragt, heißt es immer nur: Andere hatten es schlimmer.«

»Können Sie sich vorstellen, dass wir erst nach seinem Tod erfahren haben, dass er gar kein leiblicher Sohn von Schulte-Stein war, sondern adoptiert wurde?«

»Das hat er Ihnen nie erzählt?«

»Nein. Erst als wir seinen Nachlass verwaltet haben, sind wir darauf gestoßen. Er stammte aus Dortmund. Seine Eltern waren im Krieg ums Leben gekommen. Sein Vater an der Front und seine Mutter während der Bombardierungen. Er war Vollwaise, und weil es offenbar auch sonst keine Verwandten mehr gab, ist er in ein Heim bei Osnabrück gekommen. Von dort hat ihn die Familie Schulte-Stein zu sich genommen.«

»Aber bestimmt nicht, weil die Kinder mochten und ihnen ein Zuhause geben wollten. Das hatte andere Gründe.«

»Jedenfalls ist uns erst da klar geworden, wieso er den Kontakt so vernachlässigt hatte. Wir dachten, es läge daran, weil sein Vater ein Tyrann war und ein hässlicher Altnazi. Auf die Idee, dass unser Vater gar nicht dessen leiblicher Sohn war und sich auf dem Hof nur wie ein Arbeitssklave gefühlt hatte, darauf sind wir nicht gekommen.«

»Wir haben dann nach seiner verschollenen Familie geforscht und eine Tante gefunden, die nach dem Krieg mit einem GI nach Amerika gegangen ist. Die ist inzwischen zwar auch schon tot, aber wir stehen mit ihren Kindern in Kontakt, die alle um die sechzig sind. Es ist schön, irgendwo noch Familie zu haben. Eine richtige Familie.«

»Wenn alles klappt, fliegen wir im nächsten Jahr zu ihnen. Schade, dass Vater nicht mehr dabei sein kann. Vielleicht hätte ihn das mit seiner Vergangenheit versöhnt, wenn er sich mit seinen Cousins und Cousinen getroffen hätte. Die leben nämlich alle noch.«

Keller nahm sich einen Keks vom Teller. »Ihr Vater war lange krank, wenn ich das richtig verstanden habe.«

»Ja. Nach der Diagnose ging es aber stetig bergab. Achtzehn Monate später ist er dann im Krankenhaus gestorben. Es war eine furchtbare Zeit.«

Keller rechnete zurück. »Wie war sein Zustand vor viereinhalb Monaten?«

Die Frauen blickten sich verwundert an.

»Konnte er da noch alleine Ausflüge machen?«, fragte Keller.
»Mit dem Wagen Spazierfahrten machen, zum Beispiel?«

»Nein. Da war er die meiste Zeit im Krankenhaus. Und wenn er mal zu Hause war, hat er kaum sein Zimmer verlassen. Wir mussten ihn rund um die Uhr betreuen.«

»Ich verstehe.«

Keller dachte an den dunklen Passat mit dem Kölner Kennzeichen, von dem Manfred Schulte-Stein gesprochen hatte. Etwa viereinhalb Monate war es her, dass der angeblich auf dem Anwesen aufgetaucht war.

»Was für einen Wagen hat Ihr Vater besessen?«

»Einen Saab. An das Modell kann ich mich nicht erinnern.« Sie sah ihre Schwester an. »Du etwa?«

»Nein. Aber er war rot, das weiß ich noch. Knallrot.«

Also konnte es eigentlich nicht Onkel Fritz gewesen sein, der Alfons Schulte-Stein in Düstermühle besucht hatte. Schon wieder eine Sackgasse.

Keller trank seinen Kaffee aus und erhob sich.

»Danke, Sie haben mir sehr geholfen.«

Die Schwestern schienen zu bedauern, dass sie nicht mehr über ihre Verwandten in Düstermühle sagen konnten.

»Möchten Sie vielleicht zum Essen bleiben?«, fragte die eine, und die andere fügte hinzu: »Danach wäre der Berufsverkehr auch vorüber.«

Er betrachtete die beiden attraktiven Frauen. Ein Lächeln huschte über sein Gesicht.

»Nein, vielen Dank.« Er gab ihnen seine Karte. »Aber wenn Ihnen noch etwas einfällt, rufen Sie mich bitte an.«

Mit einem wehmütigen Gefühl nahm er seine Jacke, verabschiedete sich und ging zu seinem Auto.

Nach der Beerdigung kehrten Hambrock und Gratczek zum Dienstwagen zurück, der ganz vorn am Parkplatz stand. Von dort hatten sie einen guten Ausblick auf das Friedhofstor.

»Fahren wir zurück nach Münster?«, fragte Gratczek.

Hambrock fixierte das Friedhofstor. Die ersten Trauergäste tauchten auf und steuerten den Ausgang an. Über dem Friedhof zog eine tiefschwarze Wolkenwand herauf. Der Himmel verdunkelte sich, die Wolken nahmen immer mehr Platz ein und verscheuchten das letzte Licht des Tages. Einige der Gäste sahen hinauf und beschleunigten ihre Schritte. Jeden Moment drohte ein Unwetter auszubrechen.

»Lass uns noch einen Moment warten«, sagte Hambrock.

Sein Handy klingelte. Es war Keller.

»Hallo, Hambrock, ich wollte nur Bescheid geben, dass ich wieder auf den Weg nach Münster bin.«

»Und? Hast du was erreicht?«

Draußen wirbelten einzelne Schneeflocken durch die Luft. Dann waren da schwere Tropfen, die auf die Kühlerhaube aufschlugen.

»Nein. Köln war eine Pleite. Fritz Schulte-Stein lebt gar nicht mehr. Außerdem hatte er die ganzen Jahre über keinen Kontakt zu den Schulte-Steins in Düstermühle. Und in dem Zeitraum, in dem dieser ominöse Wagen mit dem Kölner Kennzeichen auf dem Hof aufgetaucht sein soll, lag Fritz bereits todkrank im Bett.«

»Du klingst enttäuscht. Ich denke, du hast an diesen seltsamen Besucher ohnehin nicht geglaubt.«

»Schon. Aber es hätte halt so gut gepasst. Wie auch immer. Wenn es diesen Wagen tatsächlich gegeben haben sollte, war das bestimmt ein Futtermittelvertreter oder so was.«

»Das denke ich auch. Danke für den Anruf. Wir sehen uns später im Präsidium.«

Gratczek schien sich nicht so recht über die erneute Niederlage seines Kollegen freuen zu können. Es war eben schon die zweite Sackgasse an diesem Tag.

Der Niederschlag verwandelte sich jetzt in Eisregen. Ein scharfer Wind kam auf, und im nächsten Moment goss es wie aus Kübeln. Das Prasseln auf dem Wagendach wurde ohrenbetäubend. Gratczek stellte die Scheibenwischer auf höchster

Stufe ein, dennoch war draußen kaum etwas zu erkennen. Die Gäste am Friedhofstor stürzten wie die Hühner in alle Richtungen davon.

»Wir kommen keinen Zentimeter weiter«, sagte Gratczek.

»Das Gefühl habe ich auch.«

»Verfluchtes Düstermühle. Dabei sah am Anfang alles so einfach aus.«

Neben ihrem Wagen tauchten Heinz und Inge Moorkamp auf. Heinz riss die Beifahrertür seines Mercedes auf, scheuchte seine Frau hinein, rannte dann um das Heck herum und sprang ebenfalls ins Innere. Der Motor heulte auf, dann flatterten die Scheibenwischer los.

Gratczek betrachtete schweigend den Mercedes.

»*Die* wissen auf jeden Fall was«, meinte er. »Davon bin ich überzeugt.«

Hambrock nickte. »Zumindest Heinz. Aber Inge wohl auch. Ob sie den Mörder kennen, sei dahingestellt. Aber mein Gefühl sagt mir, sie wissen, worum es hier geht. Und sie haben einen Grund, uns da nicht einzuweihen.«

»Dieser ganze Stammtisch ist doch verdächtig, wenn du mich fragst. Die alten Männer führen was im Schilde.«

Der Mercedes bahnte sich seinen Weg durch den Eisregen, bog auf die Straße und fuhr davon.

»Wir haben mit allen Mitgliedern des Stammtisches gesprochen. Das hat uns kein bisschen vorangebracht.«

»Nein. Die Bagage hält zusammen.«

Carl Beeke tauchte am Friedhofstor auf. Mit schwarzem Zylinder und Sonntagsanzug und über seinen Stock gebeugt. Er schien bemüht, sich zu beeilen, aber seine Beine kamen wohl nicht so richtig voran. Hinter ihm ging seine Tochter Christa. Sie hielt einen riesigen und unverwüstlichen Regenschirm über sich und ihren Vater. Doch obwohl sie darunter größtenteils trocken blieben, wirkte Christa ziemlich gehetzt. Diskret warf sie einen Blick auf ihre Armbanduhr, dann sprach sie ihrem Vater zu und schob ihn sanft weiter.

»*Er* müsste eigentlich etwas wissen«, meinte Gratczek. »Auch wenn er das bestreitet. Ich weiß nicht. Denkst du, er ist aufrichtig zu uns?«

»Wenigstens ist das mein Gefühl.«

»Aber er gehört doch auch zum Stammtisch.«

»Schon. Aber aus irgendeinem Grund ist er ahnungslos, was hinter dem Mord steckt. Wenn ich seine Befragungen lese, kommt es mir vor, als ob er auch nicht viel mehr wüsste als wir. Er wirkt ziemlich ratlos.«

»Was aber merkwürdig ist. Wenn einer die Leute in Düstermühle kennt, dann doch er. Kein anderer lebt schon so lange hier. Ich halte es durchaus für möglich, dass er dich zum Narren hält.«

»Ich weiß nicht.« Hambrock beobachtete, wie sich der alte Mann Meter für Meter vorankämpfte. Das Prasseln auf dem Wagendach wurde stärker. »Wenn wir die Hintergründe der Tat wissen«, sagte er, »wird vielleicht auch klar, warum Carl Beeke den Mörder nicht kennt.«

Eine alte Frau tauchte am Friedhofstor auf. Sie rief etwas und machte winkend auf sich aufmerksam. Ihre Haare waren bereits klitschnass und hingen ihr ins Gesicht. Es war Rosa Deutschmann. Carl und Christa, die ihr Auto nun erreicht hatten, drehten sich um. Rosa lief zu ihnen, Carl hielt ihr eine Wagentür offen, und sie sprang hinein.

»Und was ist ihre Rolle in der ganzen Sache?«, fragte Gratczek.

»Ich weiß es nicht. Ich glaube aber kaum, dass sie überhaupt eine nennenswerte Rolle spielt. Sie war als Kind auf dem Hof von Schulte-Stein. Mehr nicht.«

»Aber ihr Fotoalbum ist gestohlen worden.«

»Richtig. Die alten Fotos der Schulte-Steins. Weiß der Himmel, was die mit der Sache zu tun haben.«

Gratczeks Augen weiteten sich. »Vielleicht weiß Carl Beeke deshalb nichts.«

»Ich verstehe nicht.«

169

»Die Bilder im Fotoalbum haben irgendwas mit der Sache zu tun. Was, wenn die Motive für diesen Mord tatsächlich in die Zeit zurückgehen, in der die Fotos geschossen wurden? Carl Beeke war da im Krieg, und später in Gefangenschaft. Er ist erst achtundvierzig zurückgekommen.«

»Etwas ist auf dem Hof passiert«, dachte Hambrock laut. »Und zwar in den letzten Kriegstagen.«

»Während Rosa Deutschmann auf dem Hof lebte.«

»Richtig. Allerdings war sie noch ein Kind.«

»Und deshalb kann sie sich vielleicht nicht mehr daran erinnern.«

»Wir sollten uns mit ihr unterhalten. Gut möglich, dass sie den Schlüssel in sich trägt, ohne es zu ahnen.«

Zwei robuste und tiefschwarze Regenschirme tauchten am Friedhofstor auf. Der Wind zerrte daran, konnte ihnen jedoch nichts anhaben. Renate Wüllenhues und ihr Sohn erschienen. Renate schritt aufrecht und würdevoll voran, ihr Sohn folgte mit steinernem Gesicht.

»Wenn du mich fragst, müssen wir Bodo stärker ins Visier nehmen«, meinte Gratczek.

»Wegen der alten Nazigeschichten?«

»Sein Vater war am Tatort! Das hat doch einen Grund! Außerdem hast du gerade selbst gesagt, das Motiv könnte in dieser Zeit zu suchen sein.«

»Schon«, räumte Hambrock ein. »Aber in diesem Fall … Gut, da ist die Tatsache, dass Bodos Großvater wegen Otto Schulte-Stein im Konzentrationslager war. Aber reicht das für einen Mord? Beide Männer sind seit den Sechzigern tot. Bodo hat seinen Großvater nicht einmal mehr kennengelernt.«

»Das ist doch nur das, was wir bisher wissen. Siegfrieds Rolle ist für uns noch völlig schleierhaft. Aber er war am Tatort. Außerdem ist Bodo kräftig. Er könnte der Täter sein. Und er hat kein Alibi.«

Die beiden verschwanden aus ihrem Blickfeld. Der Eingang zum Friedhof leerte sich. Im prasselnden Eisregen herrschte auf dem Parkplatz ein Chaos von vor- und zurücksetzenden Autos, bis schließlich alle entwirrt waren und die Straße erreicht hatten. Eine Karawane rollte in Richtung Moorkamps Gastwirtschaft.

Gratczek brachte sich in Stellung und griff nach dem Zündschlüssel. »Sollen wir?«, fragte er.

»Ja, lass uns fahren. Aber nicht nach Münster. Wir machen einen Abstecher zu Moorkamps Kneipe. Ich möchte mir diese Gesellschaft noch ein bisschen ansehen.«

»Wie du willst.«

Als Gratczek den Motor startete, tauchte eine einsame Gestalt am Tor auf. Der Statur nach ein alter Mann. Sein Hut hing ihm aufgeweicht und triefend ins Gesicht, der Anzug klebte nass und schwer an seinem Körper. Nachdenklich sah er der Autokarawane hinterher. Es war Walther Vornholte.

Gratczek hatte den Motor wieder abgestellt. Schweigend beobachteten sie den Alten, der langsam im strömenden Regen davontrottete.

»Was ist eigentlich mit Vornholte?«, fragte Hambrock. »Den haben wir uns noch gar nicht genauer vorgenommen.«

»Nein. Kellers erste Befragung hat jedenfalls nicht viel ergeben. Trotzdem. Er weiß auch irgendwas, da bin ich mir sicher. Jedenfalls gehört er zum Stammtisch.«

»Aber irgendwie macht er nicht den Eindruck, als würde er wirklich dazugehören. Er kommt mir immer ein bisschen verloren vor. Wie ein Außenseiter.«

»Seine Frau ist tot. Das hat er wohl nicht verkraftet. Sie war lange krank, und am Ende muss sie sehr gelitten haben. Es war kein schöner Tod.«

»Welcher Tod ist schon schön?«, bemerkte Hambrock. »Vornholte ist das schwächste Glied in der Kette. Wenn wir einen vom Stammtisch knacken können, dann ihn.«

Plötzlich machte sich so etwas wie Zuversicht breit. Egal, in wie viele Sackgassen sie heute geraten waren. Hier bot sich ihnen eine realistische Chance.

»Gleich morgen holen wir ihn aufs Präsidium«, meinte Gratczek. »Und dann sehen wir weiter.«

Hambrock nickte. »Vielleicht kommen wir ja doch noch weiter«, sagte er. »Und jetzt fahr los. Hier gibt es nichts mehr zu sehen.«

13

Rosa nahm auf der Rückbank Platz und strich sich die nassen Haare aus dem Gesicht. Draußen war es beinahe dunkel geworden, eine wahre Sintflut ging nieder.

»Du lieber Himmel, was ist das nur für ein Unwetter?«

»Jetzt bist du im Trockenen, mien Deernken.«

Carl, der auf dem Beifahrersitz saß, wandte sich um und lächelte. Es war ein trauriges Lächeln. Rosa wusste, wie sehr ihn der Verlust schmerzte. Siegfried war ein guter Freund gewesen.

Christa startete den Wagen und setzte zurück.

»Ein Glück, dass es während der Zeremonie trocken war«, sagte Rosa. »Nicht auszudenken, wenn der Eisregen früher eingesetzt hätte.«

»Ja«, meinte Carl.

Schweigen. Dann sagte er: »Was der Pastor sagte, hat mir gut gefallen. Das mit dem Verlust, der aus dem Bewusstsein geraten kann.«

Rosa legte ihre Hand auf seine Schulter. Der Regen prasselte jetzt wütend aufs Autodach. Es war, als befänden sie sich in einer Blase.

Christa, die bislang geschwiegen hatte, schlug vor: »Ich bringe Sie nach Hause, Frau Deutschmann. Dann können Sie Ihre Haare trocknen und sich umziehen.«

»Ach was. Bringen Sie uns direkt zu Moorkamp. Ich bleibe ohnehin nicht lange. Nur auf eine Tasse Kaffee. Inge Moorkamp wird mir ein Handtuch geben.«

»Aber ist das vernünftig?«, fragte Carl. »Du wirst dir eine Erkältung holen.«

»Ich war in meinem ganzen Leben nicht erkältet. Meine Frisur wird nicht so ansehnlich sein, aber wir gehen ja nicht zur Modenschau.«

Christa sah ihren Vater unsicher an. Doch der nickte ihr zu, und sie reihte sich in die Karawane der anderen Autos ein. Vor Moorkamps Kneipe setzte sie Carl und Rosa ab. Sie selbst musste wieder an die Arbeit, irgendein Auftrag, der dringend erledigt werden musste.

Rosa ging in den Wohnbereich hinter der Wirtschaft und ließ sich von Inge ein Handtuch geben. Kurz darauf kehrte sie in den Schankraum zurück. Ihre Frisur war ruiniert, aber das würde heute keinen stören.

Es standen überall Leute herum, auch der angrenzende Saal war gut gefüllt. Am einen Ende befand sich der Tisch für die Familienmitglieder. Renate nahm von allen Seiten Beileidsbekundungen entgegen. Rosa bewunderte sie für die Stärke, mit der sie alles ertrug.

Entlang der Fenster saßen die Nachbarn. Lauter vertraute Gesichter. Es hätte auch ein Dorffest sein können, wären da nicht die ernsten Mienen und die dunkle Kleidung. Rosa wurde bewusst, wie alt die meisten im Saal waren. Sie selbst machte da ja keine Ausnahme. Ihre Generation erlebte jetzt den Lebensabend. Wie viele von denen, die hier standen und Renate kondolierten, würden in den nächsten Jahren wohl zu Grabe getragen werden? Sie wollte lieber nicht darüber nachdenken.

Während sie ihren Blick durch den Schankraum schweifen ließ, entdeckte sie die beiden Polizisten, die schon auf dem Friedhof gewesen waren. Sie standen verborgen am hinteren Ende der Kneipe und redeten leise miteinander. Musste das sein, dass diese Leute auf der Trauerfeier waren? Sie fand es sehr unpassend. Und seltsam.

»Rosa, meine Güte, wie lange haben wir uns schon nicht mehr gesehen?«

Eine Frau trat auf sie zu. Schlohweißes Haar, blasse Haut, wässrige Augen. Rosa brauchte eine Sekunde, bis sie begriff: Es war Maria Vogt, eine alte Schulfreundin von ihr. »Maria! Wie schön, dich zu sehen. Dass du mal wieder in Düstermühle bist!«

»Der Anlass ist ja leider sehr traurig.«

Sie trat näher, nahm Rosas Hände und drückte sie. Ihre Augen füllten sich mit Tränen. So war das mit dem Verlust. Er zeigte den Lebenden, wie wichtig die waren, die übrig blieben.

»Lass dich mal ansehen, Rosa. Du hast dich kaum verändert.«

Rosa lachte freundlich. »So ein Unsinn, Maria. Wir sind alle alt geworden.«

»Und Siegfried …« Maria stockte. »Ich hab ihn seit über einem Jahr nicht gesehen. Es war mir zu mühsam, den langen Weg herzufahren. Hätte ich nur gewusst …«

Wieder füllten sich ihre Augen mit Tränen. Sie klammerte sich an Rosas Hände.

»Ich weiß noch, wie ich als Jugendliche auf Siegfried aufgepasst habe, damals nach dem Krieg, als er wieder auf dem Hof lebte. Ich musste auf meine kleinen Geschwister aufpassen und auf die Kinder von Wüllenhues. Nach der Schule war ich für alle verantwortlich, dabei war ich doch selbst noch ein Kind gewesen. Aber damals war das ganz normal.« Sie lächelte. »Siegfried. Er wollte unbedingt lesen und schreiben lernen. Da war er schon zehn oder elf Jahre alt und ganz versessen darauf, das alles nachzuholen, was er im Krieg und in der Zeit danach verpasst hatte. Stundenlang haben wir zusammengehockt und Buchstaben mit dem Stock in den Sand gemalt. Ich …« Sie brach ab. Eine Träne rann an ihrer Wange herab.

»Da, wo er jetzt ist, geht es ihm gut, Maria.«

»Es ist alles so lange her.« Sie lächelte traurig. »Und jetzt diese Geschichte mit Alfons. Wieso hat Siegfried das getan? Da war so viel Gutes in ihm. Warum hat er sich am Ende seines Lebens dem Dunklen zugewandt?«

»Ich weiß es nicht.«

Maria nickte. »Von den Schulte-Steins ist keiner hier, oder?«

»Helga ist mit ihrem Vater da. Sonst keiner. Aber die beiden haben ja auch nie so richtig zur Familie gehört.«

»Nein, das stimmt.« Maria dachte nach. »Was ist aus Alfons'

Geschwistern geworden? Den anderen Kindern von Schulte-Stein? Ich habe schon ewig nichts mehr von ihnen gehört.«

»Ich weiß das gar nicht.«

»Du hast doch damals auf dem Hof gelebt. Ich dachte …«

»Mutter und ich haben da zwar gewohnt, aber … du weißt ja, wie die Schulte-Steins waren. Es war nicht leicht, mit ihnen auszukommen. Von den meisten habe ich seit Jahren nichts mehr gehört. Fritz lebt in Köln, der hat beim WDR gearbeitet. Und Hanne ist tot, aber das weißt du ja. Doch die anderen? Keine Ahnung, wo die heute sind.«

»Ich hätte gedacht, wenn einer den Kontakt gehalten hat, dann du. Aber natürlich war das naiv. Wir waren ja noch alle Kinder.«

Rosa fragte sich, ob sie sich damals mehr um die Kinder der Schulte-Steins hätte bemühen müssen. Aber wäre das nicht sehr viel verlangt gewesen? Sie und ihre Mutter waren nicht willkommen gewesen auf dem Hof. Rosa erinnerte sich, wie erleichtert ihre Mutter war, als sie endlich nach Düstermühle umziehen konnten.

Maria ging in den Saal, um Renate ihr Beileid auszusprechen, und Rosa wandte sich zur Theke. Heinz' Ältester zapfte gerade ein Bier. Sie bat ihn um ein Wasser, er schenkte ihr ein freundliches Lächeln und reichte es über den Tresen.

Die Erkenntnis traf Rosa wie ein Blitz. Beinahe hätte sie das Wasserglas fallen lassen. Es hatte im Brief ihrer Mutter gestanden. Natürlich. Wie hatte sie das nur übersehen können? Plötzlich wurde ihr klar, wer die Personen auf dem Foto gewesen sein mussten. Es lag alles auf der Hand.

Sechs Kinder, hatte ihre Mutter geschrieben, waren auf dem Hof gewesen, nicht fünf. Das sechste Kind. Rosa konnte sich erinnern. Ganz vage. Da war noch ein Kind gewesen, das im Gesindehaus gelebt hatte.

Sie nahm einen tiefen Schluck, dann stellte sie das Glas ab. Sie wollte nach Hause und den Brief nochmals lesen. In Ruhe über alles nachdenken. Und dann würde sie mit Carl sprechen.

Carl wartete, bis Renate Wüllenhues nicht mehr von Menschen umringt war. Sie sollte die Gelegenheit bekommen, in Ruhe durchzuatmen. Erst danach machte er sich auf den Weg zum Familientisch. Am liebsten hätte er sie heute in Ruhe gelassen und ein andermal mit ihr gesprochen. Aber das ging nicht, es gehörte sich nun mal so. Er würde ihr einfach kurz sein Beileid aussprechen und sich dann wieder zurückziehen.

Bodo stand gerade im Mittelpunkt der Aufmerksamkeit. Um ihn herum die Verwandtschaft, die mit ihm sprach und ihn umarmte. Renate saß etwas abseits am Familientisch. Sie hockte vor einem Stück Streuselkuchen und starrte vor sich hin.

Carl trat auf sie zu. Als sie aufsah, lagen Trauer und Erschöpfung in ihrem Blick. Er lächelte.

»Renate, meine Liebe. Lass dich nicht stören. Ich bin gleich wieder weg. Ich möchte dir nur nochmals sagen, wie leid mir das alles tut. Siegfried war mir ein guter Freund. Er fehlt. Glaub mir, es gibt nur noch wenig Lebende, die ich zu meinen Freunden zähle. Die Lücke wird nicht zu füllen sein.«

Einem Impuls folgend, strich er ihr über den Kopf, so wie er es bei Christa getan hatte, als sie noch ein Kind war.

»Ich komme dich in den nächsten Tagen besuchen«, sagte er. »Vielleicht kann ich dir bei was helfen. Du bist nicht allein. Wir sind alle bei dir.«

Er wollte sich umdrehen und wieder gehen, da sagte Renate: »Setz dich doch, Carl. Bitte, mir zuliebe.«

Er ließ sich auf einen Stuhl sinken und nahm ihre Hand. Eine Weile saßen sie schweigend beisammen, Renate schien gar nicht mehr von ihm zu erwarten. Irgendwann fragte er: »Was war da los, Renate? Weshalb war Siegfried in dieser verfluchten Schmiede?«

»Du weißt das nicht? Ich hätte gedacht … Ach, vergiss es. Ich weiß nicht, weshalb Siegfried da war. Ich weiß überhaupt nichts.«

Carl nickte. »Ich verstehe.«

»Er hat den Mord nicht begangen, Carl. Hätte er es getan,

177

ich hätte dafür Verständnis aufgebracht. Aber er war es nicht. Weißt du, er hatte schon immer seine Geheimnisse, und das war auch nicht weiter schlimm. Aber jetzt ist er tot. Und ich bin wieder einmal ausgeschlossen.«

»War Siegfried denn in der Nacht, in der Alfons getötet wurde, zu Hause? Es liegen über sechs Stunden zwischen dem Mord und dem Zeitpunkt, an dem Siegfried die Schmiede in Brand gesteckt hat. Wo war er da?«

»Sein Bett war benutzt, mehr kann ich nicht sagen. Ich gehe immer sehr früh zu Bett, und Siegfried sieht dann in der Regel noch lange fern. Ich habe einen guten Schlaf, und meist bekomme ich es nicht mit, wenn er ins Bett kommt. An diesem Morgen lag er jedenfalls nicht neben mir, als ich aufgewacht bin. Ich weiß also nicht, was er in der Nacht alles getan hat. Aber sein Bett war benutzt. Für mich sah es einfach so aus, als wäre Siegfried nur ausnahmsweise vor mir aufgestanden.«

Siegfried musste von dem Mord gewusst haben. War er deshalb so früh aufgestanden? Um die Spuren des Täters zu verwischen? Aber warum war er dann nicht schon nachts zur Schmiede gegangen? Warum erst am nächsten Morgen? Alfons' Leiche hätte doch entdeckt werden können. Wieso ging er erst ins Bett, um am frühen Morgen zur Schmiede zu gehen?

Ihre Stimme nahm einen drängenden, verzweifelten Tonfall an. »Carl, warum hat er mir das angetan? Warum macht er so etwas mit mir?«

»Renate, hör mal, du verstehst das falsch …«

»Er hätte doch wissen müssen, was für einen Schmerz er mir zufügt. Wie konnte er das über sich bringen?«

»Lass das, Renate, bitte. Es war ein Unfall. Siegfried konnte nicht ahnen, dass es sein Herz überfordern würde.«

Ihr Gesicht verdunkelte sich. Doch sie schwieg.

»Was immer Siegfried in der Schmiede wollte: Hätte er gewusst, dass er dich in dieser Verfassung zurücklässt, wäre er nicht gegangen. Das weiß ich ganz sicher.«

Sie schüttelte den Kopf. Tränen stiegen ihr in die Augen.

»Ich bin mir ganz sicher«, beharrte er.

Dann verfielen sie wieder in Schweigen. Carl sah sich um. Die Trauergesellschaft schien Renate für einen Moment vergessen zu haben. Keinem war aufgefallen, dass sie sich zurückgezogen hatte. Nur Bodo sah ab und an zu ihnen herüber.

»Wie geht es deiner Mutter im Pflegeheim?«, fragte Carl.

Sie war natürlich nicht hier. Sie lebte schon seit Jahren im Pflegeheim. Carl hatte sich vorgenommen, sie einmal zu besuchen. Aber irgendetwas war immer dazwischengekommen. Sie war der gleiche Jahrgang wie er. Er musste dankbar sein für seine Gesundheit.

»Es geht ihr gut. Soweit man das beurteilen kann.«

»Weiß sie, was passiert ist? Versteht sie, dass Siegfried fort ist?«

»Nein, sie ist … Die Momente, in denen sie klar ist, werden seltener. Manchmal kommt es mir vor, als wäre da ein ganz anderer Mensch. Eine fremde Frau.«

»Nein, Renate, sie ist noch hier. Es ist nur die Krankheit. Tief drinnen ist sie immer noch die Alte. Daran wird sich nie etwas ändern.«

»Ich wünschte, ich könnte das glauben. Sie fehlt mir.«

Carl wollte etwas erwidern, doch in diesem Moment drängten sich Menschen an den Tisch. Renate rückte wieder ins Geschehen. Es waren Cousins und Cousinen, die Renate ihr Beileid aussprechen und sich mit an die Kaffeetafel setzen wollten. Der Kuchen war nun im ganzen Saal serviert, und die Leute nahmen alle Platz. Carl war am falschen Tisch, er gehörte zu den Nachbarn.

»Ich rufe dich an«, sagte er, strich ihr über den Arm, erhob sich mühsam und ging davon.

Die Nachbarn hatten sich bereits an ihren Tisch gesetzt, nur noch wenige Plätze waren frei. Carl lebte schon seit über zehn Jahren nicht mehr auf seinem Kotten, trotzdem war wie selbstverständlich hier für ihn eingedeckt worden. So lange diese Generation noch lebte, waren die Beekes fester Bestandteil der

Gemeinschaft, ganz egal, wo sie nun lebten. Das würde sich erst mit der nächsten Generation ändern. Christa legte keinen Wert auf diese Dinge.

Der Saal war erfüllt von Stimmengewirr, von feuchtwarmen Ausdünstungen und Kaffeedampf. Carl empfand das alles als tröstlich. Auch wenn er sich oft einsam fühlte in seinem Wohnzimmer in Düstermühle, hier wurde ihm deutlich, er war nicht allein. An Tagen wie diesen rückten alle zusammen.

Heinz Moorkamp winkte ihm zu.

»Setz dich zu uns, Carl«, sagte er. »Hier ist noch Platz.«

Seine Frau Inge rückte ein bisschen zur Seite, damit er mit seinem Stock vorbeikam. »Siegfried wäre überrascht, wie viele Leute zu seiner Beerdigung kommen«, sagte sie und deutete auf den überfüllten Saal. »Es ist doch beeindruckend, oder?«

»Wo kommen die nur alle her?«, fragte Carl. »Ich kenne nicht einmal die Hälfte.«

»Er hat wohl eine große Familie. Dann sind da der Schützenverein und der Reiterverein. Da war er ja überall ein engagiertes Mitglied. Und außerdem …«

Inge wurde unterbrochen. Rosa stand plötzlich am Tisch. Sie trug bereits ihren Mantel und sah aus, als wolle sie aufbrechen. Höflich begrüßte sie die Moorkamps, dann sagte sie zu Carl: »Ich möchte mich nur verabschieden. Ich gehe jetzt.«

»Ach was, Rosa«, sagte Inge. »Setz dich zu uns. Wir machen noch ein bisschen Platz, das geht schon. Auch wenn du nicht zu den Nachbarn gehörst.«

»Nein, danke. Ich kannte Siegfried doch kaum. Ich bin müde und möchte nach Hause. Der ganze Rummel, das ist nichts für mich.«

»Soll ich dich ein Stück begleiten?«, fragte Carl.

»Ach was. Nein, bleib du hier. Ich komme alleine zurecht.«

Sie beugte sich vor und senkte ihre Stimme, damit die Moorkamps sie nicht hören konnten. »Lass uns heute Abend telefonieren, Carl. Ich glaube, mir ist etwas eingefallen. Wegen früher.«

»So? Was denn?«

»Ich bin mir nicht sicher. Ich will noch einmal etwas nachsehen. Später weiß ich mehr.«

»Gut. Dann telefonieren wir. Komm gut nach Hause, mien Deernken.«

Sie lächelte zum Abschied, winkte noch mal in die Runde, drehte sich um und ging. Carl bemerkte, wie Heinz Moorkamp ihr skeptisch hinterherblickte.

»Hat Rosa noch was vor?«, fragte er.

»Nein. Sie wollte ohnehin nicht lange bleiben. Ich glaube, sie war hauptsächlich meinetwegen hier.«

Heinz stieß ihm freundschaftlich in die Seite. »Ich hab's ja immer gesagt«, meinte er lachend. »Du machst die Frauen verrückt, Carl. Daran hat sich nichts geändert.«

»Was denkst du nur von mir, Heinz? Sie ist viel zu jung für mich.«

»Hast du etwa Angst, du kommst ins Gefängnis?«

Nun musste auch Carl lachen. Das tat gut an einem solchen Tag.

Es dauerte eine Weile, bis er bemerkte, dass ein Platz am Tisch der Nachbarn unbesetzt geblieben war.

»Wo ist denn Walther Vornholte?«, fragte er.

»Auf dem Friedhof hab ich ihn noch gesehen«, sagte Inge.

»Er ist wohl nach Hause gegangen«, meinte Heinz. »Beerdigungen … Ich glaube, das war alles zu viel für ihn. Er ist noch nicht so weit. Ihr wisst ja: Er macht seine Trauer lieber mit sich alleine aus.«

Carl hätte sich gern mit Walther unterhalten. Nicht nur, um den Toten zu ehren. Da war noch etwas anderes: Auch Walther war gut mit Siegfried befreundet gewesen. Sie kannten sich vom Schützenverein und aus der Nachbarschaft. Carl hatte beim letzten Stammtisch das Gefühl gehabt, Walther wüsste etwas über Siegfrieds Tod. Er nahm sich vor, ihm in den nächsten Tagen einen Besuch abzustatten.

Später machte sich Carl auf den Weg zur Toilette. Er durchquerte den Schankraum, wo all die Menschen untergebracht waren, die weder zur Familie noch zur Nachbarschaft oder zum Schützenverein gehörten. Auch dieser Raum war überfüllt.

Zu seiner Überraschung entdeckte er Bernhard Hambrock im hinteren Teil der Wirtschaft. Er stand mit einem Kollegen da und beobachtete das Geschehen. Dabei sah er jedoch nicht aus, als wäre er mit den Gedanken bei der Sache. Er wirkte eher verloren auf dieser Trauerfeier. Was ja auch kein Wunder war. Eine Beerdigung. In seiner Situation. Warum tat er sich das an? Hätte er nicht am Krankenbett seiner Schwester sein sollen?

Carl beobachtete, wie Hambrocks Kollege sein Mobiltelefon nahm und den Ausgang ansteuerte. Hambrock blieb allein zurück. Er lehnte sich gegen die Wand und überblickte die Menschenmenge.

Carl trat auf ihn zu. »Herr Kommissar, was machen Sie hier?«

Hambrock blickte verständnislos.

»Ich meine: Gab es denn keinen Kollegen, den Sie herschicken konnten?«

Sie wechselten einen Blick. Carl vermied es, ihn offen darauf anzusprechen: Dies war nicht der richtige Ort für ihn. Nicht zu diesem Zeitpunkt. Er sollte bei seiner Schwester sein, die im Sterben lag. Dort wurde er gebraucht. Nicht auf einer Beerdigung, ausgerechnet.

»Wir stecken in unseren Ermittlungen fest«, sagte Hambrock. »Deshalb müssen wir nach jedem Strohhalm greifen.«

Hambrock sagte das in einem sachlichen Ton. Trotzdem hatte Carl das Gefühl, der Kommissar verstand genau, was er mit dieser Frage bezweckte.

»Wenn Sie meine Hilfe brauchen, ich stehe Ihnen jederzeit zur Verfügung. Rufen Sie mich einfach an.«

»Danke«, sagte Hambrock. »Darauf komme ich vielleicht zurück.«

Sie nickten sich zu, und Carl ging weiter in Richtung Waschräume. Er blickte sich um und stellte fest, dass er einer der Ältesten war. Wieder einmal. Zu wie vielen Trauerfeiern würde er wohl noch eingeladen werden, bevor seine eigene anstand?

Diese Frage ließ er sich durch den Kopf gegen, als er mit seinem Stock vorsichtig die Toilettentür aufdrückte.

Hambrock verließ die Gastwirtschaft. Nur raus hier. Eine Windböe riss ihm beinahe die Tür aus der Hand, als er unter das Vordach trat. Es war stürmisch geworden. Die feuchte Luft und der Wind verstärkten das Gefühl der Kälte. Guido Gratczek hatte gerade sein Gespräch beendet. Er wirbelte herum und wäre fast mit Hambrock zusammengestoßen.

»Hoppla, Guido. Pass auf, wo du hinläufst.«

»Sorry. Du hast es aber auch ziemlich eilig, oder?«

Die Tür fiel hinter ihnen ins Schloss. Der Lärm aus der Gastwirtschaft war nur noch gedämpft zu hören.

»Pass auf, Guido. Ich muss los. Ein Notfall in der Familie. Ich kann dich leider nicht zurück nach Münster bringen. Vielleicht fährt dich aber ein Streifenwagen, oder du lässt dich abholen?«

»Kein Problem.« Er blickte Hambrock besorgt an. »Ich hoffe doch, es ist nichts Ernstes?«

»Nein, aber ich muss los. Wir sehen uns morgen früh.«

Hambrock ließ ihn stehen und ging zum Dienstwagen. Sicher ging Gratczek davon aus, dass Hambrock zu seinen Eltern fuhr. Er wusste ja, der Weg dorthin führte nicht über Münster. Hambrock hatte also nicht gelogen. Nur eben verschwiegen, wohin er fahren wollte. Nämlich nicht zu seinen Eltern, sondern zu der Klinik in Münster, in der seine Schwester lag. Er wollte allein sein während der Fahrt, er brauchte Ruhe zum Nachdenken. Der Motor heulte auf, und Hambrock bog auf die Schnellstraße.

Er wollte bei ihr sein. Und bei seinen Eltern. Wer wusste schon, wie viel Zeit ihnen noch blieb. Das war wichtiger als jede Ermittlung. Wenn er sich um die Gelegenheit brachte, von

Birgit Abschied zu nehmen, nur weil er ihren Zustand nicht akzeptierte, würde er sich das niemals verzeihen.

Er fuhr mit hohem Tempo über die Bundesstraße, was bei der nassen Fahrbahn nicht ganz ungefährlich war. Außerdem stand ihnen eine Frostnacht bevor, und keiner wusste, ob sich an ungeschützten Stellen nicht bereits Eis gebildet hatte. Doch je näher er dem Krankenhaus kam, desto unruhiger wurde er. Ihm konnte es gar nicht schnell genug gehen.

An einer roten Ampel erinnerte er sich, dass unter seinem Sitz ein mobiles Blaulicht lag. Die Fackel, wie sie es nannten. Er zog es hervor und stellte es aufs Wagendach. Jetzt hatte er freie Fahrt.

Es dauerte nicht mehr lange, bis er das Klinikgelände erreichte. Er stellte den Wagen vorm Haupteingang ab und lief im Dauerlauf hoch zur Intensivstation.

Im Aufenthaltsraum hockte eine einsame Gestalt. Es war seine Mutter. Sie starrte den Boden an, ihre Schultern hingen herab, sie wirkte müde. Von seinem Vater war nichts zu sehen. Als sie hörte, wie die Glastür geöffnet wurde, blickte sie auf. Sie hatte geweint. Ihre Augen waren rot und verquollen, das Gesicht blass und hoffnungslos. Doch der Ausdruck änderte sich, sobald sie erkannt hatte, wer dort in der Tür stand.

»Bernhard?«, fragte sie ungläubig. »Du?«

Er spürte sein schlechtes Gewissen. Doch das spielte jetzt keine Rolle mehr. Er nickte.

Sie versuchte zu lächeln, doch ihr Lächeln ging in leises Schluchzen über. Trotzdem war ihre Erleichterung spürbar.

»Ich bin hier«, sagte er.

Dann setzte er sich neben sie, nahm sie in den Arm und hielt sie, so fest er konnte.

Rosa saß in ihrem Sessel am Öfchen. Auf dem Schoß lag die Strickarbeit, doch Rosa starrte sie nur tatenlos an. Seit Tagen war sie kaum vorangekommen. Wenn sie bis Weihnachten damit fertig sein wollte, musste sie sich beeilen. Trotzdem. Sie konnte sich nicht konzentrieren. Es gab so viel, worüber sie nachdenken musste.

Der Nordwind rüttelte an ihren Fenstern. Erst der Eisregen und jetzt der Sturm. Das Wetter schlug um, es wurde ungemütlich. Da half auch die Nackenrolle auf der Fensterbank nichts mehr, Rosa spürte den eisigen Luftzug.

Das sechste Kind – das war der Schlüssel zu den Ereignissen der letzten Tage. Sie machte sich Vorwürfe, nicht viel eher daraufgekommen zu sein. Es lag doch alles offensichtlich auf der Hand. Sie war damals dabei gewesen. Sie hatte es mit eigenen Augen gesehen.

Doch Rosa dachte so ungern an die Zeit zurück. Deswegen waren ihr die Zusammenhänge lange nicht klar geworden. Sie war ein verstörtes und ängstliches Mädchen gewesen, als sie im März 1945 auf dem Hof der Schulte-Steins angekommen war. Die Flucht aus dem Osten und die Schrecken, die sie dabei erlebt hatte. Die endlose Reise durch das zerstörte Deutschland, und nirgends hatte es eine Heimat für sie gegeben. Der Hunger, die Kälte und die spürbare Verzweiflung unter den Erwachsenen. Am schlimmsten aber war der Tod von Margot gewesen.

Auf dem Hof der Schulte-Steins hatte Rosa sich wie in einer Blase gefühlt. Als wäre die Zeit stehen geblieben. Das alte Leben war vorüber. Margot war fort. Und keiner wusste, wann ein neues Leben beginnen würde. Oder ob es überhaupt eine Zukunft gab, die lebenswert war.

Da hatte sie keine Augen für das gehabt, was auf dem Hof geschah. Sie hatte sich innerlich zusammengerollt und auf das gewartet, was kommen würde. Natürlich waren da vor ihrer Nase Dinge passiert, die Auswirkungen bis auf den heutigen Tag hatten. Das kleine Kind, das sie gesehen hatte, zum Beispiel, das sechste Kind. Aber damals war es ihr nicht wichtig vorgekommen. Sie hatte an der Stallwand gesessen und die warme Märzsonne auf ihrem Gesicht gespürt. Wenn sie an die Zeit auf dem Hof zurückdachte, war dies der Moment, an den sie sich zuallererst erinnerte. Der Rest war wie im Nebel.

Rosa sah zur Uhr. Bestimmt war Carl inzwischen zu Hause. Sie legte die Strickarbeit aus der Hand und ging zum Telefon. Doch Beekes Anschluss war besetzt. Sie wanderte im Zimmer herum, lauschte auf das Heulen des Windes und versuchte es schließlich noch einmal. Wieder besetzt. Wahrscheinlich telefonierte Christa mit irgendwelchen Firmen. Da wurde ja bis tief in die Nacht gearbeitet. Rosa wollte es morgen früh versuchen.

Sie kehrte zurück zu ihrem Sessel. Da ließ ein Geräusch sie aufhorchen. Ein Poltern oder Rütteln. Das war nicht der Wind, sondern etwas anderes. Sie lauschte. Doch es war wieder fort. Zögerlich setzte sie sich. Dann erklang plötzlich ein lautes Klirren auf ihrer Terrasse. Sie sprang auf. Eine Dachpfanne musste sich gelöst haben. Das hätte Rosa sich denken können. Der Dachstuhl war marode, kein Wunder, dass so etwas passierte. Der Wind böte auf und pfiff in den Fugen.

Rosa ging zur Terrassentür und schaltete die Außenbeleuchtung ein. Im grellen Licht erkannte sie: Die Scherben vor dem Haus gehörten zu keiner Dachpfanne. Vor ihr lag einer ihrer Gartenzwerge, zersplittert. Wie war das möglich? Im Winter standen die Gartenzwerge doch im Gerätehäuschen. Sie sah in den dunklen Garten hinaus. Und tatsächlich, die Tür zum Schuppen stand offen.

Die Nachbarsjungen. Sie erlaubten sich wieder einmal einen Spaß. Aber diesmal ging es zu weit. Denen würde sie die Leviten lesen.

Rosa legte den Griff um und zog die Tür zur Seite. Ein eiskalter Wind erfasste sie. Doch sie achtete nicht darauf.

»Ihr Lausebengel!«, rief sie in die Nacht hinaus. »Wo seid ihr? Zeigt euch! Na, ihr könnt was erleben!«

Die Trauerfeier war zu Ende. Es wurde aufgeräumt. Moorkamps Kinder räumten das Geschirr von den Tischen und zogen die Tischdecken herunter. Die letzten Gäste nahmen im Schankraum die Mäntel vom Haken und steuerten den Ausgang an. In der Küche ging ein Teller zu Bruch.

Es war vorüber. Renate spürte in erster Linie Erleichterung. Sie hatte den Tag überstanden, darauf kam es an.

»Renate, soll ich dich nach Hause bringen?« Inge Moorkamp stand hinter ihr, hielt Renates Mantel in der Hand und lächelte. Wieder sah sie aus, als gäbe es nichts auf der Welt, das sie erschüttern könnte. Renate hätte sie gerne mitgenommen, nur um dieses Lächeln bei sich zu Hause zu haben.

»Ich habe noch ein Suppenhuhn in der Gefriertruhe«, fuhr Inge fort. »Wenn du möchtest, koche ich dir eine Hühnersuppe. Nach so einem Tag wird das genau das Richtige sein.«

Renate blickte sich um. »Wo ist Bodo?«

»Ach so, ich dachte, er wäre schon los. Na, dann muss er noch irgendwo sein«, sagte Inge. »Vielleicht bringt er ein paar Gäste zum Parkplatz. Oder er ist …« Sie wandte sich an ihre Kinder, die stumm und routiniert aufräumten. »Habt ihr Bodo gesehen?«

»Nein. Ist er denn nicht nach Hause gefahren?«

Renate war verwirrt, doch Inge lächelte wieder.

»Wir werden ihn schon finden«, sagte sie.

War Bodo etwa losgefahren, ohne sich von ihr zu verabschieden? Renate wollte das nicht glauben.

Sie nahm den Mantel und zog ihn über. Inge brachte sie zum Ausgang.

In dem Moment flog die Tür auf, und Bodo trat ein. Er überblickte den Schankraum.

»Sind schon alle weg?«, fragte er.

»Wo warst du denn, Junge?«

»Ich …« Es schien ihm etwas peinlich zu sein. »Ich brauchte einfach kurz meine Ruhe. Die vielen Leute, du weißt schon. Ich war hinten an der Kegelbahn und habe geraucht. Hast du mich vermisst?«

»Nein, nein. Ich … Können wir jetzt nach Hause fahren?«

»Natürlich, Mutter. Komm, ich bring dich zum Wagen.«

Sie verabschiedete sich von Inge Moorkamp, die ihr versprach, sie bald besuchen zu kommen, und folgte Bodo zum Parkplatz.

Der Nordwind hatte ein klein wenig nachgelassen. Vielleicht war das ja ein gutes Zeichen. Sie holte tief Luft. Dann stutzte sie.

»Was ist los, Mutter? Jetzt komm schon.«

Bodo stand hinter ihr und hielt die Wagentür auf. Doch Renate hörte nicht auf ihn. Da war etwas in der Luft. Sie schnupperte. Es roch nach Feuer.

Renate trat an den Rand des Parkplatzes und sah zum Ort hinüber. Tatsächlich. Dort waren Flammen zu sehen.

»Bodo! Ruf die Feuerwehr, Bodo! Es brennt.«

Sie kniff die Augen zusammen. Es gab keinen Zweifel.

»Mein Gott! Es brennt bei Rosa Deutschmann!«

14

Über Nacht hatte es geschneit. Wiesen und Felder waren von einer weißen Schneeschicht überzogen. Die Baumwipfel leuchteten hell unter dem grauen Himmel. Bei Temperaturen knapp über dem Gefrierpunkt würde sich der Schnee allerdings nicht lange halten. Die Straßen waren schon frei und voller Pfützen. Trotzdem bildeten sich überall lange Autoschlangen, und in jeder Ortschaft waren die Straßen völlig verstopft. Wusste der Himmel, woran das lag, aber es war in jedem Jahr das Gleiche, wenn der Winter einbrach.

Hambrock störte sich allerdings nicht daran. Er hatte es nicht eilig. Im Gegenteil. Er ließ sich treiben. Die Lüftung surrte, die Autoheizung lief auf Hochtouren, und leise Jazzmusik erfüllte den Wagenraum. Es war, als befände er sich in einer Kapsel. Das schmuddelig kalte Wetter vor der Windschutzscheibe bekam beinahe etwas Unwirkliches.

Hinter den Feldern tauchte der Kirchturm von Düstermühle auf. Er hatte erst am Morgen erfahren, was passiert war. In der Klinik hatte er sein Handy ausgeschaltet, trotz Bereitschaft und laufender Ermittlung. Ihm würde schon eine Ausrede einfallen. Der Akku wäre leer oder das Handy kaputt, irgendwas.

Es war richtig gewesen, in der Klinik zu bleiben. Zwar hatte er Birgit erst am Morgen zu Gesicht bekommen, und auch nur für ein paar Minuten, weil die Schwester meinte, sie bräuchte Ruhe und könnte bloß kurz Besuch empfangen. Aber dafür hatte er mit seiner Mutter gesprochen. Sie hatten die Nacht im Aufenthaltsraum verbracht, zwischendrin ein paar Stunden in unbequemer Haltung geschlafen und dann wieder miteinander geredet. Meist ging es darum, sich gegenseitig zu versichern, dass Birgit durchkommen würde. Sie würde es schon schaffen, sie war eine Kämpferin. Natürlich glaubten beide kaum noch daran, dafür war Birgits Zustand zu kritisch. Doch sich gegenseitig Hoffnung zuzusprechen machte es leichter, das Unausweichliche anzunehmen.

Hambrock fühlte sich müde und erschöpft, und sein Nacken war von der unnatürlichen Schlafhaltung verspannt. Trotzdem. Da war eine sonderbare Ruhe, die ihn erfasst hatte. Er spürte seine Trauer. Einen Moment hatte er überlegt, sich einfach krankzumelden. Doch seine Mutter versprach, ihn sofort anzurufen, sollte sich Birgits Zustand ändern.

Also hatte er sich entschlossen, doch ins Präsidium zu fahren. Wo in seiner kurzen Abwesenheit eine Bombe eingeschlagen hatte: Es gab ein weiteres Mordopfer.

Düstermühle war an diesem Morgen wie ausgestorben. Hambrock bog in eine kleine Straße mit Einfamilienhäusern. Vor einem Haus am Ende der Straße standen ein Streifenwagen und zwei Zivilfahrzeuge der Kreispolizei. Er hatte sein Ziel erreicht.

Beim Aussteigen erfasste ihn ein eiskalter Wind. Eilig zog er den Mantel von der Rückbank, schlüpfte hinein und marschierte auf den Uniformierten zu, der neben seinem Streifenwagen stand. Der schickte ihn weiter zu einem Pfad, der um das Haus herumführte. Hier lag der Brandgeruch noch deutlich in der Luft. Der Garten rückte in sein Blickfeld. Und da war sie, die Ruine des Geräteschuppens. Trotz des starken Regens gestern war nicht viel von dem Gebäude übrig geblieben. Ein halb verschmortes Teerdach und angekohlte Stützbalken waren zu erkennen, das war alles. In dem Häuschen wurden hauptsächlich Gartengeräte gelagert, hatte es geheißen. Geräte, Werkzeug und Gartenmöbel. Hambrock glaubte einen verkohlten Rasenmäher in der Ruine auszumachen.

Zwei Mitarbeiter von der Brandsicherung bewegten sich in den Trümmern. Sie trugen Schutzkleidung und Masken und stöberten in den Überresten des Schuppens herum. Als sie

Hambrock entdeckten, traten sie hinter das Absperrband und schoben die Masken aus dem Gesicht. Es waren zwei Frauen.

»Guten Morgen«, rief er. »Mein Name ist Bernhard Hambrock. Ich bin von der Kripo Münster.«

Sie traten näher, um ihn zu begrüßen.

»Sie wurden uns schon angekündigt«, sagte die eine.

»Sehen Sie sich in Ruhe um. Wir sind so gut wie fertig hier.«

Hambrock dankte ihnen. Das meiste hatte sich bereits in der vergangenen Nacht abgespielt. Da sie Hambrock nicht erreicht hatten, waren Gratczek und Keller ohne ihn zum Ereignisort gefahren. Spurenleute, Rechtsmedizin, die Kollegen der Kreispolizeibehörde, alle waren längst wieder fort. Nur die Brandsicherung war geblieben, um den Tatort bei Tageslicht genauer in Augenschein zu nehmen.

Die beiden Frauen schoben den Schnee von einer Gartenbank, legten ein Stück Folie darüber und setzten sich. Eine zog eine Zigarettenschachtel hervor und bot der anderen eine an. Offenbar nutzten sie die Unterbrechung für eine Pause. Hambrock wurde ebenfalls eine Zigarette angeboten, doch er lehnte dankend ab.

»Wann ist das Feuer ausgebrochen?«, fragte er.

»Gestern Abend, so gegen halb acht.«

»Und? Können Sie schon was zur Brandursache sagen?«

»Mit ziemlicher Sicherheit Brandstiftung. Alles deutet darauf hin. Es wurde Brandbeschleuniger benutzt. Die ganze Hütte war darin getränkt.«

Das war bereits seine Annahme gewesen. Er überblickte nochmals die Ruine. Was für ein trostloses Bild.

»Und die Leiche?«, fragte er.

»Sie lag im Schuppen. Mittendrin.«

»War es Rosa Deutschmann?«

»Wir wissen nur, dass es hier eine Leichensache gegeben hat. Mehr können wir auch nicht sagen.«

Nein, natürlich nicht. Er musste mit den Kollegen sprechen. Aber um wen sollte es sich sonst handeln, wenn nicht um Rosa

Deutschmann? Er spürte den mangelnden Schlaf. Eine Zigarette, dachte er. Wie leicht wäre es, die Frauen einfach darum zu bitten.

Er tat es nicht. Stattdessen wandte er sich ab, trat auf die Terrasse und zog sein Handy hervor. Er versuchte es im Präsidium, doch da ging keiner an den Apparat. Also wählte er die Nummer von Dr. Hannah Brüggen. Während er dem Freizeichen lauschte, blickte er sich um. Scherben aus Terrakotta lagen herum. Wie es aussah, war das mal ein Gartenzwerg gewesen. Sie waren mit dem schwarzen Pulver der Spurensicherung überzogen, genau wie die Terrassentür und die Gartenmöbel.

Von der Dachrinne tropfte geschmolzener Schnee. Eine kleine Lawine ging herunter und landete auf dem Blumenbeet. Nicht mehr lange, dann würde der Schnee verschwunden sein.

»Ja, bitte? Brüggen.«

»Ich bin's. Bernhard Hambrock.«

»Guten Morgen, Herr Hambrock. Schön, Sie zu hören.«

Diese Stimme. Sie raubte ihm wieder mal den Atem. Wenn er bedachte, dass diese Frau genauso umwerfend aussah, wie ihre Stimme war … Doch er wusste ja, wo sie sich gerade befand. An einem Seziertisch, der in kaltes Neonlicht getaucht war. Sie hatte wahrscheinlich gerade das Messer aus der Hand gelegt und den Mundschutz hochgeschoben, um seinen Anruf entgegenzunehmen. Er wollte sich lieber nicht vorstellen, was da vor ihr auf dem Tisch lag.

»Ich bin gerade am Tatort in Düstermühle«, sagte er. »Gestern Nacht war ich leider nicht erreichbar.«

»Ja, davon habe ich schon gehört. Ein Kollege von mir war da.«

»Haben Sie die Leiche schon auf dem Tisch? Oder muss ich mich an diesen Kollegen wenden?«

»Nein, ich nehme die Obduktion vor. Allerdings dauert das noch. Im Moment kann ich nicht viel sagen.«

»Handelt es sich bei der Leiche um Rosa Deutschmann?«

»Das weiß ich auch noch nicht. Die Leiche weist schwerste

Verbrennungen auf. Aber sie ist weiblich. Und ich habe das Zahnschema angefordert, um sie zu identifizieren.«

Hambrock schwieg. Natürlich war das Rosa Deutschmann, dachte er wieder. Wer sollte es denn sonst sein?

Leichter Nieselregen setzte ein. Was für ein trostloser Morgen. Ein weiterer sinnloser Tod.

»Kannten Sie die Frau?«, fragte Frau Dr. Brüggen.

»Nein. Nur vom Sehen.«

»Wie es aussieht, hat sie nicht gelitten.«

Er stutzte. War ihm seine Betroffenheit so deutlich anzumerken?

»Soweit ich das bei äußerer Betrachtung überhaupt feststellen kann, würde ich sagen, die Todesursache ist Schädelbruch. Wir haben am Hinterkopf einen ausgeprägten Lochbruch, der von einem Schlagwerkzeug stammen könnte. Natürlich kann die Schädelkapsel auch hitzebedingt Brüche aufweisen, in diesem Fall glaube ich das aber nicht. Wenn Sie mich nach einer vorläufigen und inoffiziellen Einschätzung fragen, würde ich sagen, die Frau ist mit einem Hammer oder etwas Ähnlichem erschlagen worden. Sie war bereits tot, als man sie in den Geräteschuppen gebracht hat. Sie ist nicht im Feuer umgekommen.«

Hambrock lächelte. Sie versuchte ihn zu trösten. »Danke, Frau Dr. Brüggen. Sie haben mir sehr geholfen.«

»Rufen Sie heute Nachmittag wieder an. Dann weiß ich mehr.«

Er steckte sein Handy wieder ein und reckte sich. Vielleicht hätte er sich doch krankmelden sollen. Müde blickte er zu den Frauen der Brandsicherung hinüber. Sie hatten ihn offenbar beobachtet, denn nun kicherten sie und winkten ihn zu sich heran.

»Wie wär's mit einem Kaffee, Herr Kommissar?«, rief die eine und hielt eine Thermoskanne hoch.

»Sie sehen aus, als könnten Sie einen gebrauchen«, meinte die andere und deutete auf den freien Platz neben sich.

Er betrachtete die beiden gut gelaunten Frauen. Dann lächelte er. Da konnte er natürlich nicht Nein sagen.

Carl saß in seinem Sessel am Panoramafenster. Alles war still. Draußen die Schneelandschaft. Die Düster floss ruhig in ihrem Bett, graue Wolken hingen tief über dem Land, und leichter Nieselregen setzte ein. Er schloss für einen Moment die Augen und genoss die Ruhe.

Niemand störte ihn. Die Kinder waren in der Schule und Christa bereits bei einem Kunden. Er war froh, an diesem Vormittag allein zu sein. Der Tag gestern war anstrengend gewesen. Er hatte ihn traurig gemacht. Da tat es gut, sich auszuruhen.

Er nahm sich vor, Rosa gleich anzurufen. Das durfte er nicht vergessen. Christa hatte gestern Abend ständig telefoniert, und als sie endlich damit aufgehört hatte, war es zu spät gewesen, um sich bei Rosa zu melden. Christa hatte zwar schon mehrmals angeboten, ihm einen eigenen Anschluss ins Wohnzimmer zu legen. Aber er wollte das nicht. Früher auf dem Kotten hatte ein Anschluss gereicht, und da waren sie eine viel größere Familie gewesen. Und überhaupt, wer rief ihn schon an? Es gab nicht viele Menschen, mit denen er telefonierte.

Er blickte sich um. Das Schnurlostelefon lag nicht in seiner Station. Es musste in der Küche sein, wo Christa am Morgen, während sie ihren Kaffee kochte, schon Probleme mit Kunden erörtert hatte. Er erhob sich mühsam, nahm seinen Stock und ging hinüber zur Küche. Doch auch dort war das Telefon nicht zu sehen.

Sein Blick fiel durchs Fenster auf die Straße. Ein Auto fuhr die Auffahrt herauf und hielt vor der Garage. Ein Mann stieg aus, Bernhard Hambrock. Er sah schlecht aus. Blass, übermüdet und niedergeschlagen. Er betrachtete das Haus, als müsse er Kraft sammeln, bevor er sich näherte. Dann gab er sich einen Ruck, ging zur Tür und läutete.

Carl öffnete. »Herr Hambrock, was verschafft mir die Ehre?«

»Ich muss mit Ihnen reden, Herr Beeke. Darf ich reinkommen?«

»Natürlich.«

Carl trat zur Seite. Nun machte er sich Sorgen. Er führte Hambrock ins Wohnzimmer. Heute hielt sich der Kommissar nicht mit der Aussicht auf, sondern setzte sich sofort auf die Couch, faltete die Hände und sah ernst zu ihm herauf.

»Wollen Sie sich nicht setzen?«, fragte er.

»Nun sagen Sie schon. Ist was mit Christa?«

»Nein. Aber es hat in Düstermühle gestern wieder ein Feuer gegeben. Und jemand ist zu Tode gekommen.«

»Ein Feuer? Wer ist es? Sagen Sie es endlich.«

»Rosa Deutschmann.«

Carls Beine gaben nach. Der Stock rutschte aus seiner Hand. Hambrock war augenblicklich neben ihm. Er stützte ihn und half ihm in den Sessel. In seinen Augen konnte Carl die Trauer sehen. Das Bedauern. Das durfte doch alles nicht wahr sein.

»Jemand hat sie erschlagen«, sagte Hambrock. »Und sie danach in ihren Geräteschuppen gelegt. Dort hat er das Feuer gelegt. Es tut mir leid, Herr Beeke. Ich … Wie es aussieht, hat Rosa nicht gelitten. Sie war sofort tot.«

Nicht Rosa. Carl sah hinaus auf die Landschaft. Schneeflocken mischten sich in den Nieselregen. Ein Spatz hockte mit aufgeplustertem Gefieder starr auf einem Ast. Nicht Rosa.

»Mir war es wichtig, Sie als Ersten zu informieren. Sie sollten nicht …« Hambrock brach ab.

Schweigen legte sich über den Raum.

»Wann haben Sie Frau Deutschmann zuletzt gesehen? Ich muss Sie das jetzt fragen.«

Carl versuchte sich zu konzentrieren. Mien Deernken.

»Gestern bei der Beerdigung. Da haben wir von Siegfried Abschied genommen.«

»Haben Sie eine Ahnung, wer hinter der Tat stehen könnte? Wer wollte Frau Deutschmann töten? Und warum?«

Carl schüttelte den Kopf. Was passierte hier nur? Er verstand das alles gar nicht.

»Wer muss noch alles sterben?«, fragte er. »Wann wird das aufhören? Dieser ganze Irrsinn. Was hat Rosa damit zu tun?«

»Hatte Frau Deutschmann Feinde?«

»Nein … nein. Ich weiß nicht, warum diese Dinge geschehen. Ich weiß nicht, wer hier sein Unwesen treibt.«

»Ist Ihnen gestern etwas an ihr aufgefallen? War sie nervös oder ängstlich?«

»Es war alles wie immer. Wir waren traurig, natürlich. Wir haben Siegfried zu Grabe getragen.«

Der Kommissar stellte weitere Fragen, aber Carl war völlig abwesend. Schließlich sagte Hambrock: »Ich komme ein andermal wieder. Vielleicht fällt Ihnen noch etwas ein. Soll ich jemandem Bescheid geben, dass er herkommen soll? Ihrer Tochter vielleicht?«

»Nein. Es geht mir gut.« Carl nahm sich zusammen. »Danke, dass Sie hergekommen sind. Ich möchte jetzt allein sein.«

»Natürlich.« Hambrock erhob sich. Er legte seine Karte auf den Tisch. »Sie können mich jederzeit anrufen, Herr Beeke. Ich … Wer immer das war, ich verspreche Ihnen, ich werde ihn zur Strecke bringen.«

Carl konnte erkennen, dass der Kommissar es ernst meinte. Seinetwegen.

»Ich danke Ihnen, Herr Hambrock.«

Er brachte ihn zur Tür und kehrte danach ins Wohnzimmer zurück. Er war wieder allein.

Rosa. Sie hatte das nicht verdient. So viele Entbehrungen. Immer war sie für andere da gewesen. Sie hätte noch ein paar glückliche Jahre verdient, mehr als manch anderer. Miene lütte Deern.

Er wandte sich der Landschaft vor seinem Fenster zu. Dann passierte etwas, womit er nicht gerechnet hatte. Er begann zu weinen.

Nachdem Antonius den Hörer aufgelegt hatte, starrte er unbewegt in den Schneeregen hinaus. Erst als er Helgas Rollstuhl hinter sich hörte, wandte er sich um.

»Wer war das, Vater?«, fragte sie.

»Niemand. Da hat sich einer verwählt.«

Doch so leicht ließ sie sich nicht in die Irre führen.

»Du siehst aus, als hättest du ein Gespenst gesehen. Ist etwas passiert?«

Er antwortete nicht, und sie rollte näher heran.

»Vater! Was ist geschehen? Hat es wieder auf dem Anwesen gebrannt? Ist einer verletzt worden?«

»Nein. Bei Schulte-Steins ist alles in Ordnung. Da hat sich nur einer verwählt.«

»Erzähl mir doch nichts. Ich kann doch sehen, dass du mich anlügst. Bitte, Vater. Du kannst mich nicht immer vor allem beschützen.«

Seine Stimme wurde laut. »Da war aber nichts.«

Er musste fort. In Ruhe nachdenken. Eilig schnappte er sich den Autoschlüssel und ging zur Tür.

»Ich fahre in den Landhandel. Mir fehlen Einsätze für die Stichsäge. In einer halben Stunde bin ich zurück.«

»Vater! Warte!«

Doch da war er schon in der Waschküche und verließ das Haus durch die Hintertür. Er lief zum Wagen und fuhr mit quietschenden Reifen vom Hof. Erst ein paar Kilometer hinter Düstermühle drosselte er das Tempo. Er hatte gar nicht vor, zum Landhandel zu fahren. Stattdessen bog er auf einen Feldweg und parkte den Wagen am Rande eines kleinen Waldstücks. Vor ihm erstreckten sich Wiesen und Felder. Weit und breit keine Menschenseele. Schneeflocken wirbelten durch die Luft.

Er spürte seinen Herzschlag. Rosa Deutschmann war tot. Erschlagen und in ihrem Gartenhäuschen verbrannt. Wie konnte das passieren? Wo steuerte das alles hin? Sie hatten die Kontrolle verloren, das war klar. Was lag nur hinter diesem Tor, das sie unbedacht aufgestoßen hatten?

197

Er musste handeln. Dafür sorgen, dass es ein Ende nahm. Doch wie? Was konnte er schon tun? Verzweiflung nagte an ihm. Und Schuld.

15

Am Freitagmittag herrschte im Besprechungsraum gedrückte Stimmung. Ein weiterer Todesfall in Düstermühle. Das Opfer war zudem eine Rentnerin, die allseits als freundlich und hilfsbereit beschrieben wurde. Sie hatte keine Feinde gehabt, und alle zeigten sich tief betroffen über ihren Tod.

Die Tat machte den Ermittlern klar, wie wenig sie bislang erreicht hatten. Sie stocherten im Nebel, und keiner wusste, ob der Täter noch weitere Opfer im Visier hatte.

»Wie's aussieht, fällt auch dieses Wochenende aus«, sagte Hambrock. »Ich hoffe, ihr habt euch für morgen und Sonntag nichts vorgenommen.«

Kellers Gesichtszüge verrieten, dass er durchaus Pläne gehabt hatte. Hambrock glaubte schon, sein Mitarbeiter wolle sich beschweren, aber dann machte Keller lediglich eine wegwerfende Handbewegung und starrte zu Boden. Ob er an diesem Wochenende wohl die Kinder hatte? Hambrock wusste nichts über die Sorgerechtsregelungen, die er mit seiner Exfrau vereinbart hatte. Er sollte Keller einmal danach fragen, um bei der Planung künftig Rücksicht nehmen zu können.

»Der Täter hat wieder zugeschlagen«, fuhr Hambrock fort. »Das heißt, wir haben neue Spuren und neue Hinweise. Vielleicht ist der Fall ja schneller gelöst, als wir glauben. Sehen wir uns das Ganze erst einmal in Ruhe an, noch ist das Wochenende nicht gelaufen.«

Doch für Keller schien das kein Trost zu sein. Seine Mundwinkel wanderten immer weiter nach unten.

Dabei war Hambrock in einer ganz ähnlichen Situation. Er wollte so schnell wie möglich zurück ins Krankenhaus. Eigentlich hatte er geplant, das ganze Wochenende dort zu verbringen. Doch angesichts des neuen Mordfalls hatte er sich dann doch überlegt, noch mal für ein paar Stunden ins Büro zu gehen.

Außerdem war da noch das Versprechen, das er Carl Beeke gegeben hatte. Dass er Rosas Mörder zur Strecke bringen werde. Das lastete nun schwer auf seinen Schultern. Warum hatte er das gesagt? Er hätte wissen müssen, dass er das vielleicht nicht einlösen konnte.

Hambrock wandte sich der Runde im Besprechungsraum zu. Die Kollegen saßen mit ernsten Gesichtern da und warteten.

»Also gut. Was haben wir bislang?« Er nickte Möller zu, der für die Spurensicherung zuständig war.

»Abdrücke im Beet vor der Terrasse lassen darauf schließen, dass das Opfer dort niedergeschlagen wurde«, sagte der. »Von dort aus weisen Schleifspuren zum Gartenhäuschen. Sie hat auch einen Schuh verloren. Wahrscheinlich war sie zumindest bewusstlos, als der Täter sie in den Schuppen gezogen hat, wenn nicht schon tot.«

»Und was ist mit der Tatwaffe?«

»Am Tatort haben wir nichts gefunden, was als Tatwaffe infrage käme. Da gibt es nur das verkohlte Werkzeug aus dem Schuppen. Das sehen wir uns noch näher an, aber im Moment muss ich passen.«

Hambrock erinnerte sich an das schwarze Pulver an der Terrassentür und an den Tonscherben. »Was ist mit Fingerspuren?«

»Kann ich auch noch nicht viel zu sagen. Draußen haben wir nichts gefunden, weder auf der Terrasse noch im Garten. Sieht aus, als hätte der Täter Handschuhe getragen. Drinnen sind natürlich eine Menge Fingerspuren. Aber die müssen wir uns erst mal näher ansehen. Leider können wir vom Opfer keine Vergleichsabdrücke mehr nehmen, das macht es ein bisschen komplizierter.«

»War der Täter überhaupt im Haus?«

»Schwer zu sagen. Fußspuren gibt es nicht, obwohl es im

Garten feucht war und seine Schuhsohlen entsprechende Spuren hinterlassen hätten. Aber das muss natürlich nichts heißen, dafür kann es auch andere Gründe geben. Im Moment wissen wir noch nicht, ob er im Haus war.«

»Mit anderen Worten: Wir haben gar nichts?«

»Na ja, es gibt einen Sohlenabdruck im Blumenbeet, mit dem wir vielleicht etwas machen können. Wie es aussieht, hat der Täter Schnürstiefel getragen. Größe vierundvierzig.«

»Größe vierundvierzig«, wiederholte Hambrock. »Nicht gerade unüblich.«

»Nein, das wohl nicht.«

Und so ging das weiter. Nichts, was Christian Möller präsentierte, konnte die Geschehnisse nennenswert erhellen. Viele potenziell verwertbare Spuren, doch nichts deutete mit Sicherheit auf den Täter.

Schließlich stieß Hambrock einen schweren Seufzer aus.

»Sehen wir uns das Ganze noch mal von außen an. Erst war da der Tod von Alfons Schulte-Stein in seiner Schmiede mit dem vermeintlichen Täter Siegfried Wüllenhues. Dann wurde klar, Wüllenhues hat den Mord nicht begangen, und als Nächstes brennt ein alter Schuppen auf dem Anwesen der Schulte-Steins. Kurz darauf wird bei Rosa Deutschmann eingebrochen, doch geklaut wird nur ein altes Fotoalbum von der Familie Schulte-Stein. Ein paar Tage passiert nichts, dann wird Rosa Deutschmann ermordet. Es hängt alles zusammen. Und wenn ihr mich fragt, ist der Schlüssel das Fotoalbum, das Rosa besessen hatte. Das mit den Bildern aus den Vierzigern. Bilder aus einer Zeit, als Alfons und Rosa noch Kinder waren.«

»Du meinst, alles geht zurück in die Vierzigerjahre?«, fragte Gratczek und machte ein skeptisches Gesicht.

»Das ist nur eine Option. Aber lasst uns doch mal darüber nachdenken.«

»Das ist jetzt siebzig Jahre her. Wer lebt denn noch von damals? Nur die, die zu der Zeit kleine Kinder waren. Alle Erwachsenen sind lange tot.«

»Bis auf Carl Beeke«, wandte Keller ein.

»Und den können wir wohl ausschließen«, meinte Gratczek. »Der hat kein Motiv, seine Tochter hat ihm ein Alibi gegeben, und körperlich wäre er gar nicht in der Lage, die Morde zu begehen.«

Keller schüttelte den Kopf. »Was hätte Alfons damals tun können, das einen Mord rechtfertigt? Wie alt war er zu dieser Zeit? Fünf oder sechs Jahre, wenn ich mich nicht irre.«

»Wir brauchen das Fotoalbum«, sagte Hambrock. »Dann haben wir auch die Antwort.«

»Wenn wir das Fotoalbum haben, dann haben wir wohl auch den Täter. Wie willst du darankommen? Überhaupt frage ich mich, weshalb der Täter das Album zunächst stiehlt, um später dann noch mal zurückzukommen und Rosa zu ermorden.«

»Vielleicht ist ihm da erst klar geworden, dass Rosa eine Gefahr darstellt«, sagte Hambrock. »Er hat begriffen: Sie weiß etwas, das ihn bedroht.«

»Rosa wusste also etwas«, meinte Keller. »Und zwar darüber, was auf dem Hof von Schulte-Stein passiert ist. Damals in den letzten Kriegstagen.«

»Das ist zumindest eine Möglichkeit.« Hambrock stand auf. »Stellt eine Liste zusammen mit allen Leuten, die zu der Zeit auf dem Hof gelebt haben. Wann wurden diese Fotos geschossen? Irgendwann zwischen 1936 und 1944. Ich möchte jeden Bewohner aus dieser Zeit haben. Vielleicht gibt es ja doch noch einen, der heute lebt.«

»Wer kommt da alles infrage?«, hakte Gratczek nach. »Erst einmal natürlich die Familie Schulte-Stein. Aber wer noch?«

»Es waren Mägde und Knechte auf dem Hof«, sagte Keller.

»Das wird schwierig werden«, meinte Hambrock. »Soweit ich weiß, wurden damals keine Verträge gemacht. Das ging alles per Handschlag. Wir müssen uns durchfragen.«

»Und was ist mit Kriegsgefangenen?«, warf Möller ein.

»Richtig, die gab es auch. Aber da finden sich bestimmt

heute noch Unterlagen. Am besten fragen wir im Kreiswehr-ersatzamt nach.«

»Außerdem waren Flüchtlinge auf dem Hof. Später, gegen Kriegsende. Rosa Deutschmann und ihre Mutter waren bestimmt nicht die Einzigen.«

»Auch das wird irgendwo dokumentiert sein.«

Keller blickte auf die Uhr. »Nur heute erreichen wir keinen mehr. Freitagnachmittag. Vor Montag wird das wohl nichts.«

Er hatte recht. Sie würden vorerst darauf angewiesen sein, sich in Düstermühle durchzufragen. So lange wenigstens, bis das Wochenende vorüber war.

»Wir müssen an den Stammtisch ran«, meinte Gratczek. »Die Nachbarn von Wüllenhues. Die wissen was, die ganze Bagage, davon bin ich überzeugt.«

Hambrock nickte. »Was ist mit Walther Vornholte? Wir wollten ihn in die Mangel nehmen. Er ist das schwächste Glied in der Kette. Nach dem Mord an Rosa Deutschmann könnte es unter Umständen noch einfacher sein, an ihn ranzukommen.«

»Ach so.« Keller setzte ein verlegenes Grinsen auf. »Das hätte ich fast vergessen. Ich sollte doch die Geschwister von Alfons aufspüren. Die Kriegswaisen, die damals von Schulte-Stein adoptiert wurden.«

»Und?«

»Die meisten leben nicht mehr. Alfons, Hanne, Magda und Fritz sind tot. Nur Friedhelm lebt noch, aber der wohnt in Neuseeland und ist seit vielen Jahren nicht mehr in Deutschland gewesen. Aber das Interessante ist auch gar nicht, wer von ihnen noch lebt, sondern wer damals in Düstermühle geblieben ist.«

»Ich verstehe nicht.«

»Alfons hat den Hof übernommen. Alle anderen sind fortgezogen, so weit, wie es nur ging. Alle bis auf eine: Hanne Schulte-Stein. Sie ist hiergeblieben. Sie hat in Düstermühle geheiratet.« Keller lächelte. »Dreimal dürft ihr raten.«

»Walther Vornholte?«, fragte Hambrock.

»Genau. Walther Vornholte. Hanne Vornholte ist seine verstorbene Frau. Sie war eine von Schulte-Steins adoptierten Kriegswaisen.«

Renate Wüllenhues saß in ihrer stillen Küche und starrte gegen die Wand. Vor einer Stunde hatte sie es im Radio gehört. Ein weiterer Todesfall in Düstermühle. Ein Geräteschuppen hatte offenbar gebrannt, und eine Frau war darin umgekommen. Der Name der Toten war nicht genannt worden, und Renate hatte sofort bei Inge Moorkamp angerufen.

Offenbar war in Düstermühle der Teufel los. Keiner konnte fassen, was passiert war. Rosa Deutschmann. Ausgerechnet sie, die friedfertigste und hilfsbereiteste Person, die man sich vorstellen konnte. Die sich ihr Leben lang für andere aufgeopfert hatte. Und wie es aussah, war sie jetzt das Opfer eines Gewaltverbrechens geworden.

Warum Rosa? Diese gute Seele. Was hatte sie mit der Sache zu tun? Mit Alfons? Und warum war Siegfried an jenem Morgen in der Schmiede gewesen? Was wollte er da? War er ein Mörder? Gehörte er dazu? War sein Herzversagen vielleicht sogar ein gerechtes Schicksal für seine Taten? Die Strafe für einen Mörder?

Rosa. Sie konnte das nicht glauben.

Wer würde als Nächstes dran sein?

In der Tenne knallte eine Tür. Dann waren da Schritte in der Waschküche. Renates Herz setzte einen Schlag aus.

»Mutter? Bist du hier?«

Es war Bodo. Seine Schritte näherten sich, dann wurde die Küchentür aufgestoßen.

»Hier bist du. Wieso sagst du denn nichts?« Er trat näher. »Ich wollte nach dir sehen. Ich fahre heute nicht ins Büro.«

Sie dachte an ihren Besuch im Pflegeheim. Als sie den Namen Schulte-Stein angesprochen hatte, war ihre Mutter seltsam aufgewühlt gewesen. Sie hatte etwas von einem Kind gesagt. Einem Kind, das weggegeben werden sollte.

Beinahe hätte sie Bodo gefragt, ob er etwas darüber wusste. Doch sein düsteres Gesicht ließ sie zögern.

»Soll ich Kaffee kochen?«, fragte sie stattdessen.

»Sehr gern.«

Sie stand auf, gab ihm einen flüchtigen Kuss und hantierte an der Kaffeemaschine herum. Dabei stellte sie fest, dass ihre Hände ein wenig zitterten. Erst da begriff sie es: Sie hatte Angst.

Gratczek saß auf dem Beifahrersitz und faselte irgendetwas davon, wie man die Befragung von Walther Vornholte am besten aufziehen könnte. Keller hörte gar nicht richtig zu. Immer müssen freitags die Leichen reinkommen, dachte er. Zwar war es – zum Glück – nicht geplant, dass die Kinder an diesem Wochenende zu ihm kamen. Aber er hatte zwei Karten für das Schalke-Spiel am Sonntag besorgt und seinem Sohn feierlich verkündet, dass sie gemeinsam dorthin fahren würden.

Im Moment war es wichtig, Zeit mit ihm zu verbringen. Gerade jetzt. Er entglitt ihm langsam. Der Junge machte immer häufiger einfach dicht, anstatt zu sagen, was ihm nicht passte. Keller konnte ihn verstehen: Da wird ihm dieser schleimige Anwalt vor die Nase gesetzt, der sein neuer Daddy sein soll, und kurz danach zieht die Familie nach Osnabrück, um in seinem schicken Haus zu wohnen. Das war zu viel für Niklas.

Natürlich wollte Keller seiner Exfrau nicht das Recht absprechen, eine neue Beziehung einzugehen. Im Gegenteil, sollte die doch glücklich werden mit diesem blöden Kissenfurzer. Aber wie sollte man das einem pubertierenden Jungen erklären? Der war doch schon ausreichend mit seinen Hormonen beschäftigt. Keller wollte also für ihn da sein.

»Machen wir es so?«, fragte Gratczek.

»Was? Ach so. Ja, natürlich.«

»Okay. Abgemacht.«

Gratczek wollte die Befragung führen, und Keller sollte sich im Hintergrund halten. Das hatte er längst begriffen. Sollte er doch, der Streber. Keller interessierte sich ohnehin nur dafür, wie er es anstellen konnte, am Sonntagmittag zu verschwinden.

Sie fuhren auf den Hof und stiegen aus. Wie es aussah, würde es heute trocken bleiben. Zwar hingen noch schwere Wolkenbänke über dem Land, die zogen aber langsam nach Osten ab. Gratczek warf die Autotür zu und steuerte das Wohnhaus an. Keller warf derweil einen Blick in die offene Scheune, wo der museumsreife Traktor stand, den er schon bei seinem ersten Besuch hier bewundert hatte. Im Zwielicht erkannte er die grün lackierten Kotflügel und die großen Profilreifen. Zu seiner Überraschung saß jemand auf dem Traktor. Regungslos.

Keller stieß Gratczek in die Seite und deutete hinüber. Mit gerunzelter Stirn näherten sich die beiden. Tatsächlich, es war Walther Vornholte, der dort im Halbdunkel hockte.

»Herr Vornholte?«, rief Gratczek.

Die Gestalt auf dem Traktor drehte sich um. Sein Gesicht war müde und leer. Er wirkte steinalt.

»Alles in Ordnung mit Ihnen?«

Vornholte nickte. Dann sammelte er Kraft, gab sich einen Ruck und stieg mühsam von seinem Traktor herunter.

Gratczek trat näher. »Was tun Sie hier?«

»Nachdenken. Über Rosa. Das heißt über Frau Deutschmann.«

»Dann haben Sie schon von Ihrem Tod gehört?«, fragte Keller forsch.

Der Alte nickte.

»Und von wem wissen Sie das?«

»Von Heinz Moorkamp.«

Gratczek warf Keller einen bösen Blick zu. Doch der achtete nicht darauf.

»Moorkamp hatte gestern Abend die Feuerwehr gerufen«, schob Walther Vornholte hinterher.

»Wann haben Sie mit Heinz Moorkamp gesprochen?«

»Vor einer halben Stunde.«

»War er hier?«

»Nein, wir haben telefoniert. Er hat mich angerufen.«

Keller machte sich in Gedanken eine Notiz. Er würde überprüfen, ob sich die Aussagen deckten.

»Und wo waren Sie gestern Abend?«, fragte er.

Walther Vornholte schien erstaunt zu sein. »Denken Sie etwa …?«

»Beantworten Sie bitte die Frage.«

»Hier. Zu Hause. Nach Siegfrieds Beerdigung bin ich gleich hierhergegangen.«

»Kann das jemand bezeugen?«

»Nein. Wer denn auch?«

»Herr Vornholte«, mischte sich Gratczek ein. »Können wir vielleicht ins Haus gehen und dort weiterreden?«

Vornholte schien irritiert, nickte jedoch und führte die beiden Kommissare durch die Tenne in eine schlichte, weiß möblierte Küche. Sie nahmen am Tisch Platz.

»Haben Sie eine Idee, was da gestern passiert sein könnte?«, fragte Gratczek.

»Bei Rosa, meinen Sie? Nein. Ich kann mir überhaupt keinen Reim darauf machen.«

»Kannten Sie Frau Deutschmann näher?«

»Ja. Nein. Ein bisschen.«

»Was denn nun?«, bellte Keller.

Walther Vornholte sah aus, als würde er gleich in Tränen ausbrechen. »Ich kannte sie so gut wie jeder andere hier. Sie war ein so herzlicher Mensch. Sie hat keinem was getan. Ich kann mir das alles einfach nicht erklären.«

Keller fixierte ihn. Er hätte nicht sagen können, ob der Alte ihnen etwas vorspielte. Seine Verzweiflung war echt, aber wer wusste schon, woher sie tatsächlich rührte.

Er ließ Gratczek seine Fragen stellen und verlagerte sich aufs Beobachten. Eine Weile drehte es sich noch um Rosa Deutschmanns Tod, dann wechselte Gratczek das Thema.

»Ihre Frau ist vor einem halben Jahr gestorben, nicht wahr?«, fragte er stattdessen.

»Was hat das denn damit zu tun?«, erwiderte Vornholte.

»Ich weiß nicht, können Sie uns das sagen?«

»Ich? Aber … ich verstehe nicht.«

»Sie haben uns verschwiegen, dass Ihre Frau auf dem Hof von Schulte-Steins aufgewachsen ist. Sie sind demnach der Schwager von Alfons Schulte-Stein.«

»Ich … Sie haben nicht danach gefragt.«

Keller wurde laut. »Was soll das denn jetzt, Herr Vornholte!«

Gratczek warf ihm wieder einen warnenden Blick zu.

»Wieso ist das denn wichtig?«, fragte Walther Vornholte kleinlaut. »Ich wusste nicht, dass das eine Rolle spielt.«

»Sie war eine Schwester von Alfons Schulte-Stein«, sagte Gratczek. »Natürlich ist es wichtig für uns, die familiären Verhältnisse zu kennen.«

»Wie war denn das Verhältnis Ihrer Frau zu den Schulte-Steins?«, fragte Keller.

»Sie hat sich nie wie eine Schulte-Stein gefühlt. Sie war adoptiert, natürlich. Genau wie Alfons. Aber das war alles. Sie hat ja später sogar den Namen abgelegt. In ihrem Pass stand geborene Vonnesand. Und nicht Schulte-Stein.«

»Da muss etwas Gravierendes vorgefallen sein, oder? So was macht man doch nicht ohne Grund.«

Vornholte schüttelte traurig den Kopf. »Sie … es war kein gutes Elternhaus. Sie hat sich dort als Kind nie wohlgefühlt. Otto und Anna Schulte-Stein waren keine warmherzigen Menschen. Sie haben die Kinder aufgezogen, das schon. Aber es hat dort nie so etwas wie Nestwärme gegeben.«

»Ihre Frau hat die Schulte-Steins gehasst«, meinte Keller. »Und sie hatte einen guten Grund dafür.«

»Nein, sie …« Er sackte ein wenig zusammen. »Nein, sie hat niemanden gehasst.«

»Wie war denn das Verhältnis Ihrer Frau zu Alfons Schulte-Stein?«, fragte Gratczek.

»Kühl. Er war damals ja so etwas wie ihr großer Bruder gewesen. Er wollte sie immer herumkommandieren und ihr sagen, wie sie zu leben hatte. Mit achtzehn ist sie weg vom Hof. Wir kannten uns da schon und wollten heiraten. Das ist alles ganz schnell und überstürzt gegangen. Vier Wochen später waren wir verheiratet. Hauptsache, sie musste nicht mehr auf dem Anwesen leben. Danach hat sie den Kontakt einschlafen lassen. Aber von der anderen Seite kam auch nicht viel.«

»Alfons muss damals sehr wütend gewesen sein, wenn er sie als seine kleine Schwester angesehen hatte.«

»Natürlich. Aber das war 1955. Er hatte über fünfzig Jahre Zeit, um sich abzukühlen. Diese Geschichte spielte für unser aller Leben keine Rolle mehr. So furchtbar war das alles nicht.«

»Aber furchtbar genug, um den Namen Schulte-Stein aus allen Dokumenten zu verbannen.«

»Nein, das verstehen Sie falsch. Sie ist mit fünf Jahren auf den Hof gekommen. An die Zeit davor hat sie sich kaum erinnert. Sie war eine Kriegswaise, wahrscheinlich aus dem Osten. Aus der Zeit davor war ihr nur noch ihr Name geblieben: Hanne Vonnesand. Und eine vage Vorstellung, wie es zu Hause ausgesehen hatte. Ein See war da gewesen und eine Wiese voller Blumen. Aber vielleicht war das auch nur ihre Fantasie. Sie redete sich ein, als Kind ein liebendes Elternhaus gehabt zu haben, auch wenn ihr die Erinnerungen fehlten. Bei Schulte-Stein dagegen fühlte sie sich einsam und ungeliebt. Deshalb der Name.«

Gratczek blieb noch eine Weile beim Thema. Er fragte noch ein bisschen im Kreis herum, doch Keller hörte bald schon gar nicht mehr richtig zu. Irgendwann schlug er mit der Faust auf den Tisch.

»Herrgott! Sie wissen doch, wer die Morde begangen hat!«

Stille. Walther Vornholte war schreckensbleich.

»Was ist hier los, Herr Vornholte? Soll der Mörder wirklich davonkommen?«

Der Alte antwortete nicht.

»Was hat Rosa Deutschmann Ihnen getan, dass Sie ihren Mörder decken?«, rief Keller.

»Nein … ich … nein.«

»Jetzt reden Sie doch mit uns!«

»Ich weiß nichts. Bitte glauben Sie mir. Ich weiß nichts.«

Es hatte keinen Sinn. Keller gab auf, zumindest für heute. Aber das sollte nicht heißen, dass sie nicht wiederkommen würden.

Kurz darauf verließen sie den Hof. Gratczek war sauer. Er glaubte wohl, sie hätten mehr erreicht, wenn Keller sich an die Absprachen gehalten hätte. Im Auto schwiegen sie. Jetzt saß Gratczek am Steuer und fuhr über die Bundesstraße zurück nach Münster. Irgendwann ließ die Spannung zwischen ihnen nach.

»Er weiß etwas«, sagte Keller. »Wir müssen ihn härter rannehmen.«

»Vielleicht hast du recht«, räumte Gratczek ein. »Wir könnten ihn morgen ins Präsidium bringen lassen.«

»Oder wir versuchen, mehr über Hanne herauszufinden. Mein Gefühl sagt mir, dass dort seine schwache Stelle ist.« Keller ließ seinen Blick über die graue trostlose Winterlandschaft schweifen. »Vielleicht gibt es ja ein Geheimnis, mit dem man ihn zum Sprechen bringen kann.«

Carl saß einsam in seinem Sessel und blickte hinaus. Die feuchte Kälte war ihm in die Knochen gezogen, dagegen konnte auch die Wolldecke nichts ausrichten, die er über die Beine gelegt hatte. Aber das störte ihn nicht. Er dachte nach, seit Stunden schon. Im Wohnzimmer wurde es dunkler und dunkler. Doch er machte sich nicht die Mühe, das Licht einzuschalten.

Er hatte einen Entschluss gefasst. Je länger er darüber nachdachte, desto richtiger erschien er ihm. Er hatte nichts mehr zu verlieren. Auf ihn wartete nur noch der Tod. Und er hatte keine Angst mehr davor.

Er würde Rosas Mörder finden. Ihn jagen. So lange hinter ihm her sein, bis er gefasst wäre. Ganz egal, was es ihn kostete. Er würde es tun. Das war er Rosa schuldig. Diesen letzten Dienst musste er ihr erweisen.

16

Am Nachmittag kehrte Hambrock ins Krankenhaus zurück. Er hatte sich davongeschlichen, während seine Mitarbeiter unterwegs waren. Das war natürlich nicht in Ordnung gewesen, aber er konnte nicht anders, er musste zu Birgit. Heute würde er das Handy einfach eingeschaltet lassen, so konnte er im Notfall schnell ins Präsidium zurückfahren, da würde schon keiner merken, was los war.

Birgits Zustand war unverändert. Aber das bedeutete nicht viel. Es ging ihr eben unverändert schlecht. Sie war in einen künstlichen Tiefschlaf versetzt worden und wurde nun beatmet. Die Ärzte befürchteten ein Multiorganversagen. Und dann konnte alles sehr schnell gehen.

Vor der Intensivstation zog Hambrock sein Handy aus der Manteltasche. Er wollte Elli anrufen. Sie sollte hier sein, sie hatte ein Recht darauf. Doch bevor er ihre Nummer wählte, entdeckte er seine Eltern jenseits der Glasscheibe des Aufenthaltsraums. Sie hockten mit einigem Abstand zueinander und sahen in unterschiedliche Richtungen. Jeder war mit seiner Trauer allein.

Er zögerte, dann ließ er das Handy zurück in die Tasche gleiten. Er würde Elli später anrufen. Erst einmal wollte er mit seinen Eltern allein sein.

Der Nachmittag zog vorüber, ohne dass etwas passierte. Hambrock ging ab und zu auf den Parkplatz und telefonierte mit den Kollegen, aber wie es schien, kamen sie auch ohne ihn gut zurecht. Auch in der Nacht geschah nichts mehr. Birgits Zustand blieb stabil.

Irgendwann – seine Mutter war gerade auf einer Bank eingeschlafen – ging er mit seinem Vater in die verlassene Cafeteria hinunter, um Tee aus dem Automaten zu trinken. Sie setzten sich ins Halbdunkel des Besucherraums. Lange fiel kein Wort zwischen ihnen. Hinterm Verkaufstresen surrte eine Kühlung, sonst war alles still.

Hambrock hatte seinen Vater noch nie so erlebt. Wortkarg, nach innen gekehrt und seltsam hilflos. Er hatte nicht vor, ihn auf seine Verfassung anzusprechen, doch nach einer Weile begann sein Vater von allein zu reden. Offenbar hatte er das Gefühl, etwas erklären zu müssen.

»Deine Mutter …«, begann er. »Sie ist …«

Danach fiel er jedoch wieder in Schweigen. Hambrock wartete, und gerade als er glaubte, es würde nichts mehr folgen, setzte sein Vater erneut an.

»Birgit ist immer noch mein kleines Mädchen, weißt du? Ganz egal, wie alt sie ist. Sie …« Er sah ihn mit großen Augen an. »Ich muss sie beschützen. Dafür leben wir doch. Um unsere Kinder zu beschützen. Aber ich kann es nicht. Deine Mutter …«

Wieder brach er ab. Aber Hambrock hatte längst verstanden. Er legte ihm die Hand auf die Schulter.

Natürlich wusste sein Vater, dass seine Frau nicht mehr von ihm erwartete, als bei ihr zu sein. Sie verlangte gar nicht, dass er ihr Kind rettete. Trotzdem konnte er es nicht ertragen, so hilflos zu sein.

Hambrock sah hinaus auf den Parkplatz. In dieser Nacht wurde Frost erwartet. In der klaren Luft bildete sich Nebel. Die Straßenlaternen waren nur verschwommene Lichter. Alles war in Watte gepackt.

»Gehen wir ein paar Schritte?«, fragte er und deutete hinaus. »Ich könnte ein bisschen frische Luft vertragen.«

»Ja, das ist eine gute Idee. Gehen wir ein Stück.«

Der Rest der Nacht verlief ereignislos. Birgits Zustand war stabil, und es blieb immer noch ein Funken Hoffnung, an den sie sich klammern konnten.

Nach der Morgenvisite überredete der Arzt seine Eltern, für ein paar Stunden nach Hause zu fahren und sich hinzulegen.

Hambrock beschloss, ebenfalls eine Pause zu machen. Er ging nach Hause, duschte lange und heiß, machte sich ein kleines Frühstück und fuhr danach ins Präsidium, um zu sehen, wie die anderen vorankamen.

Gratczek und Keller waren bereits da. Sie recherchierten nach den Personen, die in den letzten Kriegsjahren auf dem Hof von Schulte-Stein gelebt hatten. Dabei kamen sie aber nur mühsam voran. Es war Samstag, die Ämter und Behörden waren geschlossen, und vorerst standen den beiden nur Helga Schulte-Stein und ihr Sohn Manfred zur Verfügung, um die Vergangenheit auf dem Hof aufzuarbeiten.

Hambrock beschloss, Carl Beeke anzurufen. Er würde ihnen am ehesten weiterhelfen können, davon war er überzeugt. Er besorgte sich einen starken Kaffee, ging in sein Büro und wählte die inzwischen vertraute Nummer. Carl Beeke war sofort am Apparat.

»Bernhard Hambrock hier. Ich störe hoffentlich nicht? Ich habe ein paar Fragen, bei denen Sie vielleicht behilflich sein könnten.«

»Nein, Sie stören nicht, gar nicht. Ich freue mich, wenn ich helfen kann. Legen Sie ruhig los.«

»Unsere Ermittlungen führen in viele Richtungen«, begann Hambrock etwas umständlich, um den Eindruck zu vermeiden, sie verfolgten gerade eine heiße Spur. »Unter anderem beschäftigen wir uns noch einmal mit dem Fotoalbum, das Rosa Deutschmann gestohlen wurde. Wir hatten ja schon darüber gesprochen.«

»Richtig«, sagte Carl Beeke. »Und ich habe immer wieder darüber nachgedacht. Aber auf diesen Bildern war kein unbekanntes Gesicht und keine unübliche Situation. Ein paar der SS-Leute kannte ich nicht, aber die kamen ja auch nicht aus Düstermühle. Und sonst … nein. Ich weiß nichts.«

»Also gehe ich davon aus, dass es etwas auf dem Bild gewesen sein muss, das Alfons kurz vor seinem Tod aus dem Album herausgenommen hat.«

»Das denke ich auch. Aber was könnte da abgebildet sein? Ich habe keine Idee. Wahrscheinlich waren es Leute, die im Garten der Schulte-Steins standen.«

»Sehen Sie. Und das bringt mich zu meiner nächsten Frage. Wir stellen gerade eine Liste mit Personen zusammen, die in dem Zeitraum, in dem die Bilder geschossen wurden, auf dem Hof gelebt haben. Die Familienmitglieder haben wir bereits zusammen. Aber das sind natürlich nicht alle.«

»Richtig«, sagte Carl Beeke. »Es gab noch Knechte und Mägde auf dem Hof.«

»Genau darauf wollte ich hinaus. Können Sie sich noch erinnern, wer damals dort war?«

»Du liebe Güte. Ich war vierzehn, als die ersten Fotos geschossen wurden. Das ist sehr lange her.«

»Trotzdem. Versuchen Sie sich zu erinnern. Von wo kamen die Mägde und Knechte, die auf dem Hof gelebt haben? Wie waren ihre Namen?«

»Sie kamen von kleinen Höfen aus der Umgebung, wo es viel Armut und viele Kinder gab. Sie haben wenig verdient auf dem Gutshof, aber sie hatten genug zu essen, und das war für manche schon eine Menge. Es waren eben andere Zeiten.«

»Damals wurden wohl keine Verträge gemacht, oder irre ich mich?«

»Nein, ich glaube nicht. Das ging alles per Handschlag.«

Es wurde still am anderen Ende. Der alte Mann begann zu grübeln. »Emma Lütke war damals auf dem Hof. Die kam aus Düstermühle. Ach ja, und dann war da noch Hubert Woltering. Mein Gott, ja: Hubert. Also, ein paar fallen mir schon ein.«

»Lassen Sie sich ruhig Zeit. Denken Sie in Ruhe darüber nach. Vielleicht könnten Sie eine Liste erstellen und mich dann noch mal anrufen?«

»Gerne. Ich mache mich gleich dran.«

Hambrock notierte schon mal die ersten beiden Namen, die Carl genannt hatte, um sie an die Kollegen weiterzureichen. Dann wechselte er das Thema.

214

»Ach, und da wäre noch etwas. Es hat damals sicherlich Zwangsarbeiter auf dem Hof gegeben. Wissen Sie etwas darüber?«

»Nur vom Hörensagen. Ich war ja ab 1940 selbst im Krieg. Natürlich gab es Zwangsarbeiter auf dem Hof. Ein Franzose, ein Pole und zwei Russen, wenn ich mich recht erinnere.«

»An die Namen können Sie sich wohl nicht erinnern?«

»Nein, wirklich nicht. Bedaure.«

Die Namen allein würden ihn ohnehin nicht sonderlich weiterbringen. Montag war das Kreiswehrersatzamt wieder geöffnet, dort würde er mehr erfahren.

»Wie ist es diesen Leuten bei Schulte-Stein ergangen?«, fragte Hambrock. »Wissen Sie darüber etwas?«

»O ja. Das ist kein schönes Kapitel. Er hat diese Menschen wie Vieh behandelt. Wahrscheinlich sogar noch schlechter.« Carl Beeke schwieg einen Moment, bevor er fortfuhr. »Wissen Sie, es gab Bauern, bei denen wurden Zwangsarbeiter wie Familienmitglieder behandelt. Egal, wie sehr die Nazis dagegen waren und diesen Leuten das Menschsein abgesprochen haben. Diese Bauern haben alles mit ihnen geteilt, ganz selbstverständlich. Aber es gab auch andere. Manchen Menschen sollte man keine Macht über andere geben. Sie können damit nicht umgehen. Gerade in solchen Zeiten nicht.«

»Wie war das nach der Befreiung? Da waren die Zwangsarbeiter ja noch auf den Hof. Hatte das für den alten Schulte-Stein ein Nachspiel?«

»Ja, er musste eine Zeitlang untertauchen, nachdem die Alliierten das Münsterland besetzt hatten. Wegen der Vergeltung.«

»Was war passiert?«

»Die Besatzer haben die meisten Zwangsarbeiter sofort nach Hause geschickt. Wenigstens die Polen und Franzosen. Nicht aber die Russen. Stalin wollte sie nicht mehr im Land haben, für ihn waren es Kollaborateure der Deutschen. Sie konnten also nicht nach Hause und wurden in Lagern untergebracht.

Wochenlang saßen sie in der Warteschleife. Viele sind dann zu den Höfen gegangen, wo man sie schlecht behandelt hatte, und haben sich gerächt. Teilweise sind sie auch in kleinen Gruppen marodierend übers Land gezogen. Es ging unter anderem darum, sich mit Lebensmitteln zu versorgen und Beute zu machen.«

»Und Schulte-Stein musste deshalb untertauchen.«

»Richtig. Sie hätten ihn ans Scheunentor gehängt, davon kann man ausgehen. Ich weiß allerdings nicht, wo er untergetaucht ist, das kann ich Ihnen nicht sagen.«

»Was war mit den anderen auf dem Hof? Den Frauen und Kindern?«

»Das weiß ich nicht. Ich kann nicht einmal sagen, ob Anna Schulte-Stein ebenfalls untergetaucht war. Aber ich habe nie davon gehört, dass in dieser Gegend Kindern etwas angetan wurde. Hauptsächlich wurden Vorratskeller ausgeräumt. Den Kindern von Schulte-Stein ist damals nichts passiert, da bin ich ziemlich sicher.« Er zögerte. »Es hat viele Gerüchte gegeben. Und wie gesagt, ich war nicht in Düstermühle. Ich muss noch mal nachdenken, was mir danach alles erzählt wurde.«

»Tun Sie das. Wir sprechen später miteinander.«

»Genau, ich melde mich wieder.«

»Vielen Dank, Herr Beeke. Sie sind uns eine große Hilfe.«

Nach dem Telefonat saß Hambrock noch eine Weile da und dachte nach. Marodierende Zwangsarbeiter. Kriegsgefangene, die nicht zurück nach Russland durften. Was sollte er mit diesen Informationen anfangen? Er hatte das Gefühl, die Sache wurde immer undurchsichtiger.

Vor ihm lag der Zettel mit den Notizen, die er sich während des Telefonats gemacht hatte. Schon bald verschwammen die Buchstaben vor seinen Augen, und seine Gedanken wanderten zum Krankenhaus. Er sah auf die Uhr. Seine Eltern waren inzwischen bestimmt wieder dort. Er wollte sich bei ihnen nach Birgits Zustand erkundigen und sich anschließend auf den Weg in die Klinik machen.

Sein schlechtes Gewissen drückte ihn. Er hatte Carl Beeke versprochen, den Mörder von Rosa Deutschmann festzusetzen. Und jetzt würde er stattdessen wieder ins Krankenhaus fahren. Doch es ging nicht anders.

Carl betrachtete das Telefon in seiner Hand. Die Polizei interessierte sich also für das, was in den Vierzigern auf dem Hof der Schulte-Steins passiert war. Er hatte auch schon darüber nachgedacht. Ihm fehlte jedoch noch ein Teil im Puzzle, und wahrscheinlich würde es genau dort zu finden sein, wo es die Polizei vermutete. Bernhard Hambrock hatte bestimmt triftige Gründe, ihm diese Fragen zu stellen.

Was war damals auf dem Hof passiert?

Er erinnerte sich an die Karwoche fünfundvierzig, als die Alliierten ins Münsterland eingezogen waren. Carl war da bereits in den Osten verlegt worden. Es wurde längst nur noch auf deutschem Boden gekämpft, die Niederlage war nur noch eine Frage der Zeit, und trotzdem ging das Töten weiter. Tag für Tag.

Es wurden schwere Kämpfe bei Emsdetten gemeldet, das nur ein paar Kilometer von Düstermühle entfernt lag. Er hatte sich furchtbare Sorgen deswegen gemacht. Zur gleichen Zeit führte sie der Weg an Städten und Dörfern im Osten vorbei, und überall waren zerbombte Häuser gewesen. Übrig gebliebene Mauern, die sinnlos aus den Trümmern ragten, hier ein Stück Wand mit Badezimmerfliesen und dort eins mit Kindertapete und gemalten Teddybären. Immer wieder hatte er sich gefragt, ob es zu Hause genauso aussehen würde. Wie sehr der Krieg in Düstermühle gewütet hatte.

Am Ende hatte er dann nicht einmal mehr daran geglaubt, sein Dorf überhaupt je wiederzusehen. Um ihn herum nur noch besinnungsloses Töten. Wie sollte einer da lebend rauskommen? Eine plötzliche Truppenverschiebung ersparte ihm den Kessel von Halbe. Es ging gen Norden, nach Berlin. Dann trafen sie hinter den Linien auf einen Gespensterzug: KZ-Insassen, die ins Landesinnere gebracht wurden. Es waren keine Menschen, es waren wandelnde Tote, grau und ausgezehrt, wie aus einer anderen Welt. Da war es still geworden in ihrer Einheit, keiner hatte mehr etwas gesagt. Und am nächsten Tag kamen die Tiefflieger, die den Zug angriffen und schwere Verluste mit sich brachten. Eine neue Stadt, neue Ruinen. Und schließlich wieder die Front, wo der Russe stand. Man konnte nichts tun. Keiner konnte etwas tun. Man konnte nur weiterziehen und weiter töten. Was für eine gottverfluchte Zeit.

Carl schloss die Augen. Er wollte die Erinnerungen verscheuchen. Sie durften nicht zu viel Raum einnehmen. Es ging hier um die Schulte-Steins, nicht um seine eigenen Erlebnisse. Er betrachtete die Landschaft vor seinem Panoramafenster. Beim Anblick der ruhig fließenden Düster entspannte er sich.

Was war auf dem Anwesen von Schulte-Stein passiert? Was war es, das immer noch Schatten warf, nach siebzig Jahren?

Er würde die Antwort schon finden. Denk nach, denk gut nach. Dann wirst du den Teufel erkennen, der hinter allem steckt.

Antonius saß seit Ewigkeiten in der Küche über die Tageszeitung gebeugt, ohne eine einzige Zeile gelesen zu haben. Sein Kopf war voller Gedanken, daher konnte er sich nicht einmal auf die fett gedruckten Schlagzeilen konzentrieren. Helga war irgendwann mit dem Rollstuhl ins Wohnzimmer gefahren und hatte den Fernseher eingeschaltet. Seit sie von Rosas Tod erfahren hatte, war sie schweigsam geworden. Sie hatte Angst, und er konnte sie gut verstehen. Dabei war sie nicht in Gefahr, da war er ganz sicher. Aber wie sollte er ihr das verständlich machen?

Er schob die Zeitung beiseite und stand auf. Er musste wissen, was hier passierte. Wieso ihm alles aus den Händen glitt. Das konnte so nicht weitergehen. Er nahm den Autoschlüssel und steckte den Kopf durch die Wohnzimmertür.

»Ich fahre ein bisschen spazieren«, sagte er. »Kann ich dich einen Moment alleine lassen?«

»Ja, Vater. Bleib nur nicht so lange fort.«

»Höchstens eine Stunde. Versprochen.«

Sie lächelte. »Bis später.«

Er wandte sich ab und wollte die Tür schließen, da hörte er sie sagen: »Ach, Vater?«

»Ja? Ist noch was?«

»Ich …« Sie zögerte. Dann nahm sie die Fernbedienung und schaltete das Gerät ab. »Ich muss dich was fragen.«

Er blieb regungslos stehen. Ahnte sie irgendwas? Fieberhaft dachte er nach. Hatte er einen Fehler gemacht?

»Ich … versteh mich nicht falsch, Vater, aber ich habe über das nachgedacht, was Manfred gesagt hat.«

Die Erleichterung war übergroß. Nein, sie wusste nichts. Natürlich nicht.

»Er und Susanne haben noch einmal miteinander gesprochen«, fuhr sie fort. »Sie würden sich wirklich freuen, wenn … du weißt schon. Es wäre Platz genug im Haus.«

»Du willst sagen, du möchtest zurück auf den Gutshof.«

Ihr Blick war voller Sorge. Offenbar hatte sie Angst, ihn zu enttäuschen. Oder ihn unglücklich zu machen.

Er dachte daran, wie es wäre, allein auf seinem kleinen Hof zu bleiben. Ohne Helga, die ihm morgens aus der Zeitung vorlas und abends gemeinsam mit ihm fernsah. Ohne das Geräusch ihres Rollstuhls auf dem Linoleum.

»Ich möchte ja nicht gleich dorthin ziehen. Nur … Sie fehlen mir, weißt du? Manfred, Susanne und die Kinder. Kannst du das verstehen?«

»Mach dir keine Sorgen, Helga. Ich komme zurecht.« Er rang sich ein Lächeln ab. »Natürlich kann ich das verstehen. Ich habe längst damit gerechnet.«

»Bist du dir auch sicher?«

»Aber ja doch.«

Mit den Gedanken war er längst woanders. Es war schwer zu

ertragen, hier auf der Schwelle zu stehen und dieses Theater mitzuspielen, wo ihn doch etwas ganz anderes bedrängte.

Sie schien das zu bemerken. »Dann fahr schon«, sagte sie lächelnd. »Aber bleib nicht zu lange.«

Erleichtert verließ er das Haus. Setzte sich in den Wagen und fuhr in hohem Tempo vom Hof. Es war nicht weit bis zu Moorkamps Gastwirtschaft. Er jagte auf den Parkplatz und bremste hart ab. Dann sprang er aus dem Wagen.

Die Kneipe war noch geschlossen, sie würde erst in ein paar Stunden öffnen. Drinnen war alles dunkel und verwaist. Antonius umrundete das Gebäude und ging zum Hintereingang, wo Heinz und Inge ihre Einliegerwohnung hatten. Er musste handeln. Das konnte so nicht weitergehen. Er würde Heinz zur Rede stellen.

Er klingelte. Drinnen hörte er eine Diele knarren. Dann war da eine Bewegung hinter der Gardine. Er wartete, doch nichts geschah. Er klingelte wieder, diesmal länger. Das Schrillen drang bis nach draußen. Aber es blieb alles still im Haus. Er wurde wütend. Jetzt klingelte er Sturm und donnerte mit der Faust gegen die Tür.

»Mach auf, Heinz!«, brüllte er. »Mach schon auf!«

Die Tür blieb verschlossen. Ihm blieb nichts übrig, als unverrichteter Dinge wieder abzuziehen. Seine Wut war übergroß. Er setzte sich ins Auto und fuhr einfach drauflos. Die Bundesstraße herauf, wo es keine Geschwindigkeitsbegrenzungen gab. Immer weiter, so lange, bis er Rosas Gesicht wenigstens für einen Moment vergessen konnte.

Als er schließlich auf den Hof zurückkehrte, war weit mehr als eine Stunde vergangen. Er wollte hoffen, dass Helga sich keine Sorgen machte. Für gewöhnlich hielt er sich an die Absprachen, die er mit ihr traf.

Gerade bog er um den ehemaligen Schweinestall und steuerte auf die Garage zu, als er eine Gestalt unter dem Vordach entdeckte. Er hielt den Atem an. Es war Renate Wüllenhues.

Er stoppte, stieg aus und ging ihr verwundert entgegen.

»Hat Helga dich nicht reingelassen?«, fragte er.

»Helga weiß nicht, dass ich hier bin. Dein Wagen war nicht in der Garage, deshalb habe ich gewartet.«

»Aber ... weshalb? Was soll das Ganze?«

»Ich muss mit dir reden, Antonius. Und zwar sofort.«

Keller saß am Schreibtisch und blickte hinaus in den grauen Himmel. Es war bereits Samstagnachmittag, und sie waren immer noch kein Stück vorangekommen. Egal, wen sie von damals auch ausfindig machten – alle waren bereits tot. Und deren Kinder, die ja inzwischen selbst alt geworden waren, erinnerten sich nur vage daran, dass die verstorbenen Eltern überhaupt einmal auf dem Hof der Schulte-Steins gearbeitet hatten.

Es sah also nicht gut aus für das Schalke-Spiel morgen. Keller glaubte nicht mehr daran, dass sie heute noch einen Tatverdächtigen festnehmen und er morgen mit seinem Sohn ins Stadion fahren konnte.

Er stand auf, zog seine Zigarettenschachtel hervor und zündete sich eine an. Im Büro herrschte natürlich Rauchverbot, aber heute war eine Ausnahme. Der größte Teil des Präsidiums war verwaist, kaum einer arbeitete am Samstag. Er beobachtete, wie sich der Rauch im Raum ausbreitete. Widerwillig stellte er ein Fenster auf Kipp, um wenigstens den Schein zu wahren. Gratczek würde gleich zurückkommen. Er war zum Bäcker gegangen, um sich schnell ein belegtes Brötchen zu besorgen, bevor alles zumachte.

Keller ließ sich in den Besucherstuhl sinken, legte die Beine auf den Tisch und zog genüsslich an der Zigarette. Er hätte jetzt problemlos Feierabend machen können.

Das Telefon klingelte. Er schielte zum Schreibtisch hinüber. Es war sein Apparat, aber das musste nichts zu bedeuten haben, denn Gratczek hatte eine Rufumleitung eingerichtet, bevor er verschwunden war. Das Klingeln hörte nicht auf. Bestimmt war das einer, der zu Gratczek wollte. Hundert Prozent. Sollte Keller dafür etwa aufstehen? Das schrille Geräusch begann zu nerven. Mit einem schweren Seufzer gab er sich geschlagen. Doch gerade, als er die Beine vom Tisch hievte, machte es Klick, und der Anrufbeantworter sprang an.

Na also. Keller konnte sitzen bleiben. Er dachte wieder an das Fußballspiel morgen. Er konnte es doch nicht absagen. Das konnte er dem Jungen nicht antun. Nur wie es aussah, blieb ihm keine andere Wahl.

Gratczek kehrte zurück. Natürlich zog er sofort eine Grimasse, als er Keller rauchen sah, aber er sagte nichts.

»Da hat ja einer angerufen«, meinte er und deutete auf den blinkenden Anrufbeantworter.

»Ach so, ja. Ich war nicht schnell genug am Apparat.«

Gratczek legte die Brötchentüte auf den Schreibtisch, zog seinen Mantel aus und hörte die Nachricht ab.

»Ja, hallo«, kam es aus der Maschine. »Ich habe eine Nachricht für Henrik Keller.«

Keller erkannte die Stimme sofort. Es war eine der Töchter von Fritz Schulte-Stein aus Köln. Er sprang auf, um besser verstehen zu können, was sie sagte.

»Wahrscheinlich ist am Wochenende bei Ihnen gar keiner zu erreichen. Aber vielleicht könnten Sie mich am Montag zurückrufen? Uns ist noch etwas eingefallen, keine Ahnung, ob das wichtig ist. Aber … na ja, wenn Sie Lust haben, rufen Sie einfach zurück.«

Dann knackte es in der Leitung, und das Gespräch war zu Ende.

»War das eine von den Kölner Schulte-Stein-Schwestern?«, fragte Gratczek.

Keller nickte, nahm den Hörer und drückte die Rückruftaste. Er stellte auf laut, damit sein Kollege das Gespräch mithören konnte. Eine Stimme meldete sich.

»Hallo, Herr Keller. Das ging ja schnell. Dann sind Sie also doch im Büro?«

»Ja, wir stecken eben mitten in einer Ermittlung. Sie sagten, Ihnen ist noch etwas eingefallen?«

»Na ja, vielleicht. Wir haben nach Ihrem Besuch noch lange über unseren Vater geredet, und dabei ist uns etwas eingefallen. Keine Ahnung, ob Sie etwas damit anfangen können, aber Vater hat im Krankenhaus seltsamen Besuch bekommen. Kurz bevor er starb. Da war plötzlich so ein Typ, den wir noch nie zuvor gesehen haben ...« Im Hintergrund hörte Keller eine weitere Stimme, die etwas dazwischenflüsterte. Die Schwester. »Das wollte ich doch gerade sagen«, zischelte die erste zurück. Dann wandte sie sich wieder an Keller. »Das war so ein stämmiger Mann, wir sind ihm auf dem Flur vorm Krankenzimmer begegnet. Meine Schwester hat unseren Vater gefragt, wer das gewesen sei, doch er hat geschwiegen. Ganz seltsam hat er plötzlich gewirkt. Irgendwie so nachdenklich. Meine Schwester hat ihm keine Ruhe damit gelassen, und schließlich meinte er: ›Der Mann hat was mit dem Hof in Düstermühle zu tun‹. Er war wegen einer Sache von früher da, aber er wolle nicht darüber reden, und sie solle das respektieren. So war er eben. Er wollte ja nie über ›früher‹ reden.«

Keller und Gratczek wechselten einen Blick.

»Können Sie den Mann beschreiben?«, fragte Keller.

»Ich weiß nicht. Ich ...« Wieder flüsterte die Schwester etwas im Hintergrund. »Meine Schwester sagt, sie kann sich an ihn erinnern. Er war etwa ... was? ... Also, er war fünfundvierzig bis fünfzig Jahre alt, sehr muskulös und trug ein Goldkettchen. Im Gesicht hatte er eine Narbe, quer über die Wange.«

»Wie oft haben Sie ihn im Krankenhaus gesehen?«

»Zweimal. Aber wie gesagt, Vater wollte nicht darüber reden. Meine Schwester sagt, sie hat den Mann später noch auf dem Parkplatz gesehen. Er hat einen Volkswagen gefahren, falls Ihnen das weiterhilft. Einen VW Passat.«

Jetzt war Keller hellwach. Ein Passat aus Köln. Vielleicht war das doch eine heiße Spur.

»Welche Farbe hatte der Passat? Und können Sie sich an das Kennzeichen erinnern?«

»Sie sagt, er war dunkelblau. Und er kam aus Köln, mehr weiß meine Schwester leider nicht.«

»Frau Schulte-Stein, wir würden dieses Gespräch gerne noch einmal persönlich mit Ihnen führen. Wäre es möglich, dass wir bei Ihnen vorbeikommen? Sagen wir, morgen Vormittag?«

»Am Sonntagmorgen? Warum nicht? Wir sind jedenfalls zu Hause.«

Sie vereinbarten eine Uhrzeit, Keller bedankte sich noch mal und legte auf. Er überschlug die Fahrtzeit nach Köln. Eventuell konnte er es schaffen, am Nachmittag am Schalke-Stadion in Gelsenkirchen zu sein. Sein Sohn müsste alleine hinfahren, und sie könnten sich dort treffen. Aber wahrscheinlich war es besser, gleich alles abzusagen, als später nicht rechtzeitig aufzutauchen und den Jungen allein vorm Stadion stehen zu lassen.

Keller ging hinunter auf den Parkplatz und verzog sich in eine windgeschützte Ecke, um ungestört telefonieren zu können. Auf dem Handy seines Sohnes sprang nur die Mailbox an. Er zögerte, doch dann hinterließ er ihm eine Nachricht. Entschuldigte sich zahllose Male, versicherte ihm, das wiedergutzumachen, und schlug sogar einen gemeinsamen Urlaub vor, wenn er offiziell freihatte und keine Mordermittlung dazwischenkommen konnte.

Ihm war aber klar, dass er persönlich mit Niklas sprechen musste. Deshalb versuchte er es bei seiner Exfrau. Nach dem zweiten Läuten meldete sich eine dunkle Stimme. Der Herr Anwalt, dieser Schleimer. Keller drückte die Verbindung weg. Er hatte keine Lust, mit dem neuen Mann seiner Ex zu plaudern. Nicht heute. Er würde einfach später noch mal anrufen. Und dann seinem Sohn alles in Ruhe erklären.

Unschlüssig blieb er auf dem Parkplatz stehen. Dann nahm er sich eine Zigarette, lehnte sich ans Eingangstor und zündete sie an. Erst mal in Ruhe eine rauchen, danach konnte er immer noch zurück an die Arbeit gehen.

Antonius wollte nicht mit Renate sprechen. Er schloss den Wagen ab und steuerte das Haus an. Er konnte ihr nicht helfen. Es ging nicht anders.

»Ich habe keine Zeit, Renate. Tut mir leid.«

»Aber du musst mit mir sprechen!« Sie kam näher, packte ihn an den Armen. »Du musst mit mir über Siegfried sprechen. Antonius, bitte.«

In ihren Augen lag Verzweiflung. Er wollte sich nicht vorstellen, was sie gerade durchmachte.

»Ich bitte dich«, flehte sie.

Er fühlte sich schrecklich. Am liebsten hätte er ihr die Wahrheit gesagt. Renate hatte ein Recht darauf. Sie war über vierzig Jahre lang mit Siegfried verheiratet gewesen.

Aber das durfte er nicht. Wenn er ihr sagte, was in der Nacht geschehen war, würde ihm endgültig alles entgleiten.

»Es tut mir leid, Renate. Ich weiß nicht, was mit Siegfried in dieser Nacht geschehen ist. Er hat mir nicht gesagt, dass er in die Schmiede gehen würde. Er hat mich in seine Pläne nicht eingeweiht.«

»Du lügst doch. Bitte, sag mir, was du weißt. Ich bitte dich.«

»Nein. Mehr weiß ich nicht. Das ist alles.« Es zerriss ihm das Herz, doch er musste sie fortschicken. »Helga wartet auf mich, Renate. Ich muss jetzt gehen.«

Er ließ sie einfach stehen. Wandte sich ab und ging auf das Haus zu. Schritt um Schritt, ohne sich umzublicken.

»Ist es wegen diesem Kind?«, rief sie ihm hinterher. »Hat es damit zu tun?«

Er blieb stehen. »Welches Kind?«

»Es muss ein Kind gegeben haben. Als der Krieg zu Ende ging. Auf dem Hof. Was ist mit dem Kind passiert?«

»Wovon redest du, Renate? Ich weiß nichts von einem Kind.«

Sie blickte ihn an. Ihre Augen füllten sich mit Tränen. Sie senkte den Kopf und wandte sich langsam ab. Offenbar hatte sie begriffen, dass sie hier tatsächlich nichts erfahren würde. Schweigend ging sie davon.

Die Lampe über der Haustür flammte auf. Helga tauchte auf. Sie rollte durch die Tür und sah Renate hinterher.

»Ist das Renate Wüllenhues? Wieso hast du sie nicht hereingebeten? Wolltest du Rücksicht auf mich nehmen, weil Alfons mein Exmann war?«

»Nein.« Er wandte sich ab und ging zur Tür. Er spürte eine schwere Last auf seinen Schultern. »Sie hatte gar nicht vor zu bleiben.«

»Aber was wollte sie denn? Ist etwas passiert?«

»Nein. Sie … Ach, nichts. Ich bin müde, Helga. Und ich habe Hunger. Lass uns ins Haus gehen.«

Seine Tochter blickte ihn besorgt an. Doch sie verkniff sich weitere Fragen und rollte wieder ins Haus.

An der Tür blieb Antonius stehen und blickte Renate hinterher. Eine einsame Gestalt im Zwielicht, die sich langsam entfernte. Von welchem Kind hatte sie gesprochen? Er verstand gar nichts mehr.

»Vater? Wo bleibst du denn?«

Mit schwerem Herzen schloss er die Tür. Er musste weitermachen. Er durfte sich nichts anmerken lassen. Irgendwie würde es ihnen schon gelingen, den Deckel wieder zu schließen.

17

Die Sonne ging auf. Zunächst färbte sich der Himmel über den kahlen Baumwipfeln orange, dann erschien ein blutroter Ball am Horizont. Die Luft war glasklar und frostig, der Himmel kalt und weiß. Raureif hatte sich in der Nacht gebildet und hüllte alles ein.

Carl saß in seinem Sessel und betrachtete die stille Landschaft. Er war schon seit Stunden auf. Hatte sich eine Kanne Kaffee gekocht, im Sessel Platz genommen und auf das Heraufziehen des neuen Tages gewartet. Im Haus regte sich lange nichts. Irgendwann hörte er die Kinder herumtoben. Dann Christas lautstarke Ermahnungen. Die Geräusche verlagerten sich in die Küche. Es polterte, Porzellan ging zu Bruch, ein Kind heulte, Christa schrie. Dann wurde es ruhig. Kurz darauf streckte Christa den Kopf durch die Tür und fragte, ob er nicht mit ihnen frühstücken wolle. Doch Carl lehnte dankend ab. Er wollte lieber allein sein.

Er zog seine Liste hervor. Er hatte sie inzwischen vervollständigt. Alle Personen, die seines Wissens auf dem Gutshof gelebt hatten. Dabei war der letzte Name der wichtigste. Es war die einzige Person auf der Liste, die noch lebte. Beinahe hätte er sie vergessen. Renates Mutter, Ilse. Sie wohnte in einem Pflegeheim in Warendorf. 1940 hatte sie als Magd auf dem Hof gearbeitet. Nur ein knappes Jahr lang, danach war sie in den Ort gezogen, um zu heiraten.

Sie war die letzte Augenzeugin. Ihr Geist hatte sich zurückgezogen. Sie war meist nicht mehr ansprechbar. Aber es gab immer noch Momente, in denen sie klar war. Wenn er in so einem Moment mit ihr sprach, würde sie vielleicht eine Antwort haben.

Er sah auf die Uhr. In einer knappen Stunde würde Christa

ihn zum Hochamt fahren, wie jeden Sonntag. Er würde sie bitten, ihn heute stattdessen nach Warendorf zu bringen. Den Kirchgang ließ er nur ungern ausfallen, die Traditionen waren ihm wichtig, aber diese Angelegenheit war wichtiger. Er musste mit Ilse reden.

Kurz darauf öffnete sich die Wohnzimmertür. Christa trat ein. Er wandte sich zu ihr um. Sie wirkte betreten, den Blick hielt sie zu Boden gerichtet.

»Vater, ich hab gerade einen Anruf von einem Kunden bekommen. Da geht es drunter und drüber. Die brauchen meine Hilfe, jetzt gleich. Es ist sehr dringend.«

Er nickte. Was sollte er dagegen sagen? Sie verdiente nun mal das Geld.

»Deshalb kann dich heute nicht zur Kirche bringen«, sagte sie. »Es tut mir so leid, aber es geht nicht.«

»Soll ich auf die Kinder aufpassen?«

»Nein, das brauchst du nicht. Ich bringe sie zu Schulfreunden, dort können sie sich austoben.«

Er nickte. Aus der Fahrt nach Warendorf würde also nichts.

»Es tut mir leid, Vater, wirklich.«

»Nein. Schon gut. Ist in Ordnung.«

Sie erklärte ihm ausführlich die Notsituation, in der sich dieser Kunde befand, doch Carl verstand ohnehin kein Wort davon. Schließlich entschuldigte sie sich ein weiteres Mal, ging aus dem Zimmer und schloss die Tür.

Er blieb allein zurück. Eine Weile später hörte er Geschrei im Hausflur, dann flog die Tür ins Schloss, und es wurde wieder still. Die Sonne stand inzwischen höher am Himmel, sie tauchte die Welt in blasses Licht.

Carl dachte nach. Dann beugte er sich über sein Tischchen, zog das Kärtchen hervor, das seit Tagen neben dem Telefon lag, entzifferte mühsam die klein gedruckte Zahlenfolge, nahm das Telefon und wählte schließlich.

Es dauerte, doch dann meldete sich eine Stimme am anderen Ende. »Hier Bernhard Hambrock.«

»Guten Morgen, Herr Hambrock. Hier spricht Carl Beeke. Aus Düstermühle.«

»Herr Beeke, schön, von Ihnen zu hören. Was kann ich für Sie tun?«

»Ich habe mich gefragt, ob Sie heute Vormittag schon etwas vorhaben? Vielleicht könnten wir einen kleinen Ausflug machen. Nach Warendorf.«

Keller und Gratczek erreichten Köln am späten Vormittag. Die Stadt zeigte sich von ihrer schönsten Seite. Wehmütig betrachtete Keller die vorbeiziehende Stadtlandschaft. Leicht konnte man sich dem Irrglauben hingeben, dies wäre einfach ein Ausflug. Ein Spaziergang im Rheinpark, danach ein Kölsch in der Altstadt, und zum Schluss könnte man vielleicht zu den Kranhäusern gehen und spekulieren, wo genau die Wohnung von Lukas Podolski wäre. Aber ein Blick auf den Beifahrersitz machte diese Illusion zunichte.

Die beiden Töchter von Fritz Schulte-Stein warteten bereits auf sie. In der sonnendurchfluteten Küche hatten sie ein zweites Frühstück vorbereitet. Duftender Kaffee, frisch gepresster Orangensaft und ofenwarme Croissants. Keller betrachtete die beiden schönen Frauen und den liebevoll gedeckten Tisch. Vielleicht war das ja doch besser als ein Ausflug in der Stadt.

Eine Weile plauderten sie einfach nur, doch Keller störte das nicht. Sie hatten es nicht eilig, schon gar nicht nach der langen Fahrt. Gratczek schien es zum Glück nicht anders zu gehen. Sie genossen es, einfach in der Sonne zu sitzen und Belanglosigkeiten auszutauschen. Dinge, die nichts mit irgendwelchen Mordfällen zu tun hatten.

Doch schließlich kamen sie auf die Geschehnisse im Krankenhaus zu sprechen. Keller spielte auffällig mit seiner Zigarettenschachtel herum, bis eine der Schwestern ihm anbot, in der Küche zu rauchen. Die Frauen wiederholten, was sie am Telefon gesagt hatten.

»Bei dem Gespräch mit diesem komischen Mann im Krankenhaus ging es um ›früher‹, wie unser Vater es immer nannte. Damit meinte er seine Kindheit im Krieg. Der Besuch hatte ihn ziemlich mitgenommen, das merkte man ihm an. Er hörte uns gar nicht mehr richtig zu, außerdem wirkte er sehr traurig. Aber er wollte nicht darüber reden. Keine Chance.«

»Ich wünschte, er hätte damals gewusst, dass seine leibliche Tante den Krieg überlebt hat. Vielleicht hätte ihn das mit ›früher‹ ein bisschen versöhnt. Vielleicht hätte er uns dann erzählt, was damals alles passiert ist. Aber so … «

»Gut, wir kennen die groben Daten. Wie er seine Eltern verloren hat, dann die Zeit im Kinderheim, das Spielen in den Ruinen, der Hunger und schließlich der Hof von Schulte-Stein. Aber wenn er davon erzählt hat, hörte sich das immer an, als ginge es um ein ganz anderes Kind und nicht um ihn. Und jedes Mal kam der Satz: Anderen ging es viel schlechter.«

Die andere verdrehte die Augen. »Genau. Anderen ging es schlechter. Das war wie ein Mantra. Bestimmt ging es anderen Kindern tatsächlich schlechter, viele sind ja auch gestorben. Aber deshalb ist das eigene Leid doch nicht gleichgültig, verstehen Sie?«

»Natürlich«, sagte Keller und bemühte sich, den Rauch über ihren Kopf hinwegzupusten.

»Aber so war er nun mal. Und deswegen wollte er auch nicht erzählen, was dieser Mann wollte und worum es in ihrem Gespräch ging.«

»Könnten Sie diesen Mann noch mal beschreiben?«, fragte Gratczek.

»Ich schätze ihn auf Ende vierzig, oder was meinst du?«

Die Schwester nickte. »Ende vierzig, ja. Er sah nicht gerade freundlich aus. So ein bulliger Typ eben, mit Goldkettchen und Schlägergesicht.«

»Und dann die Narbe im Gesicht, die war echt gruselig.«

»Stimmt, die ging einmal quer über die linke Wange. Aber sonst?«

»Nein. Sonst weiß ich auch nichts.«

»In welchem Krankenhaus war Ihr Vater untergebracht?«

»Im Evangelischen Krankenhaus am Gürtel. In seinem letzten Jahr war er immer wieder für mehrere Wochen dort. Bis er schließlich starb.«

Gratczek erkundigte sich noch mal, wann genau der Fremde im Krankenhaus aufgetaucht war, doch die Frauen konnten nur vage Zeiträume nennen. Schließlich bedankten sich Gratczek und Keller und versprachen, sie in jedem Fall auf dem Laufenden zu halten, ganz egal, wie sich die Ermittlung entwickelte. Dann ging es für die Kommissare zurück in die Kälte.

Draußen beschlossen sie, zu dem Krankenhaus zu fahren, in dem Fritz gelegen hatte. Das Ganze war zwar schon eine Weile her, aber vielleicht erinnerte sich dort trotzdem einer an diesen Mann. Große Chancen rechneten sie sich natürlich nicht aus, aber ein Versuch wäre es wert.

Zwanzig Minuten später erreichten sie den Parkplatz des Evangelischen Krankenhauses. Die Sonne spiegelte sich in den Fenstern des großen Gebäudekomplexes, die gelben Backsteine leuchteten hell vor dem kalten Winterhimmel. Gratczek kurvte ein bisschen auf dem Parkplatz herum, doch alles war besetzt. Früher Sonntagnachmittag war offenbar die Hauptbesuchszeit. Schließlich entdeckte er eine freie Haltebucht auf der Straße.

Gerade als sie das Auto verlassen hatten, meldete sich Kellers Handy. Seine Exfrau, wie ihm ein Blick auf das Display verriet. Ach herrje. Das hätte er fast vergessen. Er hatte am Morgen bereits zweimal angerufen, aber es war keiner rangegangen. Da er seine Nummer nicht unterdrückt hatte, konnte sie das natürlich sehen. Er gab Gratczek ein Zeichen, ging ein paar Meter zur Seite und nahm das Gespräch entgegen.

»Du hast zweimal angerufen, sehe ich«, begrüßte sie ihn. »Es ist doch nichts passiert?«

»Nein, natürlich nicht. Ich wollte nur noch mal mit Niklas reden, weißt du. Persönlich und nicht per Mailbox, um alles in Ruhe zu erklären.«

»Versteh ich nicht. Ihr seht euch doch gleich.«

Die Erkenntnis traf ihn wie ein Schlag.

»Er hat seine Nachricht nicht abgehört!« Er wusste also nicht, dass der Ausflug geplatzt war. »Verfluchte Scheiße!«

»Heißt das, dir ist was dazwischengekommen?«

»Der Mordfall ... Wir haben am Freitag eine weitere Leiche bekommen. Hier herrscht totales Chaos ...«

Doch es war ganz egal, was er sagte. Es gab keine Entschuldigung. Er hatte auf ganzer Linie versagt. Wieder einmal.

»Ich hab ihm auf die Mailbox gesprochen«, erklärte er, »und deswegen dachte ich, er wüsste längst ...« Dann schwieg er. Wenn er jetzt weiterredete, machte er alles nur noch schlimmer.

»Du kannst ihm doch nicht einfach auf die Mailbox sprechen, und damit ist die Sache abgehakt! Du musst doch sichergehen, dass deine Nachricht ankommt! Gerade in so einem Fall. Mensch, er hat sich eben erst auf den Weg zum Bahnhof gemacht, um nach Münster zu fahren. Ich musste extra noch seinen Schalke-Schal waschen.«

»Es tut mir leid ...«

Seine Stimme war kaum zu hören. Aber es gab ja auch nichts zu sagen, was ihn entlastete.

»Wo steckst du denn jetzt?«

»In Köln. Die Ermittlung ...«

»Meine Güte, Henrik! Ein einziger Termin in der Woche. Ist das denn zu viel verlangt? Jetzt steht der Junge gleich mit seinem Fanschal vor deiner Wohnung, und keiner macht auf. Sein Handy ist nämlich kaputt. Ich kann ihn nicht mehr erreichen.«

Jedes Wort war ein Schlag, der ihn tief in der Magengrube traf. Trotzdem hörte seine Exfrau nicht auf. Sie redete einfach immer weiter.

»Das ist also die Art und Weise, wie er erfahren wird, dass wieder einmal nichts aus den Versprechungen seines Vaters wird. Er steht einfach vor verschlossener Tür. Hör mal zu, Henrik, er ist dein *Sohn!* Was denkst du dir denn dabei?«

Das war typisch für sie. Sie wusste genau, wann er wehrlos

232

am Boden lag. Und dann konnte sie einfach nicht aufhören zu treten.

»Wann wirst du endlich erwachsen? Du kannst mit den Kindern nicht so umspringen. Weißt du eigentlich, was du ihnen antust? Wie sehr du sie verletzt?«

Als das Gespräch endlich vorbei war, blickte er nachdenklich zu dem riesigen Krankenhausgebäude hinüber.

Gratczek stand am Haupteingang und wartete auf ihn. Keller steckte das Handy weg, dann eilte er ihm im Laufschritt entgegen.

»Guido, hast du kurz den Autoschlüssel? Ich hab was im Wagen liegen lassen.«

»Natürlich. Hier!«

Er warf ihm den Schlüssel entgegen, Keller fing ihn auf und lief zum Wagen zurück. Dort setzte er sich hinters Steuer, startete den Motor und fuhr los. Gratczek fiel die Kinnlade herunter, dann rannte er los. Keller war nicht schnell genug gewesen: Gratczek versperrte ihm die Straße, und er konnte ihn ja schlecht über den Haufen fahren. Wütend schlug sein Kollege mit der Hand auf die Motorhaube.

»Was soll das, verdammt noch mal?«

Keller verriegelte die Türen und öffnete das Beifahrerfenster einen schmalen Schlitz weit.

»Tut mir leid, Guido, aber du musst alleine weitermachen.«

»Hast du einen Knall? Was soll das denn jetzt?«

»Ich muss nach Münster zurück, und zwar sofort. Ich kann dir das nicht erklären, aber es ist wichtig.«

»Und was ist mit mir? Mich lässt du einfach hier stehen?«

»Einer muss ja mit den Leuten im Krankenhaus sprechen. Du kannst später mit dem Zug zurück nach Münster fahren. Ich zahl dir das Ticket, versprochen.«

»Mit dem Zug? Spinnst du?«

Keller blickte in den Rückspiegel. Der Krankenwagen, der ihm bis eben den Fluchtweg versperrt hatte, war verschwunden.

»Sorry, Guido«, sagte er, setzte mit quietschenden Reifen zurück, wendete in der Auffahrt und raste davon. Er blickte auf die Uhr. Die Autobahn war sicher frei, und wenn er sich beeilte, konnte er in einer guten Stunde wieder in Münster sein. Mit etwas Glück stand sein Sohn dann noch bei ihm vor der Tür.

Erst der Weg vom Parkplatz zum Pflegeheim, dann das Herumstehen an der Pforte und schließlich die Treppen und der lange Flur. Das alles setzte Carl mehr zu, als er geglaubt hatte. Er stützte sich auf seinen Stock und biss die Zähne zusammen. Trotzdem wurde er immer langsamer. Im Augenwinkel bemerkte er, wie Bernhard Hambrock sein Tempo anpasste. Er verlangsamte seine Schritte und achtete darauf, mit Carl auf gleicher Höhe zu bleiben. Fehlte nur noch, dass er ihn am Arm nahm.

Carl deutete auf die Tür am Ende des Flurs. »Da vorne ist es. Wir sind da.«

Bernhard Hambrock klopfte, und kurz darauf erschien eine Schwester. Eine junge und lebensfroh wirkende Frau mit offenem Haar und geschminkten Lippen. Sie begrüßte die beiden mit einem strahlenden Lächeln.

»Ich bin ein ehemaliger Nachbar von Ilse«, sagte Carl. »Ich würde ihr gern einen Besuch abstatten. Ist sie da?«

»Schon«, sagte die Schwester. Kurz fiel ein Schatten über ihr Gesicht. »Da ist sie schon. Aber … ach was, kommen Sie einfach herein.« Wieder dieses unbeschwerte Lächeln. Dann rief sie über die Schulter: »Ilse! Sie haben Besuch!«

Die beiden Männer traten ein. Es ging durch einen engen schmalen Flur, dahinter war das Wohnzimmer. Die Schwester verschwand summend in der Küche, wo sie offenbar gerade sauber machte. Geschirrgeklapper und das Geräusch von fließendem Wasser drang heraus. Carl trat ins Wohnzimmer. Ein kleiner, aber freundlich eingerichteter Raum mit großen Fenstern, die zum Park führten. Mittendrin ein Sessel mit Blick nach draußen, ganz so wie bei ihm zu Hause. Dort hockte Ilse. Carl trat näher.

Er erkannte sie beinahe nicht wieder. Sie war nur noch Haut und Knochen. Fahl, hohlwangig und dürr. Saß gebeugt in ihrem Sessel und starrte ins Nichts. Die Parklandschaft interessierte sie nicht, sie hatte gar keine Augen dafür. Ihr Blick war glasig und leer.

Carl ließ sich gegenüber dem Sessel auf einen Stuhl sinken. Er blickte sie an. Ilse. Ja, sie war es. Er erinnerte sich an die lebensfrohe und zupackende Frau, die sie einmal gewesen war.

»Reden Sie mit ihr!«, drang es aus der Küche. »Sie mag es, wenn man mit ihr spricht.«

Bernhard Hambrock trat einen Schritt zurück und setzte sich aufs Sofa. Er wartete.

Carl lächelte sie an. »Ilse? Ich bin es, Carl Beeke.«

Keine Reaktion.

»Du weißt doch, der kleine Kotten an der Straße nach Ostbevern. Da haben wir gelebt. Mia und ich. Erinnerst du dich an Mia Beeke?«

Irgendwie hatte Carl gehofft, sie würde sich wenigstens an Mia erinnern. Die beiden Frauen waren damals Freundinnen gewesen. Ilse war oft bei ihnen auf dem Kotten gewesen, hatte beim Wursten geholfen oder gemeinsam mit Mia Obst eingekocht. Nach getaner Arbeit hatten die beiden Frauen dann im Garten unter der Linde gesessen, Kaffee getrunken und geredet und gelacht.

Mia. Es war eine gute Zeit gewesen, gemeinsam mit ihr auf dem Kotten. Seine kleine Scholle Land, die er über alles geliebt hatte. Er und Mia. Heute erschien es ihm wie das Paradies.

»Ich hätte dich viel früher besuchen sollen, Ilse.« Er nahm ihre zerbrechliche Hand. »Es tut mir leid. Bist du mir böse?«

Ilse hob den Kopf. Sie sah Carl verständnislos an. »Mia«, sagte sie.

Er lachte. »Ja, richtig, Ilse. Mia. Sie lässt dich schön grüßen. Leider konnte sie mich nicht begleiten.«

Doch Ilses Kopf senkte sich wieder. Sie tauchte ab und starrte unbewegt zu Boden.

Carl sah die beiden Frauen vor sich, wie sie im Garten saßen und lachten. Als wäre es gestern gewesen. Er konnte seine Arbeitshosen nicht finden, und weil er nicht wusste, dass Besuch da war, lief er mit schmutzigen langen Unterhosen hinaus in den Garten. Der Schreck war groß, doch dann sagte Mia: »Na, Carl, hast du deine Jogginghosen an?« Sie tat sich schwer, dieses neumodische Wort auszusprechen, doch damit war die Scham verflogen, und alle hatten laut gelacht, vor allem Ilse.

Er spürte eine Hand auf seiner Schulter. Es war Bernhard Hambrock. Carl sah auf. Er schüttelte den Kopf: Sie würden hier nichts erreichen. Ilse war nicht ansprechbar.

Die Schwester war in der Tür aufgetaucht. Sie betrachtete Ilse mit nachdenklicher Miene.

»Sie hatte schon bessere Tage«, sagte sie. »Man weiß nicht, wann sich ihre Stimmung wandelt. Ihre Tochter war gestern hier, seitdem ist sie so. Eigentlich freut sich Ilse immer über Renates Besuch. Aber gestern hat sie sich danach ganz zurückgezogen.« Offenbar bemerkte sie Carls Enttäuschung. »Nehmen Sie es nicht persönlich«, sagte sie.

»Ich hätte nur so gern mit ihr gesprochen.«

»Ein andermal vielleicht. Kommen Sie wieder. Heute ist kein guter Tag.«

Bernhard Hambrock steuerte den Ausgang an. Carl erhob sich mühsam und nahm seinen Stock. Er zögerte. Etwas hielt ihn zurück. Er wollte noch nicht gehen.

Er wandte sich an die Schwester. »Glauben Sie ... Könnten Sie mich vielleicht anrufen, wenn ein Besuch sinnvoll ist? Wäre das möglich?«

Sie wirkte unschlüssig. Offenbar war so etwas nicht üblich.

»Ich würde so gern mit ihr sprechen.«

Sie warf Bernhard Hambrock einen unsicheren Blick zu, dann wandte sie sich wieder an Carl und lächelte.

»Ich werde sehen, was ich tun kann. Aber ich will nichts versprechen.«

Carl kramte einen Einkaufsbon hervor, ließ sich von Bernhard Hambrock einen Kugelschreiber geben und notierte seine Telefonnummer. Die Schwester nahm den Zettel zwar entgegen, aber Carl hatte den Eindruck, sie tat das nur aus Höflichkeit.

»Ich war ein Nachbar von Ilse, wissen Sie«, sagte er. »Ilse und meine verstorbene Frau waren eng befreundet.«

»Das war Mia?«

»Ja. Richtig.«

Sie lächelte und steckte den Zettel ein. Doch Carl hatte verstanden. Bei der nächsten Wäsche würde sie das zerknüllte Papierchen in der Hosentasche finden, kurz überlegen, woher es stammte, und danach würde es im Mülleimer landen.

Er sah sich um. Wahrscheinlich war er zum letzten Mal hier. Ilse war in ihrer eigenen Welt, weit entfernt. Er dachte an den sonnendurchfluteten Garten hinter dem Kotten. An die beiden Frauen, die sich nach getaner Arbeit zum Kaffeetrinken unter die Linde setzten. An das Lachen in ihrem Garten.

»Leb wohl, Ilse«, sagte er.

Dann wandte er sich ab und folgte Bernhard Hambrock nach draußen. Schweigend kehrten sie zum Parkplatz zurück. Die Luft war klar und rein. Es roch nach Frost. Der Kommissar half Carl die letzten Stufen hinunter.

»Jetzt habe ich Sie ganz umsonst hergeholt«, sagte er.

»Ach, das macht nichts«, meinte Hambrock. »Einen Versuch war es wert.«

»Ich hatte mir mehr davon versprochen.«

Bernhard Hambrock öffnete die Wagentür und half ihm hinein. Dann setzte er sich hinters Steuer und fuhr los.

»Ich bringe Sie jetzt wieder nach Hause.«

Carl sah auf die Uhr.

»Nein. Bringen Sie mich zu Moorkamp, Sie wissen schon, die Gastwirtschaft am Ortseingang, wo auch die Trauerfeier für

Siegfried war. Da ist jetzt der allwöchentliche Stammtisch. Ich werde schon einen finden, der mich später nach Hause bringt.«

»Also gut. Das liegt ja ohnehin auf dem Weg.«

Sie fielen wieder in Schweigen. Carl ließ sich die Wintersonne ins Gesicht scheinen. Er dachte über den Besuch bei Ilse nach.

»Und das alles an einem Sonntagmorgen«, sagte er schließlich. »Da hatten Sie bestimmt Besseres vor.«

»Nein, nein. Ich hatte gar nichts vor.«

Carl warf ihm einen Seitenblick zu. Da begriff er.

»Sie waren bei Ihrer Schwester. Im Krankenhaus.«

Der Kommissar nickte, ohne den Blick von der Straße zu lösen.

»Wie geht es ihr?«, fragte Carl.

»Sie ist in künstlichen Tiefschlaf versetzt worden und wird jetzt beatmet. Die Ärzte fürchten, ihre Organe könnten versagen.«

»Wieso haben Sie das nicht gesagt? Sie hätten nicht herkommen dürfen.«

»Nein, machen Sie sich keine Sorgen. Wenn sich ihr Zustand ändert, werde ich angerufen.«

»Trotzdem, Herr Hambrock. Rosa ist tot. Daran können wir nichts mehr ändern. Denken Sie an die Lebenden. Seien Sie bei Ihrer Schwester. Sie werden den Mörder schon noch finden. Das muss nicht gleich passieren.«

Carl dachte an Mias letzte Stunden. Sie wollte zu Hause sterben, aber dann lag sie doch wieder im Krankenhaus. Er selbst hatte den Notarzt gerufen. Aber da wusste er ja noch nicht, dass es dieses Mal keine Rückkehr geben würde. Er konnte sich genau an den Moment erinnern, als der Arzt auf ihn zutrat, um die Todesnachricht zu überbringen. Brockmann hatte auf seinem Namensschildchen gestanden, und über dem O war ein kleiner Fleck gewesen.

Hambrock deutete hinaus auf die Straße. »Wir sind da.«

Tatsächlich, vor ihnen lag die Gastwirtschaft.

»Danke fürs Herbringen, Herr Hambrock. Alles Gute.«

»Danke, und ich melde mich wieder bei Ihnen, Herr Beeke.«

Carl stieg aus und sah dem Wagen hinterher, der auf die Bundesstraße in Richtung Münster fuhr. Er fühlte sich müde und erschöpft. Dieser Ausflug war anstrengender gewesen, als er geglaubt hatte. Ilses Abwesenheit, die Trauer des Kommissars, die vielen Treppenstufen. Und was die Frage nach Rosas Mörder anging, war er keinen Schritt weitergekommen.

Vielleicht hätte er den Stammtisch besser ausfallen lassen sollen, um sich zu Hause auszuruhen. Doch dafür war es jetzt zu spät. Er nahm sich also zusammen und steuerte auf den Eingang von Moorkamps Gastwirtschaft zu.

Keine Spur von Niklas. Keller stellte seinen Wagen in die zweite Reihe, ließ den Motor laufen und hastete ins Mietshaus, in dem er wohnte. Vielleicht hatte ein Nachbar ihn hereingelassen.

»Niklas!«, rief er ins Treppenhaus.

Doch nichts. Er nahm ein paar Stufen, lehnte sich übers Geländer und sah hinauf zu seiner Wohnungstür.

»Niklas! Bist du hier?«

Mit einem Fluch rannte er zurück zum Wagen und schwang sich hinters Steuer. Im Schritttempo fuhr er zum Bahnhof, den Blick auf den Bürgersteig gerichtet. Er hatte die Hoffnung, seinen Sohn irgendwo zu überholen. Am Bahnhofsvorplatz gab es keine Parkmöglichkeit. Keller ließ den Blick über die Menge schweifen, aber da waren einfach zu viele Menschen, die vor dem Haupteingang herumwuselten.

»Mist, verdammter!«

Die Hand am Steuer, zog er das Blaulicht unterm Sitz hervor, um es aufs Dach zu setzen, mitten auf den Bahnhofsvorplatz zu fahren und den Wagen dort abzustellen.

Da sah er ihn plötzlich. Niklas. Er hatte die Abkürzung durch die Fußgängerzone genommen und schlurfte mit seinem Schalke-Schal gerade in Richtung Haupteingang.

Keller riss das Lenkrad herum. Ein riesiger Bus tauchte hinter ihm auf und begann lautstark zu hupen. Ein zweiter musste ebenfalls abbremsen und fiel ins Hupkonzert ein. Keller achtete nicht drauf, sondern gab Gas und überquerte gegen alle Verkehrsregeln die Fahrbahn. Auf der anderen Seite ließ er das Fenster herab und rief den Namen seines Sohns. Doch der hörte nichts. Er trug Ohrstöpsel.

Keller rollte auf den Busstreifen. Er war jetzt direkt hinter ihm und rief wieder seinen Namen, so laut er konnte. Und endlich blickte sich der Junge um. Doch als er seinen Vater erkannte, verdunkelte sich seine Miene noch mehr. Er wandte sich ab und schlurfte weiter.

»Niklas! Jetzt warte doch!«

Keller sprang aus dem Wagen und packte ihn an der Schulter. Niklas drehte sich genervt um und zog einen Stöpsel heraus.

»Wo willst du denn hin?«, fragte Keller.

Niklas verdrehte die Augen.

»Hast du mich denn nicht gesehen? Jetzt sag schon. Wo willst du hin?«

»Wohin soll ich schon wollen? Zum Zug.«

Keller holte tief Luft. »Hör zu: Es tut mir leid, Niklas, dass ich nicht zu Hause war. Da war ein wichtiger Einsatz. Ich hab dir auf die Mailbox gesprochen. Da wusste ich noch nicht, dass dein Handy kaputt ist. Das Ganze ist echt blöd gelaufen. War meine Schuld, okay?«

Der Junge blickte weiterhin gekränkt zu Boden. Keller legte den Arm um seine Schulter und zog ihn zu sich heran. Spielerisch boxte er ihm in die Seite.

»Komm schon, Niklas. Zur zweiten Halbzeit schaffen wir das noch. Und die erste hören wir uns auf der Autobahn im Radio an. Also, sollen wir los?«

Doch der Junge wand sich aus der Umarmung. Er steckte seinen Stöpsel wieder ins Ohr. »Kein Bock mehr. Tschüs.«

Doch so leicht ließ sich Keller nicht abservieren. Er packte ihn bei der Schulter und zog den Stöpsel wieder heraus. »Ich hab doch gesagt, es tut mir leid. Bitte, Niklas. Hör mir erst in Ruhe zu. Dann kannst du immer noch entscheiden, ob du wirklich nicht mit mir ins Stadion fahren willst.«

Der Junge sah bockig aus, blieb aber stehen und wartete. Also gut, dachte Keller.

»Ich weiß, du machst gerade eine ätzende Zeit durch. Ich sollte mehr Zeit für dich haben. Hör mal, wenn diese Mordermittlung erst vorbei ist … Da habe ich so viele Überstunden, da kann ich mir tagelang freinehmen.«

Niklas stöhnte auf.

»Es tut mir leid, Niklas. Ich weiß ja, wie das für dich ist. Deine Mutter und ich … du würdest dir wünschen, wir würden anders mit der ganzen Sache umgehen. Das alles besser hinkriegen. Aber ich sage dir, wir bemühen uns. Das Leben von Erwachsenen kann eben manchmal ganz schön kompliziert sein. Natürlich ist das für dich nicht zu verstehen: Da wird dir plötzlich ein neuer Vater vorgesetzt, und dann …«

»Dieter ist schon in Ordnung«, warf Niklas ein.

Dieter, der schleimige Anwalt. Für Keller brauchte Niklas diesen Typen nicht in Schutz nehmen.

»Ich verstehe schon. Trotzdem. Natürlich wolltest du deine Familie so behalten, wie sie war. Deine Mutter und deinen Vater und … alles. Ich weiß, dass ich dir fehle. Aber ich tue mein Bestes, glaub mir. Ich werde mich ändern.«

Niklas verschränkte die Arme und funkelte ihn wütend an.

»Du sagst also, du weißt, wie das für mich ist?«, meinte er. »Du hast doch gar keine Ahnung. Aber den dicken Macker machen, das kannst du. Woher willst du wissen, was bei mir los ist? Dafür müsstest du mal mit mir reden. Aber wann hast du schon mal Zeit für mich?«

»Ich weiß ja. Pass auf, die Mordermittlung …«

»Ja, ja. Irgendwas ist immer. Nie bist du da, nie ist auf dich Verlass.«

»Niklas, bitte …«

»Dieter ist immer für mich da. Ganz egal, was bei ihm in der Kanzlei los ist. Zu dem kann ich immer kommen.«

Keller glaubte sich verhört zu haben. Doch Niklas war noch nicht fertig.

»Kein Wunder, dass Mama dich nicht mehr haben wollte«, sagte er. »Was hat man denn von dir? Sprüche klopfen, das kannst du, und einem die Hütte vollstinken mit deinen ekligen Zigaretten. Aber wenn man dich braucht, bist du Lichtjahre entfernt.«

Jedes Wort war wie ein Faustschlag in den Magen. Keller wurde übel. Er war unfähig, etwas zu sagen.

»Weißt du was, Papa? Ich brauche dich nicht mehr. Das habe ich mir längst abgewöhnt.«

Hinter ihnen erklang plötzlich ein ohrenbetäubendes Hupen. Ein Bus der Stadtwerke wollte an das Bushäuschen heran. Kellers Wagen versperrte den Weg. Im totalen Halteverbot.

»Mein Zug fährt gleich. Ich muss los.«

»Aber das Spiel …«

»Ach, weißt du, Papa, ich wollte es dir nicht sagen, aber ich steh schon lange nicht mehr auf Schalke. Ich bin jetzt Dortmund-Fan. Wie Dieter.«

Damit drehte er sich um und ließ Keller an der Haltestelle zurück, mit einem wild hupenden und gestikulierenden Busfahrer, der kurz davor war, durchzudrehen.

Guido Gratczek brauchte eine Weile, bis seine Wut verflogen war. Ein strammer Marsch über das angrenzende Universitätsgelände, ein paar tiefe Atemzüge und schließlich die Treppenstufen ins oberste Stockwerk des Krankenhauses. Oben angekommen, stellte er sich zunächst ans Fenster und blickte hinaus. Unter ihm der Grüngürtel, die Innenstadt und mittendrin der Kölner Dom. Alles bei klarer Luft und in blasses Winterlicht getaucht. Jetzt endlich beruhigte er sich wieder. Sollte Keller doch machen, was er wollte. Er würde sich schon etwas einfallen lassen, ihm das heimzuzahlen.

Dann hielt er nach dem Schwesternzimmer Ausschau. Es herrschte Betriebsamkeit auf dem Flur. Überall Familien mit Kindern, Rollstühle und Verpflegungswagen, ältere Menschen mit Blumengebinden und Kranke, die ihre Infusionsständer spazieren fuhren. Schließlich entdeckte er das Schwesternzimmer. Die Tür stand offen, im Innern war jedoch keiner zu sehen. Er klopfte gegen den Türrahmen.

»Hallo? Ist hier jemand?«

Zögerlich trat er ein, doch im Zimmer war niemand.

Plötzlich erklang eine laute und durchdringende Stimme hinter ihm: »Sie dürfen hier nicht rein! Was fällt Ihnen ein?«

Eine Schwester war aufgetaucht. Groß und schlank, mit einem hageren, abgekämpften Gesicht und streng zurückgebundenen Haaren. Sie stellte sich ihm in den Weg und drängte ihn zurück zum Ausgang.

»Jetzt warten Sie doch!«, rief er. »Ich bin von der Polizei. Mein Name ist Guido Gratczek.«

Er zog seinen Ausweis hervor und hielt ihn ihr unter die Nase. Sie kniff misstrauisch die Augen zusammen.

»Wir machen hier nur unseren Job«, sagte sie dann. »Was konkret werfen Sie uns vor?«

»Gar nichts. Ich möchte nur ein paar Fragen stellen. Vor einem halben Jahr hatten Sie hier einen Patienten namens Fritz Schulte-Stein. Bauchspeicheldrüsenkrebs im Endstadium. Können Sie sich an ihn erinnern?«

Sie verschränkte die Arme vor ihrem Kittel. »Wir dürfen keine Auskünfte über unsere Patienten geben. Sie müssten das eigentlich wissen.«

Du liebe Güte, was für eine Wetterhexe, dachte Gratczek.

»Ich will ja gar keine Auskünfte über den Patienten und seinen Krankheitsverlauf. Ich will nur wissen, ob Sie sich an ihn erinnern. Ich habe hier ein Foto von Herrn Schulte-Stein. Erkennen Sie ihn?«

Er zog das Bild hervor, das die Töchter von Fritz Schulte-Stein ihm gegeben hatten, und zeigte es ihr. Sie warf einen flüchtigen Blick darauf und fixierte ihn dann wieder misstrauisch.

In diesem Moment kam ein junger Pfleger herein. Er bemerkte die beiden, zwinkerte Gratczek zu, nahm eine Akte vom Schreibtisch und verschwand wieder.

»Wissen Sie eigentlich, wie viele Patienten wir hier im Zeitraum eines halben Jahres haben? Haben Sie überhaupt eine Vorstellung?«

Gratczek sah dem jungen Pfleger hinterher. Vielleicht sollte er sich besser mit dem unterhalten.

»Wir können uns unmöglich an jedes Gesicht erinnern«, fuhr die Schwester fort. »Wir haben ja kaum noch Zeit, uns um die Patienten zu kümmern. Immer mehr Arbeit in immer weniger Zeit. Was denken Sie, wie wir das alles machen sollen?«

»Sie können sich also nicht an Fritz Schulte-Stein erinnern?«

Sie warf einen weiteren Blick auf das Foto.

»Und was wäre, wenn? Was wollen Sie dann von mir?«

»Ein kräftiger Mann war bei ihm zu Besuch. Etwa fünfundvierzig bis fünfzig Jahre alt. Er war sehr groß und hatte eine auffällige …«

»Ein Besucher? Jeden Tag kommen Dutzende Besucher hierher! Rechnen Sie das mal auf ein Jahr hoch! Was denken Sie denn, was wir den ganzen Tag machen? Kaffee trinken und uns die Leute angucken?«

Eine Kollegin betrat das Schwesternzimmer. Eine stämmige dunkelhäutige Frau, die Autorität und Strenge ausstrahlte. Eine Frau, mit der man sich lieber nicht anlegte. Sie warf einen Blick auf das Foto, grüßte Gratczek mit einem Nicken und trat dann ans Waschbecken.

»Nein, das denke ich natürlich nicht«, versuchte er zu beschwichtigen. »Ich frage mich nur, ob Sie ihn zufällig bemerkt haben.«

Die hagere Schwester begann, auf dem Schreibtisch in den Unterlagen zu kramen. Offensichtlich hatte sie beschlossen, einfach weiterzuarbeiten.

244

»Es war ein bulliger Mann mit Goldkettchen und einer großen Narbe im Gesicht«, fuhr er unbeirrt fort. »Er war mindestens zweimal bei Fritz Schulte-Stein zu Besuch. Gut möglich, dass der Patient danach auffallend niedergeschlagen oder nachdenklich war.«

»Eine große Narbe, sagen Sie? Mitten im Gesicht?«

Das war die Kollegin am Waschbecken. Gratczek wandte sich zu ihr um. »Ja. Erinnern Sie sich etwa?«

Die andere Schwester nahm das zum Anlass, sich davonzumachen. Sie hielt es nicht einmal für nötig, sich zu verabschieden. Doch Gratczeks Aufmerksamkeit galt jetzt ohnehin der anderen, die gerade das Wasser abdrehte und sich die Hände abtrocknete.

»Und ob ich mich erinnere. Der Mann da«, sagte sie und deutete auf das Foto, »war einer meiner Patienten. Ein freundlicher älterer Herr. Und ich sage Ihnen: Der Typ mit der Narbe ist mir sofort aufgefallen. Ich hab von Anfang an gewusst, mit dem stimmt etwas nicht.« Sie stemmte die Hände in die Hüften. »Nach seinem ersten Besuch war der Patient so aufgeregt, da musste ich ein Beruhigungsmittel geben. Und ein paar Tage später tauchte dieser Typ schon wieder auf. Am liebsten hätte ich den vor die Tür gesetzt, aber Herr Schulte-Stein meinte, es wäre alles in Ordnung. Er käme schon zurecht.«

»Hat Herr Schulte-Stein Ihnen gesagt, wer der Mann war?«

»Nein, das wollte er nicht. Obwohl ich ihn dazu gedrängt habe.«

»Wie oft haben Sie den Mann hier gesehen?«

»Nur die beiden Male. Danach ist er nie wiedergekommen. Aber ich war stocksauer, das kann ich Ihnen sagen. Der Patient war todkrank, verstehen Sie? Da brauchte er Ruhe. Und dann kommt dieser Teufel mit der Narbe und bringt alles durcheinander.«

»Können Sie mir sonst noch etwas über diesen Mann sagen?«, fragte er.

»Kommen Sie!«

Sie winkte ihn zu sich ans Fenster und zeigte hinaus. Unten war der Parkplatz zu sehen.

»Ich habe seinen Wagen gesehen. Er fuhr einen dunkelblauen VW Passat. Zehn, höchstens zwölf Jahre alt, schätze ich.«

Gratczek kniff die Augen zusammen. »Wie wollen Sie das von hier oben beurteilen können?«

Sie griff nach einem Opernglas, das auf der Fensterbank neben einem Alpenveilchen stand. Als sie seinen Blick bemerkte, stellte sie fest: »Das ist nicht meins. Aber wo es nun mal hier steht, kann man es auch benutzen.«

Er sah hinunter auf den Parkplatz.

»Wenn Sie das Baujahr erkennen konnten, haben Sie da zufällig auch das Kennzeichen des Wagens gesehen?«

Sie stellte das Opernglas ruckartig ab, ging zum Schreibtisch, zog eine Schublade auf und begann darin zu wühlen. Einweghandschuhe, Kanülen, Gummibänder, Kaugummis, alles wurden auf den Schreibtisch gepackt. Schließlich ein triumphierendes »Wer sagt's denn!«, und sie hielt Gratczek einen Klebezettel unter die Nase, auf dem ein Autokennzeichen notiert war.

»Ich hab mir gedacht: Sicher ist sicher. Dieser Typ war mir nicht geheuer. Irgendwas hat der mit meinem Patienten angestellt, und ich hab keine Ahnung, was. Es schmeckt mir gar nicht, wenn auf meiner Station etwas hinter meinem Rücken geschieht. Als hätte ich geahnt, dass mal die Polizei danach fragen wird.«

Gratczek nahm den Zettel entgegen. Volltreffer. Er konnte nicht glauben, was er sah. Sechs Richtige im Lotto. Das passierte also, wenn Keller ihn im Einsatz sitzen ließ: Gratczek zog den großen Gewinn. Das würde er Hambrock so richtig unter die Nase reiben, da konnte Keller Gift drauf nehmen. Der würde Jahre brauchen, um das wiedergutzumachen.

»Vielen Dank. Sie haben uns sehr geholfen.«

Auf dem Weg zum Fahrstuhl dachte er fieberhaft nach. Es

246

war zwar Sonntag, aber er würde dieses Rätsel lösen, und zwar heute noch. Das schwor er sich.

Gratczek nahm sein Handy und wählte eine vertraute Nummer. Er würde schon bald wissen, wer der Halter dieses Fahrzeugs war. Und dann wäre er dem Teufel mit der Narbe, wie die Schwester ihn nannte, dicht auf der Spur.

18

Der Schankraum von Moorkamps Gaststätte war verwaist. Hinterm Tresen und in der Küche war niemand zu sehen. Von nebenan drangen Tellergeklapper und Stimmengewirr herüber. Eine Gesellschaft befand sich im Saal, und das Mittagessen wurde gerade aufgetragen. Carl ließ seinen Blick über die Menschenreihen wandern, konnte jedoch keinen der Moorkamps entdecken.

Aber das machte nichts. Er kannte ja den Weg. Langsam ging er zum Hinterzimmer und drückte die Tür auf. Doch zu seiner Überraschung war auch dieser Raum leer. Kalter Rauch hing in der Luft, und eine seltsame Stille lag über dem langen Eichentisch. Es war keiner da.

Er ging zurück in den Schankraum. Sabine Moorkamp tauchte mit einer Kiste Weinflaschen im Arm auf.

»Carl, was machst du denn hier?«, begrüßte sie ihn.

»Ich wollte zum Stammtisch. Wo sind denn dein Vater und die anderen?«

»Ach herrje. Hat dir keiner was gesagt? Der Stammtisch fällt heute aus.«

»Ach so? Nun ja, ich war nicht in der Kirche. Wahrscheinlich haben da alle gedacht, ich würde ohnehin nicht kommen. Wieso fällt er denn aus? Ist etwas passiert?«

»Nein. Vater ist nur krank. Mutter ist bei ihm und kümmert sich. Es war den beiden heute einfach zu viel. Deshalb.«

»Er ist krank? Was hat er denn?«

»Ich weiß nicht. Einen Virus oder so was. Ich war noch gar nicht bei ihm. Mutter sagt, es ist nichts Schlimmes.« Sie deutete mit dem Kinn zum Festsaal. »Ich muss weiter, Carl. Tut mir leid, aber das Mittagessen wird gerade serviert.«

»Nein, nein. Geh ruhig. Bis bald.«

Draußen auf dem Parkplatz dachte er nach. Konnte das ein Zufall sein? Der erste Stammtisch nach Rosas Tod, und Heinz sagte ihn kurzerhand ab? War er denn wirklich krank? Oder wollte er vielmehr ein Zusammentreffen der Stammtischler vermeiden, jetzt, wo alle noch aufgewühlt und fassungslos waren? In der Hoffnung, bis zum nächsten Treffen wäre ein wenig Gras über die Sache gewachsen.

Carl umrundete das Gebäude und klingelte bei Heinz und Inges Wohnung an. Es dauerte eine Weile, doch dann wurde ihm geöffnet. Inge stand mit großen Augen auf der Schwelle.

»Carl, du? Was führt dich denn hierher?«

»Ich war nicht im Hochamt und wusste deshalb gar nicht, dass der Stammtisch ausfällt. Sabine hat gesagt, Heinz ist krank. Ist es denn was Ernstes?«

»Nein, nein. Nur ein Virus. Keine Sorge.«

»Kann ich ihm einen Krankenbesuch abstatten? Wo ich schon mal hier bin.«

»Oh. Ich …« Sie sah sich besorgt um. »Ich … das geht nicht, Carl. Tut mir leid. Er … er … er schläft gerade.«

Carl nickte. Es war eine Lüge. Aber was sollte er da machen?

»Dann grüß ihn von mir«, sagte er.

Sie wirkte erleichtert. »Das mache ich, Carl.«

Eilig verabschiedete sie sich und schloss die Tür. Carl fühlte sich in seinem Verdacht bestätigt. Der Stammtisch fiel aus, weil Heinz sich der Gemeinschaft nicht stellen wollte.

Unschlüssig blieb er auf dem Parkplatz stehen. Sollte er zurück in die Gastwirtschaft und Sabine bitten, seine Tochter anzurufen? Doch wahrscheinlich war Christa noch immer unterwegs. Wer könnte ihn stattdessen fahren?

Er blickte sich um. Bis zur Kirche waren es gut hundert Meter. Er beschloss, eine Kerze für Mia anzuzünden und sich ein wenig auszuruhen. Doch nachdem er sich erst einmal auf den Weg gemacht hatte, kam ihm die Strecke wesentlich länger vor. Als er endlich das Kirchenportal erreicht hatte, konnte er sich kaum noch auf den Beinen halten. Er tauchte in das stille und von Weihrauch geschwängerte Innere der Kirche und ließ sich auf eine der hinteren Bänke sinken. In seinen Beinen flammte der Schmerz auf. Er mutete sich zu viel zu. Es wurde Zeit, dass er nach Hause kam.

Er schloss die Augen. Von draußen drang kein Laut herein. Er bereute es, den Gottesdienst verpasst zu haben. Beinahe wäre er weggenickt, da hallte ein leises Klirren durch die Kirche. Pfarrer Rodering war im Chorraum aufgetaucht und räumte den Altar auf. Er war bereits umgezogen und trug einen dunklen Anzug. Als er aufblickte, entdeckte er Carl in der letzten Reihe.

»Herr Beeke, ich grüße Sie!« Er lächelte und trat auf ihn zu. Seine Schritte hallten von den Wänden wider. »Ich habe Sie heute beim Gottesdienst vermisst.«

»Ich war im Pflegeheim, bei der Mutter von Renate Wüllenhues.«

»Bei Ilse? Na, sie wird sich gefreut haben.«

Carl schüttelte den Kopf. »Nein. Sie hat mich gar nicht erkannt. Es ging ihr nicht gut.«

»Das tut mir leid.« Der Pfarrer legte tröstend seine Hand auf Carls Schulter. »Ich weiß, es ist schwer, wenn unsere Weggefährten eine solche Krankheit erleiden müssen.«

»Das ist es gar nicht, Herr Pfarrer. Ich wollte mit ihr sprechen. Über früher, wissen Sie? Ich hatte gehofft, dass sie mir ein paar Fragen beantworten kann.«

Der Pfarrer setzte sich neben ihn auf die Bank.

»Sie meinen wegen der Dinge, die hier passieren?«

Carl nickte. »Die Polizei stellt auch diese Fragen. Sie versuchen herauszufinden, was damals auf dem Hof von Schulte-Stein passiert ist. Während der Zeit, in der ich nicht in Düstermühle war. Rosas Fotoalbum mit den alten Bildern ist gestohlen worden, bevor sie ermordet wurde. Deswegen.«

»Ich verstehe. Sie wollten mit Ilse reden, weil sie eine Zeitlang als Magd auf dem Hof war.«

Jetzt war Carl verblüfft. »Woher …?«

Doch dann fiel es ihm wieder ein: Rodering war in seiner Zeit als Kaplan schon einmal in der Gemeinde Düstermühle gewesen. Damals, als der alte Pfarrer Winkler noch gelebt hatte, der während des Krieges der Gemeindepfarrer gewesen war.

»Mein Vorgänger hat mich gut eingeführt in die Gemeinde«, sagte Rodering und zwinkerte. »Er kannte seine Schäfchen.«

»Er hat gewusst, was hier los war im Krieg«, sagte Carl. »Aber er ist tot. Wie fast alle anderen von damals. Nur Ilse nicht, dafür hat sich ihr Verstand davongeschlichen. Sie ist kaum mehr ansprechbar.«

»Ich fürchte, ich kann da auch nicht weiterhelfen. Pfarrer Winkler, natürlich, der war eine lebende Chronik von Düstermühle. Aber ich weiß viel weniger über die Verhältnisse. Ich habe Unterlagen über die wichtigsten Daten. Taufen, Erstkommunionen, Hochzeiten und Todesfälle. Aber sonst ...«

»Es hat mit denen zu tun, die in den letzten Kriegstagen auf dem Hof der Schulte-Steins lebten. Die Zwangsarbeiter, die Mägde und Knechte und die Herrschaften. Und natürlich die fünf Kinder, Sie wissen schon, die Kriegswaisen.«

»Ich fürchte, da muss ich passen.« Er zögerte. »Aber warten Sie mal, waren es nicht sechs Kinder? Oder irre ich mich?«

»Wie bitte? Nein, ich glaube nicht. Da waren Alfons, Hanne, Fritz, Magda und Friedhelm. Von einem weiteren Kind weiß ich nichts.«

»Ja, Sie haben recht.« Er kratzte sich am Hinterkopf. »Mehr fallen mir auch nicht ein. Seltsam. Mir war, als wären da sechs Kinder gewesen.« Dann lachte er. »Aber das zeigt nur, wie wenig ich letztlich weiß. Tut mir leid, Herr Beeke, aber wie es aussieht, kann ich Ihnen auch nicht weiterhelfen.«

Der Kaplan und zwei Messdiener tauchten an der Tür zur Sakristei auf. Sie hielten Ausschau nach dem Pfarrer. Offenbar warteten sie auf ihn.

»Ich muss leider los«, sagte Pfarrer Rodering und erhob sich. »Kommen Sie doch ein andermal wieder. Dann habe ich mehr

Zeit. Vielleicht können wir dann noch mal über diese Zeit sprechen.«

Er verabschiedete sich und verschwand mit den anderen in der Sakristei. Carl blieb auf der Kirchenbank sitzen. Ein Gedanke hatte sich bei ihm festgesetzt. Das sechste Kind. Vielleicht wusste der Pfarrer viel besser Bescheid, als er selbst glaubte, und Winkler hatte ihm damals etwas von sechs Kindern berichtet. Doch woher konnte dieses sechste Kind stammen? Und wohin war es verschwunden?

Er nutzte die Stille der Kirche, um seinen Gedanken nachzugehen. Eine Stimme sagte ihm, dass er plötzlich nah an der Lösung war. Er musste nur herausfinden, ob es dieses sechste Kind tatsächlich gegeben hatte. Den Rest würde er dann von ganz allein verstehen.

In den Besuchertoiletten stand das Fenster sperrangelweit offen. Doch das störte Hambrock nicht. Er sog die kalte Luft ein. Dann trat er ans Waschbecken und drehte den Hahn auf. Sein Spiegelbild sah furchtbar aus. Wie viel Schlaf hatte er in den letzten Tagen bekommen? Er spritzte sich kaltes Wasser ins Gesicht. Die Kälte vertrieb für ein paar Sekunden jeden anderen Gedanken.

Es waren jetzt alle da. Elli war aus Düsseldorf zurückgekehrt, Jürgen und die Kinder saßen bereits seit dem frühen Morgen im Aufenthaltsraum, und seine Eltern waren ebenfalls eingetroffen. Nach der Morgenvisite waren sie für ein paar Minuten bei Birgit im Krankenzimmer gewesen. Doch sie lag immer noch im Tiefschlaf. Wie es aussah, würde sie nicht mehr daraus erwachen.

Der Schmerz, die Trauer, die Verlustängste und die Panik – alle Gefühle stürzten plötzlich über ihn ein. Er glaubte den Verstand zu verlieren. Er drehte den Hahn weiter auf und hielt den Kopf unter das fließende Wasser. Es war wie eine Explosion. Als würde er in einen Bergsee springen. Er lebte nur noch im Moment, alles war weit entfernt. Es gab kein Krankenhaus, kein Warten und kein Nachdenken übers Sterben. Schließlich rang er nach Luft. Die Kälte war nicht mehr zu ertragen. Er stellte das Wasser ab und stützte sich schwer atmend auf das Becken.

Ein Piepsen ließ ihn zusammenfahren. Sein Handy. Es war Guido Gratczek. Natürlich, die Ermittlungen gingen ja weiter, egal was hier passierte. Er zögerte. Dann dachte er daran, was Carl Beeke zu ihm gesagt hatte: Rosa ist tot. Denken Sie an Ihre Schwester. Den Mörder können Sie später noch finden.

Er drückte das Gespräch weg und stellte das Handy aus. Am liebsten hätte er die Batterien herausgenommen, aber das war natürlich Unsinn. Er steckte das Gerät zurück in die Tasche.

In dem Moment ging die Tür auf. Elli steckte ihren Kopf herein. Typisch, sie hatte keine Scheu, eine öffentliche Herrentoilette zu betreten. Sie sah ihn mit nassen Haaren dastehen und war im nächsten Moment bei ihm.

»He! Alles in Ordnung?«

Dann nahm sie ihn in den Arm. Es tat gut, ihre Nähe zu spüren.

»Ich werde mir eine Erkältung holen.«

Sie lachte. »Ja, das stimmt. Gehen wir wieder zurück.«

Sie half ihm, die Haare zu trocknen, und gemeinsam kehrten sie zurück zum Aufenthaltsraum. Hambrock sah seine Familie jenseits der Glasscheibe beisammensitzen.

Plötzlich wusste er: Es ist bald so weit. Er konnte es spüren. Es würde nicht mehr lange dauern.

»Ist wieder alles in Ordnung?«, flüsterte Elli.

Er nickte. Dann stieß er die Tür auf und trat in den Aufenthaltsraum.

Guido Gratczek stand auf der schmutzigen Terrasse und überblickte den ungepflegten, verwilderten Garten. Alte Möbel lagen im Gestrüpp, der Rasen war voller Maulwurfshügel. Ein Rabe, der auf dem Zaun gesessen und ihn beobachtet hatte, flog krächzend davon. Er wartete.

Auf einmal wurde sein Anruf weggedrückt. Mit einem Stirnrunzeln versuchte er es erneut. Jetzt war Hambrocks Handy sogar abgeschaltet. Die Mailbox sprang sofort an.

»Hier ist Guido«, sprach er aufs Band. »Bitte ruf mich zurück, Hambrock. Es ist dringend.«

Er sah durch die gläserne Terrassentür ins Innere des Hauses. Am Wohnzimmertisch saß der kräftige Mann über die alten Fotos gebeugt, die er und Gratczek sich eben angesehen hatten. Ein grobschlächtiger Typ mit Dreitagebart und Goldkettchen. Durch die große Narbe im Gesicht wirkte er tatsächlich Furcht einflößend.

Als er vor eine Stunde an der Tür geklingelt und sich vorgestellt hatte, da hätte Gratczek niemals geglaubt, dass er diesen Mann wenig später weinen sehen würde. Doch es ging um seinen kürzlich verstorbenen Vater, und die beiden hatten sich ganz offensichtlich sehr nahegestanden.

Gratczek betrachtete sein Handy. Er musste handeln, und zwar schnell. Er versuchte es im Präsidium. Doch auch dort ging keiner ans Telefon. Alle waren unterwegs. Er dachte nach. Es gab keine Alternative. Er musste Keller anrufen.

Es klingelte ein paarmal, dann wurde er auch hier weggedrückt. Gratczek war verblüfft. Das durfte doch wohl nicht wahr sein. Er wählte noch einmal, und Keller drückte ihn ein zweites Mal weg. Das könnte dir so passen!, dachte er. Beim dritten Mal ging sein Kollege genervt an den Apparat.

»Was ist denn?«, blaffte er ihn an.

Gratczek war sprachlos. Erst ließ Keller ihn in Köln sitzen, und jetzt tat er, als wäre es eine Zumutung, von ihm angerufen zu werden. Doch Gratczek beschloss, nicht weiter darauf einzugehen. Die Sache war einfach zu wichtig.

»Wo bist du gerade?«, fragte er.

»Guido, ich …« Er seufzte. »Zu Hause.«

»Wie bitte? Hast du mich deswegen hier sitzen lassen? Weil du schon mal nach Hause fahren wolltest?«

Kellers Stimme klang erschöpft. »Hör zu, ich hab jetzt echt

keinen Bock auf so was. Das mit Köln, das tut mir leid. Ich mach's wieder gut, okay? Aber es ging einfach nicht anders.«

»Vergiss das mit Köln«, sagte Gratczek. »Ich hab hier was anderes. Eine Sensation. Du musst Walther Vornholte ins Präsidium holen. Und zwar sofort.«

»Walther Vornholte?« Keller war mit einem Mal voll bei der Sache. »Was ist passiert?«

»Es geht um Hanne, um seine Frau«, sagte Gratczek. »Hanne Schulte-Stein.«

Und dann berichtete er in allen Einzelheiten, was er in der vergangenen Stunde erfahren hatte. Während er sprach, betrachtete er das breite Kreuz des Mittvierzigers, der hinter der Scheibe saß und auf ihn wartete.

»Ich komme, so schnell ich kann«, schloss er seinen Bericht. »Aber du musst Walther Vornholte ins Präsidium holen.«

»Gut. Ich mach mich sofort auf den Weg. Fährst du mit dem Zug? Dann hole ich dich vom Bahnhof ab.«

»Nein, das wird nicht nötig sein. Ich lass mir was einfallen.«

Bevor Gratczek ins Wohnzimmer zurückkehrte, wählte er eine weitere Nummer. Vor Kurzem hatte er sie noch aus seinem Adressbuch löschen wollen, doch dann hatte er es doch nicht getan. Nun war er dankbar dafür.

Gleich nach dem ersten Läuten wurde abgenommen.

»Hallo, ich bin's. Ich weiß, ich hab mich schon lange nicht mehr gemeldet. Ich bin in Köln, nicht weit von dir entfernt. Hör zu, du musst mir einen Gefallen tun. Kannst du mit dem Auto kommen und mich nach Münster fahren?«

Die Stimme am anderen Ende klang nicht begeistert. Natürlich nicht. Guido hatte sich nicht gerade wie ein Gentleman verhalten, damals, als ihre Affäre auseinanderging. »Ich würde dich nicht fragen, wenn es nicht wichtig wäre. Bitte.«

Kurzes Schweigen am anderen Ende. »Na gut. Wo soll ich dich abholen?«

»Danke, Achim. Du hast was bei mir gut.«

Er nannte die Adresse und steckte sein Handy ein. Dann

ging er zurück ins Wohnzimmer. Der Mann mit dem Goldkettchen sah auf. Es lag noch immer Trauer in seinen Augen.

»Und? Haben Sie alle Anrufe erledigt?«

»Ja, ich werde gleich abgeholt.«

Er nickte. Dann überblickte er noch mal die Fotos, die auf dem Tisch ausgebreitet lagen.

»Hatte mein Vater denn etwas mit dieser Sache zu tun? War er in die Morde verstrickt?«

Gratczek warf einen Blick auf das Foto, das einen freundlich dreinblickenden älteren Herrn zeigte.

»Nein, da bin ich mir ganz sicher.«

»Aber wenn er sich nicht auf die Suche gemacht hätte, wäre das alles nicht passiert, oder? Er hat den Stein ins Rollen gebracht.«

»Das wissen wir nicht«, sagte Gratczek. »Denken Sie nicht mehr darüber nach. Keiner kann das sagen.«

Natürlich war das eine Lüge. Aber er wollte ihm die Wahrheit ersparen. Eine Weile saßen sie noch zusammen und redeten über seinen verstorbenen Vater. Irgendwann hupte draußen ein Wagen, und Gratczek stand auf und verabschiedete sich. Er musste weiter. Er musste so schnell wie möglich nach Münster.

Die Sonne stand bereits tief am Himmel, als Carl aus seinem Nickerchen erwachte. Er gähnte. Die Düster lag blau und frostig im Halbdunkel, Nebel stieg auf, und am Himmel ließ sich bereits der Nordstern ausmachen. Eine kalte, sternenklare Nacht stand ihnen bevor. Der Winter war endgültig in Düstermühle eingekehrt.

Carl fühlte sich nach dieser Ruhepause besser, seine Beine schmerzten nicht mehr. Auf dem Stövchen neben seinem Sessel dampfte ein Kännchen mit Kamillentee, das Teelicht war noch immer nicht heruntergebrannt. Er goss sich eine Tasse ein und genoss die Wärme. Er hatte geträumt, Mia wäre da gewesen. Sie hatte neben ihm im Sessel gesessen und ihren Kopf an seine Schulter gelegt. »Heute sehen wir uns wieder, Carl«, hatte sie gesagt. »Noch ehe der Tag zu Ende ist.« Ihre Nähe war deutlich zu spüren gewesen, so intensiv wie seit Langem nicht mehr. Es war ein schöner Traum gewesen.

Seit Siegfrieds Tod hatte Carl viel seltener an Mia gedacht, und seit Rosas Tod fast gar nicht mehr. Seine Gedanken waren rund um die Uhr bei den schlimmen Ereignissen der letzten Tage gewesen. Umso erstaunter war er, ausgerechnet jetzt in einer solchen Intensität von Mia zu träumen. Es war beinahe, als wäre sie im Raum gewesen. Selbst die Luft schien noch nach ihr zu riechen.

Carl wärmte sich an dem Gefühl ihrer Nähe. Dennoch wanderten seine Gedanken nach kurzer Zeit zwangsläufig wieder zu dem Rätsel, das er lösen wollte. Hatte der Pfarrer recht mit dem, was er so leichthin gesagt hatte? Gab es noch ein weiteres Kind, eines, das Carl übersehen hatte? War da vielleicht eine Magd gewesen, die ein Kind bekommen hatte? Nein, das hätte er später erfahren, so etwas wurde im Dorf herumgetratscht. Aber vielleicht hatten Anna und Otto Schulte-Stein ein leibliches Kind gehabt? Nein, auch das hielt er für unwahrscheinlich.

So kam er nicht weiter. Er würde morgen noch einmal nach Warendorf fahren. Vielleicht wäre es dann einfacher, mit Ilse zu sprechen. Heute Abend würde er nichts mehr in Erfahrung bringen. Besser, er dachte nicht weiter darüber nach. Möglich, dass er dann noch einmal Mias Nähe spürte.

Christa war wieder zu Hause. Sie arbeitete im Keller. Er wollte sie fragen, ob sie sich später mit ihm im Fernsehen den Tatort ansehen würde. Das war eine der wenigen Sachen, die sie gemeinsam taten. Doch gerade, als er sich erheben wollte, klingelte das Telefon. Überrascht sah er zum Hörer. Er erwartete keinen Anruf.

»Herr Beeke?«, meldete sich die Stimme am anderen Ende. »Gut, dass ich Sie erreiche. Ich bin eine der Pflegerinnen von Ilse, Ihrer Nachbarin. Wir haben uns heute kennengelernt.«

»Natürlich, ich erinnere mich.«

Carl hatte nicht damit gerechnet, dass sie ihn tatsächlich anrief. Schon gar nicht an einem Sonntagabend.

»Entschuldigen Sie bitte die Störung. Ich habe nur eine kurze Frage, dann sind Sie mich wieder los. Es ist nämlich so, dass ich unter den angegebenen Nummern von Renate Wüllenhues keinen erreiche. Haben Sie vielleicht eine Handynummer? Ich weiß nicht, weshalb, aber ich habe hier nur Festnetznummern.«

»Ist denn etwas passiert?«

Sie zögerte. Offenbar wollte sie diese Dinge nicht mit einem Fremden besprechen.

»Ilse geht es nicht gut«, sagte sie vage. »Sie hat nach ihrer Tochter verlangt. Es ist aber nichts Ernstes.«

»Natürlich. Warten Sie, ich hab die Nummer gleich.« Carl nahm das Telefonbuch und seine Lupe. »Es tut mir leid, dass es Ilse schlechter geht«, sagte er, während er umständlich zu blättern begann. »Sie war ja schon bei unserm Besuch nicht besonders gut drauf.«

»Es war wohl alles ein bisschen viel für sie.«

»Meinen Sie unseren Besuch?«

»Nein. Jedenfalls nicht nur. Sie hat später noch einmal Besuch bekommen. Eine Frau in einem Rollstuhl. Ich wollte sie anfangs wieder wegschicken, habe es dann aber doch nicht getan. Sonst freut sich Ilse immer so sehr über Besuch, deshalb habe ich sie hereingebeten. Hätte ich nur auf mein Gefühl gehört. Es war einfach zu viel.«

Carl hielt inne. Das musste Helga Schulte-Stein gewesen sein. Was hatte die denn bei Ilse gewollt? Ausgerechnet jetzt?

»Ich habe die Nummer gleich. Meine Augen, wissen Sie? Es dauert einen Moment.«

»Lassen Sie sich Zeit. Ich freu mich ja, dass Sie mir weiterhelfen können.«

»Die Frau im Rollstuhl war ebenfalls eine Nachbarin, nicht wahr?«

»Ja, genau. Ich habe die beiden alleine gelassen. Und nach-

258

dem sie wieder fort war, ging es mit Ilse schlagartig bergab. Sie war ganz durcheinander. Hat ständig etwas von einem Kind gesagt. Und von einem Mann, der Rudolph hieß. Sie hat Momente, da ist sie zeitlich verwirrt. Heute war es ganz schlimm. Keine Ahnung, um wen es sich bei dem Kind und dem Mann handelte, aber es hat sie sehr aufgewühlt.«

Rudolph. Carl rutschte die Lupe aus der Hand. Plötzlich war alles klar. Wer auf dem Foto war, das Alfons sich genommen hatte. Wieso diese Morde passierten. Was hinter allem steckte.

»Hallo? Sind Sie noch dran?«

»O ja. Entschuldigung.« Er riss sich zusammen. »Jetzt habe ich Renates Handynummer gefunden. Haben Sie etwas zu schreiben?«

Er gab die Nummer durch und legte auf. Er war wie unter Schock. Jetzt war ihm klar, wer Rosa ermordet hatte. Warum sie sterben musste.

Er nahm das Telefon und wählte die Nummer von Bernhard Hambrock. Doch dort sprang nur die Mailbox an, und noch ehe er sich versah, ertönte der Piepton, und das Band lief. Carl entschuldigte sich eilig und legte auf. Der Kommissar war bei seiner Schwester. Er hatte das Gerät ausgeschaltet, natürlich.

Carl nahm den Stock und erhob sich. Es gab immer noch offene Fragen. Das Rätsel war noch nicht völlig gelöst. Er wollte erst die letzten Puzzleteile einfügen, danach würde er Bernhard Hambrock bemühen.

Er verließ das Wohnzimmer und ging in die Küche. Christa saß mit einer Tasse Tee am Küchentisch und las in ihren Unterlagen. Offenbar hatte sie es im Keller nicht mehr ausgehalten.

»Ein langer Tag, was?«, sagte er zu ihr.

»Ja, aber ich bin gleich fertig. Dann muss ich nur noch die Kinder abholen.« Sie lächelte. »Vielleicht können wir später den Tatort gucken.«

»Das wäre schön. Die Kinder sind in Ostbevern, oder?«

»Ja. Wieso fragst du?«

»Könntest du mich ein Stück mitnehmen? Ich möchte zum Kotten fahren.«

»Jetzt? Es wird gleich dunkel. Was willst du denn da?«

»Nur ein bisschen spazieren gehen. Alleine.«

»Aber …«

»Ich habe von deiner Mutter geträumt. Ich möchte nur unser Haus sehen und an der alten Koppel entlanglaufen.«

Da konnte sie natürlich nicht Nein sagen. Sie lächelte.

»Also gut. Hol deinen Mantel. Wir können gleich los.«

Carl ging zur Garderobe. Er hoffte, dass er das Richtige tat. Er wollte herausfinden, ob er recht hatte mit seiner Vermutung. Danach, das nahm er sich fest vor, würde er die Polizei rufen.

Keller ging an der offenen Scheune entlang und warf einen Blick hinein. Der alte Traktor stand verlassen da, der grüne Lack glänzte im Abendlicht. Walther Vornholte war jedoch nirgends zu sehen. Keller ging weiter zur Haustür und klingelte. Dann trat er ein paar Schritte zurück und sah neugierig durch ein Fenster. Im Innern war eine hastige Bewegung auszumachen. Walther Vornholte war in seinem Wohnzimmer. Er machte sich am Sofa zu schaffen, räumte irgendetwas um, zog dann sein Jackett glatt und verließ eilig den Raum. Kurz darauf wurde die Tür geöffnet.

Sein Blick war voller Erstaunen.

»Herr Keller? Was führt Sie denn hierher?«

Keller lächelte jovial und reichte ihm die Hand.

»Guten Abend, Herr Vornholte. Ich hoffe, ich störe nicht.« Nach dem Händeschütteln bemerkte er: »Einen kräftigen Händedruck haben Sie. Viel kräftiger als der von Siegfried Wüllenhues.«

Vornholte erstarrte. »Was wollen Sie damit sagen?«

»Gar nichts. Siegfried Wüllenhues litt unter starkem Rheuma, deshalb war sein Händedruck wohl nicht so kräftig, nehme ich an. Jedenfalls konnte der mit seinen Händen keinen erwürgen.«

»Wollen Sie mir etwa unterstellen …?«

»Ach was, nein.« Er lachte. »Darf ich vielleicht hereinkommen? Ich würde gern kurz mit Ihnen reden.«

Ohne eine Antwort abzuwarten, drängte er sich an dem alten Mann vorbei ins Innere. Er marschierte quer durch die Diele auf die Wohnzimmertür zu.

»Das Wohnzimmer ist dort vorn, richtig?«

»Warten Sie! Was soll das denn?«

Doch Keller trat bereits in den Raum. Walther Vornholte überholte ihn und stellte sich ihm in den Weg.

»Jetzt sagen Sie mir, was hier los ist. Sie können doch nicht einfach hier hereinspazieren. Was wollen Sie?«

»Ich dachte, wir könnten gemeinsam hier drinnen warten, bis die Kollegen vom Streifendienst da sind, die ich angefordert habe. Draußen ist es so ungemütlich. Wir würden Sie nämlich gerne ins Präsidium mitnehmen, um Sie zu befragen.«

»Ins Präsidium? Wieso? Ich habe alles gesagt, was ich weiß. Ich verstehe nicht, was das soll. Bitte gehen Sie.«

»Haben Sie tatsächlich alles gesagt, was Sie wissen? Was ist zum Beispiel mit dem Besuch aus Köln, den Sie neulich hatten? Ein Mann mit einer Narbe im Gesicht. Oder wissen Sie das gar nicht mehr?«

Walther Vornholte wurde jetzt leichenblass.

»Es ging um Ihre verstorbene Frau Hanne, nicht wahr? Deshalb war er hier.«

Vornholte ließ sich auf einen Stuhl sinken. Keller konnte förmlich sehen, wie seine inneren Verteidigungslinien einbrachen. Offenbar hatte er begriffen, dass die Polizei Bescheid wusste. Keller würde ab jetzt leichtes Spiel mit ihm haben.

»Und, was ist? Werden Sie mich ins Präsidium begleiten, damit ich Ihnen dort ein paar Fragen stellen kann?«

»Ja. Ich komme mit«, sagte er resigniert.

»Die Kollegen werden jeden Moment hier sein. Ich darf mich kurz setzen?«

Er steuerte das Sofa an, wo ein paar Kissen ungeordnet übereinanderlagen. Dort hatte er vorhin am Fenster die Bewegung gesehen. Walther Vornholte sprang von seinem Stuhl auf.

»Nein! Nicht da!«

Doch es war zu spät. Keller hatte sich bereits aufs Sofa fallen lassen. Er spürte etwas Hartes in seinem Rücken, unter den Kissen. Walther Vornholte riss panisch die Augen auf, doch er konnte nichts mehr tun.

Keller zog die Kissen fort, und der harte Gegenstand kam ans Licht. Es war ein altes Fotoalbum mit einem schwarzen ledernen Einband.

19

Auf der Autobahn waren nur wenige Menschen unterwegs, und so erreichte Gratczek knapp zwei Stunden später das nahezu verwaiste Polizeipräsidium. Seine Schritte hallten durch die leeren Korridore. Das Haus zeigte sich an diesem Sonntagabend von einer ungewohnten Seite.

Kein Mensch begegnete ihm in den sonst lebhaften Räumen, bis er schließlich den Flur mit den Büros seiner Ermittlungsgruppe betrat, wo es etwas lebendiger zuging. Überall brannte Licht, zwei Uniformierte standen in der engen Kaffeeküche und plauderten, und am Ende des Flurs tauchte Henrik Keller auf, der gerade das Büro verlassen hatte, in dem sie für gewöhnlich die Vernehmungen führten. Er entdeckte Gratczek und kam mit schnellen Schritten auf ihn zu.

»Guido, da bist du ja. Dann können wir loslegen. Walther Vornholte sitzt schon am Besuchertisch.«

»Ich komme also nicht zu spät?«

»Nein, nein, wir sind auch noch nicht lange hier.« Er deutete mit dem Kinn zur offenen Tür. »Er ist nur noch ein Häufchen Elend. Wir werden nicht viel Arbeit mit ihm haben. Also, sollen wir anfangen?«

Das war alles. Kein Wort mehr zu dem Vorfall in Köln. Keller tat so, als wäre alles wie immer. Die Tatsache, dass er seinen Kollegen vor ein paar Stunden derart hängen gelassen hatte, schien für ihn keine Rolle mehr zu spielen.

So leicht wollte Gratczek sich aber nicht abspeisen lassen. Er würde später darauf zurückkommen, wenn die Vernehmung von Walther Vornholte vorüber war. Ihm würde schon noch etwas Passendes einfallen, um Keller das heimzuzahlen.

»Dann wollen wir mal sehen«, sagte er. »Hast du ihn schon mit unseren neuen Erkenntnissen konfrontiert?«

»Nein, aber ich habe das Fotoalbum bei ihm entdeckt. Du weißt schon, das Album, das Rosa Deutschmann gestohlen wurde.«

»Vornholte hatte das Album bei sich zu Hause? Und es lag einfach so herum?«

»Es steckte im Wohnzimmer unter einem Sofakissen. Ich habe mich buchstäblich draufgesetzt.«

»Na, dann legen wir mal los.«

Walther Vornholte sah tatsächlich nicht aus, als wäre viel Widerstand zu erwarten. Blutunterlaufene Augen, hängende Schultern, ein ausweichender Blick.

»Herr Vornholte, das ist mein Kollege Guido Gratczek. Jetzt, wo er da ist, würden wir gern anfangen. Wir möchten Ihnen ein paar Fragen stellen.«

Keller schloss die Tür, nahm Platz und stellte das Tonband ein. Eine Schreibkraft war an diesem Sonntagabend nicht mehr aufzutreiben gewesen, also musste das Band ausreichen. Keller lehnte sich zurück und verschränkte die Arme.

»Fangen wir mit dem Besuch aus Köln an. Ein Mann mit einer auffälligen Narbe im Gesicht. Er war vor Kurzem bei Ihnen auf dem Hof. Was hatte es damit auf sich?«

Walther Vornholte schwieg. Er starrte regungslos auf die Tischplatte. Offenbar versuchte er immer noch, irgendetwas zu retten.

»Sie hatten doch Besuch von einem Mann, auf den diese Beschreibung passt? Oder irre ich mich?«

»Ich weiß nicht mehr«, sagte Vornholte. »Vielleicht war das ein Vertreter.«

Seine Stimme war dünn und brüchig. Es brauchte nur noch einen kleinen Stoß. Den wollte Gratczek ihm geben. »Hieß dieser Mann vielleicht Jens Vogelsang?«, fragte er.

Vornholte sah erschrocken auf. Offenbar kannten sie jetzt die ganze Geschichte. Es hatte keinen Sinn mehr zu lügen.

Er senkte den Blick. Sekundenlang sagte er gar nichts. Dann flüsterte er: »Ja. Er war bei mir. Das war Jens.«

»Jens. Das ist ihr Neffe, nicht wahr?«

»Ja. Er ist ein guter Junge.«

»Wir haben inzwischen erfahren, dass Ihre verstorbene Frau einen leiblichen Bruder hatte. Peter. Er lebte in Köln, und Jens ist sein Sohn.«

»Ja, das stimmt.«

Gratczek kannte bereits die ganze Geschichte, trotzdem wollte er sie noch einmal aus dem Mund von Walther Vornholte hören.

»Wie haben Sie diesen Teil der Familie kennengelernt? Soweit ich weiß, war Ihre Frau eine Kriegswaise. Sie wurde von Schulte-Stein in Pflege genommen. Es gab gar keine Familie mehr, hat es immer geheißen.«

»Das haben wir auch gedacht, Hanne und ich. Sie hatte ja kaum noch Erinnerungen an die Zeit vor Schulte-Stein. Aber als wir in Rente gegangen sind, da ist … Sie hatte so viel Zeit zum Nachdenken. Ihr Bruder – Peter, er hat …«

Vornholte brach ab. Er kämpfte mit seinen Emotionen. Gratczek und Keller wechselten einen Blick. Dann sagte Gratczek mit leiser und freundlicher Stimme: »Erzählen Sie einfach von Anfang an. Die ganze Geschichte. Es fing an, als Ihre Frau in Rente ging? Ist das richtig?«

Vornholte atmete tief durch. »Hanne hatte plötzlich die Idee, nach ihrem Bruder zu suchen. Ich weiß nicht, woher dieser Wunsch eigentlich kam, aber er hatte die Wirkung eines Dammbruchs. Ihr ganzes Leben über hatte sie nicht an ihre Kindheit zurückdenken wollen, aber plötzlich war alles anders. Dabei konnte ihr keiner sagen, ob ihr Bruder den Krieg überlebt hatte. Aber das war ihr egal. Sie wollte Gewissheit haben. Sie wollte nicht sterben, ohne sein Schicksal zu kennen. Ihre Eltern waren tot, daran gab es keinen Zweifel. Aber was war mit ihrem Bruder? Sie kannte nur seinen Namen: Peter Vonnesand. Zumindest glaubte sie zu der Zeit, das wäre der Name. Am Ende stellte sich ja heraus, dass der Familienname Vogelsang war und nicht Vonnesand. Hanne konnte sich an ihren Nachnamen nicht richtig erinnern, wie an so vieles nicht, was vor fünfundvierzig war. Aber das wussten wir damals ja noch nicht. Wir haben uns also auf die Suche gemacht. Es gibt Kindersuchdienste, die immer noch daran arbeiten, verlorene Kinder aus dem Weltkrieg aufzuspüren. Auch heute noch, fast siebzig Jahre danach, gibt es Leute, die ihre Verwandten suchen. Hanne war nur eine von vielen. Doch wir kamen nicht weiter. Keine Spur von Peter. Hannes Angaben waren wohl zu ungenau. In ihren Unterlagen stand, sie wäre in Aachen geboren, aber sie selbst glaubte, sie wäre auf dem Land aufgewachsen. Heute weiß ich es besser. Der Eintrag in den Unterlagen ist richtig, sie war tatsächlich in Aachen geboren, wo sie gelebt hat, bis der Krieg begann. Danach begann die Flucht. Sie wurde erst in Aachen ausgebombt, dann in Düren und schließlich in Koblenz. Drei Bombardierungen hat sie überlebt, das muss man sich mal vorstellen. Sie und ihr Bruder wurden dann in den Harz geschickt. Sie waren inzwischen Waisen, die Mutter starb in Düren und der Vater an der Front. Im Harz landeten sie in einem Kinderheim. Später wurden sie getrennt, Hanne kam nach Osnabrück und Peter ins Siegerland. Heute lässt sich nicht mehr nachvollziehen, weshalb sie nicht zusammenblieben. Jedenfalls kam Hanne allein nach Osnabrück, ohne ihren Bruder, und in ihren Unterlagen stand: Vollwaise, keine Geschwister. Die Zeit im Kinderheim muss schrecklich gewesen sein. Es konnte sich ja keiner kümmern um die vielen Kinder. Kurz darauf kam sie dann auf den Hof von Schulte-Stein. Und auch dort gab es wenig Liebe. Sie war eine kleine Kämpferin geworden, sie hatte durchgehalten und sich immer damit getröstet, dass sie eines Tages als Erwachsene glücklich sein werde. Sie musste nur durchhalten, das war ihr Mantra gewesen, und so hat sie alle emotionalen Entbehrungen ihrer Kindheit überstanden.«

Er hielt inne. Stille legte sich über den Raum.

»Wir hatten ein gutes Leben«, fuhr er schließlich fort. »Sie hat mich glücklich gemacht, vom ersten Tag an. Und ich habe versucht, sie ebenfalls glücklich zu machen. Wir haben alles hinter uns gelassen. Alles, was damals passiert ist. Das, was sie sich als Kind vorgenommen hatte, war Wirklichkeit geworden. Sie war eine glückliche Erwachsene geworden. Es war genau so, wie sie es sich erträumt hatte.«

Wieder fiel er in Schweigen. Um ihn zum Weiterreden zu bewegen, sagte Gratczek: »Das war sie bis zu ihrer Rente. Aber dann holte die Vergangenheit sie wieder ein.«

»Ja, so war es. Sie hatte viel Zeit zum Nachdenken. Und dann rückt das Lebensende irgendwann ins Blickfeld, verstehen Sie? So etwas ändert die Dinge. Sie hatte sich ihrer Kindheit gestellt. Und dann wollte sie ihren Bruder wiederfinden, um mit dieser Zeit abschließen zu können.«

Vornholte sah auf und lächelte traurig. »Sie hatte immer so eine Kindheitserinnerung. Ein Bild aus der Zeit, wo alles noch in Ordnung gewesen war und sie sich geliebt gefühlt hatte. Da waren ein See und eine Blumenwiese. Heute weiß ich, dieser See liegt im Harz, dort, wo sie mit ihrem Bruder gelandet war. Das Bild stammte also gar nicht aus Aachen und der Zeit, als ihre Eltern noch lebten, sondern aus einer viel späteren Phase, mitten im Grauen. Ihr Bruder hatte ihr ein so starkes Gefühl der Geborgenheit gegeben, dass sie glaubte, diese Erinnerung stammte aus der Zeit vor dem Krieg. Deshalb dachte ich immer, sie käme aus den Ostgebieten.«

»Wie ging es dann weiter?«, fragte Gratczek.

»Sie hat ihn nicht gefunden. Wir hatten einfach zu wenig konkrete Informationen, die wir den Suchdiensten bieten konnten. Man hat ihren Bruder nicht ausfindig machen können. Hanne hat sich da reingesteigert. Sie wurde immer trauriger und wehmütiger. Sie hat einfach nicht loslassen können. Dann kamen die Angstzustände, später die Depressionen. Es gab Tage, an denen sie das Bett nicht verlassen hat. Sie ist regelrecht abgetaucht in ihre Trauer. Und ich stand daneben und konnte nichts tun. Wir mussten ihren Bruder finden, das war für mich klar. Aber was wir auch machten, wir kamen nicht weiter. Schließlich baute sie gesundheitlich stark ab. Und sie verlor den Verstand. Es war wie ein Strudel, und von da an dauerte es nur ein halbes Jahr, bis sie starb. Sie hat alles getan, um glücklich zu werden in ihrem Erwachsenenleben, und am Ende ist sie tieftraurig gestorben.«

»Und doch war Jens Vogelsang bei Ihnen auf dem Hof«, sagte Keller. »Und nicht nur bei Ihnen. Er war auch bei Alfons Schulte-Stein, nicht wahr? Haben Sie Hannes Familie schließlich doch noch gefunden, trotz der wenigen Hinweise?«

»Nein. Hannes Familie hat uns gefunden.«

Keller warf Gratczek einen fragenden Blick zu. Der nickte unmerklich. Es stimmte. So weit hatte er seinem Kollegen noch gar nicht Bericht erstatten können.

»Wie war das denn möglich?«, fragte Keller.

»Hannes Bruder hatte sich ebenfalls auf die Suche gemacht. Oder vielmehr sein Sohn. Davon konnten wir natürlich nichts wissen. Hannes Bruder, der in Köln gelebt hatte, war ebenfalls schwer krank gewesen. Und auch er sehnte sich danach, seine Schwester wiederzusehen. Zu erfahren, was aus ihr geworden war. Also hat sein Sohn sich auf die Suche gemacht. Es hat sehr lange gedauert, und es war wohl auch sehr kompliziert, aber schließlich hatte er es geschafft. Er hat das Kinderheim in Osnabrück ausfindig gemacht, wo ein Kind namens Hanne Vonnesand gelebt hatte. Jens war nicht sicher, ob es sich dabei überhaupt um die Schwester seines Vaters handelte. Es hatte schon andere Fährten gegeben, die allerdings ins Nichts gelaufen waren. Diese hier führte ihn zu einem Hof ins Münsterland. Zu Schulte-Stein. Er ist dorthin gefahren, um mehr über diese Hanne Vonnesand zu erfahren. Aber Alfons hat ihn weggeschickt. Er hat ihm gegenüber behauptet, alles wäre ein Irrtum. Außerdem wäre diese Hanne, die gar nicht seine Tante sein konnte, bereits seit Jahren tot.«

»Das hat er gesagt?«, fragte Keller. »Wieso sollte er das getan haben?«

»Aus Missgunst«, meinte Vornholte. »Und aus Ärger darüber, dass Hanne als junge Frau mit ihm gebrochen hatte. Er hat ihr nicht gegönnt, ihre Familie wiederzufinden. Es lag nur an ihm, ob das gelingen würde. Und da konnte er der Versuchung nicht widerstehen, Hanne eins auszuwischen.«

»Ihr eins auswischen? Die Formulierung passt wohl nicht zu dem, was sein Handeln zur Folge hatte.«

»Für Alfons war es aber so. Er hat nie verstanden, wie verheerend sein Handeln für andere war. Denken Sie nur an seine Exfrau, die er vom Hof gejagt hat, als sie die Diagnose multiple Sklerose bekommen hat. So war er.«

»Aber wenn Jens Vogelsang doch von Alfons Schulte-Stein weggeschickt worden ist«, fragte Keller, »wie hat er Sie dann trotzdem gefunden?«

»Er hat einfach nicht aufgehört zu suchen. Er war hartnäckig. Auch, als sein Vater kurz darauf verstorben ist. Er hat einfach weitergesucht. Wenn Hanne noch lebte, sollte sie das Grab ihres Bruders besuchen. Sie sollten wieder zusammenfinden. Ob im Leben oder im Tod, das war nicht mehr wichtig für ihn. Schließlich hat er Fritz Schulte-Stein aufgetrieben, der ebenfalls in Köln lebte, und erfahren, dass er im Krankenhaus lag. Er litt an Krebs, und die Prognosen waren schlecht. Jens hat ihn besucht und ihn über Hanne ausgefragt. Außerdem hatte er ein Foto dabei. Fritz war nicht wie Alfons, er hat ihm alles von Hanne erzählt. Und er hat sie auf dem Foto wiedererkannt. So ist Jens dann doch noch bei uns auf dem Hof gelandet.«

»Und Ihre Frau?«, fragte Keller.

»Hanne war zwei Wochen zuvor gestorben und hat ihren Neffen nicht mehr zu Gesicht bekommen. Sie starb, ohne zu erfahren, dass ihr Bruder den Krieg überlebt und später einen Sohn gezeugt hatte.«

Keller kaute auf seiner Unterlippe. Ihm ging auf, was geschehen sein musste: Walther Vornholte hatte Alfons Schulte-Stein getötet, um sich an ihm zu rächen. Hätte er Hannes Neffen nicht fortgeschickt, hätte sie mit ihrem Leben Frieden schließen können. Doch so war sie verzweifelt und unglücklich gestorben.

Auch Vornholte schien gar nicht mehr nach Auswegen zu suchen. Er wollte nur noch seine Beichte ablegen. Die Geschichte zu einem Ende führen.

»Was ist in der Nacht passiert, in der Alfons Schulte-Stein ums Leben kam?«, fragte Keller.

Vornholte sah zu Boden. »Ich war da, in der Schmiede. Ich wollte Alfons klarmachen, was er uns angetan hat. Hanne und mir. Die Art, wie sie gestorben ist. Das alles wäre anders gekommen, wenn ihr das späte Wiedersehen mit ihrem Bruder nicht verwehrt worden wäre. Sie wäre glücklich gestorben, verstehen Sie? Aber er ... Er hat mich ausgelacht. Und dann sagte er, ich solle von seinem Grund und Boden verschwinden.«

Er betrachtete seine Hände, als könne er nicht glauben, was er getan hatte.

»Ich wollte das nicht«, sagte er. »Aber ich war so zornig. So unendlich zornig. Ich hab ihm einen Holzklotz über den Kopf gezogen und mich auf ihn geworfen. Ich war rasend. Und dann habe ich meine Hände um seinen Hals gelegt. Er ... Ich ... ich habe es genossen, ihn sterben zu sehen. Er hat geröchelt, seine Augen traten hervor, und Speichel lief an seiner Wange herab. Die nackte Panik in seinem Blick. Ich konnte meine Hände nicht fortziehen. Ich war wie berauscht. Es war befreiend. Ich wünschte, es wäre anders gewesen. Aber ich habe es genossen, ihn zu töten.«

Die Deutlichkeit dieses Geständnisses ließ die beiden Kommissare für einen Moment den Faden verlieren. Keller fing sich als Erster.

»Was haben Sie danach getan? Wie kam es zu dem Brand in der Schmiede?«

»Als Alfons tot war, bin ich hinausgestürzt. Der Rausch war schnell vorüber, und mir wurde klar, was ich getan hatte. Ich hatte ihn doch gar nicht töten wollen. Keinen Gedanken hatte ich zuvor daran verloren. Ich wollte ihn nur zur Rede stellen.

Eine Entschuldigung von ihm bekommen. Er sollte begreifen, was er da verursacht hatte. Aber nun war ich ein Mörder. Ich bin also raus aus der Schmiede. Raus in die kalte Nacht. Erst bin ich ziellos umhergeirrt, ohne zu wissen, was ich tun sollte. Aber dann wurde mir klar, es gab nur eine Möglichkeit: Ich musste die Polizei rufen. Mich stellen. Düstermühle war nicht weit entfernt, also bin ich zu Moorkamps Gastwirtschaft gegangen. Ich wollte erst einmal einen starken Schnaps trinken. Und dann von dort die Polizei rufen.«

»Und dann trafen Sie auf Heinz Moorkamp?«

»Ja, er stand hinterm Tresen. Sein Sohn war an diesem Abend in Warendorf bei einer Versammlung, und da ist Heinz für ihn eingesprungen. Er hat sofort gemerkt, wie durcheinander ich war, und wollte wissen, was passiert ist. Und … na ja, da ich ohnehin die Polizei rufen wollte, habe ich ihm alles gesagt.«

»Wie hat er reagiert?«

»Heinz hat mich davon abgehalten, zum Telefon zu greifen. Er meinte, es hätte keinen Sinn, dafür ins Gefängnis zu gehen. Alfons hätte es verdient. Er konnte mein Handeln offenbar besser verstehen als ich selbst. Er hat Antonius dazugeholt. Antonius und Heinz sind ein Leben lang gute Freunde gewesen, er wusste, auf ihn konnte man sich verlassen. Außerdem hatte Antonius eine eigene Rechnung mit Alfons offen. Schließlich hatte der seine Tochter vom Hof gejagt, als sie krank wurde. Antonius war jedenfalls bereit zu helfen und machte sich sofort auf den Weg. Die letzten Gäste waren inzwischen gegangen, und Heinz hatte die Kneipe abgeschlossen. Er wollte gemeinsam mit Antonius einen Plan schmieden, wie man Alfons' Leiche am besten verschwinden lassen konnte, ohne Spuren zu hinterlassen. Mir hat er in der Zwischenzeit immer wieder nachgeschenkt. Ich wurde ganz weich im Kopf. Irgendwann fühlte ich mich sicher genug, bei den Plänen mitzumachen. Dann klopfte es am Fenster, und Antonius tauchte auf. Er kam jedoch nicht allein. Er hatte Siegfried Wüllenhues mitgebracht. Inzwischen waren wir zu viert.«

»Wie spät war es zu diesem Zeitpunkt?«, fragte Gratczek.

»Nach zwei. Siegfried hatte schon geschlafen. Aber nicht Antonius. Der macht ja spätabends immer seine Spazierfahrten mit dem Wagen. Eine richtige Nachteule ist das.«

»Antonius taucht also mitten in der Nacht bei Wüllenhues auf«, meinte Keller skeptisch. »Und Siegfrieds Frau soll nichts davon mitbekommen haben?«

»Sie hat einen sehr guten Schlaf. Antonius hat unten gegen das Fenster geklopft. Siegfried ist davon aufgewacht. Er hat sich eilig angezogen, und gemeinsam sind sie dann los. Auf Siegfried war Verlass, das wusste Antonius. Er hatte ja auch eine persönliche Geschichte mit den Schulte-Steins. Natürlich würde er uns helfen.«

»Und dann sind Sie auf die Idee gekommen, die Schmiede in Brand zu stecken?«

»Das war die Idee von Heinz. Der Boden war gefroren, wir würden also nicht viele Spuren hinterlassen. Heinz hat den Benzinkanister beigesteuert, er stammte aus seiner Garage. Sein Plan war, gemeinsam zur Schmiede zu fahren und die Sache zu beenden. Aber das wollte Siegfried nicht. Er meinte, es wäre zu auffällig, wenn alle fahren. Einer alleine sollte gehen. Und er hat darauf bestanden, es zu tun. Ihm ging es darum, seinem Vater Genugtuung zu verschaffen. Die Familie Schulte-Stein hat für viel Unglück bei der Familie Wüllenhues gesorgt. Er hatte also seine Gründe. Deshalb hat keiner widersprochen.«

»Aber dann ist irgendwas schiefgegangen, und Siegfried Wüllenhues hat eine Herzattacke erlitten.«

»Ja, das stimmt.« Vornholte betrachtete wieder seine Hände. »Ich fühle mich furchtbar schuldig deshalb. Wäre all das nicht passiert, würde Siegfried noch leben. Ich bin nicht nur schuldig an Alfons' Tod, ich habe auch Siegfried auf dem Gewissen.«

»Wie ging es weiter?«, fragte Keller.

»Heinz und Antonius meinten, das Beste wäre zu schweigen. Keiner konnte uns etwas nachweisen. Wir sollten einfach abwarten, bis Gras über die Sache gewachsen war. Aber ich habe das nicht ausgehalten. Siegfried wurde anfangs für den Mörder gehalten. Es war unerträglich für mich, dass er für meine Sünden verantwortlich gemacht wurde.«

Gratczek verstand plötzlich. »Da haben Sie ein paar Tage später den alten Schuppen bei Schulte-Stein angezündet! Um auf sich aufmerksam zu machen. Jetzt verstehe ich. Sie wollten zeigen, dass Siegfried nicht der Mörder ist. Schließlich konnte er diesmal nicht der Brandstifter gewesen sein.«

»Ich musste irgendetwas tun. Es durfte nicht sein, dass ein anderer für meine Taten büßt. Später hieß es plötzlich, Siegfried hätte den Mord gar nicht begehen können, wegen seines Rheumas. Von da an habe ich mich zurückgehalten, so wie Heinz und Antonius das von mir verlangt hatten.«

»Sie haben sich also zurückgehalten.« Keller verschränkte die Arme. »Und was war mit dem Fotoalbum? Das haben Sie aus Rosa Deutschmanns Wohnung gestohlen. Oder etwa nicht?«

Vornholte nickte schuldbewusst. »Ja, das war ich. Auch das ist etwas, worauf ich nicht stolz bin. Aber es gab keine Alternative.«

»Was wollen Sie damit sagen?«, fragte Keller. »Was war so wichtig an dem Album?«

»Es waren alte Fotos darin. Vom Anwesen der Schulte-Steins. Die Fotos müssen irgendetwas mit Hanne zu tun gehabt haben. Carl hat erzählt, dass Alfons bei Rosa war und das Album sehen wollte. Er hat ein Foto mitgenommen, als sie nicht im Raum war. Das muss etwa zur gleichen Zeit gewesen sein, als Jens Vogelsang bei ihm auf dem Hof aufgetaucht war. Alfons hat das Foto gestohlen, verstehen Sie? Offenbar war es für ihn sehr wichtig. Ich gehe davon aus, dass es ein Kinderbild von Hanne war. In der Nachkriegszeit wurden lange Zeit keine Bilder geschossen, deshalb wurde sie erst wieder fotografiert, als sie vierzehn war. Ich brauchte das Album. Wenn in diesem Album weitere Kinderfotos von Hanne gewesen wären, dann hätte man uns auf die Spur kommen können. Carl war ja überzeugt gewesen, das Album hätte etwas mit dem Mord zu tun. Wer wusste denn schon, was auf den anderen Fotos abgebildet war? Wir konnten nicht sicher sein, ob uns dieses Album verraten würde. Es wäre nämlich eine Spur, die zu uns geführt hätte. Deshalb haben wir beschlossen, das Fotoalbum zu stehlen.«

»Aber wieso musste Rosa sterben?«, fragte Keller. »Hat Sie Ihnen gedroht? Wollte sie alles auffliegen lassen?«

»Rosa?« Er sah sie mit großen Augen an. »Sie denken, ich habe Rosa ermordet?«

»Wer war es denn sonst? Einer Ihrer Komplizen? Heinz Moorkamp oder Antonius Holtkamp?«

Vornholte blickte von einem zum anderen. Dann lehnte er sich zurück, legte die Hände ineinander und sagte ruhig: »Ich möchte einen Anwalt.«

»Was soll das heißen? Sind Sie jetzt der Mörder von Rosa Deutschmann, oder sind Sie es nicht?«

Doch er weigerte sich weiterzureden. Plötzlich wirkte er gar nicht mehr schwach. Alles war verändert. Sie erkannten ihn kaum wieder.

»Ich werde nichts mehr sagen«, sagte er entschlossen. »Nicht, so lange ich keinen Anwalt bekomme.«

Hambrock war hinaus auf den Parkplatz gegangen, um frische Luft zu schnappen und sich die Beine ein wenig zu vertreten. Die Sonne stand jetzt tief am Himmel, nicht mehr lange, dann würde es dunkel werden. Ihnen stand eine sternenklare Nacht bevor.

Er empfand die Kälte als wohltuend. Nachdem die Familie stundenlang gemeinsam im Aufenthaltsraum gesessen und ihre Angst miteinander geteilt hatte, gingen nun alle für einen Moment eigene Wege. Jürgen war mit den Kindern zu McDonald's gefahren, seine Eltern saßen in der Cafeteria, und Elli besorgte sich und Hambrock eine Tasse Kaffee am Automaten. Sie würde jeden Moment zu ihm herauskommen.

Diese Pause war nötig gewesen. Jeder musste einen Moment lang für sich die Ereignisse verarbeiten. Danach würden sie sich wieder im Aufenthaltsraum treffen und – falls weiterhin nichts geschah – auch die nächsten Stunden dort gemeinsam verbringen.

Hambrock zog sein Handy hervor und schaltete es ein. Er sollte sich im Präsidium melden, nur damit man dort wusste, dass er nicht mehr kommen würde. Er entdeckte mehrere Nachrichten auf seiner Mailbox. Wie es aussah, stammten sie alle von Guido Gratczek. Er hörte nur die letzte ab.

»Hambrock, wo bist du? Hier ist noch mal Guido. Ich mache mir langsam Sorgen. Ich rufe jetzt an, um dich auf dem Laufenden zu halten. Hier überschlagen sich nämlich die Ereignisse. Wir haben den Täter. Es ist Walther Vornholte. Er hat bereits ein Geständnis abgelegt. Die ganze Sache hatte mit seiner verstorbenen Frau zu tun, aber die Geschichte erzähle ich dir lieber persönlich. Melde dich bitte, damit wir wissen, was los ist.«

Hambrock blickte zum Eingang. Elli war noch nirgends zu sehen. Er drückte die Rückruftaste, und Gratczek ging sofort an den Apparat.

»Hambrock, da bist du ja! Was ist denn los?«

»Entschuldige, dass ich mich nicht gemeldet habe. Ich weiß, dafür gibt es keine Entschuldigung. Ich habe mir einen Magen-Darm-Virus zugezogen. Das ging ganz plötzlich los.«

»Ich verstehe. Du hörst dich auch ziemlich elend an. Ich hoffe, es hat dich nicht zu schlimm erwischt.«

»Es geht so. Aber ihr kommt ja auch wunderbar ohne mich klar, wenn ich das richtig höre. Vornholte hat die Morde also gestanden?«

»Zumindest den an Alfons Schulte-Stein. Den Mord an Rosa Deutschmann wird er aber auch noch gestehen, da bin ich ganz sicher. Wir haben das gestohlene Fotoalbum bei ihm entdeckt.«

»Das hört sich doch gut an. Ich hoffe, dass ich es morgen ins

Präsidium schaffe. Dann reden wir weiter. Aber ich bin sehr erleichtert, dass der Fall geklärt ist.«

»Ruh dich lieber aus, und werd erst mal gesund. Wir können morgen auch einfach telefonieren, dann bringe ich dich auf den Stand.«

»Das tun wir, Guido. Vielen Dank.«

Walther Vornholte war also der Täter. Hambrock war froh, dass es vorbei war, aber er konnte sich jetzt nicht mit den Einzelheiten befassen. Das musste warten.

Er überflog die Liste der entgangenen Anrufe. Gerade wollte er das Handy wieder ausschalten, da sah er, dass Carl Beeke ihm eine Nachricht hinterlassen hatte. Mit einem Stirnrunzeln hörte er sie ab. Doch Carl Beeke sagte nichts weiter. Er entschuldigte sich nur für die Störung, dann legte er wieder auf. Seltsam. Im Gegensatz zu seinen Kollegen wusste er doch, wo Hambrock war. Auch wenn er den Grund für seinen Anruf nicht genannt hatte, war Hambrock dennoch davon überzeugt, dass es wichtig sein musste. Sonst hätte er gar nicht erst angerufen. Er überlegte, ob er zurückrufen sollte. Aber der Mörder war schließlich gefasst, und alles andere hatte Zeit bis morgen. Sein Daumen schwebte über der Verbindungstaste.

Da tauchte Elli in der Tür auf. Sie balancierte zwei Becher Kaffee vor sich her. Als sie ihn entdeckte, tauchte ein erschöpftes Lächeln in ihrem Gesicht auf. Hambrock traf eine Entscheidung. Er schaltete das Handy wieder aus, ließ es zurück in die Tasche gleiten und ging ihr entgegen. Er würde Carl Beeke morgen zurückrufen.

»Ich weiß nicht, ob das eine gute Idee ist, Vater«, sagte Christa. »Es wird doch schon dunkel.«

Die Sonne verschwand gerade blutrot am Horizont. Dunst bildete sich über den Wiesen.

»Ich komme lieber mit. Die Kinder kann ich auch im Anschluss noch abholen.«

»Nein, Christa. Ich möchte alleine gehen.«

»Aber das ist viel zu gefährlich. Überleg doch, was alles passieren kann, gerade im Dunklen.«

»Ich möchte nur eine halbe Stunde spazieren gehen. An der Koppel entlang und dann wieder zurück zur Straße. Ist das denn ein so großes Problem? Ich habe das Handy dabei, das du mir gekauft hast. Da kann doch gar nichts schiefgehen.«

Sie schaltete schweigend in den nächsten Gang und beschleunigte. Schließlich gab sie sich geschlagen.

»Also gut, wenn du meinst, dann geh eben allein. Aber du solltest bei den neuen Besitzern klingeln. Sie würden sich freuen, wenn du mal vorbeischauen würdest. Dann kannst du dir den Kotten auch einmal von innen ansehen.«

»Nein, ich will das Haus nicht sehen. Ich will gar nicht wissen, was sie aus unserem Kotten gemacht haben. Und kennenlernen will ich sie erst recht nicht.«

»Ach, Vater. Das sind sehr nette Leute, glaub mir. Du würdest sie mögen. Und sie haben den Kotten hübsch hergerichtet, alles nach Denkmalschutzrichtlinien. Und im Innern haben Sie das blanke Fachwerk an den Wänden hervorgeholt, aber alles picobello. Dein Kotten ist in guten Händen, darüber solltest du dich freuen.«

Carl brummte unwillig. Er wollte nicht länger über dieses Thema reden. Christa schien noch etwas sagen zu wollen, doch an der Kreuzung tauchte ein Auto auf, und sie musste abbremsen. Es war ein silberner Ford, der an ihnen vorbeischoss. Ein vertrautes Gesicht saß hinterm Steuer.

»Da ist ja Renate«, sagte Christa. »Hat sie uns gar nicht gesehen? Wir haben doch Vorfahrt. Die hat ja ein ziemliches Tempo drauf.«

Renate war in Richtung Warendorf unterwegs. Offenbar hatte die Schwester sie erreicht, und sie war nun auf dem Weg zu ihrer Mutter. Carl konnte verstehen, dass sie da keine Augen für den Straßenverkehr hatte.

»Ich war heute bei Ilse«, sagte er. »Im Pflegeheim.«

»Bei Renates Mutter? Mit wem denn?«

»Mit Inge Moorkamp«, log er. »Aber Ilse konnte sich nicht mehr an mich erinnern. Es war traurig.«

Christa warf ihm einen Seitenblick zu. »Das mit Rosa tut mir übrigens leid. Wirklich. Ich muss immerzu daran denken.«

Er antwortete nicht, sondern ließ seinen Blick über die Felder schweifen. Kurz darauf hielt Christa am Straßenrand.

»Bist du dir ganz sicher, dass du allein gehen willst?«, fragte sie.

»Ja. Ich gehe doch nur ein bisschen spazieren.«

Auf der anderen Straßenseite stand der Kotten, ihr altes Zuhause. Eine vertraute Silhouette war das, die sich dort vor dem Abendhimmel abzeichnete.

Christa betrachtete das Bild. Sie lächelte.

»Weißt du noch das Blumenbeet, das Mama immer vorm Haus hatte? Die prachtvollen Stauden? Das war ein richtiges Blütenmeer.«

»Ja, sie hat ihren Garten geliebt.«

»Meine Freundinnen haben mich darum beneidet. Sie wollten sich immer bei uns im Garten zum Lernen treffen.«

»Jetzt liegt dort ein Pflaster. Da sind keine Blumen mehr.«

»Nein, das stimmt.«

Eine Weile saßen sie noch da, blickten hinaus und hingen ihren Gedanken nach. Dann sagte Christa: »Ruf mich an, Papa, wenn du nach Hause möchtest.«

Carl lächelte. Es war schon eine Ewigkeit her, dass sie ihn das letzte Mal so genannt hatte.

»Das mache ich, mein Schatz.«

»Und dann koche ich uns ein Glas Glühwein, und wir sehen uns gemeinsam den Tatort an. Was hältst du davon?«

»Das wäre schön.«

Er nahm ihre Hand und drückte sie. Dann öffnete er die Tür und stieg aus. Er wartete, bis ihre Rücklichter hinter der Kurve verschwunden waren, dann überquerte er die Straße.

Den Kotten ließ er links liegen und schlug den Feldweg zum Hof von Schulte-Stein ein. Das Anwesen war nur gut hundert Meter entfernt, gleich hinter einem kleinen Wäldchen. Wenn er sich beeilte, würde es nicht lange dauern.

20

Wie so häufig in den letzten Tagen saß Antonius Holtkamp in seiner Küche und dachte nach. Wälzte immer wieder alles vor und zurück. Die Geschehnisse der letzten Tage ließen ihn nicht los.

Helga saß in ihrem Rollstuhl neben der Heizung und las in einem Buch. Seit Rosas Tod war sie sehr schweigsam geworden. Sie hatte ganz offenbar Angst, und das würde sich erst ändern, wenn der Mörder gefasst wäre. Antonius störte sich nicht an der Schweigsamkeit seiner Tochter, ganz im Gegenteil. Er war froh, in Ruhe nachdenken zu können.

Rosas Tod hatte alles verändert. Er hatte seitdem weder mit Heinz noch mit Walther gesprochen. Einer von ihnen war für ihren Tod verantwortlich, davon war er überzeugt. Doch er wusste nicht, wer. Und er wusste nicht, warum.

Wo war er da nur hineingeraten? Die Sache mit Alfons war eine Affekttat gewesen. Keiner machte Walther einen Vorwurf. Es konnten alle nachvollziehen, wie das passiert war. Walthers Trauer um Hanne. Alfons' Rolle in der ganzen Geschichte. Es war eine Kurzschlussreaktion gewesen. Deshalb glaubten sie, es wäre richtig, Walther zu decken und die Spuren zu verwischen. Sie hatten einen Plan gemacht. Und trotzdem ging seit dieser Nacht alles nur noch schief. Sie hatten längst die Kontrolle über das Geschehen verloren.

Erst Siegfried, der an Herzversagen starb. Dann die Sache mit dem Fotoalbum, das sie in ihren Besitz bringen mussten. Und jetzt noch der gewaltsame Tod von Rosa. Seine Freunde weigerten sich, ihm zu sagen, weshalb sie sterben musste. Offenbar war Rosa ihnen auf die Schliche gekommen. Und einer der beiden hatte sie dann getötet. Falls sie die Tat nicht gemeinsam begangen hatten. Er wusste das nicht genau, sie redeten ja nicht mehr mit ihm. Jeder verkroch sich in seine Höhle. Wohl aus Schuld und Scham und aus der Angst vor dem, was kommen würde.

Sollte Antonius zur Polizei gehen? Ihnen sagen, wer Rosa getötet hatte? Sicher würde sein eigenes Handeln bei dieser Sache Konsequenzen haben. Er hatte geholfen, den Mord an Alfons zu vertuschen. Außerdem war er an der Planung eines Einbruchs beteiligt gewesen. Er wusste nicht, wie schwer diese Vergehen waren. Vielleicht würde er sogar ins Gefängnis müssen.

Aber wäre das so schlimm? Rosas Tod ungesühnt zu lassen schien ihm weitaus schlimmer zu sein. Er blickte zu Helga hinüber. Sie wollte wieder zurück auf den Hof ziehen. Zu ihrem Sohn und den Enkelkindern. Sie wäre also versorgt, wenn er fortmüsste. Um sie brauchte er sich nicht zu sorgen.

Sie bemerkte seinen Blick und lächelte. »Was ist? Was guckst du so?«

»Wir werden bald Abschied nehmen.«

Sie lachte. »Aber ich ziehe doch nur ans andere Ende der Wiese. Wir leben keine hundert Meter voneinander entfernt. Wenn wir wollen, können wir uns jeden Tag sehen.«

»Du weißt, was ich meine.«

»Bist du traurig, wenn ich ausziehe?«

»Nein, es ist vernünftig. Und ich freue mich für dich.«

»Susanne hat übrigens angerufen. Sie möchte, dass wir zum Abendessen auf den Gutshof kommen. Dann können wir in Ruhe über alles reden. Der Umzug soll ja nicht nächste Woche stattfinden. Uns bleibt jede Menge Zeit.«

»Ich fahre dich gern dorthin, aber ich würde lieber nicht zum Essen bleiben. Ich möchte heute alleine sein. Mir steht einfach nicht der Sinn nach Gesellschaft.«

»Bist du sicher? Es wäre nur für ein oder zwei Stunden.«

»Trotzdem. Grüß Manfred und Susanne von mir. Und natürlich die Kinder. Aber ich bleibe lieber hier. Vielleicht mache ich später eine Spazierfahrt.«

Er faltete die Zeitung zusammen und stand auf. Dann blickte er durchs Fenster zum Hof der Schulte-Steins.

»Wann möchtest du los?«, fragte er.

»Na ja. Im Prinzip ist das egal. Wenn du willst, kannst du mich auch gleich rüberfahren.«

»Dann mache ich das. Ich hole nur meinen Mantel.«

Er wollte den Blick abwenden, doch dann hielt er inne. Hinter der Scheune von Schulte-Stein war eine Gestalt. Oder irrte er sich? Ihm war, als hätte er einen Schatten gesehen, der unter das Vordach gehuscht war. Er fixierte das Gebäude. Doch es war nichts mehr zu sehen. Wer sollte auch um diese Uhrzeit dort herumschleichen? Das war doch Unsinn.

Er ging zur Garderobe und schlüpfte in seinen Mantel. Jetzt würde er erst mal Christa hinüberbringen. Den Schatten an der Scheune von Schulte-Stein hatte er längst wieder vergessen. Seine Gedanken kreisten nur um die Frage, ob er zur Polizei gehen sollte.

Nach Sonnenuntergang wurde es rasch dunkel. Den Hügel hinaufzuwandern kostete Carl mehr Kraft, als er geglaubt hatte. Er hielt inne und betrachtete den unwegsamen Feldweg. Wenn er nicht achtgab, konnte dieser Ausflug schneller vorbei sein, als ihm lieb war. Die Kälte nagte an seinem Körper, trotz der Anstrengung. Er sehnte sich nach seinem warmen Sessel am Fenster. Vielleicht war es doch keine gute Idee gewesen, heute hierherzukommen. Der Tag war lang und ereignisreich gewesen.

Doch für solche Gedanken war es zu spät. Er nahm sich zusammen und ging weiter. Schließlich erreichte er die Rückseite des Hofs von Schulte-Stein. Es gab keinen Hofhund, der anschlagen konnte, deshalb hatte er nicht viel zu befürchten. Trotzdem hielt er sich im Verborgenen.

Er musste in die große Scheune gelangen, wo Manfreds Landmaschinen standen. Alfons hatte dort eine Ecke mit Werkzeugschränken und Kleingeräten eingerichtet. Da befand sich auch ein alter Bauernschrank, der früher einmal in der Küche des Wohnhauses gestanden hatte und wiederaufbereitet bestimmt ein Vermögen wert gewesen wäre. Carl wusste: Wenn Alfons irgendwo etwas versteckt hatte, dann würde er es in diesem Schrank finden. Und sofern Alfons das Foto aus Rosas Album nicht vernichtet hatte, würde Carl es dort finden, davon war er überzeugt. Und dann hatte er den Beweis, dass Manfred Schulte-Stein Rosa getötet hatte.

Carl erinnerte sich, wie sich Helga einmal bei ihrem Vater lautstark über Alfons beschwert hatte. Da war sie noch gesund gewesen und hatte drüben auf dem Anwesen gelebt. Carl war zufällig bei Antonius zu Besuch gewesen und hatte das Gezeter mitbekommen. Offenbar hatte Alfons große Summen Bargeld in dem alten Bauernschrank versteckt und wollte sich beim besten Willen nicht überreden lassen, das Geld an einen sicheren Ort zu schaffen. Es war seine Notreserve, alles in bar, und den Banken traute er keinen Zentimeter weit. Nach einer Weile hatte Helga sich wieder beruhigt und dann von Carl und Antonius verlangt, keiner Menschenseele etwas von dem Versteck zu verraten.

Die schmale Seitentür der Scheune war unverschlossen. Carl zog sie auf, schlüpfte hindurch und schloss sie leise hinter sich. Drinnen war es stockdunkel. Er lauschte, doch nichts war zu hören. Dann zog er die Taschenlampe aus dem Mantel, schaltete sie ein und ließ den Lichtkegel durch den Raum wandern. Vor ihm stapelten sich Paletten und Holzkisten, Säcke mit Kunstdünger, leere Eimer und eine Schubkarre. Über ihm ein niedrig hängender Holzboden, der ziemlich morsch und brüchig wirkte. Spinnweben überzogen die Decke. Überall stand Gerümpel.

Carl arbeitete sich weiter voran. Er schob eine Brettertür zur Seite und gelangte in den Hauptraum. Hier standen die großen Landmaschinen. Der Häcksler, die beiden Traktoren und riesige Anhänger. An dieser Stelle gab es keine Zwischendecke, und das Licht der Taschenlampe reichte bis in den Dachstuhl hinein. Von innen wirkte die Scheune nicht halb so robust wie von außen. Die Balken waren alt und morsch, an einigen Stellen begannen die Dachlatten unter dem Gewicht der Pfannen nachzugeben. Manfred würde das Dach über kurz oder lang erneuern müssen.

Plötzlich hörte er von draußen ein Geräusch. Er knipste die Taschenlampe aus und blieb reglos stehen. Da waren Schritte vor der Scheune. Das musste Manfred sein. Carl hielt den Atem an. Nach einer Weile entfernten sich die Schritte. Manfred hatte Carl offenbar nicht bemerkt. Kurz darauf öffnete sich die Tür des Schweinestalls, Grunzen drang heraus, die Tür fiel ins Schloss, und es wurde wieder ruhig.

Carl atmete aus. Er knipste das Licht wieder an und ging weiter. Seine Beine schmerzten, doch er wollte sich keine Pause gönnen. Je eher er wieder auf dem Heimweg war, desto besser. Ausruhen konnte er sich, wenn er zu Hause war.

Die Werkbank rückte in sein Blickfeld, dahinter war der Schrank, nach dem er Ausschau gehalten hatte. Ein Rasenmäher versperrte den Weg, Gartenmöbel standen herum, und in einer Ecke lagen die Reste eines morschen Jägerzauns, zersägt und nachlässig aufgeschichtet. Manfred war alles andere als ordentlich, stellte Carl fest. Egal, wie sauber der Hof von außen wirken mochte, hier drin war es ein Saustall. Mit seinem Stock räumte er ein paar leere Stoffsäcke aus dem Weg, dann trat er an den alten Schrank und musterte ihn. Hinter den beschlagenen Scheiben war nur Werkzeug zu sehen. Er öffnete ein paar Türen und spähte hinein. Doch nichts. Dann zog er an einer Schublade. Sie war verschlossen. Ob sich dort das Versteck von Alfons befand? Ein Schlüssel war nirgends zu sehen. Carl sah sich nach Werkzeug um. Er fand ein Stück Draht und bog es zurecht. Dann klemmte er sich die Taschenlampe zwischen Hals und Schulter und führte den Draht vorsichtig ins Schloss.

Hinter ihm war plötzlich ein Geräusch. Noch ehe er begriff, was geschah, flackerten Leuchtstoffröhren auf. Es war mit einem Mal taghell in der Scheune. Er blinzelte, doch im grellen

Licht konnte er nichts erkennen. Erst als eine große Gestalt auf ihn zutrat, begriff er: Es war Manfred. Er hatte ihn also doch gehört. Carl war aufgeflogen. Und als sich seine Augen endlich an das Licht gewöhnten und er wieder seine Umgebung erkennen konnte, sah er die große Jagdflinte, die Manfred auf ihn gerichtet hielt.

Hambrock saß mit seiner Familie im Aufenthaltsraum des Krankenhauses. Stunde um Stunde verging, ohne dass etwas geschah. Sie waren alle sehr schweigsam geworden. Elli saß neben ihm auf einem Stuhl und schlief. Sie war vor ein paar Minuten in das Polster gesunken und eingenickt. Vorsichtig nahm Hambrock ihren Arm, den sie auf seine Oberschenkel gelegt hatte, und schob ihn zaghaft beiseite. Dann stand er auf und ging hinaus auf den Flur.

Der Anruf von Carl Beeke ging ihm nicht aus dem Kopf. Es musste einen wichtigen Grund dafür gegeben haben, sonst hätte er sich nicht gemeldet. Hambrock beschloss, kurz zurückzurufen und mit ihm zu reden. Einfach nur, um nicht mehr darüber nachdenken zu müssen. Außerdem hatte er gute Nachrichten zu übermitteln. Denn wie es aussah, hatten sie den Mörder von Rosa Deutschmann festgesetzt.

Hambrock lauschte dem Freizeichen. Doch keiner ging ran. Er runzelte die Stirn. Gerade, als er die Verbindung beenden wollte, meldete sich dann doch noch eine gehetzte Stimme. Es war Christa Beeke, Carls Tochter. Im Hintergrund schrien ihre Kinder herum, und sie klang genervt und abgehetzt.

»Ich wollte eigentlich mit Ihrem Vater sprechen«, sagte er. »Ist er zu Hause?«

»Nein, er ist gerade spazieren gegangen. In einer halben Stunde dürfte er wieder da sein. Soll ich ihm etwas ausrichten?«

»Nicht nötig. Ich melde mich einfach wieder.«

»Er wollte zu seinem alten Kotten spazieren, um ein wenig in Erinnerungen zu schwelgen. Wenn er wieder da ist, sage ich ihm einfach, Sie hätten angerufen.«

»Zu seinem Kotten?« Hambrock war plötzlich beunruhigt. »Der liegt doch ganz in der Nähe des Hofs von Schulte-Stein, oder irre ich mich?«

»Ja, ganz richtig. Die Schulte-Steins sind von dort in Sichtweite. Wieso fragen Sie?«

»Ach, nicht so wichtig. Vielleicht können Sie Ihrem Vater doch ausrichten, er soll mich zurückrufen, wenn er wieder da ist.«

»Natürlich, das mache ich gerne.« Das Geschrei der Kinder nahm zu. »Entschuldigen Sie, aber Sie hören ja, was hier los ist. Ich muss jetzt Abendessen machen, sonst fressen sie sich gegenseitig auf.«

Hambrock steckte das Handy zurück in die Tasche. Etwas stimmte nicht, das spürte er ganz deutlich. Carl Beeke ging doch nicht ohne Grund bei Schulte-Stein spazieren. Was konnte er vorhaben? Befand er sich vielleicht in Gefahr? Aber das war doch Unsinn, schließlich hatten sie den Mörder von Rosa Deutschmann bereits gefasst. Walther Vornholte hatte diesen Mord begangen, auch wenn er noch nicht geständig war. Das Fotoalbum war in seinem Besitz, und den Mord an Alfons Schulte-Stein hatte er ja bereits gestanden.

Hambrock sah zum Aufenthaltsraum, der jenseits der Glasfront lag. Elli war inzwischen aufgewacht, sie rieb sich die Augen und hielt nach ihm Ausschau. Schließlich trafen sich ihre Blicke durch die Scheibe. Sie lächelte.

Er konnte nicht weg hier, er musste bei seiner Familie bleiben.

Elli runzelte die Stirn. Dann stand sie auf und kam hinaus auf den Flur.

»Ist alles in Ordnung?«, fragte sie.

»Ich … ja, doch. Natürlich.«

»Was ist passiert? Jetzt sag schon.«

»Es hat mit unserem Mordfall zu tun. Ich glaube … Weißt du, es ist wichtig. Ich mache mir Sorgen.«

»Nein, Bernhard.«

Sie nahm sein Gesicht in ihre Hände.

»Tu das nicht. Bitte.«

Sie rückte ganz nah an ihn heran.

»Du wirst hier gebraucht, hörst du? Du musst bei deiner Familie bleiben. Nichts ist so wichtig wie das hier.«

Natürlich hatte sie recht. Hambrock spürte sein schlechtes Gewissen. Carl Beeke ging es gut, und der Mörder war gefasst. Er versuchte, den alten Mann aus seinen Gedanken zu verscheuchen.

»Ich bleibe«, sagte er. »Es tut mir leid.«

Sie umarmte ihn fest. Eine Weile standen sie einfach so da und sagten nichts. Dann nahm Elli seine Hand, und sie gingen gemeinsam in den Aufenthaltsraum zurück.

21

Manfred richtete das Gewehr direkt auf Carls Brust. Er wirkte entschlossen. Da war keine Unsicherheit zu spüren. Kein Zögern. Viel eher schien es, als hätte er mit Carls Auftauchen gerechnet. Als wäre dies eine Falle gewesen, in die Carl bereitwillig hineingetappt war.

Manfred betrachtete ihn mit eiskaltem Blick. Hätte Carl noch eine letzte Bestätigung für seinen Verdacht gebraucht, hier wurde sie ihm geliefert. Nun war eindeutig, wer die Menschen auf dem fehlenden Foto waren. Bis zu diesem Moment hatte er nur einen Verdacht gehabt, doch Manfreds Auftauchen räumte den letzten Zweifel beiseite. Und er wusste auch, weshalb Rosa sterben musste. Sie hatte sich nämlich an alles erinnert. Natürlich. Sie wusste, was sich auf dem Hof zugetragen hatte. Deshalb war sie zu einer Gefahr für die Familie Schulte-Stein geworden.

Genau, wie er nun eine Gefahr war.

»Mutter hat mir gesagt, dass du neugierig bist«, sagte Manfred. »Ich sollte dich im Auge behalten. Ich gebe zu, ich habe das für übertrieben gehalten. Ich habe dich unterschätzt, Carl.«

»Deine Mutter? Helga hat also …?«

Also steckte Helga hinter allem. Wer auch sonst? Manfred war viel zu jung, um die Bedrohung für den Hof zu erkennen. Es brauchte einen, der sich auskannte in Düstermühle. Der sich an die alten Geschichten erinnerte. Und das war seine Mutter Helga. Manfred war nur ihr Erfüllungsgehilfe gewesen.

Carl deutete auf den Bauernschrank. »Das Foto, das dein Vater aus Rosas Album genommen hat, ist es da drin?«

»Nein, was glaubst du? Das Foto ist längst verbrannt. Aber Mutter hat gesagt, dass du herkommen würdest. Sie sagte, die

Geschichte würde dich nicht loslassen. Dafür wärst du viel zu neugierig. Ich solle achtgeben.«

»Na gut, dann ist das Foto also verbrannt. Aber ich weiß auch so, wer darauf abgebildet war.«

»Ach ja?« Manfred lachte. Das Gewehr hielt er unverändert auf seinen Brustkorb gerichtet.

»Es sind zwei Menschen auf einer Feier in eurem Garten«, sagte Carl. »Rosa hat mir das gesagt. Ich schätze mal, das Foto wurde im Sommer 1940 geschossen. Liege ich richtig?«

Manfreds Gesicht verdunkelte sich.

»Ob du richtigliegst oder nicht, interessiert keinen mehr. Du warst einfach zu wissbegierig. Und jetzt ist es zu spät für dich. Hättest du nur die Sache auf sich beruhen lassen, alter Mann.«

Carl dachte an das Handy in seiner Manteltasche. Wenn es ihm gelänge hineinzugreifen, konnte er vielleicht Christa erreichen. Sie würde Manfreds Stimme hören und wissen, was los war. Er wollte weiterreden und Manfred ablenken. Das war seine einzige Chance, hier mit heiler Haut herauszukommen. Wenn Manfred sich auf ein Gespräch mit ihm einließ, bot sich ihm vielleicht eine Möglichkeit, kurz in die Manteltasche zu fassen.

»Als das Foto gemacht wurde, lebte der Bruder deines Groß-vaters noch«, redete er einfach weiter. »Er hieß Rudolph Schulte-Stein. Und dein Großvater, Otto Schulte-Stein, wohnte noch in Düstermühle. Er und seine Frau Anna führten im Ort die Apotheke. Außerdem war er der Bürgermeister. Die Brüder hatten beide das, was sie wollten. Rudolph war der Hofherr auf dem Anwesen, und Otto hatte die Apotheke und das Amt des Bürgermeisters. Aber dann fiel Rudolph an der Front, und alles änderte sich. Otto hatte gar kein Interesse, den Hof zu über-nehmen. Er war Apotheker, kein Bauer. Nachdem Rudolph im Herbst 1940 ums Leben kam, hat es großen Ärger wegen der Erbfolge gegeben. Otto wollte in der Apotheke bleiben und nicht zurück auf den Hof. Und seine Frau Anna schon gar nicht. Die hat sich mit Händen und Füßen gewehrt. Doch am

Ende hat dein Urgroßvater John sich durchgesetzt, der Familienpatriarch. Deinem Großvater und seiner Frau blieb keine Wahl, sie mussten den Hof übernehmen.«

»Das mag ja alles sein, Carl. Aber außer dir kennt heute keiner mehr diese alten Geschichten. Und es interessiert sich auch keiner dafür. Weshalb erzählst du mir das alles? Um zu zeigen, wie schlau du bist?«

Manfred tat, als wäre ihm das alles egal. Und doch blieb er unverändert stehen, die Waffe im Anschlag, ohne sich zu rühren. Er wartete. Er wollte hören, was Carl wusste. Wie viel er herausgefunden hatte. Also redete Carl weiter. Es war ohnehin seine einzige Chance.

»Im Dezember 1940 kehrten deine Großeltern zurück auf das Anwesen. Die Apotheke war verkauft worden. Sie mussten sich mit dem Leben auf dem Hof arrangieren, ob sie nun wollten oder nicht. Und nicht nur das. John verlangte, dass sie für Nachkommen sorgten. Die Erbfolge sollte gesichert werden. Anna und Otto konnten keine Kinder bekommen, und Anna wäre es wohl auch recht gewesen, kinderlos zu bleiben. Doch auch in dieser Frage blieb ihr keine Wahl. Also haben sie Kriegswaisen aufgenommen. Das erste Kind war Alfons, dein Vater. Er kam im Herbst 1942 auf den Hof, kurz vor seinem sechsten Geburtstag. Dann folgten Hanne, Fritz, Friedhelm und Magda. Deine Großeltern haben sie alle adoptiert, und rechtlich gehörten sie nun zur Familie, auch wenn Anna ihnen keine gute Mutter war. Die Erbfolge war aber damit gesichert. Und Alfons, dein Vater, war nun der älteste Sohn auf dem Hof und somit der Hoferbe. John hat das gebilligt. Er mochte den Jungen. Außerdem hat er erkannt, dass Alfons was im Kopf hatte und ein guter Arbeiter werden würde.«

Manfred ließ Carl keine Sekunde aus den Augen. Das Handy war nur Zentimeter von seiner Hand entfernt, und doch bekam er keine Chance, danach zu greifen.

»Nun mach schon, erzähl weiter«, sagte Manfred. »Ich bin gespannt, wie die Geschichte weitergeht.«

»Bleibt also die Frage, wer auf dem Foto abgebildet war. Zwei Menschen im Garten, das hat Rosa mir gesagt. Und ich glaube auch zu wissen, wer diese beiden Menschen waren.«

»Ach ja? Wer denn?«

»Rudolph und seine damalige Verlobte, Lisbeth. Wenn ich mich recht erinnere, hieß sie mit Nachnamen Opholz. Lisbeth Opholz. Sie stammte aus Münster. Was ist wohl aus ihr geworden? Ist sie in den Kriegswirren umgekommen?«

Er hoffte, Manfred würde ihm eine Antwort geben. Aber das tat er nicht. Er hörte nur zu und hielt dabei die Waffe im Anschlag. Vermutlich würde er abdrücken, sobald Carl mit seinem Teil der Geschichte fertig war. Er musste sich etwas einfallen lassen, und zwar schnell. Um Zeit zu gewinnen, redete er weiter.

»Wenn ich mich nicht täusche, haben Rudolph und Lisbeth während des Kriegs geheiratet, kurz bevor er gefallen ist. Eine Stahlhelmtrauung, wie das damals genannt wurde. Das war eine Fernheirat, bei der im Standesamt am Platz des Bräutigams ein Stahlhelm lag. Rudolph hat nicht mal seinen nächsten Fronturlaub abgewartet. Damals habe ich mich darüber sehr gewundert, weil das für jemanden in seiner Position und mit seinem Status nicht üblich war. Er hätte noch ein bisschen warten können, und dann wäre auf dem Anwesen ein großes Fest ausgerichtet worden. Schließlich wusste da noch keiner, dass es keinen weiteren Fronturlaub mehr geben würde. Sein Tod kam überraschend. Es muss also einen Grund für diese Fernhochzeit gegeben haben. Und ich glaube, ich kenne diesen Grund.«

»Nur heraus damit«, sagte Manfred kühl.

»Lisbeth war schwanger. Und Rudolph wollte sicher sein, dass alles seinen rechtmäßigen Weg gehen würde. Sie und das Kind sollten abgesichert sein, falls ihm an der Front etwas zustoßen würde. Und er wollte die Erbfolge sichern. Sein Kind sollte aus einer Ehe hervorgehen, damit es alle Rechte auf den Hof hatte. Also waren er und Lisbeth verheiratet, als er fiel. Aber was ist aus ihr geworden? Wieso ist sie damals nicht hergezogen, um ihr gemeinsames Kind und den Hoferben auf dem Anwesen aufzuziehen? Ist sie vielleicht tot?«

Manfred wirkte unschlüssig. Sollte er sich auf das Spiel einlassen und Carls Fragen beantworten? Oder sollte er dem Ganzen ein Ende machen und abdrücken? Schließlich sank der Lauf der Jagdflinte ein paar Zentimeter abwärts.

»Lisbeth hat wieder geheiratet«, sagte er. »Besonders lange hat sie Rudolph offenbar nicht nachgetrauert. Kurz vor Kriegsende hat sie die Ehe mit einem einflussreichen Nazi geschlossen. Mutter hat mal gesagt, Lisbeth hätte immer gewusst, wie sie sich einen Vorteil sichert.«

Das war das letzte Puzzleteil.

»Aber das Kind, das hat sie nicht mit in die neue Verbindung genommen«, stellte Carl fest. »So ist es doch, oder?«

»Der Mann wollte es nicht haben. Das war seine Bedingung. Er wollte Lisbeth nur heiraten, wenn sie kinderlos in die Ehe kam. Sie hat das Kind also hergebracht, auf den Hof. Anna und Otto sollten sich darum kümmern.«

»Aber wieso wusste keiner davon?«, fragte Carl. »In Düstermühle hat nach dem Krieg keiner mehr von einem Kind gesprochen. So etwas kann man doch nicht geheim halten. Schon gar nicht, wenn es sich um den Hoferben handelt.«

»Das Kind hat nie im Herrenhaus gewohnt. Otto hat es einer Magd gegeben, und es lebte bei ihr im Gesindehaus. Die Magd kam nicht aus Düstermühle, sondern aus Warendorf. Deshalb haben die Leute zwar davon gesprochen, aber es hat sie nicht sonderlich interessiert. Es hieß, sie sei von einem Freier schwanger geworden. Sie hat viel Geld für ihr Schweigen bekommen.«

»Otto ist es gelungen, dass nicht einmal John die Wahrheit erfährt? Der Patriarch wird doch wohl gewusst haben, was auf seinem Hof passiert. Er hätte nie geduldet, dass sein eigen Fleisch und Blut einer Magd untergeschoben wird. Das Kind war doch aus einer rechtmäßigen Verbindung hervorgegangen. Es wäre der Erbe gewesen.«

»Mein Urgroßvater kannte den Grund für die überstürzte Heirat nicht. Aber sicher wird er sich seinen Teil gedacht haben. Und als das Kind auftauchte, konnte er sich den Rest zusammenreimen. Aber er hat sich nicht eingemischt. Offenbar hat er gebilligt, was Otto tat.«

Carl verstand plötzlich. »Das Kind war ein Mädchen, richtig?«

Manfred zuckte mit den Schultern. »Spielt das eine Rolle?«

Natürlich spielte das eine Rolle. Einen Jungen hätte John sicherlich anders aufgenommen. John hatte Lisbeth nicht als Schwiegertochter gewollt. Sie war die Tochter eines Schneiders und somit weit unter seinem Stand. Aber Rudolph hatte sich durchgesetzt. Doch jetzt war Rudolph tot, und Lisbeth brachte ein Mädchen auf den Hof.

»Alfons war inzwischen adoptiert worden«, sagte Carl. »Er war ein fleißiger und aufgeweckter Junge. John mochte ihn, das weiß ich noch. Und nachdem Otto ihn adoptiert hatte, gab es einen rechtmäßigen Hoferben. Mehr wollte John nicht wissen. Er wollte einfach einen aufgeweckten Jungen als Erben haben. Und kein elternloses Mädchen.«

Hätte man John gezwungen, wäre das Mädchen von ihm anerkannt worden, natürlich. Aber so war es ihm wohl lieber gewesen. Schließlich führte Otto nun den Hof, und Lisbeth war fort und hatte wieder geheiratet.

»Das Mädchen war Rudolphs einziges Kind«, sagte Carl. »Aber kaum ein Mensch wusste davon. Und man konnte es leicht vertuschen. Schließlich hatte Otto einflussreiche Freunde. Da war es nicht schwer, ein paar Urkunden zu fälschen.«

Für einen Moment vergaß Carl die Gefahr, in der er sich befand. Er begriff nun das Ausmaß des Geschehens.

»Wer ist das Mädchen? Lebt sie noch?«

»Es gibt kein Mädchen«, stellte Manfred fest. »Außer Mutter und mir weiß kein lebender Menschen davon. Es gibt auch keine Unterlagen.«

»Rosa wusste es ebenfalls. Sie war damals auf dem Hof, als

das alles passierte. Sie und ihre Mutter kannten das Geheimnis. Und Rosa hat sich erinnert. Deshalb musste sie sterben.«

Manfreds Gesicht wurde zu einer Maske. Er schwieg. Sollte er die Tat bereuen, ließ er es sich nicht anmerken.

»Aber weshalb Alfons?«, fragte Carl. »Was hat dein Vater getan?«

»Du denkst, wir haben Alfons getötet?« Er lachte bitter. »Meinen Vater?«

Carl antwortete nicht. Manfreds Augen waren voller Hass.

»Das waren deine feinen Freunde, alter Mann. Sie haben meinen Vater getötet. Siegfried Wüllenhues wird es nicht allein gewesen sein, aber mit Sicherheit war er die treibende Kraft. Die Familie Wüllenhues hat uns schon immer unseren Besitz geneidet. Kleine Bauern, die nicht viel hervorbringen. Was soll man da erwarten?«

Carl war sprachlos. Er hatte fest geglaubt, die Morde wären von ein und demselben Täter begangen worden.

»Wenn sie Vater nicht getötet hätten, wäre das alles niemals ins Rollen gekommen«, sagte Manfred. »Durch seinen Tod sind die alten Geschichten wieder aufgewühlt worden. Plötzlich hieß es, der Mord hätte etwas mit früher zu tun. Rosa erinnerte sich, dass Alfons ein Foto aus ihrem Album genommen hatte. Später wurde auch noch ihr Album gestohlen. Alle interessierten sich plötzlich für die Vergangenheit. Und mehr und mehr drohte unser Geheimnis um den Hoferben aufgedeckt zu werden. Das hat uns zum Handeln gezwungen. Wir mussten etwas tun, um dem ein Ende zu bereiten.«

Rosa hatte sich erinnert. Es ging hier gar nicht um Alfons. Etwas ganz anderes war ans Licht gezerrt worden. Und Rosa hatte sich an das Schicksal des sechsten Kindes auf dem Hof erinnert. Deshalb musste sie sterben.

»Jetzt bist du der Einzige, Carl, der noch übrig ist«, sagte Manfred mit einem bösen Lächeln. »Deine Neugierde hat dich hergeführt. Und was glaubst du, was jetzt passiert? Ich werde dich sicher nicht gehen lassen.«

Carl dachte an das Handy in seiner Tasche. Doch es war zwecklos. Plötzlich ging ihm ein Licht auf. »Das stimmt nicht«, rief er. »Ich bin nicht der Einzige von damals. Es gibt noch jemanden, der davon weiß. Ilse! Sie war damals als Magd auf dem Hof, und noch heute spricht sie von einem Kind, das versteckt werden muss. Und von Rudolph, der im Krieg gefallen ist. Sag schon, was hat Ilse damit zu tun?«

Manfred schien amüsiert. »Du bist doch so klug, alter Mann. Sicher fällt dir auch hier die Antwort ein.«

»Sie kannte die Magd, der das Kind untergeschoben worden war. Aus der Zeit, in der sie auf dem Hof gearbeitet hat.«

»Siehst du. Nur weiter so. Du kommst noch drauf.«

»Das Kind ist schließlich vom Hof verschwunden. Aber ich verstehe nicht, weshalb. Das muss zum Kriegsende gewesen sein. Die Alliierten besetzten das Münsterland, und Otto musste für eine Weile untertauchen, aus Angst vor der Rache seiner Zwangsarbeiter. Die Kinder waren auf dem Hof, als die Russen zurückkehrten, um Vergeltung zu üben. Aber ihnen ist nichts passiert, sie wurden verschont. Oder irre ich mich?«

»Nein«, sagte Manfred genüsslich. »Bis hier ist alles richtig.«

Carl verstand plötzlich. »Aber die Magd wollte so schnell wie möglich weg. Sie hatte Angst vor den Russen. Sie ist also wieder nach Warendorf gegangen, zu ihren Eltern. Und das Kind hat sie einfach zurückgelassen. Der Krieg war schließlich vorbei, und Otto Schulte-Stein, der Nazibürgermeister, hatte keine Macht mehr über sie. Ihr konnte nichts passieren. Aber was wurde aus dem Kind? Hat Ilse sich darum gekümmert?«

»Beinahe, Carl. Nicht schlecht. Ilse und Frau Deutschmann haben das Kind in Sicherheit gebracht. Auf dem Hof wollte sich keiner mehr darum kümmern. Es wurde einfach sich selbst überlassen.«

»Anna wäre bereit gewesen, es sterben zu lassen«, sagte Carl. »Also haben die beiden Frauen es von dort weggebracht. Ist es in ein Heim gekommen, oder haben sie eine Familie gefunden?

Was ist aus dem Mädchen geworden? Wo ist das Kind heute? Lebt es noch? Etwa hier in Düstermühle?«

»Hast du es noch nicht verstanden, Carl? Der Hof bleibt in unseren Händen. Keiner wird ihn uns wegnehmen. Und du schon gar nicht.«

»Aber dieses Kind von damals muss doch irgendwo weitergelebt haben. Wir alt wäre es heute? Siebzig Jahre.«

Die Stimmung änderte sich plötzlich. Manfred wollte nicht mehr sprechen, sondern die Sache hinter sich bringen.

»Der Hof gehört uns und sonst keinem. Hast du das verstanden? Niemand wird hier irgendwelche Ansprüche stellen können.«

»Ilse kennt die Wahrheit«, wandte Carl ein. »Und sie lebt. Was, wenn sie sagt, wohin sie das Kind damals gebracht haben?«

»Ilse hat den Verstand verloren. Was immer sie sagt, es spielt keine Rolle. Selbst du hast die Zusammenhänge nicht sofort erkannt. Kein Mensch wird dahinterkommen, wovon sie faselt, wenn es um ein Kind geht, das versteckt werden soll.«

Er hob den Lauf und richtete ihn wieder direkt auf Carls Brust. »Hätten deine Nachbarn meinen Vater nicht getötet, wären wir jetzt nicht hier, Carl. Das solltest du nicht vergessen. Ihnen hast du es zu verdanken, dass es so gekommen ist. Wir haben nur gesehen, wie das Geheimnis plötzlich ans Licht drängte.«

Carl spürte seinen Herzschlag. Sollte das wirklich das Ende sein? Er hatte keine Chance, unbemerkt an sein Handy zu gelangen, und wahrscheinlich war es dafür auch längst zu spät. Er musste sich etwas anderes einfallen lassen.

»Willst du mich etwa erschießen, Manfred? Hier in deiner Scheune? Selbst wenn du sagst, du hättest mich für einen Einbrecher gehalten. Die Polizei wird sich wundern, weshalb ich hier war. Sie werden Fragen stellen.«

»Keine Sorge, da fällt mir schon was Besseres ein.«

Blitzschnell drehte er die Waffe um, umklammerte den Lauf und stieß den Schaft in Carls Oberkörper. Der Schlag hatte eine ungeahnte Kraft. Carl hörte eine Rippe brechen. Er fiel nach hinten und landete auf dem Boden. Wieder brach ein Knochen in seinem Körper. Dann flammten die Schmerzen auf. Sie raubten ihm beinahe den Verstand. Er blieb reglos am Boden liegen. Versuchte sich zu konzentrieren, um nicht ohnmächtig zu werden.

»Nachts spazieren zu gehen ist gefährlich in deinem Alter, Carl. Was, wenn du oben am Rand der Kiesgrube gestanden hättest? Da kann man schnell abrutschen. Der Sturz in die Tiefe, ich weiß nicht. Für einen Mann in deinem Alter kann so etwas tödlich ausgehen.«

Manfred stellte sich über ihn. »Du warst schlau, Carl, aber nicht schlau genug. Zeit, Lebewohl zu sagen. Es ist so weit.«

Dann holte er aus und schlug erneut zu.

Antonius steuerte den Wagen auf den Hof von Schulte-Stein. Das Wohnhaus war hell erleuchtet, hinter den hübschen Sprossenfenstern brannte überall Licht. Es wirkte sehr einladend. Natürlich war es hier schöner als auf seinem kleinen Hof. Aber das wusste er ja vorher schon. So etwas konnte er Helga eben nicht bieten.

Er hielt vor dem Haus. Die Tür öffnete sich, und Susanne erschien auf der Freitreppe. Die Kinder tauchten ebenfalls auf und liefen auf sein Auto zu. Er bemerkte die Metallrampe, die sich neuerdings am Rande der Treppe befand. Sie waren also schon auf Helgas Kommen eingerichtet. Er stieg aus, ging zum Kofferraum und holte den Rollstuhl hervor. Die Handbewegungen, mit denen er ihn aufbaute, waren vertraut. Er beherrschte sie längst im Schlaf. Dann ging er zum Beifahrersitz und half Helga in den Rollstuhl. Auch das ging ohne große Kraftanstrengung. Sie waren eben ein eingespieltes Team.

»Ihr seid früh«, sagte Susanne. »Ich stehe noch in der Küche. Aber kommt ruhig herein.«

»Sei mir nicht böse, Susanne«, sagte Antonius. »Aber ich bringe nur Helga. Ich habe Kopfschmerzen und würde heute

Abend lieber alleine sein.« Er blickte sich auf dem Hof um. »Wo ist Manfred? Ich würde gerne kurz mit ihm sprechen.«

»Er ist noch im Schweinestall. Soll ich ihn holen gehen?«

»Nein, nein. Das hat Zeit. Ich rede ein andermal mit ihm. Ruf mich an, wenn ich dich abholen soll, Helga. Dann mache ich mich sofort auf den Weg.«

»Sie kann doch hier übernachten«, meinte Susanne. »Ihr Zimmer ist bereits hergerichtet.«

Antonius wollte schon widersprechen, doch dann bemerkte er Helgas freudiges Gesicht. Sie sah entzückt zum Haus hinauf, als könnte sie sich nichts Schöneres vorstellen. Als sie sich zu ihm umdrehte, nahm ihr Gesicht einen sorgenvollen Ausdruck an. Sie fragte sich offenbar, ob er damit einverstanden wäre.

»Bleib ruhig hier«, sagte er. »Dann sehen wir uns morgen. Macht euch einen schönen Abend.«

Sie strahlte. »Danke, Vater. Dir auch einen schönen Abend.«

Antonius betrachtete sie. Das hier war ihr Zuhause. Nicht sein kleiner Hof, auf dem sie aufgewachsen war. Dort war sie nur zu Gast gewesen. Hier war ihr Leben. Sie hatte es nie verschmerzt, von Alfons fortgeschickt zu werden. Und jetzt kehrte sie glücklich zurück nach Hause.

Er schlug den Kofferraum zu, umrundete den Wagen und öffnete die Fahrertür. Susanne schob Helgas Rollstuhl über die Rampe hinauf. Kurz darauf waren sie im Haus. Sie winkten ihm noch zu, dann schloss sich die Tür, und Helga war verschwunden. Antonius spürte einen Stich. Er würde nun allein auf seinem Hof sein und überlegte, wie sich das wohl anfühlen würde.

Sein Blick fiel auf die große Scheune. Im Innern brannte Licht. Er fragte sich, was Manfred mitten im Winter und um diese Uhrzeit bei seinen Landmaschinen machte. Ein Geräusch drang aus dem Gebäude. Es hörte sich an, als ob ein Pfosten umgefallen wäre. Antonius überlegte, ob er hineingehen sollte. Er wollte ohnehin noch etwas mit Manfred besprechen.

Er zögerte. Dann überlegte er es sich anders. Er würde morgen mit ihm reden, wenn er Helga abholte. Also stieg er in den Wagen, startete den Motor und fuhr vom Hof.

Keller und Gratczek traten in den Flur und ließen Walther Vornholte für einen Moment allein. Sie brauchten eine Pause. Ihnen qualmte der Kopf. Die Uniformierten hockten draußen auf dem Gang auf Klappstühlen und plauderten. Keller gab ihnen ein Zeichen, dass sie ruhig sitzen bleiben konnten, und folgte Gratczek in die enge Kaffeeküche.

Er zog seine Zigarettenschachtel hervor und zündete sich eine an. Draußen war es kalt und ungemütlich, und er hatte keine Lust, sich ans offene Fenster zu stellen. Außerdem war Sonntagabend. Bis morgen würde sich der Geruch verflüchtigt haben. Es war ja auch nur diese eine Zigarette.

Gratczek bemerkte es zwar, verzog aber nicht einmal mehr das Gesicht. Er nahm die Thermoskanne, goss sich Kaffee ein und bot Keller ebenfalls eine Tasse an. Doch der lehnte dankend ab. Er hatte an diesem Tag schon mehr als genug Kaffee getrunken. Mit der Zigarette im Mundwinkel öffnete er stattdessen den Kühlschrank, um nach etwas Essbarem Ausschau zu halten. Aber da waren nur ein Glas Marmelade, ein angebrochener Joghurt und ein Glas Würstchen, in dem bereits der Schimmel schwamm. Frustriert warf er die Tür wieder zu.

Gratczek lehnte sich mit dem Kaffee an die Anrichte.

»Und jetzt?«, fragte er. »Wie geht es weiter?«

»Ich würde sagen, wir machen Feierabend.«

»Im Ernst, Henrik.«

»Das ist mein Ernst. Aus dem Typen kriegen wir heute nichts mehr raus. Er hat die beiden Morde begangen, so viel ist sicher. Das Geständnis für den Mord an Rosa Deutschmann bekommen wir auch noch. Aber nicht heute.« Keller schnippte Asche in die Spüle. »Bringen wir ihn in Untersuchungshaft. Dann kann er morgen früh mit seinem Anwalt sprechen, und danach geht's weiter.«

»Und was ist mit Heinz Moorkamp und Antonius Holtkamp?«

»Sie haben sich der Beihilfe zur Vertuschung einer Straftat
schuldig gemacht. Und dann ist da noch die Sache mit dem
Einbruch bei Rosa Deutschmann. Aber das sind keine Kapital-
verbrechen. Das hat Zeit bis morgen früh.«

»Ich weiß nicht. Es sind noch längst nicht alle Fragen geklärt.«

»Guido! Willst du wirklich heute Abend noch nach Düstermühle fahren? Guck doch mal auf die Uhr. Es ist Sonntag.«

Gratczek stieß einen Seufzer aus. »Also gut, du hast gewon-
nen. Wir machen morgen weiter. Dann ist ja vielleicht auch
Hambrock wieder an Bord.«

»Na, siehst du. Das meine ich doch.«

Keller zog ein letztes Mal an der Zigarette, dann drehte er
den Hahn auf und hielt die Glut unters fließende Wasser. Die
durchnässte Kippe blieb auf der Anrichte liegen. Gratczek
schien etwas sagen zu wollen, tat es dann aber doch nicht.

»Ich kümmere mich dann mal um alles«, sagte er nur. »Die
Kollegen können Vornholte in seine Zelle bringen.«

»Ja, genau. Ich komme gleich nach.«

Gratczek verließ die Kaffeeküche, und Keller zog eine weitere Zigarette aus der Schachtel. Nach der endlosen Befragung
war sein Nikotinspiegel völlig abgesackt. Er reckte sich. Feierabend. Sein Sohn drängte sich wieder ins Bewusstsein. Die
Vorwürfe, die Niklas ihm am Bahnhof gemacht hatte, waren
übel gewesen. Es wäre wohl das Beste, ihn ein paar Tage in
Ruhe zu lassen. Aber irgendwann musste er mit ihm über diese
Dinge reden. Das konnte Niklas doch nicht alles ernst gemeint
haben. Er war nur wütend gewesen. So war die Pubertät. Das
wollte Keller wenigstens hoffen.

Er nahm sein Handy und schaltete es ein. Keine Anrufe.
Er zögerte, dann wählte er die Nummer seiner Exfrau. Wenn
sie sich bemühten, alle Probleme für einen Moment beiseite-
zuschieben, vielleicht konnten sie dann über das reden, was

Niklas zu ihm gesagt hatte. Er wollte die Meinung der Frau hören, mit der er früher einmal verheiratet gewesen war.

Der Anrufbeantworter sprang an. Ein fröhliches Stimmengewirr, dann war da seine Exfrau: »Hier sind Dieter, Astrid, Niklas und Maja ...«, und die Kleine rief dazwischen: »Wir sind ja gar nicht hier! Nicht, wenn du anrufst! Dann sind wir weg!« Allgemeines Gelächter folgte. Selbst Niklas schien seinen Spaß zu haben. »Ihr müsst es also später wieder versuchen«, sagte er. »Oder hinterlasst einfach eine Nachricht nach dem Piepton. Vielleicht melden wir uns dann.« Danach riefen alle »Tschüs!«, und es folgte der Piepton.

Keller drückte das Gespräch weg. Er hinterließ keine Nachricht. Sie waren wohl unterwegs. Er starrte das Gerät an. Das da auf dem Anrufbeantworter war eine glückliche Familie gewesen. Ihn brauchte keiner mehr. Sie waren alleine besser dran.

»So, Walther Vornholte ist weg.« Gratczek stand in der offenen Tür. »Ich hab der Schreibkraft das Band ins Fach gelegt und überall das Licht gelöscht. Gehen wir.«

»Ich muss noch mal in mein Büro«, sagte Keller. »Geh ruhig vor.«

»Also gut. Dann bis morgen, Henrik. Gute Nacht.«

Gratczek verschwand, und Keller blieb allein in der Kaffeeküche zurück. Er warf seine Zigarette in den Spülstein, wo sie zischend verlosch. Was sollte er jetzt tun? Dann sprang er auf und lief in den Flur hinaus. Gratczek hatte gerade die Tür zum Treppenhaus erreicht.

»Warte mal, Guido! Wie wär's, wenn wir noch ein Bier trinken gehen?«

Gratczek blieb stehen und sah ihn fassungslos an. Keller verstand. Nach allem, was heute passiert war, hatte er wohl keine große Lust, ihn länger als nötig zu sehen.

»Komm schon. Ich lade dich ein. Der Abend geht auf meine Rechnung, du kannst bestellen, was du willst.«

Gratczek verschränkte die Arme. Er hob eine Augenbraue.

»Auf deine Rechnung, sagst du? Kann ich mich denn auch darauf verlassen?«

Keller lachte. »Betrachten wir es als meinen Einstand. Den haben wir noch gar nicht gefeiert. Was ist los, bist du dabei?«

Gratczek gab sich mit einem widerstrebenden Lächeln geschlagen. »Also gut. Dein Einstand. Ich kann mir nichts Besseres vorstellen für heute Abend.«

Jetzt lachte Keller aus vollem Hals. »Na, siehst du. Das mein ich doch.«

22

Der Schaft der Jagdflinte knallte neben ihm auf den Scheunenboden. Carl hatte sich im letzten Moment zur Seite gedreht. Ihm wurde schwarz vor Augen. Wenn das so weiterging, würde er nicht mehr lange bei Bewusstsein sein. Doch diesem Schlag war er ausgewichen.

Er blickte sich um. Der Rasenmäher, die Werkbank, die Latten vom Jägerzaun. Nirgendwo etwas, das ihm weiterhalf. Über seinem Kopf führte ein Kabel an der Wand entlang, das in einer nicht isolierten Lüsterklemme endete.

Manfred brachte sich mit dem Gewehr in Stellung und lachte. Carls Versuch zu entkommen, schien ihm Spaß zu bereiten. Eine ungekannte, bösartige Seite kam zum Vorschein. Es berauschte ihn, Carl hilflos am Boden liegen zu sehen. Er genoss es, seinem Opfer überlegen zu sein.

»Denkst du, es gibt einen Ausweg?«, fragte er höhnisch. »Was willst du als Nächstes tun? Mich verprügeln?«

Carl sah sich um. Auf einer Bank standen Kanister mit Spritzmittel, daneben Plastikflaschen mit Gift für die Schädlingsbekämpfung. Und Eimer, in denen das Zeug angerührt wurde. Das alles half ihm nicht weiter. Auf dem Boden vor der Bank standen eine Schale mit Katzenfutter und ein Napf mit Wasser. Manfred hob die Flinte über den Kopf. Er war bereit für den entscheidenden Schlag.

Carl hob schützend seinen Arm über den Kopf. Doch es war eine ziemlich hilflose Geste.

»Warte«, sagte er. »Du hast eine Sache übersehen. Deine Rechnung wird nicht aufgehen, sage ich dir.«

Manfred ließ das Gewehr sinken. Amüsiert trat er einen Schritt zurück. Er wusste, dass Carl nur bluffte.

»Ach ja? Jetzt bin ich aber gespannt.«

»Ein kleines Detail ist dir entgangen.«

Manfred stützte sich lächelnd auf den Lauf seiner Waffe. Er genoss jeden Augenblick seiner Übermacht.

»So, so, ein Detail also«, sagte er. »Was habe ich übersehen?«

»Das hier«, sagte Carl, griff nach dem Katzennapf und spritzte das Wasser gegen die Wand, direkt in die offene Lüster-klemme.

Ein lauter Knall ertönte, Funken sprühten, und im nächsten Moment ging das Licht aus. Mit einem Schlag war es stock-dunkel. Die Sicherungen waren rausgesprungen. So schnell es Schmerzen und Erschöpfung zuließen, kroch Carl hinter den Rasenmäher. Er brauchte ein Versteck.

»Du verfluchter Bastard!«, brüllte Manfred.

Der Gewehrkolben zischte durch die Luft, dann donnerte der Schaft auf den Boden. Das musste dort sein, wo Carl gerade noch gelegen hatte.

»Ich kriege dich!«, schrie Manfred außer sich.

Noch einmal knallte der Kolben auf den Scheunenboden. Und wieder und wieder. Manfred schlug wie wild um sich. Die Werkbank stürzte um, Kisten rumpelten zu Boden, Flaschen gingen zu Bruch. Carl schob sich lautlos voran, weiter hinter den Rasenmäher.

Doch plötzlich war es ruhig. In der Dunkelheit hörte er nur noch Manfreds keuchenden Atem. Carl begriff: Er wartete da-rauf, dass er sich verraten würde. Ein kleines Geräusch, das Manfred zeigen würde, wo er sich versteckte.

»Wo bist du?«, flüsterte er. »Glaubst du, ich kriege dich nicht? Du hast keine Chance, alter Mann. Das weißt du genau.«

Carl riss die Augen auf und versuchte, Manfreds Umrisse auszumachen. Aber da war nur undurchdringliche Schwärze. Manfred bewegte sich wie ein Raubtier. Carl atmete lautlos und flach.

»Glaubst du etwa, du kommst hier lebend raus?«

Plötzlich ein klirrendes Geräusch auf dem Scheunenboden. Ein metallenes Kratzen. Manfred ließ den Gewehrlauf über den Boden wandern. Er benutzte ihn wie einen Blindenstock. Es war nur eine Frage der Zeit, bis er ihn finden würde.

Reglos blieb Carl in seinem Versteck liegen. Vermutlich hatte Manfred recht: Er würde nicht mehr lebend aus der Scheune herauskommen.

Doch eines schwor er sich. Die Sache würde nicht nach Manfreds Regeln laufen. Wenn er schon starb, dann würde er ihm das Heft aus der Hand nehmen. Manfred sollte keine Chance bekommen, einen Unfall in der Kiesgrube zu inszenieren. Das würde er verhindern.

Das klirrende Geräusch des Gewehrlaufs entfernte sich. Manfred begann seine Suche am falschen Ende der Scheune. Das würde Carl ein paar Sekunden Spielraum geben. Er griff in die Tasche und zog das Handy hervor. Doch in der Dunkelheit konnte er nichts erkennen. Das Gerät war ihm nicht vertraut genug. Verflucht. Hätte er nur besser aufgepasst, als Christa ihm die Funktionen erklärt hatte. Neumodisches Zeug, hatte er damals im Stillen gedacht und beschlossen, sich in seinem Alter nicht mehr darauf einzustellen. Und jetzt hing alles von diesem kleinen Ding ab. Wer hätte sich so etwas träumen lassen?

Carl musste jemanden anrufen, der so zumindest die Ereignisse mitbekommen würde. Dann konnte Manfred seinen Tod nicht mehr wie einen Unfall aussehen lassen. Carl musste es versuchen, es war seine letzte Chance. Er drückte in der Dunkelheit auf irgendwelche Knöpfe. Plötzlich leuchtete das Display auf, und eine fröhliche Begrüßungsmelodie ertönte. Das Handy würde ihn verraten. Noch eher er eine Verbindung gewählt hätte, wäre Manfred bei ihm. Es hatte keinen Sinn. So schnell er konnte, warf er das Gerät von sich. Es schlitterte über den Scheunenboden und blieb vor dem Traktor liegen.

Wie es aussah, hatte Carl Glück im Unglück. Manfred hatte sich nicht rechtzeitig umgedreht. Er sah zwar das hell leuchtende und lärmende Gerät, doch offenbar hatte er nicht gesehen, von wo es geworfen worden war. Mit schnellen Schritten lief er zum Traktor und hob es auf.

Carl sah Manfreds Gesicht im blassen Schein des Displays. »Was sollte das denn werden?« Manfred lachte höhnisch. »Wolltest du etwa jemanden anrufen?«

Carl wusste nicht, was er tun sollte. Das war sein letzter Joker gewesen. Aber er wollte sich nicht geschlagen geben, noch nicht.

Vielleicht sollte er einen Gegenstand einstecken, damit die Polizei ihn später in seiner Jackentasche fand. Doch er musste damit rechnen, dass Manfred seinen Leichnam durchsuchen würde. Nein, das war zu unsicher.

Manfreds Stimme veränderte sich.

»Jetzt hab ich keine Lust mehr«, sagte er knapp. »Schluss mit dem Kindergarten.«

Er ging zum Scheunentor und öffnete es. Das Licht der Hofbeleuchtung drang herein. Manfred ging zu einem Schrank und holte einen Handstrahler hervor. Im nächsten Moment flutete helles Licht den Raum. Carl dachte fieberhaft über ein Versteck nach. Er robbte weiter, versuchte die Schmerzen zu ignorieren. Doch es war zu spät. Manfred würde ihn in den nächsten Sekunden entdecken.

Da stiegen ihm Benzindämpfe in die Nase. Neben dem Rasenmäher stand ein Kanister mit Sprit. Carl überlegte nicht lange. Er stieß den Kanister mit aller Kraft um und schraubte den Verschluss ab. Benzin gluckerte heraus und floss über den Scheunenboden. Manfred hörte die Geräusche und wurde auf ihn aufmerksam. Das grelle Licht des Handstrahlers erfasste Carl. Er blinzelte. Fühlte sich wie ein Käfer auf dem Rücken.

Jetzt war es so weit.

»Da haben wir dich ja!«, rief Manfred. »Hast du etwa versucht davonzukommen?«

Manfred trat auf ihn zu. Ohne Vorwarnung schlug er mit dem Kolben auf ihn ein. In Carls Körper explodierten die Schmerzen. Ihm wurde schwindelig, das Bewusstsein driftete davon. Er musste sich zusammenreißen. Sich konzentrieren. Ein letztes Mal. Darauf kam alles an. Er spürte das Feuerzeug in seiner Hand. Mit letzter Kraft ließ er seinen Daumen über den Zündstein reiben.

Ein Funken sprang.

Feuer.

Das Letzte, was Carl dachte, war: Es ist geschafft.

Die Flammen würden weit sichtbar sein. Das hier konnte Manfred nicht mehr als Unfall darstellen. Sein Tod würde nicht ungesühnt bleiben.

Dann glitt er hinab in die Bewusstlosigkeit.

Am Kotten von Carl Beeke war keine Menschenseele unterwegs. Nicht auf den Feldwegen, die Hambrock mit dem Wagen abgefahren war, und auch nicht auf der Koppel. Es gab nur noch einen Ort, wo er sich aufhalten konnte: auf dem Hof von Schulte-Stein.

Hambrock fuhr weiter. Seine Schuldgefühle versuchte er zu unterdrücken. Es war unmöglich für ihn gewesen, im Krankenhaus zu bleiben. Keiner konnte das verstehen. Natürlich nicht. Aber seine Entscheidung war gefallen. Carl Beeke war in Gefahr. Das spürte er deutlich. Nicht nur wegen des Telefonats, das er mit seiner Tochter geführt hatte. Da war noch etwas anderes. Ein Gefühl, das ihm sagte, etwas war nicht in Ordnung. Die Zeit drängte.

Seine Mutter hatte ihn angesehen, als hätte er ihr ins Gesicht geschlagen. Der Gedanke daran zerriss ihm beinahe das Herz. Aber er musste tun, was er für richtig hielt.

»Du willst arbeiten gehen?« Ihre Stimme war hoch und dünn gewesen. »Heute ist Sonntag. Heute …«

Sie hatte den Satz nicht zu Ende gesagt: Heute stirbt deine Schwester.

»Es ist ein Notfall. Tut mir leid.«

»Und das hier? Ist das etwa kein Notfall?«

Er hatte in die Runde geblickt. In den Gesichtern der anderen stand das Gleiche geschrieben: Fassungslosigkeit, Enttäuschung, Unglaube. Nur Ellis Augen konnte er nicht sehen. Sie hatte reglos zu Boden geblickt.

»Es tut mir leid«, hatte er gesagt und war aus dem Aufenthaltsraum zum Parkplatz geflohen.

Was er tat, war unverzeihlich. Doch er konnte nicht anders.

Sein Wagen rollte auf das Gut der Schulte-Steins. Das Haupthaus war hell erleuchtet. Beinahe glaubte er, es würde ein Fest gefeiert. Alles sah freundlich und einladend aus. Nur die Wirtschaftsgebäude lagen im Dunkeln. Hambrock stieg aus dem Wagen und ging zur Tür. Er läutete. Kurz darauf erschien Susanne Schulte-Stein auf der Schwelle. Sie war überrascht, den Kommissar zu sehen.

»Guten Abend, Herr Hambrock. Was kann ich für Sie tun?«

»Entschuldigen Sie die Störung. Ich weiß, es ist Sonntag. Aber ich suche Herrn Beeke. Ist er vielleicht hier?«

Frau Schulte-Stein war völlig irritiert. »Herr Beeke?«

Im Hintergrund meldete sich eine Stimme zu Wort.

»Carl? Wieso das denn? Was sollte Carl hier wollen?«

Helga Schulte-Stein tauchte mit ihrem Rollstuhl auf. Sie sah Hambrock fragend an.

»Es war nur so eine Idee«, sagte er. »Er wollte bei seinem Kotten spazieren gehen. Ich dachte, vielleicht ist er vorbeigekommen und hat geklingelt, um Guten Tag zu sagen.«

»Nein, er war nicht hier.« Helga rollte näher heran. »Spazieren, sagen Sie?«

Hambrock warf einen Blick ins Hausinnere. Im Wohnzimmer war der Tisch festlich gedeckt. Es duftete nach einem Festessen. Die Kinder schoben Spielzeugautos durch die Diele. Alles deutete auf einen trauten Familiensonntag. Es sah nicht so aus, als ob Carl hier wäre.

»Ja, ganz richtig. Wahrscheinlich ist er längst wieder zu Hause. Entschuldigen Sie die Störung.«

»Vielleicht ist er zur Kiesgrube hochgelaufen«, sagte Helga. »Man weiß ja nie.«

»Gut möglich.«

Er verabschiedete sich und kehrte zum Auto zurück. Sein Blick fiel auf das Scheunentor. Es stand einen Spalt weit offen. Er hätte schwören können, dass es gerade noch geschlossen gewesen war. Unschlüssig blieb er stehen.

Plötzlich war da ein Feuer. Es wurde hell in der Scheune, überall flackerndes Licht. Es brannte.

Sofort lief er los. Überquerte den Hof mit wenigen großen Schritten, stieß das Tor auf und stürzte hinein.

Das Feuer war neben den Landmaschinen ausgebrochen. Kisten, Bretter, Schränke, alles stand in Flammen. Vor dem Feuer stand eine Gestalt, die ihm den Rücken zugewandt hatte. Es war Manfred Schulte-Stein. Er hielt den Lauf eines Jagdgewehrs mit beiden Händen umklammert und schwang es über seinen Kopf. Vor ihm lag ein lebloses Knäuel auf dem Boden. Carl Beeke. Hambrock begriff, dass Manfred mit dem Kolben auf den wehrlosen Alten einschlagen wollte.

Er griff nach der erstbesten Waffe, die er zu fassen bekam. Es war ein Besen mit einem robusten Holzstiel. Er holte aus und ließ ihn mit voller Wucht auf Manfreds Hinterkopf sausen. Ein Volltreffer. Manfred sackte augenblicklich bewusstlos zusammen. Hambrock warf den Besen zur Seite. Er hatte nur noch Augen für Carl Beeke, der noch immer reglos am Boden lag. Die Flammen breiteten sich schnell aus. Sein Ärmel hatte bereits Feuer gefangen.

Hambrock riss sich seinen Mantel vom Körper, hockte sich neben ihn und löschte die Flammen. Die Verbrennungen schienen nicht stark zu sein, aber vielleicht täuschte er sich. Vorsichtig hob er den leblosen Körper auf. Er war leicht wie eine Puppe.

Draußen empfing sie eisige Luft. Hambrock warf seinen Mantel auf den Boden und legte Carl Beeke vorsichtig ab. Dann zog er sein Handy hervor und rief Feuerwehr und Notarzt. Bevor er in die Scheune zurückkehrte, prüfte er Carl Beekes Puls. Zuerst war da nichts, doch dann konnte er einen schwachen Puls spüren.

Beeke öffnete die Augen und sah den Kommissar erschöpft an.

»Hilfe ist unterwegs, Herr Beeke. Sie sind verletzt, aber es sieht nicht schlimm aus. Der Notarzt ist gleich hier. Halten Sie durch.«

Der alte Mann lächelte. »Herr Hambrock.« Dann sank sein Kopf zurück auf den ausgebreiteten Mantel.

Hambrock sprang wieder auf und rannte zurück in die Scheune. Manfred Schulte-Stein musste noch im Gebäude sein. Die Flammen hatten sich rasend schnell ausgebreitet. Selbst der Dachstuhl hatte Feuer gefangen.

Beißender Qualm schlug ihm entgegen. Er kniff die Augen zusammen und lief weiter. Die Orientierung fiel ihm schwer, denn wo er auch hinsah, waren Rauch und Flammen. Doch schließlich glaubte er zu wissen, wo die Stelle war, an der er Manfred zurückgelassen hatte.

Plötzlich ertönte ein lauter Knall. Hambrock stolperte zurück. Ein Kanister mit Spritzmittel war in die Luft gegangen. Der Rauch wurde dichter. Er bekam keine Luft mehr. Hitze schlug ihm von allen Seiten entgegen. Er musste zu Manfred, und zwar schnell. Ein paar Meter weiter bemerkte er eine Ölspur, die Feuer gefangen hatte. Sie führte zu den beiden Traktoren, die innerhalb von Sekunden in Flammen aufgingen. Die Benzintanks!

In allerletzter Sekunde stürzte Hambrock aus der Scheune. Eine riesige Explosion ließ alles erschüttern. Die Druckwelle warf ihn ein paar Meter zurück. Er landete hart auf dem gefrorenen Boden.

Er stolperte zurück zum Scheunentor und suchte nach einem Weg ins Innere. Doch vor ihm breitete sich ein Flammenmeer aus. Hilflos lief er von links nach rechts. Doch es war zu spät. Manfred war verloren.

Hambrock trat einen Schritt zurück. Er konnte nichts mehr tun. Ein durchdringender Schrei übertönte den Lärm des Feuers. Hambrock wandte sich um. Helga war auf den Hof gerollt

310

und starrte zur brennenden Scheue. Sie begriff, dass ihr Sohn dort drinnen sein musste, von den Flammen eingeschlossen. Das nackte Grauen spiegelte sich in ihren Augen. Dann begann sie wieder zu schreien. Es waren Schreie, die Hambrock bis ins Mark drangen. Doch er konnte nichts tun. Er konnte ihren Sohn nicht retten.

Wenig später tauchte die Feuerwehr auf. Doch die Scheune brannte bereits lichterloh und lediglich das Übergreifen der Flammen auf andere Gebäude konnte noch verhindert werden. Auch ein Krankenwagen war eingetroffen. Der Notarzt kümmerte sich um Carl Beeke. Er hatte Knochenbrüche und Verbrennungen erlitten, doch er würde durchkommen. Wenigstens ein Leben hatte Hambrock in dieser Nacht gerettet.

Manfreds Leiche konnte erst Stunden später aus den Trümmern geborgen werden. Sie war bis zur Unkenntlichkeit verkohlt. Er hatte es nicht mehr aus der Scheune geschafft, und Hambrock trug die Schuld daran. Er hatte ihn niedergeschlagen, um Carl zu schützen. Dafür würde er sich noch verantworten müssen. Aber nicht mehr heute Nacht. Er würde morgen früh seinen Bericht erstellen, und dann würde man sehen, wie es weiterging.

Carl Beeke, der im Krankenwagen wieder zu Bewusstsein gekommen war, zog Hambrock zu sich heran und berichtete von einem alten Geheimnis, das die Familie Schulte-Stein bewahren wollte. Es ging um ein sechstes Kind, das während der letzten Kriegstage auf dem Hof gelebt hatte. Der rechtmäßige Erbe des Hofes. Rosa Deutschmann hatte dieses Geheimnis offenbar gekannt. Und Helga Schulte-Stein und ihr Sohn wollten um jeden Preis verhindern, dass es ans Licht kam. Daher hatten sie geplant, Rosa Deutschmann zu ermorden.

Carl Beeke redete schnell, und es war nicht immer leicht, ihm zu folgen. Schließlich beendete der Notarzt die Unterredung und schickte Hambrock fort. Der Krankenwagen verließ mit Blaulicht den Hof.

Verstärkung traf ein, und die Kollegen begannen, Fragen zu stellen. Helga Schulte-Stein bot keinen Widerstand mehr. Nach dem Tod ihres Sohns war sie wie paralysiert. Sie gestand ihre Mittäterschaft am Mord von Rosa Deutschmann ebenso wie den Versuch, mit Manfreds Hilfe Carl Beeke zu töten.

Hambrock erledigte alles Nötige, denn er wollte so schnell wie möglich zurück nach Münster ins Krankenhaus. Doch als er sich endlich losreißen konnte, war es bereits nach drei. Es war keine Menschenseele mehr auf den Straßen unterwegs, deshalb kam er zügig voran.

Die Krankenhausflure waren ebenfalls verwaist. Er hatte Angst vor dem, was kommen würde.

Jenseits der Scheibe sah er nur eine einsame Gestalt im Aufenthaltsraum sitzen. Es war Elli. Sie hockte da und sah zu Boden. Die anderen waren fort. Sein Herz setzte einen Schlag aus. Ihm war klar, was das zu bedeuten hatte. Birgit war tot. In den Stunden seiner Abwesenheit war sie gestorben. Die anderen hatten bereits Abschied genommen, nur Elli war geblieben, um auf ihn zu warten.

Es war, als würde sein Magen zusammengedrückt werden. Er geriet ins Straucheln. Seit Tagen war klar, worauf es hinauslaufen würde. Doch jetzt, wo es so weit war, raubte es ihm den Atem.

Elli schien seine Gegenwart zu spüren. Sie blickte auf, erhob sich und ging ihm entgegen. Auf ihrem Gesicht tauchte ein Lächeln auf.

»Bernhard, da bist du ja. Endlich.«

»Wo sind die anderen? Was ist los? Ist Birgit tot?«

Sie umarmte ihn. Ihre Brust hob und senkte sich leicht. Sie lachte.

»Sie ist nicht tot. Das Fieber ist gesunken. Die Ärzte sagen, sie hat auf die Medikamente angesprochen. Sie ...« Nun liefen Tränen über ihr Gesicht. »Wie es aussieht, hat sie das Schlimmste überstanden. Sie ist über den Berg.«

»Was ...? Aber ... aber das ist unmöglich.«

»Nein. Das ist es nicht. Sie lebt. Hörst du? Sie wird leben.«

In seinem Kopf war nur Rauschen. Er brauchte eine Weile, bis er wieder klar denken konnte. Die Erkenntnis sickerte langsam zu ihm durch, bis er schließlich verstand: Birgit würde tatsächlich überleben.

23

Am frühen Mittwochnachmittag kehrte Hambrock aus der
Kantine in sein Büro zurück, um den Computer herunterzu-
fahren, seine Unterlagen zusammenzuräumen und Feierabend
zu machen. Der Nachmittag war verplant, alles war bereits mit
den Kollegen abgeklärt. Er nahm den Autoschlüssel, schloss die
Bürotür hinter sich und steuerte das Treppenhaus an. Da entdeckte er einen Fleck auf seinem Hemd. Tomatensoße. Den
musste er sich beim Mittagessen in der Kantine zugezogen
haben. Ausgerechnet heute. Er fluchte leise und stieß die Tür
zum Waschraum auf.

Ein eisiger Lufthauch wehte ihm entgegen, geschwängert
von kaltem stinkendem Rauch. Keller stand am offenen Fenster und rauchte. Hambrock grüßte, stellte sich ans Waschbecken und begann, den Fleck zu bearbeiten.

»Ist es schon so weit?«, fragte Keller. »Geht es jetzt los?«

»Ja, gleich. Ein bisschen Zeit habe ich noch.«

Hambrock nahm ein Papierhandtuch, feuchtete es an und
rubbelte an dem Fleck herum. Doch er hatte das Gefühl, die
Soße nur noch weiter zu verteilen. Durch den Spiegel warf er
einen Blick auf Keller.

»Seid ihr mit den Befragungen von Walther Vornholte
durch?«, fragte er. »Oder ist noch was offen?«

»Nein, alles durch. Komplettes Geständnis. Da bleiben
keine Fragen offen. Er hat rückhaltlos mit uns kooperiert. So
wie es ihm sein Anwalt geraten hatte.«

»Im Prinzip hatten wir ja schon alles«, meinte Hambrock.
»Nur die Sache mit Rosa Deutschmann hat er uns verschwiegen.«

»Weil er dachte, Antonius Holtkamp hätte sie umgebracht.
Deshalb.«

314

Eine seltsame Geschichte war das. Die drei alten Männer hatten gemeinsam mit Siegfried Wüllenhues eine verschworene Gemeinschaft gebildet. Zuerst wurden nach dem Mord an Alfons alle Spuren verwischt. Dann planten sie den Einbruch bei Rosa Deutschmann. Und alle schwiegen sie, egal wen die Polizei befragte. Doch als schließlich Rosa ermordet worden war, hatten sie alle geglaubt, einer aus ihrem Kreis sei der Täter. Walther und Heinz hatten zuerst miteinander gesprochen und sich versichert, unschuldig zu sein. Also wurde Antonius verdächtigt. Der wiederum glaubte, die beiden anderen hätten Rosa ermordet.

»Seltsame Freunde sind das«, meinte Hambrock.

»Das kannst du wohl sagen. Aber es war wohl für sie alle eine Extremsituation.«

Die drei hatten nicht geahnt, was sie mit dem Diebstahl des Fotoalbums losgetreten hatten. Die Polizei begann sich dafür zu interessieren, was in den letzten Kriegstagen auf dem Hof von Schulte-Stein passiert war. Für Helga Schulte-Stein wurde es zu einem Albtraum. Schließlich hatte sie genau dort etwas zu verbergen: ihr gut gehütetes Familiengeheimnis, das keinesfalls ans Licht durfte.

Dabei war es ihr weder um den eigenen Vorteil gegangen noch um den Namen der Familie Schulte-Stein. Sie hatte das nur für ihren Sohn Manfred getan, den sie über alles liebte. Er sollte nach Alfons' Tod der Hofherr auf dem Gut werden. Das gesamte Erbe bekommen. Keiner sollte ihm seinen rechtmäßigen Besitz streitig machen können.

Auch Helga Schulte-Stein arbeitete nun mit der Polizei zusammen. Sie hatte alles gestanden. Nach dem Tod ihres Sohnes war kaum noch Widerstand bei ihr zu spüren. Beinahe wirkte es, als hätte sie mit dem eigenen Leben abgeschlossen. Sie lieferte ihnen die Bestätigung: Das Kind von Rudolph Schulte-Stein war ins Gesindehaus verstoßen und dort sich selbst überlassen worden. Die Alliierten waren eingerückt, und die Magd, die sich ums Kind kümmern sollte, war Hals über Kopf nach

Warendorf verschwunden. Otto tauchte unter, um dem Zorn der Zwangsarbeiter zu entgehen, und es gab keinen mehr auf dem Hof, der sich um die Kleine kümmerte. Rosas und Renates Mütter waren es gewesen, die das Kind wegbrachten, an einen sicheren Ort, wo es jemand bei sich aufnahm. Sie wussten, das Kind hatte von Schulte-Stein nichts mehr zu erwarten.

Die Frage war nur: Wo war dieses Kind gelandet? Helga wusste es nicht, zumindest gab sie das vor. Und auch sonst schien keiner einen Hinweis zu haben. Alle, die es hätten wissen können, waren bereits tot.

»Seid ihr bei der Suche nach dem Kind von damals weitergekommen?«, fragte Hambrock. »Gibt es eine Spur?«

»Nein, nichts. Das sieht nicht gut aus.«

»Was ist mit Renates Mutter? Wart ihr im Pflegeheim?«

Keller schüttelte den Kopf. »Sie hatte einen erneuten Schlaganfall. Helgas Besuch am Sonntag war wohl zu viel für sie gewesen. Am Abend ging es dann plötzlich bergab. Sie kam sofort ins Krankenhaus. Den Schlaganfall hat sie zwar überlebt, doch die Ärzte wissen nicht, ob sie jemals wieder ansprechbar sein wird. Es ist zumindest nicht damit zu rechnen, dass sie sich an den Namen der Familie erinnert, wo sie und Frau Deutschmann das Kind abgegeben haben.«

»Heißt das, wir werden die Identität des Kindes nicht herausfinden?«

»Wahrscheinlich nicht. Ich wüsste nicht, wie.«

Hambrock nickte. Irgendwie hatte er schon mit so etwas gerechnet. Viele Kinder waren damals verschwunden. Das verlorene Kind der Schulte-Steins war kein Einzelfall. Es würde wohl ebenfalls sterben, ohne seine eigentliche Herkunft zu kennen.

»Vermutlich weiß diese Frau gar nicht, wo sie eigentlich herkommt«, sagte Keller. »Und wer weiß, was die beiden Frauen der Pflegefamilie überhaupt erzählt haben.«

»Vielleicht lebt die Frau ja auch gar nicht mehr.«

Hambrock betrachtete den verblassten Fleck auf seinem

316

Hemd und drehte den Wasserhahn zu. Keller drückte seine Zigarette in einen überquellenden Aschenbecher.

»Ich hab gehört, deine Schwester liegt im Krankenhaus. Davon hast du ja gar nichts erzählt.«

Hambrock zuckte mit den Schultern. »Ist auch nichts Ernstes. Sie ist schon wieder auf dem Weg der Besserung.«

Zumindest der letzte Satz war keine Lüge. Birgit ging es wesentlich besser. Es würde noch lange dauern, bis sie sich erholt hätte, aber sie lebte, und das war das Wichtigste. Außerdem konnte sie schon wieder Scherze machen. Am Morgen hatte sie Hambrock mit den Worten begrüßt: »Ich habe gehört, du hast dich an meinem Sterbebett davongeschlichen? Das ist mal wieder typisch für dich. War dir wohl zu langweilig bei mir?« Doch dabei hatte sie ihm liebevoll zugelächelt. Sie hatte längst gehört, was geschehen war, und war wohl trotz allem ein wenig stolz auf ihn.

Keller ging zur Tür. »Na dann. Wir sehen uns morgen.«

»Ja, bis morgen.«

Sein Kollege verschwand auf dem Flur, und Hambrock warf einen letzten prüfenden Blick in den Spiegel. Der Fleck war immer noch zu sehen, deshalb knöpfte er den Mantel zu. Es war kalt draußen, keiner würde Anstoß nehmen. Dann verließ er ebenfalls den Waschraum.

Unten auf dem Parkplatz erwartete ihn bereits der Gruppenwagen der Streifenpolizei. Uniformierte standen mit eingezogenen Schultern in der Kälte herum und unterhielten sich. Als sie Hambrock entdeckten, kam Bewegung in die Gruppe. Sie begrüßten ihn und stiegen in ihre Fahrzeuge.

Hambrock trat auf den Gruppenwagen zu. Ein Kollege zog die Rolltür zur Seite und gab den Blick frei auf den Gefangenen, den sie transportierten. Walther Vornholte hockte wie ein Häufchen Elend auf der Bank.

»Herr Vornholte? Sind Sie so weit? Dann kann es jetzt losgehen.«

»Oh, Herr Hambrock. Da sind Sie ja. Ich habe mich noch

gar nicht bei Ihnen bedankt. Vielen Dank, dass Sie das möglich gemacht haben.«

»Das geht schon in Ordnung.«

»Nein, wirklich. Es bedeutet mir sehr viel.«

Hambrock lächelte. Vornholte wusste gar nicht, wie viele Hebel er tatsächlich in Bewegung hatte setzen müssen, um diesen Ausflug hier möglich zu machen. Es hatte ihn eine Menge Überzeugungsarbeit gekostet.

»Also gut, dann wollen wir mal.«

Er gab einem Uniformierten ein Zeichen, die Tür rollte zurück ins Schloss, und es ging los. Hambrock nahm seinen Privatwagen, um der Karawane hinterherzufahren. Es ging nach Düstermühle, zum Friedhof am Ortsrand. Der Himmel hatte sich wieder einmal verdunkelt, doch es war kein Niederschlag vorhergesagt. Hambrock wollte hoffen, dass es dabei bleiben würde.

Am Friedhofstor erwartete sie ein bulliger Mann mit einer Narbe im Gesicht. Jens Vogelsang. Er trug eine große silberne Dose unterm Arm. Sein Gesicht war leichenblass und seine Trauer deutlich spürbar. Es war ein besonderer Moment, der ihnen bevorstand. Selbst die Uniformierten schienen das zu bemerken. Schweigen legte sich über die Gruppe.

Walther Vornholte wurde zum Friedhofstor geführt. Dort umarmte er seinen Neffen lange und wechselte ein paar leise Worte mit ihm. Schließlich setzten sich alle in Bewegung, und es ging zum Grab von Hanne Vornholte.

Hambrock gab den Uniformierten ein Zeichen. Sie sollten Abstand halten. Onkel und Neffe sollten jetzt ungestört sein. Die beiden gingen auf das Grab zu. Jens Vogelsang öffnete die silberne Dose, die er bei sich trug. Er hatte Erde vom Grab seines Vaters mitgebracht. Da Hanne und Peter im Leben nicht mehr zueinandergefunden hatten, sollten sie im Tod wiedervereint werden.

Jens Vogelsang kniete nieder und gab die Erde aus der Dose vorsichtig auf Hannes Grab, wo er sie sorgfältig verteilte. Die

318

Gefühle überwältigten ihn. Er begann hemmungslos zu weinen. Walther Vornholte hockte sich neben ihn und hielt ihn fest.

»Er sieht es«, hörte Hambrock ihn sagen. »Dort, wo dein Vater jetzt ist, sieht er, dass du ihn zu seiner Schwester geführt hast.«

Als Walther Vornholte wieder im Polizeiwagen saß, der ihn zurück nach Münster in den Gewahrsam bringen sollte, machte Hambrock sich auf den Weg nach Vennhues zu seinen Eltern. Seine Mutter hatte ein Festessen gekocht, und alle waren eingeladen. Birgit konnte zwar nicht dabei sein, denn sie lag immer noch im Krankenhaus. Aber das machte nichts. Sie würden ihre Gesundung feiern, die ganze Familie.

Leben und Tod lagen so nah beieinander. Hambrock war froh, heute keine Toten betrauern zu müssen. Er setzte sich in seinen Wagen und fuhr auf die Bundesstraße. Das Letzte, was er von Düstermühle sah, war der alte Kirchturm, der hinter den kahlen Wipfeln der Bäume zu erkennen war. Dann machte die Bundesstraße einen Knick, und auch der Kirchturm rückte aus seinem Blickfeld.

Bemerkung

Das Dorf »Düstermühle« existiert im Münsterland nicht, wohl aber ein Ausflugslokal bei Legden, das diesen Namen trägt. Ich hoffe, die Legdener tragen es mir nicht nach, dass ich mir den klangvollen Namen ausgeliehen habe. Davon abgesehen gibt es in der Düstermühle zur Apfelernte den besten Apfelkuchen, den man sich vorstellen kann.

Bei den Recherchen zu dieser Geschichte haben mir viele Menschen geholfen. Namentlich hervorheben möchte ich Agnes Heumann und Wilhelm Eising, ohne deren Erinnerungen dieses Buch niemals entstanden wäre. Ihnen bin ich zu besonderem Dank verpflichtet.